中国训诂学报

中国训诂学研究会 《中国训诂学报》 编辑部 编

第七辑

商务印书馆
The Commercial Press
创于1897

图书在版编目 (CIP) 数据

中国训诂学报 . 第 7 辑 / 中国训诂学研究会《中国训诂学报》编辑部编 . — 北京 : 商务印书馆 , 2023
　ISBN 978-7-100-22784-1

Ⅰ . ①中… 　Ⅱ . ①中… 　Ⅲ . ①训诂—丛刊 　Ⅳ .
① H13-55

中国国家版本馆 CIP 数据核字（2023）第 142921 号

中国训诂学报

第 七 辑

中国训诂学研究会《中国训诂学报》编辑部　编

————————————————

商 务 印 书 馆 出 版
（北京王府井大街 36 号　邮政编码 100710）
商 务 印 书 馆 发 行
江苏凤凰数码印务有限公司印刷
ISBN　978-7-100-22784-1

————————————————

2023 年 9 月第 1 版　　　开本 787×1092　1/16
2023 年 9 月第 1 次印刷　　印张 17¾

定价：98.00 元

主　　管:中华人民共和国教育部

主　　办:中国训诂学研究会

主　　编:王云路

执行主编:王华宝

编辑委员会(按姓氏音序排列):

白中林　董志翘　府建明　顾　青　华学诚

雷汉卿　刘　钊　卢烈红　孙玉文　汪启明

汪少华　王华宝　王　珹　王立军　王禄生

王云路　虞万里　周志锋　朱小健

英　文　编　辑:贺晏然

编　　　　辑:《中国训诂学报》编辑部

编辑部通讯处:江苏省南京市江宁区东南大学路 2 号东南大学人文
　　　　　　　学院《中国训诂学报》编辑部

邮　政　编　码:211189

电　子　邮　箱:zgxgxb2021@163.com

本刊获东南大学"双一流"学科建设经费、
江苏宏德文化出版基金会资助

目　录

Contents

Research on Literature and Language

Special Topic Studies on Language

Research on Language Reference Books

Research on Major National Projects

A Forum for Young Scholars

【文献语言考释】

"细鍒"还是"细锦"？
——马王堆帛书《相马经》校释一则[*]

刘　钊[**]

摘要：马王堆帛书《相马经》中有"细鍒"与"细鐍"，仅从形体隶定和字形层面上看，只能如此隶定和考释，然而，从更深层次的形体来源和用法探究，只能是"细锦"，"鍒"是"鐍"的讹字。

关键词：马王堆帛书《相马经》　细鍒　细鐍　校释

一、两字隶定都没问题

马王堆帛书《相马经》有如下两段内容：

（1）凡相目：高以复，上有十焦，昍戚=（戚戚——促促/懯懯），环毋（无）毛，当为肉。亓（其）中有细鍒，亓（其）理若斩竹。雝（拥）塞笥当，烛亓（其）明（明）。

8上—8下

（2）良马成【规】，亓（其）次成方者，皆□□也。上又（有）刻卢（缕）者，欲匤（眶）冎（骨）充盈=（盈，盈）又（有）材。中又（有）玉英者，艮（眼）也。雝（拥）蒙别环者，隆=甐=（阴甐，阴甐）坚久。夬（决）亓（其）前后者，夬（决）也。十焦者，欲目上见□如〖=〗卢〖=〗（如卢如卢——如缕，如缕）见冎（骨）材。中

---

[*] 本文为国家社科基金冷门绝学研究专项学术团队项目"中国出土典籍的分类整理与综合研究"（20VJXT018）、"古文字与中华文明传承发展工程"项目"长沙马王堆汉墓简帛典籍研究"（G1422）的阶段性成果。

[**] 刘钊，1959 年生，文学博士，现为复旦大学出土文献与古文字研究中心特聘教授、博士生导师，研究领域及方向为中国古典文献学（侧重于出土文献与古文字），兼及古代汉语、先秦秦汉史、商周考古等。

　　有细**䬵**,理若斩竹者,欲艮(眼)理之有〚＝〛□〚＝〛(有□,有□)多气。

55 上—56 上

　　马王堆帛书《相马经》属于《吕氏春秋·观表》篇所载相马术十种派别中的"子女厉"派,即专门相马眼的一门相术,所以内容都跟相马眼和相马眼周围的穴窍筋脉有关。上引(1)是"经"的部分,(2)是"故训"的部分,"故训"是对"经"的进一步阐释。属于"经"的(1)中的"其中有细**䬵**,其理若斩竹"一句,"其"都代指"马眼",意为马眼中有"细**䬵**",马眼的纹理像斩断的竹子的形状。因为马眼中有"细**䬵**",所以所谓马眼的纹理像斩断的竹子的形状,其实也就是指"细**䬵**"的纹理像斩断的竹子的形状。《齐民要术》卷六"相马"所谓"耳欲得小而促,状如斩竹筒"中的"斩竹筒"就是《相马经》的"斩竹",①是说马耳的形状要短小,要像用刀斜着砍断竹筒后的剖面的形象,如下图:

图 1　马耳的形状

即马耳从正面看要像一片叶子的样子。《相马经》行 68 下—69 上说"大木高,本深藏＝(藏,藏)以大,桐以兑(锐)者,欲耳箭(筒)长叶＝短＝(叶短,叶短)有材",其中的"耳筒长叶短"大概就是指此而言。(1)"经"的部分对马眼的描写在属于"故训"的(2)中作"中有细**䬵**,理若斩竹者,欲……",省去了(1)"经"部分中的两个"丌(其)"字,加上了一个代词"者"字构成"者字句"以标明"者"字前的焦点,从而引出以下对"中有细**䬵**,理若斩竹"的进一步阐释。既然(2)的"中有细**䬵**,理若斩竹者,欲……"

―――――――――――

① 〔北魏〕贾思勰著,缪启愉校释:《齐民要术校释》,中国农业出版社 1998 年第二版,第 397 页。

是对(1)的"亓(其)中有细鋒,亓(其)理若斩竹"的进一步阐释,按理(1)的"细鋒"和(2)的"细鋸"应该相同才是,换句话说,(1)的"鋒"字和(2)的"鋸"字应该是同一个字才对。可是仔细观察这两个字的形体：

　　　　A　鋒　　　B　鋸

会发现两者有不小的差别,主要是右下的写法完全不同。1977年最早公布的由马王堆汉墓帛书整理小组作出的《马王堆汉墓帛书〈相马经〉释文》将这两个字都隶定为"鋒",括注为"线",①不知道是忽视了两个形体之间的差别,还是虽然看到了两个形体之间的差别,却因认定两者应该相同而放弃了对这一差别的追究。2001年由陈松长先生编著的《马王堆简帛文字编》漏收了A的"鋒"形,将B的"鋸"形放到两处,一处放到金部《说文》所无字中的"鋒"字下,引辞例为"中有细鋒(线)",出处标为"相〇五六",一处放到巾部"锦"字下,引辞例为"中有细锦(线)",出处标为"相〇〇八"。② 这一处理造成三个错误,一是"鋒"字下应放A的"鋒"形,却错放了B的"鋸"形。二是"鋒"字和"锦"字下的两个出处互混,应互换,即"鋒"字下的出处应为"相〇〇八","锦"字下的出处应为"相〇五六"才对。三是即使按"鋒"字下形体没有放错,放的是A的"鋒"形来分析,"鋒"字从"泉"声,读为"线"虽然没问题,但是既然认定B的"鋸"为"锦"字,却仍然括注为"线"就莫名其妙了,因为"锦"字是无论如何也不能读为"线"的。出现这样的错误,推测首先是因为《马王堆简帛文字编》虽然对"鋒""鋸"两字从形体上做了区分,分别释为"鋒"和"锦",但对其读法却并未深思,首先是直接沿用了马王堆汉墓帛书整理小组《马王堆汉墓帛书〈相马经〉释文》中把"鋒""鋸"两字都括注为"线"的处理方法,其次是金部《说文》所无字中"鋒"字下本来是要放A的"鋒"形的,却被误植为B的"鋸"形,再加上所引两字出处的互混,于是就造成了这一"三重错误"。2016年由徐正考和肖攀两位先生编撰的《汉代文字编》对"鋸"形的处理沿用了《马王堆简帛文字编》的错误,也是将"鋸"形分别放在了"鋒"字和"锦"字下,出处互混的错误也依然延续。③ 于淼《汉代隶书异体字表》没有收"鋸"形,将"鋒"形列在"钱"字下。④《马王堆简帛文字编》虽然在编写过程中漏收了A的"鋒"形,使得B的"鋸"形被释为不同的"鋒"和"锦"两字并分列两处,还互混了两者的出处,但是对马王堆汉墓帛书整理小组《马王堆汉墓帛书〈相马经〉释文》把两字都释为"鋒",读为"线"的错误做出了修正,即把A的"鋒"和B的"鋸"从

---

① 马王堆汉墓帛书整理小组:《马王堆汉墓帛书〈相马经〉释文》,《文物》1977年第8期。
② 陈松长编著,郑曙斌、喻燕姣协编:《马王堆简帛文字编》,文物出版社2001年版,第325、570页。
③ 徐正考、肖攀:《汉代文字编》,作家出版社2016年版,第1130、1940页。
④ 于淼:《汉代隶书异体字表》,中西书局2021年版。

形体上区分为"镍"和"锦"两字，从而释出了"锦"字，这一点倒是一个进步，是需要特别指出的。

　　A 的"鎴"字从"金"从"昇"，1977 年刊布的《马王堆汉墓帛书〈相马经〉释文》就将其释为"镍"，从隶定上看无可指摘。

　　马王堆帛书中的"泉"字作：

　　　　昇《十问》29"歓（饮）楠（瑶）泉灵尊以为经"

　　　　昇《十问》64"四曰含丌（其）五味，歓（饮）夫泉英"

　　　　昇《天下至道谈》10"嬑（踵）以玉泉，食以粉（芬）放（芳）"

　　以"泉"为声符的"原"字作：

　　　　原《九主》26"故不可得原"

　　　　原《周易》23"原筮"

　　以"原"为声符的"源"字作：

　　　　源《五行》164"源（原）鼻口之生（性）而知丌（其）好櫱（臭）味也"

　　　　源《五十二病方》164"源（原）手足之生（性）而知丌（其）好勞（佚/逸）余（豫）也"

上引"泉"字和"原""源"两字所从之"泉"字的写法与"鎴"字所从昇字的写法完全相同，可证将"鎴"字隶定为"镍"从形体上看没有问题。

　　《马王堆汉墓帛书〈相马经〉释文》释 A 的"鎴"为"镍"字从隶定上看没有问题，那么《马王堆简帛文字编》将 B 的"歸"释为"锦"字是否正确呢？马王堆汉墓遣策中的"锦"字作：

　　　　歸遣策—280"锦周掾（缘）"

　　　　歸遣策—289"一锦掾（缘）"

　　　　歸遣策—290"锦掾（缘）"

　　其结构和写法与 B 的"歸"字也完全相同，可证《马王堆简帛文字编》将 B 的"歸"释为"锦"字也没有问题。因此由笔者主编的《马王堆汉墓简帛文字全编》就将 A 的"鎴"形和 B 的"歸"形分别放到了"镍"字和"锦"字下。①

二、两字非此即彼

　　上文说《马王堆汉墓帛书〈相马经〉释文》将"鎴"释为"镍"字从隶定上看没有问

---

① 刘钊主编，郑健飞、李霜洁、程少轩协编：《马王堆汉墓简帛文字全编》，中华书局 2020 年版，第 880、1442 页。

题，又说《马王堆简帛文字编》将"錦"释为"锦"字也没有问题。可如此问题就来了，本文上一节开始部分明明曾说(2)的"中有细錦，理若斩竹者，欲……"是对(1)的"亓(其)中有细線，亓(其)理若斩竹"的进一步阐释，按理(1)的"细線"和(2)的"细錦"应该相同才是，也就是说(1)的"線"字和(2)的"錦"字应该是同一个字才对，怎么现在又说隶定"線"为"線"和释"錦"为"锦"都没有问题了呢？这不是自相矛盾吗？

这里首先需要明确：因为文本格式和文意的限定，上文开始部分强调的"(1)的'细線'和(2)的'细錦'应该相同才是，也就是说(1)的'線'字和(2)的'錦'字应该是同一个字才对"这一原则仍然没有改变，这是本文立论的出发点。

其次我们说隶定"線"为"線"，释"錦"为"锦"没有问题，跟上面提到的本文立论的出发点并不矛盾。我们说隶定"線"形为"線"，释"錦"形为"锦"没有问题，是仅从形体隶定和字形层面上说的，因为仅从形体隶定和字形层面上看，这两个字只能如此隶定和考释，这里尚未涉及两个字的形体来源和用法等更深的层次。而如果进入到更深层次的形体来源和用法的探究，结果可能就完全不一样了。所以接下来需要解决的问题，就是对于两字形体来源和用法的考察。总之，我们既然要坚持上文所说的立论的出发点，就要在"線"和"錦"两字之间做出一个对与错的抉择，即本文题目提出的问题："细線"还是"细锦"？

在此我们提前"剧透"，将结论揭示出来。问："细線"还是"细锦"？答："细锦。"

为什么说应该是"细锦"而不是"细線"呢？以下是对读"细錦"为"细线"不利的两条证据：

1. 以往将"细錦"读为"细线"，首先是因为"錦"字右边明确从"泉"，读为"线"从声音上看很顺畅，其次是"细线"一词很平常易懂，放到文本中讲得也很通顺，因此很容易迷惑人。笔者当初撰写《长沙马王堆汉墓简帛集成》中《相马经》部分的释文和注释时，对"细錦"即"细线"的读法也深信不疑，而且还引《齐民要术》卷六"相马"部分"目中缕贯瞳子者，五百里；下上彻者，千里"和"目上白中有横筋，五百里；上下彻者，千里。目中白缕者，老马子"，从而认定马王堆帛书《相马经》中的"细线"的"线"，就是上引《齐民要术》中"目中缕"和"白缕"中的"缕"。① 《说文·糸部》："缕，线也。""线，缕也。"② 从训诂角度看也很密合。可是后来发现在《相马经》中是有这种用法的"缕"的，只不过是用"卢"和"纑"字来记录"缕"这个词：

① 裘锡圭主编：《长沙马王堆汉墓简帛集成》第五册，《相马经》第一部分注释〔三九〕，中华书局 2014 年版，第 173 页。
② ［东汉］许慎：《说文解字》，中华书局 1963 年影印陈昌治刻本版，第 275 页上一下。

(1) 良马也〈成〉规,帀(其)【次成方】,【上】有刻卢(缕),帀(其)中有玉。靜(静)居深视,五色清(精)明(明)。雍(拥)蒙别环,细者如砖,大者如甄。

7 上—7 下

(2) 良马成【规】,帀(其)次成方者,皆□□也。上又(有)刻卢(缕)者,欲匡(眶)冐(骨)充盈＝(盈,盈)又(有)材。中又(有)玉英者,艮(眼)也。雍(拥)蒙别环者,隆＝甄＝(阴甄,阴甄)坚久。

55 上—55 下

(3) 美人隆(阴)生,无百节成,疑(拟/凝)之凉月,绝以彗(彗)星,天地相薄,威(灭)而无(无)刑(形)。玉中又(有)瑕,縣＝(县县——绵绵)如丝,连〖＝〗(连连)如纑(缕)。①

20 上—20 下

(4) 十焦者,欲目上见□如＝卢【＝】(如卢如卢——如缕,如缕)见冐(骨)材。

55 下—56 上

以上简文中的"卢"和"纑"都应读为"缕"的说法是萧旭先生最先提出来的,这是非常正确的意见。② 上引(2)中说"中有玉英者,眼也",(3)中说"玉中有瑕,绵绵如丝,连连如缕",说的是马眼中有玉的光彩,玉中有瘢痕或纹理,连续如丝,不断如线。"绵绵如丝"和"连连如纑(缕)"对文,其中的"丝"对"纑(缕)",《说文·糸部》:"缕,线也。"③段注:"此本谓布缕,引申之丝亦名缕。"④典籍"丝缕"并言者多见,可见"丝"和"缕"关系极为密切,因此才可以在上引《相马经》中严格对文。由此可见上引《相马经》中的"卢(缕)"和"纑(缕)",才真正相当于上引《齐民要术》卷六"相马"部分中"目中缕"和"白缕"中的"缕"。既然《相马经》中表示"线"的意思用的是"缕"这个词,且同传世有关《相马经》的记载中的用词相合,则在同一篇文本中再用"细錋"中的"錋"字来记录与"缕"有相同意义的"线"这个词,就显得有点奇怪。虽然不能完全排除在一个文本中用两个不同的词记录同一个概念的可能,但是从正常的用词习惯看,其概率显然很低。

2. "细錋"的"錋"字从"金"从"泉"声。如果此字不从"金"而是从"糸",则直接可以释为"线",如此"细錋"就是"细线"的释法才能算是可以落实。可是此字并不

---

① "悬悬"读为"绵绵"为陈剑先生的意见,见其《据出土文献说"悬诸日月而不刊"及相关问题》一文,《岭南学报》2018 年第 2 期,第 57—94 页。

② 萧旭:《马王堆帛书〈相马经〉校补》,2005 年,http://www.fdgwz.org.cn/Web/Show/2437。

③ [东汉]许慎:《说文解字》,中华书局 1963 年影印陈昌治刻本版,第 275 页上。

④ [清]段玉裁:《说文解字注》,上海古籍出版社 1988 年影印经韵楼刻本版,第 656 页。

从"糸"而是从"金"，用从"金"为义符的一个字来记录从"糸"为义符的一个字，未免显得很别扭，这使得"镍"字与其原认为所记录的词——"线"之间又生出了一层障碍，进一步降低了"镍"记录的是"线"这个词的可信度，于是只能认为"镍"记录"线"是假借。而一提到假借，如果不是符合某一时代或某一地域的用字用词习惯的假借，或是以往未曾出现过的假借现象，都首先要心存疑虑。其实如果进一步追究的话，"镍"字这一形体构成本身就是个大问题。"镍"字被《汉语大字典》和《现代汉语词典》收录，解释成"金属线"，可是此字既不见于任何历代辞书，也没有任何书证，推测很可能是近现代才产生的一个民间俗字，即用"线"字类推创造出来的一个字。[①]若果真如此，那么在汉代的帛书上怎么会出现近现代才产生的"镍"字呢？当然，我们也可以说帛书上的"镍"字和被收入《汉语大字典》和《现代汉语词典》、意为"金属线"的"镍"字只是"同形异字"的关系，并不真是一个字。可即使这样，我们对汉代就已出现的"镍"字的前世今生，对其形音义和用法依然是一无所知，这真不免让人疑窦丛生。

三、应该是"锦"

我们既然坚持"镍""镍"应是同字的原则，又在"细镍"还是"细锦"的抉择中选择了"细锦"，也就相当于说"镍"字是对的，"镍"字是错的。那么"镍"和"镍"两字是什么关系呢？答案是："镍"是"镍"的讹字。

"锦"字从"帛"从"金"，"镍"的结构是左旁从"金"，右旁从"帛"，"帛"的结构是上从"日"（"白"与"日"相混），下从"巾"，构形非常清楚。"镍"的结构是左旁从"金"，右旁上从"日"，下从"禾"，与锦字"镍"形的差别就在于此。"镍"形右旁上从"日"（日），下从"禾"，"日"（日）与"禾"的组合恰巧与同时期"泉"字的写法完全相同，于是就被误认成了从"金"从"泉"的"镍"字。这种误认仅从形体隶定上看并没有问题，只是没有进一步深究，没有分析清楚与"镍"字字形上的关系和两字的正确读法而已。

既然说"镍"是"镍"的讹字，实际上就是指"镍"所从的"帛"讹成了"镍"所从的

---

① 马王堆汉墓一号墓竹简遣策 223 号简有"瓦镍二，皆画"。"镍"字原报告（湖南省博物馆、湖南省文物考古研究所编著《长沙马王堆一号汉墓》，文物出版社 1973 年版）释为"镙"，认为镙、钟通用，疑指墓中出土的带锡箔的两件陶钟。朱德熙、裘锡圭：《马王堆一号汉墓遣策考释补正》（《文史》第十辑，中华书局 1980 年版，第 25 页）认为字从"金"从"泉"，疑为"钱"字异体，在简文中用为器皿之名，疑指墓中出土的两件彩绘豆形器。按"镍"字右旁有是"宗""泉"的两种可能，以是"宗"的可能性更大。此字隶定疑莫能定，其与出土实物的对照也是推测，没有确切答案，故暂不将其阑入讨论。

"杲",或说是"帛"字讹成了"泉"字。这种讹变可能吗？完全可能！秦汉时期从"巾"的"帛"字,有时因追求书写速度而连写,造成其所从的"巾"旁上部的一横有时写得不平且两边下垂,作如下之形：

　　A 杲居延新简 EPT6.79"二尺帛一丈"杲居延旧简 203·45"表裹用帛一匹"

　　　杲居延旧简 188·11"领紬(袖)帛匹"

从"巾"的"常"字也有类似的写法：

　　B 杲《岳麓书院藏秦简》(壹)二七正"欲求衣常(裳)"杲居延新简 EPF22.170"赣长常业"

　　　　杲居延新简 EPS4.T1:12"粟米常陈"

马王堆帛书"帛"字或作如下之形：

　　C 杲《明君》21"缦帛之衣"

从"帛"的"锦"字或作如下之形：

　　D 锦《明君》29"傜(奚)婢锦绣"

　　以上所引秦汉时期的"帛"字和"锦"字所从"帛"字下部的"巾"旁,其左右下垂的两笔如果写得再直一些,自然就会出现跟"泉"字所从的"杲"形一样的形态,这就是我们认定"泉"是"帛"的讹字在形体演变上的解释,可见我们说"泉"是"帛"的讹字,是有形体演变上的证据支撑的,并非无证据的强说。

　　除了以上列举的"泉"是"帛"的讹字在形体演变上的证据外,还有一个涉及古文字构形学理论的证据可以作为旁证,即古文字间的讹混有双向的,也有单向的。"帛"讹为"泉",即"帛"讹为"泉"就属于单向的讹混,因为从一般正常的古文字形体演变规律看,"帛"形可以讹混成"泉"形,"泉"形却不能讹混成"帛"形,即由"帛"经"杲"到"泉"的演变是可行的、正常的,反过来由"泉"经"杲"到"帛"的演变却是不可行的、反常的。所以我们才能排除"锦"是"缐"的讹字的可能性,而判定"缐"是"锦"的讹字,并在是"细缐"还是"细锦"的抉择中选择了"细锦"。

　　通过以上的论证,"缐"讹混成"锦"的事实已经清楚,是"细缐"还是"细锦"的选择也已经尘埃落定,接下来就要说说"细锦"在《相马经》中的含义了。

　　如果"细缐"是"细线"不误,则"细线"的"细"就是"纤细"的意思,现已知"细锦"不是"细线"而是"细锦",则"细锦"的"细"就是"精致细密"的意思了。《说文·帛部》："锦,襄色织文。"[1]徐锴《说文系传》："襄,杂色也。"[2]朱骏声《说文通训定

---

① ［东汉］许慎：《说文解字》,中华书局 1963 年影印陈昌治刻本版,第 160 页下。

② ［南唐］徐锴：《说文解字系传》,中华书局 2017 年影印祁寯藻刻本版,第 159 页。

声》:"染丝织之,成文章也。"①《急就篇》"锦绣缦緂离云爵",颜师古注:"锦,织彩为文也。"②《文选·张衡〈四愁诗〉》"美人赠我锦绣段",李善注:"锦绣,有五采成文章。"③宋高承《事物纪原·布帛杂事门·锦》:"《拾遗记》曰:员峤山环丘有冰蚕,霜雪覆之,然后成茧,其色五采。唐尧之时,海人织锦以献。后代效之,染五色丝,织以为锦。"④由此可知"锦"是用彩色丝线织出的带有图案花纹的丝织品,所以"细锦"也就是"精致细密的用彩色丝线织出的带有图案花纹的丝织品"的意思。

马王堆帛书《相马经》中屡次提到马眼中有"五色"或"五采":

（1）方艮（眼）深视,五色精明（明）,亓（其）状类怒。

2 下—3 上

（2）良马也〈成〉规,亓（其）【次成方】,【上】有刻卢（缕）,亓（其）中有玉。鞘（静）居深视,五色清（精）明（明）。

7 上

（3）【逢（蜂）者亡蔵,在】玉中匿者,艮（眼）精也。有虫处官,独挟色者,欲如鸽＝目＝（鸽目,鸽目）固具五采（彩）。

75 上—75 下

《齐民要术》卷六"相马"也说:"目中五采尽具,五百里,寿九十年。"⑤很显然,"五色"和"五采"正是指本文第一节中所引《相马经》"亓（其）中有细镽,亓（其）理若斩竹"和"中有细镽,理若斩竹者"两句中的"细镽"和"细镽",也就是"细锦"。因为"锦"用五色丝染织而成,上有各种图案花纹,所以才会说"五色"或"五采",也才会说"亓（其）理若斩竹"。如果"细镽"和"细镽"是"细线"的话,"细线"一般是谈不上有纹理的,也就不会说"亓（其）理若斩竹"了。因此"亓（其）中有细镽,亓（其）理若斩竹"的意思,就是说马眼中有精致细密的五彩锦,因此马眼的纹理呈现出像斩断竹子的样子。

四、马眼与鸽眼

以上关于"细镽"还是"细锦"的悬念已经消除,"细锦"在《相马经》中的含义也

---

① ［清］朱骏声:《说文通训定声》,武汉古籍书店 1983 年影印临啸阁本版,第 94 页下。
② 张传官:《急就篇校理》,中华书局 2017 年版,第 127 页。
③ ［宋］尤袤刻本《文选》,国家图书馆出版社 2017 年版,卷二十九,第 12 页。
④ ［宋］高承:《事物纪原》,明正统九年序刊本,卷二十,第 3 页。
⑤ ［北魏］贾思勰著,缪启愉校释:《齐民要术校释》,中国农业出版社 1998 年第二版,第 396 页。

已经明了,按理本文就该结束了。不过下边还想在文末添上一个有意思的尾巴,就是借对帛书《相马经》的这一条校释,顺便结合鸽眼的"眼志特征"谈谈相马眼的问题。

中国古代的术数方技庞杂丰富,其中大部分的内容都已因时移事变,逐渐失去其应用环境和使用价值而归于湮灭,只有很少一部分因典籍记载而流传下来,却也早已发生各种误解误读和扭曲形变。我们站在今人的角度,以今人的思想观念来看这些文字,常常会有莫名其妙、匪夷所思之感。时间的远隔,让我们很难理解古人,可能在古人看来,也会觉得我们愚笨可鄙。

相马术属于方技,是一门实用技术。从《吕氏春秋·观表》篇可知,当时的相马术分为十个派别,每个派别分别相马身体的一个部位,可见这种相术在当时已经积累了很多专门的知识。马王堆帛书《相马经》属于专门相马眼的"子女厉"派,全篇都是讲如何相马眼和马眼周围穴窍和筋脉的内容,包含有太多的专有名词和概念,对于今天的我们来说有些还一时难以索解。仅仅一篇相马眼的文字,竟然写了五千多字还没写完,这些内容可信吗? 古人难道真能在马眼上发现这么多门道和讲究? 这一相马眼的技术果真具备实际功用和价值吗? 我认为你如果抱着这样的怀疑态度看待《相马经》,就表明你低估了古人的见识,侮辱了古人的智商。

技术的发展与科技的进步,往往是与人自身某些能力的退化相伴随的,古人远比今人更融入自然,贴近生活,崇尚简朴。古人对自然的天地山川和身边的禽鸟牲畜有远比今人敏锐得多的切身体验和心灵感悟。在古代,马是人的亲密伙伴,驾辕、驮运、骑乘、舞马等都需要马,尤其是作为重要战备物资的战马,更是不能不让人极为重视马的挑选、养育和治疗,所以才有了格外发达的相马术和医马术。相马眼在相马术中居于重要地位,仅次于马头,所以《齐民要术》卷六"相马"说:"头为王,欲得方;目为丞相,欲得光。"[1]中医理论认为人眼的各部分处于不同的经络循行路线中,由不同的"精气"构成,因此,眼睛各部位的不同表现也能预示各脏腑的不同状态,《黄帝内经·灵枢·大惑论》引岐伯说:"五藏六府之精气,皆上注于目而为之精。精之窠为眼,骨之精为瞳子,筋之精为黑眼,血之精为络,其窠气之精为白眼,肌肉之精为约束。"[2]古人将对人的认识移到马身上,所以也会因重视马而格外重视马眼。

说到马王堆帛书《相马经》有关马眼的相术是否可信,是否具备实际功用和价值,我们可以借助鸽眼来作参考。

本文第三节所引马王堆帛书(3)中有"欲如鸽＝目＝(鸽目,鸽目)固具五采

① [北魏]贾思勰著,缪启愉校释:《齐民要术校释》,中国农业出版社 1998 年第二版,第 386 页。
② 郭霭春:《黄帝内经·灵枢校注语译》,贵州教育出版社 2010 年版,第 533 页。

（彩）"的说法，说明古人希望马眼如鸽眼一样具备五彩，可见在汉代就可以用鸽眼来与马眼作比照。明方以智《物理小识》卷二"鸟兽通理"说："鹰眼碧，蜻蜓眼如碧珠，惟鸽眼有五色，山牛有四眼。"①可以跟帛书《相马经》的说法相呼应。因鸽眼常常向上看，所以"鸽眼"在汉语中有时用为"势利眼"的代称。南宁平话和广州话中都有"白鸽眼"一词用于比喻势利眼，②广东话歇后语有"白鸽眼——睇低人"，③广东诗人梁耀明《重阳偶写》诗有"笑渠鸽眼视人微"句，④广东老游击区民歌《约齐入屋担》有"财主白鸽眼，穷人难生活"的句子，⑤都是实例。"鸽眼"在古代相术中是经常出现的一个象物，在不同时代的相书中有不同的解释，一种是正面的，如黄则父著《厦门杂记》"赖太妈与吴英"条有"此君方肠而鸽眼，相书云贵不可言也"⑥。一种是负面的，因鸽眼"小而圆"，所以相书常把"鸽眼"与"醉眼"和"桃花眼"并列，认为鸽眼"主淫"，⑦或认为"鸽眼"有当贼的可能，如《神相铁关刀》卷二"相眼秘诀"中就有"睛如鸽眼，便防偷"的话。⑧

下边展示的是鸽眼的示意图：

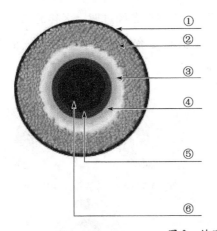

① 黑眼线：隐藏育种和遗传基因。
② 面砂：分粗、中、细三种，颜色分黄、红、深红、巧克力色等。
③ 底砂：分粗、中、细三种，颜色分黄、白、蓝、褐色等。
④ 眼志：分宽、窄；黑、白、半黑半白。
⑤ 黑扣线：分全圈、锯齿，有宽窄之分。
⑥ 瞳孔：有正圆、椭圆、扁圆之分。

图 2　鸽眼示意图
来源：网络，说明部分有修正。

其中④"眼志"就是鉴别鸽眼的主要特征物。"眼志"又称"眼志圈"，位于虹膜

---

① ［明］方以智：《物理小识》，黄山书社 2019 年版，第 497 页。
② 李荣主编：《现代汉语方言大词典》，江苏教育出版社 2004 年版，第 1022 页。
③ 黄小红主编：《肇庆市端州区志》，方志出版社 2012 年版，第 813 页。
④ 顺德诗词学会编：《顺德诗词》第 9 集，顺印准字第 20020046 号 2002 版，第 109 页。
⑤ 伍伯相、陈哲深：《试谈台山民歌的发展》，政协广东省台山县委员会文史组《台山文史》第 2 辑，1984 年版，第 52 页。
⑥ 王丽主编，厦门图书馆编：《厦门轶事》，厦门大学出版社 2004 版，第 30 页。
⑦ ［清］袁树珊：《润德堂丛书全编·中西相人探原》，华龄出版社 2018 年版，第 188 页。
⑧ 华艺博：《面相解运宝典》，甘肃文化出版社 2005 版，第 129 页。

中间部分,紧紧围箍在瞳孔外,由或聚或散的粗细不同的粒子组成,分布在深色的底层上,砂粒间不时会露出一些断续的缝隙,有的被更细的砂粒填满,有的露出深色,这就是眼志的所谓"速变线"和"距离线"。眼志是虹膜色素细胞内层的延伸。整圈、半圈、宽窄不等的色素层是视网膜在虹膜终止边缘所形成的色圈环。

每一个生物个体的眼睛都是不同的,鸟类都具备不同的"眼志",人也一样具有不同的"眼志"。

鸽子眼力超群,视神经发达,具有一百多万个神经细胞,养鸽和鉴鸽界认为鸽眼是判断鸽子智能高低和身体健康与否的窗户,还是判断鸽子遗传性的窗户。在众多鸽子中方便快捷地挑选出可以参加长距离比赛的信鸽和用于繁育的种鸽,是养鸽和鉴鸽界一直追求的目标。虽然挑选优良的鸽子有很多标准,譬如要有一对好的翅膀、十分发达的胸肌、良好的尾巴、匀称的骨骼、强壮的呼吸系统和优良的遗传家谱,但最重要的还是要有具有优良特征的眼睛。有关对鸽眼进行鉴定的理论最早起源于18世纪末,在二战后迎来高峰。英国信鸽眼志专家彼沙波(S. W. E Bishop)于1947年出版的《鸽眼秘密》一书是影响最大的此类著作,该书作者经过四十多年的钻研和实践,在观察了约五十余万羽鸽子眼志特征的基础上,总结了鸽眼"眼志特征"的十一种类型,如下图(图只有十种类型,最后一种无图):

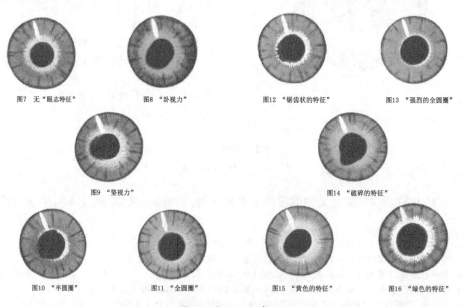

图7　无"眼志特征"　　图8　"卧视力"　　图12　"锯齿状的特征"　　图13　"强烈的全圆圈"

图9　"竖视力"　　图14　"破碎的特征"

图10　"半圆圈"　　图11　"全圆圈"　　图15　"黄色的特征"　　图16　"绿色的特征"

图 3　鸽眼眼志特征

来源:陆子强、何正平编《鸽眼奥秘》,上海科学技术出版社2006年版。

这十一种类型"眼志特征"的基本内容如下:

1. 无眼志特征。表明不能作为长距离赛鸽。

2. 卧视力。位于瞳孔下方，围绕着瞳孔。有不同的长度和宽度。越明显、越宽越好；颜色由深色到深黑色最好。如果不到周长的百分之二十五，则价值不大。

3. 竖视力特征。位于瞳孔外边更高的位置。要求要宽，显现为固体黑色，不能破碎。如果不到周长的百分之二十五，则价值不大。可以作为种鸽。

4. 半圆圈特征。此特征强于2和3。位于瞳孔上方，围绕着瞳孔外圈，占周长之百分之七十五以上。

5. 全圆圈特征。围绕着瞳孔不中断，越宽、颜色越深越好。

6. 锯齿状特征。呈现为宽阔的黑色固体粒围绕着瞳孔，类似密集的"尖钉刺状"，朝着虹膜的方向逐渐减少。可以作为优良的赛鸽和理想的种鸽。

7. 强烈的全圆圈。要有宽度，颜色要既深且厚，圆圈的界限要清晰。作为种鸽繁殖最理想。许多竞赛中的冠军鸽都具备这一眼志特征。

8. 破碎的特征。围绕着瞳孔一圈，但在瞳孔下方有一鼓起突出的部分。这是长距离优秀赛鸽的特征。

9. 黄色的特征。围绕着瞳孔有一圈黄色，不同于有黄色底板的虹膜，而是位于瞳孔的外缘虹膜和瞳孔之间，有一定的宽度。这也是优良的长距离赛鸽的特征。

10. 绿色的特征。也是最稀有的特征。颜色呈暗绿色，要求要宽，颜色要深。这是有价值的种鸽的特征。

11. 紫蓝色的特征。只能在虹膜为桃花砂色或砂石色的鸽眼中呈现出来。这是极其优异的赛鸽的特征。[①]

虽然目前养鸽和鉴鸽界对这一"眼志特征"理论还存在一定的争议，但承认其具有重要的参考价值和指导意义则是毋庸置疑的。

以用于鸽眼鉴定的"眼志特征"为参照，我们回观《相马经》对马眼的描写和鉴定，会发现《相马经》对马眼的描写和鉴定，比鸽眼"眼志特征"的描写和鉴定要复杂得多。《相马经》对马眼的鉴定，特征物不限于眼睛中的瞳孔等几个部位，还包括上下眼睑、眼睫毛和马眼周围的穴窍筋脉等。《相马经》在对马眼中的不同部位和围绕

① 以上关于"眼志特征"的论述，主要参考陆子强、何正平编《鸽眼奥秘》（上海科学技术出版社2006年版）一书，同时参考陈仲铭著《赛鸽全书》（上海科学技术出版社2016年第二版），顾澄海、潘久武编著《鸽眼新说》（上海科学技术出版社2011年版），顾澄海编著《鉴鸽技巧》（上海科学技术出版社2009年版）等书。

着马眼的其他部位的形状及颜色等的描写鉴定中,使用了大量的形容词,其中有很多还是正反相对的,如"曲"与"直"、"急"与"缓"、"长"与"短"、"横"与"纵"、"高"与"卑"、"狭"与"广"、"深"与"浅"、"肥"与"癯"、"细"与"大"、"厚"与"薄"、"强"与"弱"、"泽"与"枯"、"洼"与"盈"、"高"与"伏"、"匿"与"见(现)"、"博"与"浅"、"约"与"不约"、"危"与"不危"、"廉"与"不廉"、"泽"与"不泽"、"呈(挺/侹)"与"不呈(挺/侹)"等,其细密精微的程度让人惊叹。

　　既然可以用"眼志特征"来鉴定鸽子的优良与否并从中选择飞行远、耐力久、方向感强的信鸽或作为繁育的种鸽,当然也可以用马眼的特征来鉴定马的良驽并选择奔跑速度快、耐力持久的适合征战或用于其他用途的马。所以人类利用鸽眼的"眼志特征"来鉴定鸽子的事实,让我们相信古人在长时间大量接触马的过程中,一定也发现了很多马眼的"眼志特征"并用于马的良驽的判别和鉴定,古人的相马术绝非向壁虚造,一定源自长期的观察体悟和实践,具备深厚的理论支撑与实际的功用和价值。这也就是为何一篇相马眼的《相马经》如此复杂,居然可以写五千多字的原因。

　　(本文蒙陈剑先生、沈培先生和张传官先生提出修改意见,使本文避免了一些错误,谨此致谢。)

Deciphering "Xixian"(细鵦) or "Xijin"(细锦):
A Textual Analysis of the Ma Wang Dui Silk Book
Xiang Ma Jing(《相马经》)

Liu　Zhao

Abstract: In the Ma Wang Dui silk book *Xiang Ma Jing*, the characters "细鵦" and "细鵦" are found. Based on the shape and character form, they can only be transcribed and explained in their original way. However, through a deeper exploration of shape origin and usage, it is concluded that "鵦" is actually a corrupted writing of "锦".
Keywords: Ma Wang Dui silk book *Xiang Ma Jing*; Xixian; Xijin; textual emendation

《君奭》等《尚书》类文献"若"字训诂
与西周天命观参证

吴　铭*

摘要：《尚书·君奭》有"时则有若伊尹"格式的句子排比使用，传统将"若"视为虚字，时贤又有"有若"整体解作"杰出的"的新解。综观《君奭》全篇乃至其他《尚书》类文献，此"若"当用常训"顺也"解释，代表的是西周受命后奉顺天命的观念。由此，此类文献中"若天棐忱""越天棐忱""越卬敉宁王大命""天乃弗若""我其克灼知厥若""用奉恤厥若""若汝予嘉""未其有若汝封之心""非天攸若"等难题可一以贯之得到解答。

关键词：《尚书》　若　顺　天命

《尚书·君奭》：

> 我闻在昔成汤既受命，时则有若伊尹，格于皇天。在太甲，时则有若保衡。在太戊，时则有若伊陟、臣扈，格于上帝；巫咸乂王家。在祖乙，时则有若巫贤。在武丁，时则有若甘盘。率惟兹有陈，保乂有殷，故殷礼陟配天，多历年所。……上帝割申劝宁王之德，其集大命于厥躬。惟文王尚克修和我有夏；亦惟有若虢叔，有若闳夭，有若散宜生，有若泰颠，有若南宫括。

宁镇疆先生《由出土文献说〈尚书·君奭〉"有若"的理解问题》①一文对这些"有若"提出新解。其提要云：

> 《尚书·君奭》篇十例修饰人名的"有若"，传统上都将其理解为"有如此"或"有这样"，本文以为不确。从清华简《周公之琴舞》篇看，"有若"实际上是

---

* 吴铭，1974年生，文学博士，以古籍训诂为学术兴趣，研究成果部分发布于个人公众号"吴铭训诂札记"。

① 黄德宽主编：《清华简研究》第四辑，中西书局2021年版，第273—282页。

"有"+形容词"若"的构词方式，它意在强调其中的"若"（训为"善"），因此"有若"准确的理解应该是"杰出的"。

宁文所驳是，所倡则犹有可议。我同意此"若"不当如传统作虚字解，而对"有若"的结构与释义仍觉未安，此略陈浅见。

与《尚书·君奭》"有若"文例最近者，宁文举了：

（1）清华简《祭公之顾命》："我亦维有若祖周公暨祖邵公，兹迪袭学于文武之曼德，克夹邵成康……我亦维有若祖祭公，伐和周邦，保义王家。"

认为都用到了"有若"，同样是冠于人名前。继而又系联了：

（2）清华简《周公之琴舞》："呜呼，天多降德，滂滂在下，流（攸）自求敉（悦）。诸尔多子，逐（笃）思沈之。乱曰：'恒称其有若，曰享会余一人，思辅余于艰，乃是维民，亦思不怠。'"

宁文言：

"若"训为顺、善之类正面含义，本属常训。如《尔雅·释诂》云："若，善也。""若"既为有顺、善之类正面含义的形容词，故无论是《周公之琴舞》还是《君奭》《祭公》篇的"有若"表达方式，其实不过是"有+形容词"的构词格式，这种构词格式意在对其中的形容词突出强调……故所谓"有若"，实即"有善"或"特别善"，联系到诸位臣佐的人才背景，笔者认为这里的"有若"其实可以径直翻译成"杰出的"。如将"有若"理解为"杰出的"，置之《君奭》《祭公》的语言环境中，可以说都是非常明顺的。《君奭》篇先说到商的各代明主都有贤才辅佐：汤有"杰出"的伊尹，太甲有"杰出"的保衡，太戊有"杰出"的伊陟、臣扈、巫咸，祖乙有"杰出"的巫贤，武丁有"杰出"的甘盘，正是因为有这些俊杰辅弼，所以才能"保义有殷""多历年所"；而周文王时，则有"杰出"的虢叔、闳夭、散宜生、泰颠、南宫括等人辅弼，所以才能成就周之大业。

宁文将"有若"视为一个整体作定语，但释句意仍称"汤有'杰出'的伊尹，太甲有'杰出'的保衡……"，显示无动词"有"则难以成句。对照其文中曾举过的二例：

（3）清华简《良臣》："文王有闳夭，有泰颠，有散宜生，有南宫适，有南宫夭，有芮伯，有伯适，有师尚父，有虢叔。武王有君奭，有君陈，有君牙，有周公旦，有召公，遂佐成王。"

（4）《墨子·尚贤下》："是故昔者尧有舜，舜有禹，禹有皋陶，汤有小臣，武王有闳夭、泰颠、南宫括、散宜生，而天下和，庶民阜，是以近者安之，远者归之。"

那么合逻辑的判断应该是《君奭》之"有若"非一整体，"有"是动词，"若"才是形容这些重臣的定语。验诸古籍可以证明。《汉书·五行志》引《尚书大传》"时则有服妖,时则有龟孽,时则有鸡祸,时则有下体生上之痾,时则有青眚青祥"之类"时则有……"数十例,又称:"不言'惟'而独曰'时则有'者,非一冲气所渗,明其异大也。"可见"时则有……"为固定用法,"若伊尹""若保衡"等是"有"的宾语,不可将"有若"视为一体。

《史记·燕召公世家》引用这段,今点校本作:

> 汤时有伊尹,假于皇天;在太戊时,则有若伊陟、臣扈,假于上帝,巫咸治王家;在祖乙时,则有若巫贤;在武丁时,则有若甘般:率维兹有陈,保乂有殷。

"时则"皆点断,虽无伤于义,但破坏了古人句式。宜从《尚书》点校,作"在太戊,时则有若伊陟、臣扈","在祖乙,时则有若巫贤","在武丁,时则有若甘般"。《史记》于"伊尹"不言"若"——疑史公已不知此"若"之义,只当是泛指的代词,以伊尹功高无伦,故特去其"若"字——欲扬反抑,失《尚书》之旨。

"若"作为这些重臣的定语,其意义非泛泛的褒扬"善"或"杰出",它乃是《君奭》整篇的"题眼",由之可管窥西周之天命观。

《君奭》是周公对召公所言,谈的是"受命之后,我们怎么办"的大问题,强调精英对国祚的能动性。篇尾与召公共勉:

> 祗若兹,往敬用治。

"祗若"又见于《说命上》篇"畴敢不祗若王之休命"、《冏命》篇"下民祗若",三处孔传都训为"敬顺",是。《逸周书·成开》"百姓若敬"与"下民祗若"同义。周公希望召公与己一同努力,敬顺天命。

而"若"字在开篇时就已出现:

> 君奭! 弗吊,天降丧于殷。殷既坠厥命,我有周既受,我不敢知曰,厥基永孚于休;若天棐忱,我亦不敢知曰,其终出于不祥。

"若天棐忱"孔传解作"顺天辅诚",也训"若"为"顺"。自高邮王氏《经传释词》中提出此"若"是语词之"惟"[1]后,即成定说。今人解句意皆视此"若"如无物。"天棐忱"之解大宗有二,皆以"天"为主语:一是截取孔传成"天辅诚",谓天辅我之诚,正面;二是取孙诒让《尚书骈枝》"凡此经棐字,并当为'匪'之叚借"[2]说,读为"天匪忱",与下文"天难谌""天不可信"同义,负面。

窃以为今人笃信的王氏"若"为语词之说未安,其所举论据只有:"《大诰》曰:'越天棐忱。''越'字亦语助。"

---

① [清]王引之:《经传释词》,上海古籍出版社 2014 年版,第 153 页。
② [清]孙诒让:《尚书骈枝》,中华书局 2010 年版,第 129 页。

《尚书·大诰》：

> 肆哉尔庶邦君，越尔御事。爽邦由哲，亦惟十人，迪知上帝命，越天棐忱，尔时罔敢易法。

"越天棐忱"，孔传解作"于天辅诚"，确以"越"为虚字，后人无或疑者。如此王氏通过对读，定"若"亦为虚字。

今谓"越天棐忱""若天棐忱"确然同义，然"越"当从"若"作动词解。"越天棐忱""若天棐忱"皆动宾结构连用，其主语是人。故训"顺天辅诚"之释不可废。

"若天"，犹《尧典》篇"钦若昊天"，是《尚书》常语。

（5）《尚书·泰誓中》："惟天惠民，惟辟奉天。有夏桀，弗克若天，流毒下国，天乃佑命成汤，降黜夏命。"

夏桀、商纣坠厥命，皆由"弗克若天"。"奉天""若天"互文，连言则为"奉若"。

（6）《尚书·仲虺之诰》："兹率厥典，奉若天命。"

（7）《尚书·说命中》："明王奉若天道。"

"奉若"犹"奉顺"。

（8）《春秋繁露·顺命》："不奉顺于天者，其罪如此。"

（9）《汉书·食货志》："财者，帝王所以聚人守位，养成群生，奉顺天德，治国安民之本也。"

如此"若天"之"若"训"顺"无疑。

（10）《周易·大有》："君子以遏恶扬善，顺天休命。"孔颖达疏："遏匿其恶，褒扬其善，顺奉天德。"

"顺天休命"犹"奉若天命"。人受天命，则当奉顺，否则必如桀纣之坠失。

而"越天"犹《诗·周颂·清庙》"对越在天"、班固《典引》"对越天地"。《尔雅·释言》："越，扬也。"郝懿行义疏："《诗》'对越在天'，对越即对扬，犹云'对扬王休'也。"[1]王引之《经义述闻·毛诗下》"对越在天"条云："'对越'犹对扬，言对扬文武在天之神也……扬、越一声之转。"[2]

（11）《尚书·说命上》："畴敢不祗若王之休命。"

（12）《尚书·说命下》："敢对扬天子之休命！"

（13）《左传·僖公二十八年》："重耳敢再拜稽首，奉扬天子之丕显休命。"

《尚书·大诰》：

---

[1] ［清］郝懿行：《尔雅义疏》，齐鲁书社2010年版，第3099页。

[2] ［清］王引之：《经义述闻》，上海书店出版社2012年版，第187页。

肆予曷敢不越卬敉宁王大命?

"越卬"一般解作及身、在我。今谓"越卬"即"扬"之长言,义与"越""扬"无别。"敉"一般训为"抚""安",义犹"顺"。《尚书·洛诰》"亦未克敉公功"孔传:"是亦未能抚顺公之大功。"孔颖达疏:"公当待其定大礼,顺公之大功。"

(14)《尚书·君牙》:"尔惟敬明乃训,用奉若于先王,对扬文、武之光命,追配于前人。"

(15)《新书·礼容语下》:"承顺武王之功,奉扬武王之德。"

"奉若""对扬"互文,犹"奉扬"连文。上述"奉""若""顺""越""扬"皆指用实际行为积极应答所受之命。"尽人事"才有资格"听天命"。《君奭》篇上句言"我有周既受",下句即言"若天棐忱";《大诰》篇上句言"迪知上帝命",下句即言"越天棐忱"。皆合顺天应命的逻辑。天命说是有周执政的理论根基,且此理论是积极能动的。知天命就要顺天命。下文所谓"天难谌""天不可信"绝不是说天命是随机的、不可测的、不必信的,而是说不可依仗天命而荒怠人事。能否保有天命端看是否做到"若天""越天"。

《左传·昭公二十六年》"至于幽王,天不吊周,王昏不若"杜预注"若,顺也",得之。而今人有僵化译作"幽王混乱不顺",则义不完;或弃而取"善也"之训,译作"天子昏乱不善",则失其旨。皆由不知周人所谓"不若"不是泛泛的"不善",指的乃是不顺天命。清华简《封郼之命》"余既监于殷之不若",正即《尚书·泰誓中》"弗克若天",不能"奉若天命",导致天命坠失,而为周之殷鉴。

清华简《厚父》:

王乃竭失其命,弗用先哲王孔甲之典刑,颠覆厥德,沉湎于非彝,天乃弗若,乃坠厥命,亡厥邦。

此"若"整理者提供二说:破读为"赦";如字,训为"顺"。① 宁文则训为"善"。

今谓训"顺"者是。读为"赦"、训为"善"者,盖谓天怒降灾坠命亡邦,这是误解了句意。《尚书·酒诰》言"今惟殷坠厥命",《君奭》篇言"殷既坠厥命",《金縢》篇言"无坠天之降宝命",《伊训》篇言"邦君有一于身,国必亡",清华简《子犯子余》言"如欲起邦,则大甲与盘庚、文王武王,如欲亡邦,则桀及纣、厉王幽王"。可知坠命亡邦者是人,非"天"。这整句话由"王"引领,"竭失其命""弗用先哲王孔甲之典刑""颠覆厥德""沉湎于非彝""坠厥命""亡厥邦"的主语皆"王",不合中间惟"天乃弗若"主语为"天"。其意当犹"乃弗若天",主语仍是"王","天"是宾语提前以强调,语序若

---

① 李学勤主编:《清华大学藏战国竹简(五)》,中西书局2015年版,第114页。

今言"天都不服了"。《厚父》"天乃弗若"非言天不善,《封鄘之命》"余既监于殷之不若"非言殷不善,《左传》"王昏不若"非言王不善,皆《尚书·泰誓中》"弗克若天"之意,故而坠失天命,亡邦丧国。

故周朝选拔人才、考虑臣工,皆重在其"若",即是否顺天而行,辅助周王上应天命。

(16)《尚书·说命中》:"惟天聪明,惟圣时宪,惟臣钦若,惟民从乂。"

(17)《尚书·洛诰》:"笃叙乃正父,罔不若;予不敢废乃命。"

(18)《逸周书·尝麦》:"夫循乃德,式监不远,以有此人,保宁尔国,克戒尔服,世世是其不殆,维公咸若。"

(19)《诗·大雅·烝民》:"仲山甫之德,柔嘉维则。令仪令色,小心翼翼。古训是式,威仪是力。天子是若,明命使赋。"

奉顺天命,同时也是奉顺先祖遗命,奉顺天子王命,三位一体。子事父之"顺"即孝,臣事君之"顺"即忠。

《尚书·立政》:

> 立事、准人、牧夫,我其克灼知厥若。

《尚书·康王之诰》:

> 虽尔身在外,乃心罔不在王室。用奉恤厥若,无遗鞠子羞。

二"厥若"之"若"孙星衍皆训为"善",今人一般视作虚字。愚谓皆当训为"顺"。是评价臣子的标准所在。

《尔雅·释诂上》:"若,善也。"《尔雅·释言》:"若,顺也。"郝懿行义疏:"若者,《释诂》云:'善也。'善者,和顺于道德,故又训顺。"[①]郝懿行谓"若"之"顺"义是由"善"义引申而来,窃以为,恰恰相反。"若"之"顺"义与相似义相因,倒是"善"义是由"顺"义引申而来,所谓"善"义之例皆非泛泛之善,而是"顺"之"善"。邢昺疏:"若者,惠顺之善也。"是。

《尚书·文侯之命》:

> 父义和,汝克昭乃显祖。汝肇刑文武,用会绍乃辟,追孝于前文人。汝多修捍我于艰,若汝,予嘉。

"若汝,予嘉"一般解作"像你这样的人我要褒奖"。今谓"若"当点断,作:"汝多修捍我于艰,若,汝予嘉。"上言"汝克昭乃显祖,汝肇刑文武,用会绍乃辟,追孝于前文人,汝多修捍我于艰",全部归结为一字考绩——"若"。我嘉奖你,就是因为你"奉

---

① [清]郝懿行:《尔雅义疏》,齐鲁书社 2010 年版,第 2985 页。

若于先王,对扬文、武之光命,追配于前人"啊。

至此,可以回头看《君奭》所谓"有若"重臣的排比。成汤受命时有"若伊尹",太甲时有"若保衡",其后一代代又有"若伊陟、臣扈"等等,"率惟兹有陈,保乂有殷;故殷礼陟配天,多历年所"。可以看到这些重臣帮助殷商德配天命,延长了国祚。到了文王受命时则有"若虢叔""若闳夭""若散宜生""若泰颠""若南宫括","迪见冒闻于上帝,惟时受有殷命哉",帮助周文武实现了天命的转移。他们都当得起"若"这一评价,是王朝顺天应命的保障,岂是泛泛的"善""杰出"。

周公接着说这些英雄人物俱往矣,到了今天,能担负此重责的只有我和召公你两个人了。力劝召公与自己同心同德,"若天棐忱",对扬天命,延续国祚。后来,他们二人当然是做到了,所以在清华简《祭公之顾命》中同样获得了"若"的评价,成了"若祖周公暨祖邵公"。这个"若"只能训为"顺",在语境中用作定语"奉顺天命的"。

可以说《君奭》一篇周公就是围绕着"若"来论述,首先提出受命后须"若天棐忱",如此庶几免于"终出于不祥"。继而举了殷商与周朝开国时一代代上应天命的重要臣子,强调当得起"若"字评价的重臣对国祚的延续有多重要。最后鼓励召公与自己一起"祗若兹",担负起当代重臣对扬天命的责任。这是使用西周天命观激励上进的一次完整示范。

再来看宁文涉及的另一处"有若"。《尚书·康诰》:

> 汝惟小子,未其有若汝封之心,朕心朕德惟乃知。

孔传:"他人未其有若汝封之心。言汝心最善,我心我德惟汝所知。"此篇是周公指导弟弟——政治新手康叔(小子封)如何主政一方,中间如此拔高不合理。特别是说我心我德只有你知,太过怪异。

宁文言:

> 曾运乾云:"言汝虽小子,未有如汝心之仁厚者。"刘起釪解为"你这小子(昵称),没有像你这样心地的(意谓其心地善良)",基本与孔传同。孙星衍则解"若"为"顺",将"未其有若汝封之心"解为"勿以顺汝之心",周秉钧之说亦同。我们认为两说都是有问题的……孙、周二氏训"若"为"顺",故而"未其有若汝封之心"就变成告诫甚至警告的话,在协调上下文上确有优势,但又未臻于至善……这里所谓"汝惟小子",显然是在提醒康叔阅历未深、资历尚浅,"未其有若汝封之心","有若"修饰后面的核心名词"汝封之心"……此句可以颠倒过来理解,即"汝封之心未其有若"——你的心智还未臻尽善。这样的话,下面接着再讲"朕心朕德惟乃知",就非常自然了。

此解也不通,人心未必随年龄增长、阅历加深而臻于善,否则做哥哥的管叔、蔡叔怎么算?

孙星衍之解可从。这里的"有若"也不应看作整体。"未其"言"不可","有"犹"或","未其有若"结构类于"不可有忘""不可或忘",正是告诫声气。"若"仍是动词"顺"。上文"用其义刑义杀,勿庸以次汝封",孔传:"宜于时世者以刑杀,勿庸以就汝封之心所安。"可证此处。

(20)清华简《厚父》:"肆汝其若龟筮之言,亦勿可专改。"

此以"其"劝,彼以"未其"戒,"若龟筮之言"与"若汝封之心"结构也相似,正可互参。知"若"皆当训"顺",语境中是"顺从……去做"的意思。"亦勿可专改"及《大诰》"尔时罔敢易法"的精神也与"未其有若汝封之心"一致。

句谓:

你年纪小,做事不能由着自己的性子,希望你了解我心我德(用以指导你执政)。

"惟乃知"之"惟"不是表限制,而是表希望。《君奭》中周公对召公说的"君,惟乃知,民德亦罔不能厥初,惟其终","惟乃知"也是希望你明白。周公希望康叔了解的"朕心朕德"是什么?他之前的话中已大段阐述,其中心仍是"天乃大命文王,殪戎殷,诞受厥命",我等"亦惟助王宅天命"而已。当"若天",而不能"若汝封之心"。

《尚书·无逸》:

周公曰:"呜呼!继自嗣王,则其无淫于观、于逸、于游、于田,以万民惟正之供。无皇曰:'今日耽乐。'乃非民攸训,非天攸若,时人丕则有愆。无若殷王受之迷乱,酗于酒德哉!"

孔传:

无敢自暇曰:"惟今日乐,后日止。"夫耽乐者,乃非所以教民,非所以顺天,是人则大有过矣。

"非民攸训,非天攸若",王引之《经义述闻·通说下》"语词误解以实义"条解作"非民用训,非天用若"[1]。俞樾《群经平议·尚书四》"乃非民攸训,非天攸若"条云:"若,顺也,训亦顺也。《广雅·释诂》曰:'训,顺也。''非民攸训',言非民所顺也;'非天攸若',言非天所顺也。文异而义实不异。"[2]今人则多译作"这样,就不是万民的榜样,就不是顺从天意了"。

① [清]王引之:《经义述闻》,上海书店出版社2012年版,第318页。
② [清]俞樾:《群经平议》,《俞樾全集》第一册,浙江古籍出版社2018年版,第159页。

两"攸"字,魏石经皆作"所",则王引之说不可取,此"攸"就是最常见的"所"义。俞樾训诂最佳,"训"读为"顺",与"若"互文。但俞氏句意理解恰南辕北辙,没有摆正王的位置。"非民攸训,非天攸若"谓王所顺非民、非天。《尚书·泰誓中》:"天视自我民视,天听自我民听。"顺民亦犹顺天,非二事。《逸周书·常训》:"古者因民以顺民。"《逸周书·小开武》:"七顺:一顺天得时,二顺地得助,三顺民得和……"《管子·牧民》:"政之所兴,在顺民心。"郭店楚简《尊德义》:"凡动民必顺民心。"故《周易·革》言:"汤武革命,顺乎天而应乎人。"《尚书·召诰》言:"欲王以小民,受天永命。"淫于观、于逸、于游、于田,酗于酒德,乃是纵情肆志,顺从的是一己私欲,而非民心与天命。执此更可体味周公告诫"未其有若汝封之心"的用意。

《诗·鲁颂·閟宫》:

> 新庙奕奕,奚斯所作。孔曼且硕,万民是若。

"万民是若",郑玄笺:"国人谓之顺也。"马瑞辰传笺通释:"宜训善,谓善其作是诗也。"[1]今人译作"万民对它肃然起敬""万民赞赏好文章""万民都认为很正确"之类,均以"万民"为主语,说皆非是。《诗》言"是若"凡四,皆在雅颂,《小雅·大田》"曾孙是若"指顺曾孙,《大雅·烝民》"天子是若"指顺天子,《閟宫》前文"鲁侯是若"指顺鲁侯,"是"皆用以提前宾语,"若"皆训"顺"。"万民是若"自然只能指顺万民,无由同一篇中上下两个"是若"语法、意义迥异。朱熹集传:"顺万民之望也。"[2]已得正解,清儒改训不可从。"万民是若"结构犹"马首是瞻","是"有排他意味。"万民是若"正与"非民攸训(顺)"相反,往大说提供了政权的合法性,往小说也提供了兴作工程的合法性,民心所向,非顺一己之私也。

最后一提,宁文还认为《诗经·大雅·召旻》"昔先王受命,有如召公,日辟国百里"之"有如"当是"有若"的讹误,同样释作"杰出的",此说也不可从。《左传·定公八年》:"晋师将盟卫侯于鄟泽……将歃,涉佗捘卫侯之手,及捥。卫侯怒,王孙贾趋进,曰:'盟以信礼也,有如卫君,其敢不唯礼是事而受此盟也?'""有如卫君"正与"有如召公"一律,可见不能轻言"如"为讹字。语境中解作称卫灵公"杰出"也不通。单就此两例看,"有如"似乎是用来推尊姬姓宗室身份的,很难说与"时则有若伊尹"等有直接关系。究竟如何理解可以另议。

---

① [清]马瑞辰:《毛诗传笺通释》,中华书局1989年版,第1156页。
② [南宋]朱熹:《诗集传》,凤凰出版社2007年版,第283页。

Exploring the Meaning of the Chinese Character "Ruo"(若) in *Jun Shi*(《君奭》) and Other Documents of the *Shang Shu*(《尚书》) Genre: Evidence from the Western Zhou Dynasty's Concept of the Mandate of Heaven

Wu　Ming

Abstract: The usage of the Chinese character "ruo" in the format of "时则有若伊尹" in the *Jun Shi* chapter of the *Shang Shu* has been traditionally regarded as a rhetorical device with no specific meaning. However, recent scholars have proposed a new interpretation of "youruo"(有若) as "outstanding" or "excellent". Through a comprehensive analysis of the *Jun Shi* chapter and other related documents in the *Shang Shu* genre, this paper argues that "ruo" should be interpreted as "顺也"(to follow or obey), representing the concept of obeying the mandate of heaven during the Western Zhou Dynasty. This interpretation provides a consistent explanation for various difficult phrases in these texts, such as ruo tian fei chen(若天棐忱), yue tian fei chen(越天棐忱), yue ang di ning wang da ming(越卬敉宁王大命), tian ni fu ruo(天乃弗若), wo qi ke zhuo zhi jue ruo(我其克灼知厥若), yong feng xu jue ruo(用奉恤厥若), ruo ru yu jia(若汝予嘉), wei qi you ruo ni feng zhi xin(未其有若汝封之心), fei tian you ruo(非天攸若).

Keywords: *Shangshu*; ruo(若); shun(顺); tianming

《二十四史》讹误辨正七则

杨　琳[*]

摘要： 传本《二十四史》虽经众多学者校勘，然其中仍有不少讹夺衍乱之文迄今尚未揭发辨正，既已发现者有些也是非未决。中华书局正在组织专家对旧版《二十四史》点校本进行全面修订，本文对"左颁功臣""革带太急""摩勒金环""郭麘""粪函""固不闻声""水波土石金玉"七则有问题的字词做了辨析解证，供修订者及学人参考。

关键词：《二十四史》　讹误　校勘

传本《二十四史》虽经众多学者校勘，然其中讹夺衍乱之文迄今仍有不少尚未揭发辨正，既已发现者有些也是非未决。中华书局正在组织专家对旧版《二十四史》点校本进行全面修订，兹刊布一得之见七则，供修订者及学人参考。

一、"左颁功臣"应为"右颁功臣"

《明史·舆服志四》"铁券条"："凡九十七副，各分左右，左颁功臣，右藏内府，有故则合之，以取信焉。"每副铁券由左右两半组成，此谓左券颁受赐人，右券由中央有关机构存档。然《明史·职官志一》云："凡券，左右各一，左藏内府，右给功臣之家。"此谓右券颁受赐人，左券由政府存档，与前说相反。这两种说法都是针对明代金书铁券制度而言的，其中一说必有讹误。明代其他文献的记载也存在互相矛盾的现象。言右颁功臣、左藏内府者，如弘治《明会典》卷八（《四库全书》文渊阁本）："凡功臣铁券，刻其文于上，以黄金填之，左右各一面，右给功臣，左藏内府。"《明会典》卷一百六十七："凡公侯伯初受封爵，合给铁券。从工部造完，送写诰文，转送银作局镌刻。以

---

* 杨琳，1961年生，南开大学文学院教授、博士生导师，主要研究方向为词汇学、文献学、民俗学等。

右一面颁给，左一面年终奏送古今通集库收贮。"明王三聘《古今事物考》卷三："国朝洪武二年，制铁券给赐功臣，面刻诰文，背镌免罪减禄之数，字以黄金填之。左右二面，合一字号。右给功臣，左藏内府。"言左颁功臣、右藏内府者，如明俞汝楫《礼部志稿》卷九十八《定功臣铁券》："洪武二年，上欲封功臣，议为铁券以赐之，而未有定制。有言台州民钱允一，吴越忠肃王镠之裔，家藏唐昭宗所赐铁券，遂遣使取之，准其式而加损益。……为副九十七，副各二，分为左右，左颁诸功臣，右藏内府，有故则合之以取信。"明朱国祯《皇明史概·皇明大事记》卷十《封赏》（崇祯刻本）："其制如瓦……外刻历履恩数之详，以记其功，中镌免罪减禄之数，以防其过，字嵌以金。凡九十七副，各分为左右，左颁诸功臣，右藏内府，有故则合之以取信。"盖"左""右"二字形近易讹，或传闻异辞，故有此参差。

我们认为当以右颁功臣、左藏内府者为是。明代政府颁赐的铁券今有若干存世者。明正统五年（1440）英宗赐予会川伯赵安铁券一面。此铁券一直由赵安后裔传承，1951 年"镇反"运动中被当地政府没收，交甘肃省渭源县文化馆收藏，1993 年县文化馆按政策规定又将铁券返还赵氏后代，现收藏于渭源县会川镇磐石堡赵法祖家。据郑兰生《明英宗赐赵安铁券》一文介绍[1]，赵安铁券凹面的右上角刻有一"右"字，标明为右券。青海省档案馆藏有天顺二年（1458）英宗颁赐给高阳伯李文的铁券，该铁券是李文第 20 代后裔李永蔚在 1986 年捐献的。据青海省档案馆馆长张寿年《明代金书铁券的历史价值》一文介绍[2]，李文铁券凹面的右上角也刻有一"右"字。这两件铁券实物充分表明明代实行的是"右给功臣，左藏内府"的制度。北京故宫博物院藏有两件明宪宗赐予抚宁侯朱永的铁券，据有关介绍，这两件铁券的凹面边角上都刻一"右"字，也是右券，原来应该是受赐人朱永持有的。因此，《明史·舆服志四》及《礼部志稿》的记载应予校正。

二、"革带太急"应为"革带不急"

梁萧子显《南齐书》卷四十一《张融传》："融形貌短丑，精神清澈。王敬则见融革带垂宽，殆将至骼，谓之曰：'革带太急。'融曰：'既非步吏，急带何为？'"唐李延寿《南史》卷三十二《张融传》："融形貌短丑，精神清彻，王敬则见融革带宽，殆将至髀，谓曰：'革带太急。'融曰：'既非步吏，急带何为？'"骼有股骨义。《仪礼·少牢馈食

---

① 郑兰生：《明英宗赐赵安铁券》，《文物天地》1992 年第 3 期。
② 张寿年：《明代金书铁券的历史价值》，《湖北档案》1998 年第 2 期。

礼》"肩、臂、臑、膊、骼、正脊一",郑玄注:"膊、骼,股骨。"《仪礼·乡饮酒礼》"脊、胁、肫、胳、肺",郑玄注:"凡牲,前胫骨三,肩、臂、臑也;后胫骨二,膊、胳也。……今文胳作骼。"《集韵·铎韵》:"骼,牲畜后胫骨,通作胳。"故《南齐书》与《南史》所叙意同。"融革带垂宽,殆将至骼"是说张融的皮腰带宽松下垂,快垂到大腿上了,但下面的"革带太急"与上下文无法连贯。"急"是紧的意思。扬雄《太玄经》卷一:"带其钩鞶,自约束也。"司马光《集注太玄》注:"钩,所以缀带为急也。"上文说腰带太松,下文却说太紧,文意矛盾。许嘉璐主编《二十四史全译·南齐书》译为"把带子紧一紧"[1],"革带太急"恐怕无法做如此理解。《汉语大词典》:"急带,紧束腰带。《南齐书·张融传》:'王敬则见张融革带垂宽,殆将至骼,谓之曰:"革带太缓。"融曰:"既非步吏,急带何为?"'"将"太急"改为"太缓"。这一改动可能依据的是清代类书的引文,《渊鉴类函》卷二百五十五《人部十四》"革带"条、《佩文韵府》卷六十八"急带"条引《南齐书》均作"革带太缓"。然而明代以前典籍称引张融此事均作"太急",如《太平御览》卷三百八十二《人事部二十三·丑丈夫》、卷六百九十六《服章部十三·带》、《册府元龟》卷九百四十四、明陈耀文《天中记》卷四十七、明何良俊《语林》卷二十二等,《渊鉴类函》卷三百七十一《服饰部二·革带》、《佩文韵府》卷六十三"步吏"条称引张融事亦作"太急",然则《渊鉴类函》和《佩文韵府》或作"太缓"当为编纂者一时臆改,未可信从。

今谓手书"太"作太(金蔡松年)、太(明董其昌),与"不"形近,"太"当为"不"之形误。《黄帝内经素问》卷十二《痹论第四十三》:"脾痹者,四支解堕,发欬呕汁,上为大塞。"郭霭春《黄帝内经素问校注语译》注:"大塞,'大'应作'不',形误。'不'与'否'古通。《广雅·释诂四》:'否,不也。''否'与'痞'通。据是,则'大塞'即'痞塞'。"[2]"不"之作"大",盖先讹作"太",因"太""大"通用,故又作"大"。"革带不急"谓革带不紧,革带松垮,如此则上下贯通无碍。

三、摩勒金环

梁沈约《宋书·夷蛮列传·天竺迦毗黎国》:"元嘉五年,国王月爱遣使奉表……奉献金刚指环、摩勒金环诸宝物,赤、白鹦鹉各一头。"《汉语大词典》:"摩勒,即紫磨金。金之最美者。"《辞源》(第3版,2015年):"摩勒,精美的黄金,即紫磨金。……

① 许嘉璐主编:《二十四史全译·南齐书》,汉语大词典出版社2004年版,第548页。
② 郭霭春:《黄帝内经素问校注语译》,天津科学技术出版社1981年版,第261页。

参阅清郝懿行《宋琐语》下。"周汛、高春明："摩勒金环，以紫磨金制成的指环。"①各家释义的依据都是清郝懿行《宋琐语》卷下《言诠》中的说法："摩勒，金之至美者也，即紫磨金。林邑谓之杨迈金，其贵无匹，故云宝物。"郝懿行的依据是什么，他只字未提。万久富、徐梦婷推测说："'摩勒'究竟是什么呢？其上等金子的名称，何以前人无其他记载和考说，今亦无传？……或许此金与摩勒国抑或摩勒水所出有关……再有，我们注意到'摩勒'作为一般词汇，后世多用作'打磨雕刻'义，'摩勒指环'是否就是打磨文字或花纹的指环呢？也许'摩勒'为'弥勒'等的音转，亦未可知。所有这些，都有待更加深入的研究。"②如果仅就《宋书》的这一孤例加以猜测，永远不会得出可信的结论。

宋李昉等《太平御览》卷七百八十七《四夷部八·南蛮三·毗加梨国》："《宋元嘉起居注》曰：'五年，天竺毗加梨国王月爱遣使上表，并奉金刚指环一枚，刚印摩勒金环一枚，氍毹一具，白㲲檀六段，白、赤鹦鹉各一头，细叠两张。'"这里记述的历史与《宋书》所记相同，但比《宋书》更加详细。刚即钢的初文。唐慧琳《一切经音义》卷二十六《大般涅盘经憍陈如品阇维分》下卷："金钢，下各郎反。《考声》：'钢，坚也。'《文字集略》：'金之精者也。'""金钢"即"金刚"。"坚也"是形容词"刚"，"金之精者也"是名词"钢"。《说文·工部》："钜，大刚也。"清吴善述《说文广义校订》："大刚即今所谓钢，炼铁为之，以坚锋刃者。古无钢字，即刚是。其质至刚，故曰大刚，亦曰刚铁。"所以"刚印"即后世的"钢印"。"刚印摩勒金环"是说用钢印打上了摩勒图案的金环。摩勒即菴（阿）摩勒，梵语音译词，指一种形似李子的果实。日本荻原云来："āmalaka，树の名，学名 Emblica mgrobalan 又はEmblica Officinalis Gœrtri；汉译：菴摩勒，菴麻勒，菴罗（果），菴磨罗（果）。"③明李时珍《本草纲目》卷三十一《果部·果之三·夷果类·菴摩勒》引唐陈藏器曰："梵书名菴摩勒，又名摩勒落迦果，其味初食苦涩，良久更甘，故曰余甘。"菴摩勒的原义是无垢。唐佚名《翻梵语》卷十《果名第六十六》："阿摩勒果，译曰无垢。"《本草纲目》中记述其药用价值有："变白不老。取子压汁和油涂头，生发去风痒，令发生如黑漆也。……久服轻身，延年长生。……为末点汤服，解金石毒。"所以菴摩勒果在佛教中有很高的地位。唐道宣《释迦方志》卷下《遗迹篇第四之余》："树今出于石壁上二丈余，围可三尺。树东青砖精舍，高百六十余尺，基广二十余，上有石钩栏绕之，高一丈。层龛皆有金像四壁，四壁镂诸天仙，上

---

① 周汛、高春明：《中国衣冠服饰大辞典》，上海辞书出版社 1996 年版，第 421 页。
② 万久富、徐梦婷：《〈宋书〉中时代特色语词试说》，《中国训诂学报》第 5 辑，商务印书馆 2022 年版。
③ ［日］荻原云来：《汉译对照梵和大辞典》，东京《汉译对照梵和大辞典》编纂刊行会 1940 年版，新文丰出版公司 1979 年影印本，第 201 页。

顶金铜阿摩勒迦果,即此所谓宝瓶及宝台也。"佛龛上顶凿刻金铜阿摩勒迦果,可见其地位不同寻常。这就是天竺迦毗黎国在进贡的金环上印上摩勒图案的文化原因。

《水浒传》第六十一回:"系一条蜘蛛斑红线压腰,着一双土黄皮油膀胯靴,脑后一对挨兽金镮,护项一枚香罗手帕。"挨为"撲"之形误。扑兽是古代常见的人兽相斗的图案,"扑兽金镮"即饰有扑兽图案的金环(有说另详),可为"摩勒金环"之比证。

今人轻信郝懿行的臆解,将"摩勒"解释为紫磨金,贻误不小。辞书应修正释义,以免误说流传。

四、"郭黁"应为"郭黁"

《晋书》卷九十五《艺术列传》有郭黁传,其他卷中也屡见其人。"黁"是个生僻字,也是个身世可疑的字。它最初出现只是用于人名。北魏崔鸿《十六国春秋》卷八十四《后凉录四》有郭黁传,这是黁字最早见诸文献记载。此后《晋书》《北史》《资治通鉴》等史书也都写作郭黁。"黁"用于普通意义最早为唐代出现的"温黁"一词,辞书收录以宋代的《广韵》《集韵》等书最早。从字形构造来看,"黁"是个没有理据的字。它不可能是形声字。如果按会意字来分析,它的意义又不是麻香或香麻,麻也没有香气,无法会意。

我们认为"黁"是"黁"的形误字。传本《说文》有"黁"字,释为:"和也。从甘从麻。麻,调也。甘亦声。读若函。"段玉裁《说文解字注》改为:"黁,和也。从甘麻。麻,调也。"他解释说:"和当作盉,写者乱之耳。皿部曰:'盉,调味也。'""厂部曰:'麻,治也。'秝部曰:'稀疏适也。'稀疏适者,调和之意。《周礼》:'凡和,春多酸,夏多苦,秋多辛,冬多咸,调以滑甘。'此从甘麻之义也。各本及《篇》《韵》《集韵》《类篇》字体皆讹,今正。"说"和当作盉"则未必,因为"和"也有调和之义,《周礼》就用和字,许慎不一定非得用盉;但说"黁"为"黁"之讹误则确不可易。《广韵·谈韵》作"黁",为"黁"之俗体。徐锴《说文解字系传》云:"麻音历,稀疏匀调也。会意。《晋书》有郭黁。"麻无历音,又无匀调义,可知麻当作麻。值得注意的是,徐锴说"《晋书》有郭黁",这里的"黁"原本肯定作"黁"。这说明徐锴见到的《晋书》写的是"郭黁",而非今世传本的"郭黁",可见"黁"为"黁"之形误。日本渡部温《康熙字典考异正误》(1885)"嶙"下云:"《广韵》音黁,音黁之误。"渡部温所见《广韵》黁作黁,亦可佐证"黁"为"黁"之形误。

这样看来,"温黁"最初应作"温黁",为同义连文,是温和、暖和的意思。后因字形讹作"黁",人们望形生训,以为"黁"是香的意思,便将"温黁"也用于描述香气。

五、"粪函"应为"粪圂"

　　《汉书·万石君传》："建老白首，万石君尚无恙。每五日洗沐归谒亲，入子舍，窃问侍者，取亲中裙厕牏，身自浣洒，复与侍者。"颜师古注引孟康曰："厕，行清；牏，中受粪函者也。东南人谓凿木空中如曹谓之牏。""中受粪函者"文意难通，未见学人校说。"粪函"连文典籍仅此一见，勉强可解作盛粪之匣。然牏为木槽，自是受粪之具。《说文·木部》："槭，槭𥥍，亵器也。"朱骏声《说文通训定声》："受尿之器曰槭，受菌（屎）之具曰𥥍。"𥥍、牏同词。牏与粪函皆为受粪之具，则"牏，中受粪函者"不成文意。《史记·万石张叔列传》"取亲中裙厕牏"裴骃《集解》引孟康作："厕，行清；𥥍，行中受粪者也。东南人谓凿木空中如曹谓之𥥍。"正文为"牏"，则注中之"𥥍"原本应作"牏"，传本作"𥥍"当是后人据《说文》而改。此处引文无"函"字，文意可通，然若本无"函"字，则颜注之"函"从何而来？

　　窃谓"函"当为"圂"之形误。"圂"有粪便义。元戴侗《六书故》卷二十九："粪，方问切，埽除也。……引之为粪圂。粪圂可以沃田圃，故因之为粪壅。"典籍多作"溷"。东汉安世高译《道地经·五种成败章第五》："死人亦担死人，亦除溷人共一器中食。"唐慧琳《一切经音义》卷七十五《修行道地经》卷第一："除溷，魂困反。《博雅》云：'溷，浊也。'《说文》从木圂声，圂音同上。""除溷"即除粪，将粪便从厕所中清理出来。西晋竺法护译《修行道地经》卷五《数息品第二十三》："其新来者或见绞杀，或考或击，或口受辞，或以结形，或与死人同一床褥，或牵出之卧着溷上。"此谓躺卧在粪秽上。南朝宋刘义庆《世说新语·排调》："谢幼舆谓周侯曰：'卿类社树，远望之，峨峨拂青天；就而视之，其根则群狐所托，下聚溷而已。'"宋赵令畤《侯鲭录》卷八："川中一士人作食菜诗十余韵，其警句云：'溲频倾绿水，溷急走青蛇。'""粪溷"连文亦有其例。《南史·范缜传》："人生如树花同发，随风而堕，自有拂帘幌坠于茵席之上，自有关篱墙落于粪溷之中。"宋史炤《资治通鉴释文》卷十五："粪溷，上方问切，下胡困切，秽浊也。"宋钱俨《吴越备史》卷四："元懿字秉徽，武肃王第五子。……每疾发，侍婢多厌倦，惟懿不离上（左）右，虽粪溷亦亲侍之。"明张居正《七贤咏》序："蝉蜕于粪溷之中，皭然涅而不淄者也。""牏，中受粪圂者"谓牏乃其中受粪便之器，如此则怡然理顺。孟康原文当如此，因"圂"讹作"函"，后人不解其意，遂径删去"函"字。

　　后世辞书纷纷因袭颜注讹误。《集韵·疾韵》："扁，行圂受粪函也。通作牏。"《类篇·广部》："扁，容朱切。又徒侯切。行圂受粪函也。"明方以智《通雅》卷三十四

《器用》：“窬，行清受粪函，或作匾，与褕通。”清毛奇龄《古今通韵》卷六《尤韵》：“褕，厕褕，厕中受粪函。”

宋黄朝英《靖康缃素杂记》卷七《厕褕》：“《汉书·万石君传》云：‘窃问侍者，取亲中裙厕褕，身自浣洒。’苏林云：‘褕音投。贾逵解《周官》云：褕，行圊也。’孟康曰：‘厕，行圊。褕，中受黄函者。东南人谓凿木空中如槽谓之褕。’”“黄函”各本均同，亦为“粪圂”形误。

六、“固不闻声”应为“固可闻声”

《史记·秦始皇本纪》：“赵高说二世曰：‘先帝临制天下久，故群臣不敢为非，进邪说。今陛下富于春秋，初即位，奈何与公卿廷决事？事即有误，示群臣短也。天子称朕，固不闻声。’于是二世常居禁中，与高决诸事。”单行本《史记索隐》卷二：“固不闻声，一作‘固闻声’，言天子常处禁中，臣下属望，才有兆朕，闻其声耳，不见其形也。”《史记·李斯列传》亦载其事：“天子所以贵者，但以闻声，群臣莫得见其面，故号曰‘朕’。”又东汉王符《潜夫论·明暗》载：“赵高乱政，恐恶闻上，乃预要二世曰：‘屡见群臣众议，政事则黜，黜且示短，不若藏己独断，神且尊严。天子称朕，固但闻名。’二世于是乃深自幽隐。”“但以闻声”“固但闻名”表意相同，“固不闻声”则刚好相反，根据文意，应以前者为是，《索隐》按“固闻声”作解是正确的。“不”当为“可”之形误。手书可作$\mathfrak{z}$（晋王羲之），不作$\mathfrak{z}$（晋王羲之）、$\mathfrak{z}$（明董其昌），二者形近，故致误。《吕氏春秋·务本》：“今有人于此，修身会计则可耻。”高诱注：“可，一作不。”《全唐诗》卷三百七十八孟郊《寄卢虔使君》：“春色若可借，为君步芳菲。”编者注：“可，一作不。”《四部丛刊》宋戴敏《石屏诗集》卷三《灵峰灵岩有天柱石屏之胜自昔号二灵》：“览胜苦不足，登危不惮劳。”编者注：“不，一作可。”皆可、不互讹之例。“天子称朕，固可闻声”是说天子之所以称为“朕”就是只可让臣下听到声音，看不到形象。“朕”有朕兆、踪影义，臣下只见天子的踪影（让人传达的诏谕），不见天子的真身，故称为“朕”。赵高想操控朝政，故利用“朕”的朕兆义让二世深居禁中，不让群臣见面。“固”有“仅只”义①，《李斯列传》作“但”，义同。

七、“水波土石金玉”应为“光披土石金玉”

《史记·五帝本纪·黄帝》中有这么一段话：“时播百谷草木，淳化鸟兽虫蛾，旁

---

① 参裴学海：《古书虚字集释》“顾、固、故”条，中华书局 1982 年版，第 326 页。

罗日月星辰水波土石金玉,劳勤心力耳目,节用水火材物,有土德之瑞,故号黄帝。"这里的"旁罗日月星辰水波土石金玉"一语文意不明。裴骃《集解》:"徐广曰:(波)一作沃。"司马贞《索隐》:"旁,非一方。罗,广布也。今按《大戴礼》作歷离,离即罗也。言帝德旁罗日月星辰水波,及至土石金玉,谓日月扬光,海水不波,山不藏珍,皆是帝德广被也。"张守节《正义》:"旁罗,犹遍布也。日月,阴阳时节也。星,二十八宿也。辰,日月所会也。水波,澜漪也。言天不异灾,土无别害,水少波浪,山出珍宝。"这些解释都是随意发挥,于原文无据。如原文只是"水波"二字,如何能理解成"海水不波""水少波浪"?

日本泷川资言《史记会注考证》:"百谷草木,鸟兽虫蛾,日月星辰,土石金玉,心力耳目,水火材物,皆物;时播,淳化,旁罗,水波,劳勤,节用,皆事。水波未详。或云:水,坏字偏旁存者。波当从徐氏一本作沃。《大戴礼》作极畋,阮氏补注云:'畋,治也。极,言至于四边。'亦不通。"

顾颉刚在《史记》1959年版的《点校后记》中说:

> 有的文句本来有脱误,我们也只好勉强标点。例如《五帝本纪》"时播百谷草木淳化鸟兽虫蛾旁罗日月星辰水波土石金玉劳勤心力耳目节用水火材物",在并列的许多名词上分别冠以"时播"、"淳化"、"旁罗"、"劳勤"、"节用"等动词,就前后文语气看,"水波"也该是个动词,应点作"水波土石金玉",但"水波"究竟不是个动词,这样断句讲不通。这段文字采自《大戴记·五帝德篇》,今本《大戴记》"水波"作"极畋","极畋"是什么意思也难懂,只好勉强点作:"时播百谷草木,淳化鸟兽虫蛾,旁罗日月星辰水波土石金玉,劳勤心力耳目,节用水火材物。"[①]

2013年出版的点校本修订本一仍其旧。

韩兆琦《史记笺证》注释说:

> 旁罗日月星辰,水波土石金玉——十二字疑多讹误。前六字大约指观测天文。凌稚隆曰:"'旁罗'乃测天度之器,如今之日晷、地罗也。"《孔子家语》于此作"考日月星辰";后六字大约指开发地力。"水波"二字,《大戴记》作"极畋",虽亦不可解,但已透出此二字是动词。张家英以为"水波"意同"水播","水播者,水中播荡之谓也。'水播土石金玉'者,即《正义》所谓'土无别害'之义也"。郭嵩焘以为"旁罗"即"旁推顺布之意",谓"相万物之宜以通天下之利"。意思

均仍难理解。①

许嘉璐主编《二十四史全译·史记》译作："按照季节播种百谷草木，驯化各种鸟兽昆虫。黄帝的德政广泛传布，旁及日月星辰和水土石金玉，黄帝劳心劳力，有节制地利用江湖山林的资源。由于有'土德'的祥瑞，所以就号称黄帝。"②说黄帝的德政旁及日月星辰，事理上讲不通，说旁及"水波"，更是莫名其妙。

严谨的学者往往坦陈难以理解，轻率之士则喜欢走偏锋。如麻荣远等《苗汉语的历史比较》提出一种颇为离奇的新解：

> 这段话本出于《大戴记·五帝德》，"水波"原做"极畎"，因为不好理解，史公才改做"水波"的，结果愈糊涂了。然而按照苗语这句话是有解的，"极畎"读做 jid box 就是苗语掩盖、埋藏的谐声。这里还有一个"旁罗"，作为动词那是没问题的了。但若直接按字面解释，旁是旁边，罗为罗列，则"旁罗日月星辰"势必成了现代的"把日月星辰一边放着"，这恐怕就算是神话也讲不通。按苗语则容易解释。旁罗训为 bad lal，相当于北方话口语"拨拉"，意思是摊开。一堆灰烬没有亮光，摊开来，没有烧完的火子就星星点点地闪现。"摊开"俗语叫"拨拉"，苗语 bad lal，即此"旁罗"。"旁罗日月星辰，极畎土石金玉"，就是把日月星辰摊开于天幕，让天空充满光明；把土石金玉埋藏于地下，等人类开采。③

在严谨的学者看来，这纯粹是天方夜谭。

总而言之，自晋代以来，对"旁罗日月星辰水波土石金玉"一语还没有一个令人满意的解释，原因正如不少人所怀疑的那样，其中应该很早就发生了讹误。至于具体何处讹误，原文是什么，不得而知，就像朱熹《仪礼经传通解》卷二十五中所说的："'淳化''劳勤'当从《史记》，'幽明之故''歷离'当从《戴礼》。'水波''极畎'则二书皆失之，而《戴礼》为近，但不知是何字耳。"

南北朝道经《太上灵宝五符序》卷上（《正统道藏·洞玄部·神符类》）引此文作："时播百谷草木，淳化鸟兽蚕桑，网罗日月星辰水泥土石金玉，劳勤心力耳目，节用水火什物，有土德之瑞，故号黄帝。""网罗日月星辰水泥土石金玉"也讲不通。

《大戴礼记·五帝德》中有一段与《史记》基本相同的文字："时播百谷草木，淳化鸟兽昆虫，歷离日月星辰，极畎土石金玉，勤劳心力耳目，节用水火材物，生而民得其利百年，死而民畏其神百年，亡而民用其教百年，故曰三百年。"与"旁罗"对应的是"歷离"。《尚书·尧典》中也有类似的话："乃命羲和钦若昊天，歷象日月星辰，敬授

① 韩兆琦：《史记笺证》，江西人民出版社 2009 年版，第 8 页。
② 许嘉璐主编：《二十四史全译·史记》，汉语大词典出版社 2004 年版，第 2 页。
③ 麻荣远等：《苗汉语的历史比较》，湖南师范大学出版社 2001 年版，第 124—125 页。

人时。"与"旁罗""歷离"对应的是"曆象",这三种说法语境相同,应联系起来考虑其含义。

《尚书》出现最早,先看其"曆象"之义。"曆"有的版本写作"歷"。"歷"有观察的意思。《尔雅·释诂下》:"歷,相也。"《国语·晋语五》:"夫言以昭信,奉之如机,歷时而发之,胡可渎也!""歷时"谓观察时机。《大戴礼记·文王官人》:"变官民能,歷其才艺。"王引之《经义述闻》第二十六《尔雅上》"艾歷覭髳相也"条:"谓相其才艺也。"东汉班彪《王命论》:"歷古今之得失,验行事之成败。"此谓观古今之得失。"象"有取法、效法的意思。《广雅·释诂三》:"象,效也。"《左传·襄公三十一年》:"有威而可畏,谓之威;有仪而可象,谓之仪。君有君之威仪,其臣畏而爱之,则而象之,故能有其国家。"《墨子·辞过》:"人君为饮食如此,故左右象之。"《汉书·礼乐志》:"天禀其性而不能节也,圣人能为之节而不能绝也,故象天地而制礼乐,所以通神明,立人伦,正情性,节万事者也。""歷象日月星辰,敬授人时"是说观测取法日月星辰,根据其运行规律编制历法,慎重地将一年里时节的变化告诉百姓。因"歷象"是编制历法的基础,故"歷象"引申为历法之义。例如《后汉书·律历志中》:"考在玑衡,以正曆象,庶乎有益。"《史记·五帝本纪·帝尧》将《尚书》的那几句话转述为:"乃命羲和,敬顺昊天,数法日月星辰,敬授民时。"把"歷象"译为"数法",法即取法,数当取数计、推算之义,我们的理解与此有所不同。《汉语大词典》:"曆象,推算观测天体的运行。"似将"象"理解为观测,未见其据。

再来看《人戴礼记》的"歷离"。"歷"即"歷象"之"歷",也是观测的意思。"离"有罗列、逐一陈列的意思。《方言》卷七:"罗谓之离,离谓之罗。"清钱绎笺疏:"《广雅》:'罗,列也。'离与罗一声之转。"《玉篇·隹部》:"离,陈也。"西汉枚乘《七发》:"比物属事,离辞连类。"《史记·老子韩非列传》:"《畏累虚》《亢桑子》之属,皆空语无事实。然善属书离辞,指事类情,用剽剥儒墨,虽当世宿学不能自解免也。"王念孙《读书杂志·史记四》:"离辞,陈辞也。昭公元年《左传》:'楚公子围设服离卫。'杜注曰:'离,陈也。'是其证。""歷离日月星辰"是说观测并逐一记录日月星辰的运行情况。

《史记》"旁罗"之"罗"即《大戴礼记》"歷离"之"离",两字都是来母歌部,古音相同,古常通用,"旁罗"可理解为广泛记录、详细记录。"旁"可能源于司马迁对"歷"的误解。"歷"有尽、遍义。《尚书·盘庚下》:"今予其敷心腹肾肠,歷告尔百姓于朕志。"宋蔡沈注:"歷,尽也。""旁"也有尽、遍义。《国语·晋语五》:"(赵宣子)乃使旁告于诸侯,治兵振旅,鸣钟鼓,以至于宋。"旁告,普遍告知。《汉书·地理志上》:"昔在黄帝,作舟车以济不通,旁行天下,方制万里。"旁行天下,即走遍天下。

盖马迁解"歷"为遍，故易为同义之"旁"，犹如道经中将"罗"理解为网罗，故将"旁罗"易为"网罗"。

《史记》的"水波"与《大戴礼记》的"极畎"相对应。清王聘珍《大戴礼记解诂》："极，致也。畎，取也。"极之训致乃极尽义，非招致义；畎之训取指猎取，非泛指获取；极尽猎取土石金玉则不辞，故此解难以信从。清孔广森《大戴礼记补注》："畎，治也。极，言至于四远。"训畎为治可从。《集韵·先韵》："畎，《说文》：'平田也。'亦作甽。"《尚书·多方》："今尔尚宅尔宅，畎尔畎。"孔颖达疏："治田谓之畎，犹捕鱼谓之渔。"字亦作甽。《诗经·大雅·韩奕》："奕奕梁山，维禹甸之。"毛传："甸，治也。"《尚书·多士》："乃命尔先祖成汤革夏，俊民甸四方。"孔安国传："天命汤更代夏，用其贤人治四方。""极畎土石金玉"谓极力整治土石金玉，大力开发土地资源。极当训穷尽。《礼记·礼运》："夫子之极言礼也，可得而闻与？""极言"谓尽力陈说。孔广森训极为"至于四远"，文意未谐。

"极畎"之义既明，则"水波"可得而说。"水波"原本当作"光披"。光、水形近，故光讹作水。《全唐诗》卷二百四十三韩翃《赠别成明府赴剑南》："霁水远映西川时，闲望碧鸡飞古祠。"《全唐诗》卷二百九十九王建《题东华观》："路尽烟水外，院门题上清。"两水字并有异文作光，可为参证。光既讹作水，披因水而改作波（沃则为波之形误），遂使文意扞格不通。光有广大、广泛之义。《国语·周语中》"叔父若能光裕大德"韦昭注："光，广也。"《左传·昭公二十八年》："昔武王克商，光有天下。"杜预注："光，大也。"此谓普有天下。《史记·秦始皇本纪》："外教诸侯，光施文惠，明以义理。"光施，广泛施予。披有开发、开辟义。《汉书·薛宣传》："披抉其闺门而杀之。"颜师古注："披，发也。"《文选·嵇康〈琴赋〉》："披重壤以诞戴兮，参辰极而高骧。"李善注："披，开也。"《史记·五帝本纪》："天下有不顺者，黄帝从而征之，平者去之，披山通道，未尝宁居。"司马贞《索隐》："谓披山林草木而行，以通道也。"《史记·五帝本纪》："唯禹之功为大，披九山，通九泽，决九河，定九州岛。"东汉班固《西都赋》："披三条之广路，立十二之通门。"东汉刘珍《东观汉记·冯异传》："我起兵时，主簿为我披荆棘，定关中者也。""光披土石金玉"是说广泛开发土石金玉，与"极畎土石金玉"意思基本相同。《抱朴子内篇·黄白》："披沙剖石，倾山漉渊，不远万里，不虑压溺，以求珍玩。"宋苏舜钦《先公墓志铭》："郡有湖号广德，古锺水以溉旱，唐季坏漏不补，披为田。"这些虽然都是后世的"披土石金玉"之事，亦可作为《史记》之参证。

此外，"淳化鸟兽虫蛾"之"淳化"一般释为驯化。《汉语大词典》："淳化，犹驯化。"然淳并无驯服义。疑淳当作敦。马王堆汉墓帛书《五十二病方·伤痉》："伤脛（痉）者，择薤一把，以敦酒半斗者（煮）溃（沸）。"《北京大学藏西汉竹书（肆）·反淫》:"敦于髦、阳(杨)朱、墨翟。"两例中的"敦"都是"淳"之通假。① 《册府元龟》卷七十五《帝王部·任贤》(明崇祯十五年黄国琦刻本)引《史记》作"敦化鸟兽虫蛾",可为佐证。敦有治理义。《诗经·鲁颂·闷宫》:"敦商之旅,克咸厥功。"郑玄笺:"敦,治;旅,众……武王克殷而治商之臣民。"《孟子·公孙丑下》:"前日不知虞之不肖,使虞敦匠事。"朱熹集注:"充虞,孟子弟子,尝董治作棺之事。""敦化"犹言"治化"。北齐魏收《魏书》卷五十二《刘昞传》:"臣忝职史教,冒以闻奏,乞敕尚书,推检所属,甄免碎役,用广圣朝旌善继绝,敦化厉俗,于是乎在。"在"敦化鸟兽虫蛾"的语境中"敦化"可以理解为驯化,这只是语境义。

Correction of Seven Errors in *Twenty-four Histories*(《二十四史》)

Yang　Lin

Abstract:*Twenty-Four Histories* have been scrutinized by numerous scholars, there are still many errors, interpolations, and corruptions in the text that have not been exposed and corrected to this day. Some of the discoveries made so far are also controversial. The Zhonghua Book Company is currently organizing experts to comprehensively revise the annotated edition of the *Twenty-Four Histories*. This article provides analyses and explanations for seven problematic terms, namely zuo ban gong chen, ge dai tai ji, mo le jin huan, guo nun, fen han, gu bu wen sheng, shui bo tu shi jin yu, for the reference of revisers and scholars.

Keywords:*Twenty-four Histories*;correction;emendation

---

① 参白于蓝:《简帛古书通假字大系》,福建人民出版社 2017 年版,第 1338 页。

关于《史记》古写本异文校勘研究的几点思考

——兼及《史记》修订本对古写本异文的采用*

王华宝**

摘要：随着《史记》修订本的问世与出土文献研究的深入，《史记》校勘研究成果不断，而《史记》古写本异文的研究，虽有少量论文，但总体上对张玉春《〈史记〉版本研究》所取得的成果似突破不多，更不够系统深入，《史记》修订本对古写本的采择还有较大的提升空间，可从理论与实践特别是《史记》修订本的具体情况等方面进行深刻反思。

关键词：《史记》 古写本 修订本 异文 校勘

随着《史记》修订本①的问世与出土文献研究的深入，《史记》校勘研究成果不断②，而《史记》古写本异文的研究，虽有少量论文，而总体上似对张玉春《〈史记〉版本研究》③所取得的成果突破不多，更不够系统深入。从理论与实践两方面进行反思，笔者以为可从以下四个专题着手：一、《史记》古写本的范围及异文的界定；二、《史记》古写本的文本统计与异文分类；三、《史记》修订本对古写本异文的采用状况剖析；四、审慎利用古写本异文校勘《史记》。

---

* 本文系国家社科基金一般项目"《太史公书》异文整理与研究"（18BZS013）阶段性成果。

** 王华宝，1965 年生，文学博士，东南大学人文学院教授、博士生导师，研究方向为汉语言文字学、中国古典文献学。

① 《史记》修订本，赵生群主持修订，中华书局 2013 年精装本，2014 年平装本。两版差异较大，平装本后出，并在重印时不断有所完善。

② 图书如辛德勇：《史记新本校勘》，广西师范大学出版社 2017 年版；拙著《〈史记〉金陵书局本与点校本校勘研究》，凤凰出版社 2019 年版。论文如苏芃：《〈史记·高祖本纪〉的一处错简问题》（《中国史研究》2018 年第 1 期）、《〈史记〉古写本学术价值谫说》（《光明日报》2020 年 9 月 14 日第 15 版）等。

③ 张玉春：《〈史记〉版本研究》，商务印书馆 2001 年版。

一、《史记》古写本的范围及异文的界定

（一）《史记》古写本的范围

中国古籍众多，按其不同属性，采取各种标准，类型众多。相对笼统而言，手写之书称为"写本"，雕版刊印、活字印刷之书称为"版本"，古籍皆可归此两大类。而今之"版本"一词实已泛指不同时期、不同形式的一切书籍，包括了各种刻本、抄本、稿本、活字本、石印本、拓本等等。这就需要对不同概念进行严格的区分，关于《史记》古写本统计数量与具体采用的较大差异，实质上牵涉到各人的观念、所用的概念等。

雕印发明以前，正式的书籍都是手写的，区别只在作者自写或他人抄写。一般来说，六朝隋唐五代时期被称为中国书籍史上的"写本时代"，此时造纸术已成熟，而雕版印刷尚未全面流行，古籍大多以纸质写本形式传播。"写本时代"流传下来的实物数量极少，主要有敦煌遗书、吐鲁番文书及其他少量传世或出土的文献。问题在于，雕印发明之后，刻本书增多，而写本并未绝迹，由此产生宋抄本、元抄本、明抄本、清抄本等不同时期的抄本。而对于没有明确抄写时间的抄本，根据纸墨、字体、新旧程度等，习惯上将清乾隆以前的抄本称为"旧抄本"，清末民初的称为"近抄本"，靠近现代的称为"新抄本"。

在版本学家眼里，"写本"还有更细的区分，"以写本种类区分，有写本、稿本、抄本、旧抄本"。曹之此处用了"写本"的狭义概念，指"成书时以手写形式流传的本子"，如《永乐大典》《四库全书》等原本既不是刻本也不是稿本或据其他版本录写的抄本；稿本再分手稿本、清稿本等；抄本又叫传抄本，是指根据底本传录而制成的副本，且有乌丝栏抄本、朱丝栏抄本、精抄本、影抄本、毛抄本、旧抄本等之分。[①]

由以上概念来看，"写本"概念本身具有较复杂的状况，那么讨论传承情况与版本系统都很复杂的《史记》版本，又涉及"古写本"这一概念，那就尤其应当前后标准一致，或各研究者在使用此概念时说明或界定清楚各自的边界。

张玉春在其《史记》论著中，关于北宋刻本以前的版本，使用了六朝异本、六朝写本、六朝残本、唐写本等概念，与其师安平秋先生是一致的。行文中或笼统称为宋代以前"抄本"，或根据出土地点与收藏地点，称为敦煌唐抄卷子本、日藏写本等。有学

---

① 曹之：《中国古籍版本学》，武汉大学出版社1992年版，第41页。

者定义"古写本"的概念为"主要是指产生于雕版印刷之前的文本形态以及依据这种文本形态的后世抄本"①。其前半句"主要是指产生于雕版印刷之前的文本形态",当无争议;而其后半句"依据这种文本形态的后世抄本",如果为泛指则用"旧抄本"为宜,专指《史记》的"古抄本"则可能引起争议(修订本用"古抄本"这一概念,列了13种,下文再讨论),这既涉及对《史记》古写本的文本统计与异文研究,也牵涉对各古写本的取舍与校勘价值的认定等。

(二)《史记》古写本异文的界定

进行《史记》古写本异文的界定,至少需要分清异文、《史记》异文与《史记》古写本异文这样几个不同的概念。

"异文"作为术语早在汉代就已在注释考释类著作中出现,并在语言学、文献学研究中受到广泛重视。然古今"异文"所指称的对象有所不同。以《辞海》解释为代表,有广狭二义:狭义的"异文"为文字学名词,它对正字而言,是通假字和异体字的统称;广义的"异文"为校勘学名词,凡同一书的不同版本,包括传抄、刻印或以其他方式而形成的各种不同本子,或不同的书记载同一事物,或后出之书引用、翻译前出之书,字句不同,包括通假字和异体字,一字的不同写法,语法有变等,都叫异文。② 王彦坤《古籍异文研究》根据《辞海》"异文"的定义,讨论"广义上的异文"③。

在古籍整理研究、语言文字研究中,不同学者把握的重点各有侧重。现代学者陆宗达、王宁在《训诂与训诂学》中给"异文"的定义为:指同一文献的不同版本中用字的差异,或原文与引文用字的差异。④ 一般包括同源同用字、同音借用字、传抄中的讹字、异体字、可以互换的同义词。陆、王之说属于相对狭义的定义,得到语言学界多数学人的认同。

苏杰则提出:"要准确把握'异文'概念,必须紧紧抓住'异文'的本质——同异矛盾。"如同字异体、同词异字、同文变异、同题异撰。苏教授提出的另一理论问题即"异文的边界"值得人们关注:"从同异矛盾这个异文的本质出发,我们还将面临这样一个理论问题,那就是异文的边界。Tanselle《校勘原理》(1989:22):'在同一文本的概念下究竟能容纳多少异文? 也就是说,异到什么程度,我们将不再认同?'也许我

---

① 苏芃:《〈史记〉古写本学术价值谫说》,《光明日报》2020 年 9 月 14 日第 15 版。
② 参见《辞海》(第六版)缩印本第 2257 页"异文"条,上海辞书出版社 2010 年版。
③ 王彦坤:《古籍异文研究》,万卷楼图书有限公司 1986 年版,"前言",第 1 页。
④ 陆宗达、王宁:《训诂与训诂学》,山西教育出版社 1994 年版,第 86 页。

们并不能得出一个简单的结论,但是认识到这个问题,可以让我们在理论上不至于走得太远,在实践中免于失足倾覆。"①

真大成认为,作为术语的"异文",其内涵应包括文本、文字、语言三个层面;中古文献异文依照来源可分为异本异文、异述异文、引用异文和异译异文四种类型;异文成因不同,其性质也有差异,大体可分为校勘性异文、用字性异文和修辞性异文;异文性质不同,则有相应的功用;"利用异文从事汉语史研究应注意的三个问题",即分辨异文的性质、真实性和来源。②

笔者以为,《史记》异文研究当参考诸家概念以及《史记》的实际情况而以广义概念来进行讨论。异文研究最为可信的标准当是语境、文意和词例,最终目标当为还原古本原貌,恢复作者原意,方便今人阅读。

《史记》异文研究中,"古写本"异文对了解《史记》古本原貌价值尤其重大。晋末徐广《史记音义》"研核诸本""具列异同",是目前所存资料较多的、最早的《史记》注本,今裴骃《史记集解》收徐广注语计2216条,而列诸本异同者达1035条,占近50%,对研究六朝时期的《史记》版本状况具有重要作用,也是宝贵的校勘资料③。朱东润《史记徐广本异文考证》称:"盖校勘《史记》之作,兴于此矣。"④可以说,徐广《史记音义》重在比较《史记》各本异同,详于校勘而略于注释,其是有意识地系统记述《史记》异文的第一人,对《史记》校勘研究具有开创之功。张玉春认为:"在徐广作《史记音义》之前,无人对《史记》进行过校理,故不可能有据《汉书》而改《史记》之事。"⑤当代学者持续讨论《史记》异文,并利用《史记》异文开展文献与语言研究,取得丰硕的成果,推动学术的发展。

二、《史记》古写本的文本统计与异文分类

(一)《史记》古写本

《史记》130篇产生之初就有正、副本,传布受局限,更有散佚、续补、删简、讹误等各种情况,加之后世进行注释的文本形式上的变化,借用赵望秦的表述,"传世的《史

---

① 苏杰:《〈三国志〉异文研究》,齐鲁书社2006年版,"绪论",第18—20页。
② 参见真大成:《中古文献异文的语言学考察——以文字、词语为中心》,上海教育出版社2020年版。
③ 张玉春:《〈史记〉版本研究》,商务印书馆2001年版,第38页。
④ 朱东润:《史记考索》,华东师范大学出版社1996年版,第106页。
⑤ 张玉春:《〈史记〉徐广注研究》,《暨南学报》(哲学社会科学版)2002年第3期。

记》已不属于原始性的完本”①。

关于《史记》版本研究,有不少成果,如贺次君《史记书录》②、安平秋《〈史记〉版本述要》③、张玉春《〈史记〉版本研究》等论著。张兴吉《元刻〈史记〉彭寅翁本研究》附录二《〈史记〉版本存世目录》,“大致分为两个部分,一是古写本、刻本部分;一是影印本、排印本部分。排列次序仿贺次君先生的体例,每部分以朝代划分,以‘集解’、‘集解索隐’、‘集解索隐正义’为序,个别白文本、题评本等单独分列,随年代划分,同一类书籍则按刊行年代为序。此目录以著录刻本为主,考虑到版本之间的流变及影响,故也涉及重要的抄本,如四库本及其他民间抄本等。又建国后影印民国时期版本者,一般也单独列出,以期更加清楚地反映建国以后出版《史记》的情况”④,比较详细,为最新成果,可以参阅。

流传至今的《史记》抄本“以吐鲁番发现之《仲尼弟子列传》残简及罗振玉影印《流沙坠简》中所收《淳于髡传》残简为最早,殆后汉至魏、晋间物”⑤。魏晋时期《史记》得以广泛流布,因相互传抄,文字错讹,产生了众多异本。刘宋裴骃《史记集解序》称文本已“文句不同,有多有少,莫辩其实,而世之惑者,定彼从此,是非相贸,真伪舛杂”。可见东晋末《史记》有多种抄本的异文存在,当然,就当时的情况来说,部分篇章而非整部书流传的可能性更高。

《史记》宋代以前的抄本可以称之为“古写本”,这应是学术界所认同的。而这类“古写本”是不断公布的,罗振玉 1918 年最早辑印《古写本史记残卷》影印本,贺次君《史记书录》提及十余件,尽管对于个别抄本的时代还存在不同看法。在近十年大批敦煌遗书公开出版以前,一般认为,现存宋代以前的抄本有 17 件⑥,多为《史记集解》本,可分为四类:

第一类是六朝抄本。有二件。一是《史记集解张丞相列传》的残卷,张玉春据以与宋景祐本对校,发现“此卷与今本(以景祐本为对校本)文字差异较大,计五十处(其中注十处)”⑦。二是《史记集解郦生陆贾列传》一卷,张玉春认为“此卷对《史记》

---

① 《中外书目著录〈史记〉文献通览·前言》,赵望秦等编撰:《中外书目著录〈史记〉文献通览》,陕西师范大学出版总社 2017 年版,第 2 页。关于《史记》文本的具体讨论,张大可《史记研究》、赵生群《史记文献学丛稿》等有专文论述,可参。

② 贺次君:《史记书录》,商务印书馆 1959 年版。

③ 安平秋:《〈史记〉版本述要》,《古籍整理与研究》1987 年第 1 期。

④ 张兴吉:《元刻〈史记〉彭寅翁本研究》,凤凰出版社 2006 年版,第 192 页。

⑤ 杨家骆:《记史纂阁所藏张氏史记新校注稿二百六十六卷》,原载《华冈学报》1965 年第二期;又载《史记新校注稿》前,中国学典馆复馆筹备处 1967 年版。

⑥ 罗振玉影印《流沙坠简》有汉代抄本《淳于髡传》31 字,未统计在内。

⑦ 张玉春:《〈史记〉版本研究》,商务印书馆 2001 年版,第 62 页。

版本研究有重要价值。与今本相校,有异文113处。经考证,多以此卷为是,故可证今本之讹"①。

第二类是敦煌唐抄卷子本。有三件。一是《史记集解燕召公世家》残卷。二是《史记集解管蔡世家》残卷。三是《史记集解伯夷列传》残卷。

第三类是传世唐抄本。有六件,皆藏于日本。一是《史记集解夏本纪》一卷。二是《史记集解殷本纪》一卷。三是《史记集解周本纪》残卷。四是《史记集解秦本纪》一卷。五是《史记集解高祖本纪》一卷。六是《史记集解河渠书》残卷。

第四类是藏于日本的抄本。有六件。一是《五帝本纪》残卷。二是《吕后本纪》残卷。三是《文帝本纪》残卷。四是《景帝本纪》残卷。五是《孝武本纪》残卷②。六是《范雎蔡泽列传》残卷。

最近随着收藏于海内外敦煌文献的公布,又有新的发现,最新统计则有21件。详见下文。

(二) 异文体系及类型

《史记》在形成之际、长期流传与使用的过程中,逐步形成了庞大的异文体系和不同的异文类型。关于异文体系,《史记》情况最为庞大和复杂,可分为五大系列:一、《史记》取材的文献系列;二、《史记》的版本系列;三、改编《史记》的文献系列;四、节引《史记》的文献系列;五、历代学者研读《史记》的文献系列等。曾有论述③,兹不展开。

关于异文类型、性质等,不同的研究者针对不同的异文语料,分类有所不同。大致从文字多少、文字颠倒、文字变换三种表现形式来考量。朱承平《异文类语料的鉴别与应用》一书分异文为四类,即版本异文、引用异文、两书异文和名称异文。④ 王彦坤在《古籍异文研究》一书中,"从构成异文的材料,在语文组织中所包括的范围"⑤,分析异文的规模,是从字、词、句、章、篇入手的,也是一种切实的观照角度。学者或从校勘学角度入手,讨论讹、衍、脱、倒等问题;或从字词、句、段、篇、语法等着眼,讨论古书用字现象、同义换用、虚词换用、句式转换等问题。真大成分析中古文献异文的成因,有五个方面,即文本用字灵活多样、文本流传发生错误、撰著传布人为改动、一事

---

① 今本指宋本。张玉春:《〈史记〉版本研究》,商务印书馆2001年版,第63页。
② 日本学者多认为此写本据古本转写,将所据原本最早溯源至镰仓时代(1185—1333),而苏芃通过考察其行款形制、用字特点、传世本的异文、与《汉书》的关系以及避讳现象等多方面信息,判定该卷所承袭的底本是唐贞观以前写本,甚至是六朝写本。参见苏芃:《日本宫内厅藏旧抄本〈史记·高祖本纪〉年代新证》,《文学遗产》2019年第1期。
③ 参见拙撰:《〈史记〉异文的体系研究》,《中国训诂学报》第5辑,商务印书馆2022年版。
④ 朱承平:《异文类语料的鉴别与应用》,岳麓书社2005年版,"前言",第1页。
⑤ 王彦坤:《古籍异文研究》,广东高等教育出版社1993年版,第8页。

（文）数载、同经异译；从异文来源角度区分异文类型有四，即异本异文、引用异文、异述异文和异译异文；又从异文成因角度区分异文性质有三，即校勘性异文、用字性异文和修辞性异文三类①。而《史记》异文情况复杂，上述各种情况都有不同程度的体现，并且所谓的类型，有时又是难以区分的。笔者主张细化，拟分史源异文、体例异文、版本异文、两书异文、引用异文、名称异文、理校异文、排印讹误所致新异文等类型，进行全面系统的汇校集考。

三、《史记》修订本对古写本异文的采用状况研究剖析

（一）修订本对古写本的总体采用状况

《史记》古抄本涉及《史记》篇目共有 18 篇，其中第 1、8、13 各涉及 2 件，故总共有 21 件，除少量外，多数可视为古写本。据笔者统计，修订本校勘记涉及各写本总计 83 条。具体分布情况如下：

1.《夏本纪第二》，有高山本，修订本校勘记涉及 17 条。另有产生于日本宝治二年（1248）《史记·夏本纪》，可视为日本古抄本，不宜称《史记》古写本。

2.《殷本纪第三》，有高山本，修订本校勘记涉及 7 条。

3.《周本纪第四》，有高山本，修订本校勘记涉及 10 条。

4.《秦本纪第五》，有高山本，修订本校勘记涉及 16 条。

5.《高祖本纪第八》，有宫内厅本，修订本校勘记偶用 1 条。

6.《吕太后本纪第九》，有毛利本，修订本校勘记涉及 6 条。

7.《孝文本纪第十》，有东北本，修订本校勘记涉及 6 条。

8.《孝景本纪第十一》，有野村本，修订本校勘记涉及 2 条。另有山岸德平本。

9.《河渠书第七》，有日藏唐抄本，修订本校勘记涉及 4 条。

10.《燕召公世家第四》，有法藏敦煌唐写本，修订本校勘记涉及 4 条。

11.《管蔡世家第五》，有法藏敦煌唐写本，修订本校勘记涉及 1 条。

12.《伯夷列传第一》，有法藏敦煌唐写本，修订本校勘记未涉及。

13.《仲尼弟子列传第七》，有德、日藏吐鲁番写本残片②，修订本校勘记未涉及。

---

① 参见真大成：《中古文献异文的语言学考察——以文字、词语为中心》第二章、第三章，上海教育出版社 2020 年版。

② 荣新江对此二残片有拼合，见氏著《〈史记〉与〈汉书〉——吐鲁番出土文献札记之一》，《新疆师范大学学报》（哲学社会科学版）2004 年第 1 期。

14.《范雎蔡泽列传第十九》，有宫内厅本，修订本校勘记未涉及。

15.《李斯列传第二十七》，有俄藏北朝敦煌写本残片二种①，修订本校勘记未涉及。

16.《张丞相列传第三十六》，有日藏石山寺本，修订本校勘记涉及 2 条。

17.《郦生陆贾列传第三十七》，有日藏石山寺本，修订本校勘记涉及 7 条。

18.《滑稽列传第六十六》之"淳于髡传"，藏大英博物馆，木简遗文 31 字（《流沙坠简》有图片），修订本校勘记未涉及。

（二）几点说明

第一，据《史记》修订本"修订凡例"（见第一册）可知，所用古抄本有 13 种，即上列第 5、13、14、15、18 号之外的各古抄本。修订本用"古抄本"，而不是"古写本"，这是比较审慎的。因为严格来说，有的抄本的时代学术界意见不一。

第二，修订本"修订凡例"未列《高祖本纪第八》，但修订本平装本实际仅用了 1 条宫内厅本的材料，即第十五条"陵人秦嘉'陵'上原有'广'字，据日本宫内厅书陵部藏钞本删……"，"据日本宫内厅书陵部藏钞本删"字样，在修订本精装本中原无，当是平装本中新添。姑且不论其是否必要，从《高祖本纪》古抄本与修订本的底本金陵书局本存在大量异文来说②，仅采用一条而非系统性地研究吸纳，可算不当之举。

第三，《伯夷列传第一》虽列在用书范围，但修订本校勘记中并无一条涉及。实际上，本篇存在大量异文，张玉春列出古抄本与景祐本的文字差异 28 条，认为"且义多胜于今本"，此引一例"余悲伯夷之意，睹轶诗可异焉"之"伯夷"，抄本作"夷齐"。《索隐》："谓悲共兄弟相让，又义不食周粟而饿死。"张玉春认为："按司马迁所悲为伯夷叔齐二人，不宜只作'伯夷'，今本似误。"笔者认为，各本有其所承，不必认为金陵书局本一定有误，而据两本"伯夷"与"夷齐"文义相差较大，又有学者已提出此类问题，修订本出校勘记列异文，或为较折中的处理方式。

第四，清末唐仁寿、张文虎校刊的金陵书局本《史记集解索隐正义合刻本》，详加考订，择善而从，成为晚出而最通行的版本，虽说代表了清代《史记》校勘研究的最高成就，开辟了《史记》版本的一个新时代，但其存在的问题也不容小觑，笔者有多篇论

---

① 张宗品《从古写本看汉唐时期〈史记〉在西域的流播——中古时期典籍阅读现象之一侧面》认为，可缀合，"共 6 行，可辨认者 26 字"，"写卷是目前所见存世最古的《史记》纸质写本"，见《古典文献研究》第十七辑上卷，凤凰出版社 2014 年版，第 77、78 页。

② 参见苏芃《日本宫内厅藏旧抄本〈史记·高祖本纪〉年代新证》（《文学遗产》2019 年第 1 期）等文。

著讨论之,即以修订本出校记近 4000 条、修订文字约 1200 条①,最甚者一处脱正文 11 字、注文 10 字共 21 字就可知。当代《史记》文本,以局本为底本的中华书局《史记》整理本,可以认为是"多层次的复杂重叠构成"②文本。读史求真,既有原书之真,亦有史实之真,而《史记》撰著之初、传布之际、释读之时,难免有未得其真、"伪失其真"、"讹失其真"、"晦失其真"③等各种状况,所以对《史记》文本的研究,需要高度重视古写本,并重视早期刻本。

四、审慎利用古写本异文校勘《史记》

(一) 多维度利用古写本异文

关于古写本异文,先师吴金华先生与肖瑜教授在《〈三国志〉古写本残卷中值得注意的异文》一文中,主要讨论以下三类:"一是汉字演变史、文化史研究的对象,二是校勘学、文献学研究的对象,三是训诂学、语言学研究的对象。"④异文涉及文字、语言、文献、文化等不同方面,有时在具体文献中又相互交错。这就提示我们,研究古写本异文有着不同的维度,或可做综合研究,或可做专题研究。从版本异文与语言文化研究的关系来看,根据现代解释学的观点,每种文本的异文都带有时代特征,在文化史研究中有同等价值,即使在《史记》校勘工作上没有利用价值的异文,在文化史、版本史上自有其价值。《史记》文本的研究,不仅关系到原本的复原工作的质量,还为文化史的研究提供了更高的起点。人们在学术研究中,忽略了版本问题,难免失校;忽略了语言文化的研究,难免误校。在新的历史条件下,如何推进古文献的校勘水平,必须特别关注上述两个方面。在全球化背景下,孤本秘籍逐步公布于世,文化语言的研究特别是西汉的断代文化语言研究不断深化、不断拓展,已经为《史记》校勘工作的新飞跃提供了前所未有的条件。正确处理版本异文与语言文化的关系问题,对于提高古文献校勘工作,将有着极大的学术意义。

《史记》古写本研究已有一些厚实的成果。如张宗品对《史记》古写本用力颇勤,取得不少成果。对俄藏敦煌写本《史记》残片六件进行了缀合研究,认为这"较石山

① 参见拙著:《〈史记〉金陵书局本与点校本校勘研究》,凤凰出版社 2019 年版,第 71—73 页。
② 倪其心:《校勘学大纲》,北京大学出版社 1987 年版,第 80 页。
③ 后三个表述,本自苏杰《龙门功臣　考证渊海——读梁玉绳〈史记志疑〉》,原刊于《天人古人》1997 年第 5 期,收入氏著《中西古典语文论衡》,浙江大学出版社 2014 年,第 299 页。
④ 吴金华、肖瑜:《〈三国志〉古写本残卷中值得注意的异文》,《中国文字研究》第 6 辑,广西教育出版社 2005 年版,《复印报刊资料·语言文字学》2006 年第 1 期转载。

寺旧藏要早近二百年，无疑是目前所见存世最古的《史记》写本"，体现"晋末北方《史记》写本的神采"；又回顾了近百年来《史记》古写本的研究概况，对存世古写本做了全面著录。他对近百年来《史记》写本研究进行分期，分为写本的著录、校勘以及传播研究三个阶段。即 20 世纪 30 年代之前为第一阶段，主要是著录、影印新材料而不及细考。从 20 世纪 30 年代到 20 世纪末为第二阶段，学者开始比勘写本文字，研究文本特征，并试图构建传本谱系。21 世纪初以降为第三阶段，研究者尝试新的研究思路，较为注意写本本身的文献特征。张宗品提出："写本文献在文本比勘上的价值固然重要，而其自身所体现的写本时代文本传写阅读现象和规律却更值得重视。同时，写本文献不仅是一种校勘文本，一种学术史、书籍史的材料，更是我们对古人' 千年面目' 的直接感知。"①

张玉春等关于六朝抄本、唐抄本与宋本之间关系的研究，取得不少成果，建立了基本的研究框架。如张玉春认为"唐抄本与六朝抄本是现今能见到的最早的《史记》写本。唐抄本与六朝本相隔时间不甚久远，二者无论在体例上还是在文字上均无明显差异"，充分肯定六朝抄本与唐抄本之间差异不大。"而唐本与宋本的文字差异比较大，反映了《史记》传本由六朝至唐的相对稳定性。而自唐至宋，经历了由写本向刻本的转变，体例有所变化，文字差异增加。"根据这些现象，张玉春进一步指出："至唐代，《史记》传抄是在自然状态下进行，无人有意识对其作以改动，虽然在传抄过程中也出现脱误，但与有意改窜不同。因此，唐本更近《史记》原貌，为勘正今本《史记》的讹误提供了可信的依据。唐写本异于宋本，以其与其他典籍相参校，亦反映出二者版本系统的差异。"②关于宋刻本的来源，张玉春认为："今本（主要是宋本）《史记》所依据的祖本并不是分别来自唐本，而是经过对某一唐本整理后作为定本流传下来。而今本《史记》间的文字差异则是在宋以后产生的。"③厘清了写本与刻本在版本系统方面的差异。众多学者对《史记》早期抄本研究中揭示的文本差异包括文字的、格式的，对人们正确认知《史记》版本的传承及其相互关系，对正确评价《史记》后世刻本特别是所谓精校本，提供了极大的帮助。

（二）古写本的校勘价值，有待全面系统地探讨

《史记》古写本的学术价值，自不待言。而全面系统地加以利用，恐非易事，需

---

① 张宗品：《俄藏敦煌文献所见存世最早的〈史记〉写本残片及其缀合》，《敦煌研究》2011 年第 5 期；《近百年来〈史记〉写本研究述略》，《古籍整理研究学刊》2014 年第 3 期；另有《从古写本看汉唐时期〈史记〉在西域的流播——中古时期典籍阅读现象之一侧面》，《古典文献研究》第十七辑上卷，凤凰出版社 2014 年版；等等。

② 张玉春：《〈史记〉版本研究》，商务印书馆 2001 年版，第 82 页。

③ 张玉春：《〈史记〉版本研究》，商务印书馆 2001 年版，第 72 页。

要学术界投入力量,进行扎实而深入的研究,并将各种可信的成果不断转化进入通行读本。从当前情况来看,散见的文章和部分论著已有不少成果,但似未为《史记》修订本采用。

从总的情况来看,具体异文的呈现数量有限,如弥足珍贵的六朝写本《张丞相列传第三十六》《郦生陆贾列传第三十七》,修订本校勘记涉及前者两条、后者七条,而张玉春统计分别有 50 处和 113 处,并且是"经考证,多以此卷为是,故可证今本之讹"①。

从具体问题而言,有一些成果可以出校。如前揭张宗品讨论写本异文,认为有文意优于宋以后刻本者。《李斯列传》"加费而无益于民利者禁",南宋黄善夫本与各本作"民利","民利"仅此一例,而写本作"利民";"利民"一词,《史记》的《孝文本纪》《萧相国世家》《商君列传》等均有,且先秦两汉旧籍,多有"利民"用例②,如《淮南子·氾论训》"治国有常,而利民为本;政教有经,而令行为上"。"利民"一词,有《史记》本证,有写本作版本证据,修订本或可出校。

(三) 重视术语概念,在相同层面上讨论同一问题

《〈史记〉古写本学术价值谫说》一文谈古写本学术价值五种:一、重要的校勘价值,二、文献辑佚价值,三、可供考察汉字的使用演变规律,四、有助于重新反思同源历史文献之间的文本关系,五、可供考察古书形制演变。总的来说,当无异议。而该文所举例证六条,涉及的一些术语概念与文献意识,其中有几条例证似可进一步讨论。

关于《垓下歌》。该文第一条"《史记》古写本具有重要的校勘价值",举例如下:

> 例如,"力拔山兮气盖世,时不利兮骓不逝,骓不逝兮可奈何,虞兮虞兮奈若何!"这首《垓下歌》出自《史记·项羽本纪》,慷慨悲壮,大家耳熟能详。然而日本龙谷大学图书馆藏《英房史记抄》所载《垓下歌》却是五句话:"力拔山兮气盖世,时不利兮威势废,威势废兮骓不逝,骓不逝兮可奈何,虞兮虞兮奈若何!"与我们熟知的版本有异。日本学者水泽利忠《史记会注考证校补》已经注意到了这处异文,并且指出《英房史记抄》之后的其他版本亦有引作如是五句。《英房史记抄》是日本南北朝时期藤原英房所著,约成书于正平三年(1347),是现存最早日本学者用汉文注解《史记》的著作,其中大量引用前贤旧说,五句版本的《垓

---

① 张玉春:《〈史记〉版本研究》,商务印书馆 2001 年版,第 61—65 页。
② 参见《俄藏敦煌文献所见存世最早的〈史记〉写本残片及其缀合》,《敦煌研究》2011 年第 5 期。

下歌》文从字顺,想必也有所承,并非作者杜撰。时至今日,这处异文并未引起学界关注,值得彰布。

笔者以为,且不论此处异文早有中外学者注意,并有所讨论,就文中所举该例及说法,需要讨论的问题有多个方面:第一,《英房史记抄》是域外日本的衍生文献,"时不利兮"后所增"威势废,威势废兮"七字,并未见于《史记》各相关文献,对此类文献的使用,应当有审慎的态度。第二,以上述术语概念来衡量,"藤原英房所著,约成书于正平三年(1347)"的《英房史记抄》,似不当作为《史记》古写本对待。《史记》修订本"主要参考文献"未列入,不作为校勘材料,可以参考。第三,学界对《垓下歌》保持审慎态度是应当肯定的,相反作者未提出有力证据之前就认为"五句版本的《垓下歌》文从字顺,想必也有所承,并非作者杜撰",这种据《史记》古写本范围以外文献立论的"想必"之说,似有学术风险,可以说修订本的做法审慎可取。

关于《高祖本纪》。该文五种价值总共列举六个例证,有三个涉及《高祖本纪》,该文认为,宫内厅书陵部所藏《史记·高祖本纪》写卷是江户时期(1603—1867)日本学者传抄的《史记》写本,所承袭的底本当是唐贞观以前写本,甚至是六朝写本,并非宋代以后的《史记》刻本。写卷惟妙惟肖地保留了古写本的文本面貌,可视为影写本,具有重要的文献价值。

该文三个例证本身列出异文,当有一定的学术价值,但表述与概念方面,仍值得进一步讨论。该写卷有明确的传抄时间即日本江户时期,相当于中国明末至清代中期,而推测其所承袭的底本时代为唐写本是叮行的,但将"有明确的传抄年代"的抄本等同"推测所承袭的底本"来使用,似乎要大打折扣,直接当作《史记》古写本来谈,似不妥。《史记》修订本"主要参考文献"未列入该写卷,上文已提到,只有校勘记【一五】"广陵人秦嘉",据删"广"字,其他全未参考,且只是出平装本时才加入的,可以认为缺乏整体性考虑。

最后想说的是,真大成在其新著中提出:"文献异文情况复杂,运用起来应特别审慎,否则极易误判、误解异文,以致在研究中误用异文为论据,甚至得出错误的论点。"①此说深获我心,引以为结语,并与同仁共鉴之。

---

① 真大成:《中古文献异文的语言学考察——以文字、词语为中心》,上海教育出版社2020年版,第380页。

Reflections on Textual Criticism of Variant Readings in Ancient Manuscripts of *Shiji*(《史记》)：A Study of the Adoption of Variant Readings in Revised Edition of *Shiji*

Wang　Huabao

Abstract：With the publication of revised editions of *Shi Ji* and the deepening of research on excavated documents, the achievements of textual criticism of *Shi Ji* have been continuously improving. However, there have been limited breakthroughs in the study of variant readings in ancient manuscripts of *Shi Ji* compared to the results obtained in Zhang Yuchun's *Research on Versions of Shi Ji*. Moreover, the adoption of variant readings from ancient manuscripts in revised editions of *Shi Ji* still has significant room for improvement, and profound reflections can be made from the perspectives of theory and practice, especially the specific circumstances of the revised editions of *Shi Ji*.

Keywords：*Shi Ji*；ancient manuscripts；revised editions；variant readings；textual criticism

试论《齐民要术》枣树品种的命名[*]

化振红^{**}

摘要：《齐民要术》记载了汉魏六朝时期绝大部分枣树品种的名称，其命名角度主要集中在形态特征、广义功能特征及主产地或命名者等方面，少数名称采用了多种命名角度相综合的方式。其中的大多数异称词语，构词成分通俗，成词理据显豁；部分异称包含着来自方言的表音成分；"核心语素加特征语素"的构词方式占绝对优势；充当核心语素的词语数量较少，特征语素体现了农业异称词命名角度的不同，也折射出了民众对事物各方面特征重要程度的认知差异。

关键词： 枣　异称词　核心语素　特征语素

　　枣树栽培在中国有着悠久的历史。根据《诗经·七月》《礼记·内则》《史记·货殖列传》等文献记载，黄河流域在西周时期已经有了人工种植的枣树，秦汉前后形成了安邑（今山西运城夏县）、燕北（今河北北部）等著名产区。由于栽培历史久远，种植区域辽阔，各地自然环境条件千差万别，故而各地培育出了众多的枣树品种，刘向《西京杂记》卷一记述了上林苑建成时各地进献的名果异木，其中就有弱枝枣、玉门枣、棠枣、青华枣、樿枣、赤心枣、西王枣等7个品种。魏晋南北朝前后，枣树品种更为丰富。如何为这些枣树品种命名，是一个颇为有趣的语言学问题。众所周知，汉语字词的形义关系极为复杂，不少农作物名称存在同名异实、同实异名现象，命名者为事物命名时的着眼点也存在较大差异。因此，探讨枣树品种命名过程的理据性，不仅可以弄清这些词语的确切含义、得名之由，了解农业异称词的命名规律，还可以为词汇

---

* 本文为国家社科基金项目"基于深加工语料库实践的汉语史分词规范研究"（22BYY108）、江苏省社会科学基金重点项目"基于汉语史语料库建设实践的中古汉语分词标准研究"（19YYA001）的阶段性成果。

** 化振红，1966年生，文学博士，现为南京师范大学文学院教授，主要研究中古近代汉语词汇、汉语史语料库建设。

学、训诂学、音韵学研究提供一些有价值的证据材料。本文拟以北魏贾思勰《齐民要术》记载的枣树品名为基本语料，比较深入地探讨农业异称词命名过程的规律性。

一、《齐民要术》记载枣树品种的语料

枣树是北方地区最重要的果树之一。《齐民要术》的《栽树》篇相当于果木栽培问题的总论，《种枣》篇则是紧随其后的第一篇分论，这样的编排次序显示了枣树在南北朝农业中的突出地位。《种枣》篇以题记形式记载了众多枣树品种的名称，首先是《尔雅》中的壶枣、边要枣、櫅枣、樲枣、杨彻枣、遵枣、洗枣、煮枣、蹶泄枣、皙枣、还味枣等 11 个品名，以及晋人郭璞对部分品种特点所做的描述，然后汇编了魏晋六朝其他文献中的枣树品名，最后又补充了南北朝新培育的部分优良品种。

《尔雅》曰："壶枣；边，要枣；櫅，白枣；樲，酸枣；杨彻，齐枣；遵，羊枣；洗，大枣；煮，填枣；蹶泄，苦枣；皙，无实枣；还味，棯枣。"

郭璞注曰："今江东呼枣大而锐上者为壶。壶犹瓠也。要，细腰，今谓之鹿卢枣。櫅，即今枣子白熟。樲，树小实酢。《孟子》曰：'养其樲枣。'遵，实小而员，紫黑色，俗呼羊矢枣。《孟子》曰：'曾皙嗜羊枣。'洗，今河东猗氏县出大枣，子如鸡卵。蹶泄，子味苦。皙，不著子者。还味，短味也。杨彻、煮填，未详。"

上述两段文字是《齐民要术》中记述汉魏时期枣树品种的材料。第一段几乎完全照录了《尔雅·释木》枣树部分的原文，第二段则是郭璞对《尔雅》的注释，原本接排在各个枣树品种之后，贾思勰把它们编排到了一起，并对原文进行了少量调整，因而重复了其中的一些枣树品名。

《广志》曰："河东安邑枣；东郡谷城紫枣，长二寸；西王母枣，大如李核，三月熟；河内汲郡枣，一名墟枣；东海蒸枣；洛阳夏白枣；安平信都大枣；梁国夫人枣。大白枣，名曰蹙咨，小核多肌；三星枣；骈白枣；灌枣。又有狗牙、鸡心、牛头、羊矢、猕猴、细腰之名。又有氏枣、木枣、崎廉枣、桂枣、夕枣也。"

《邺中记》："石虎苑中有西王母枣，冬夏有叶，九月生花，十二月乃熟，三子一尺。又有羊角枣，亦三子一尺。"

《抱朴子》曰："尧山有历枣。"

《吴氏本草》曰："大枣，一名良枣。"

《西京杂记》曰："弱枝枣、玉门枣、西王母枣、棠枣、青花枣、赤心枣。"

潘岳《闲居赋》有"周文弱枝之枣"。丹枣。

按：青州有乐氏枣，丰肌细核，多膏肥美，为天下第一。父老相传云，乐毅破齐时,从燕赍来所种也。齐郡西安、广饶二县所有名枣,即是也。今世有陵枣、蘘弄枣也。

这几段文字汇集了两晋到南北朝文献中记载枣树品种的文献材料。从传世文献看,已经覆盖了当时绝大部分的枣树品种。最后一段按语是贾思勰本人添加的注文,记载了山东当地培育出的优良品种,显然也属于南北朝时期的语言材料。

上述材料中,部分文献的成书年代存在一些争议。其中,《广志》是郭义恭编撰的博物志,主要记述农业物产,兼记各种奇闻异事,原书已不可见。近代学者胡立初推断为西晋初年作品,王利华认为成书于北魏前期。① 从历代文献中辑出的条目看,《广志》汇编了两汉到魏晋的材料,被学术界公认为晋代文献。其他文献的时代性都比较明确,《邺中记》记述五胡十六国时期国都邺城的轶闻旧事,晋人陆翙著,原书已亡佚。《四库全书》所存辑本中,少数条目出自后人之手,绝大部分则不晚于隋代;《抱朴子》,东晋葛洪著,基本上不存在争议;《吴氏本草》,三国时期魏人吴普著,成书于公元 3 世纪;《西京杂记》,西汉刘歆著,今本系东晋葛洪辑录而成;《闲居赋》,西晋潘岳著。

总体而言,除了抄自西汉《尔雅》的文字以外,郭璞《尔雅注》《广志》《邺中记》《抱朴子》《吴氏本草》《西京杂记》《闲居赋》以及贾思勰自注,均为魏晋到南北朝的文献材料,时间跨度大约 300 多年,所记录的枣树品种共计 46 个左右,它们的名称均可以视为中古时期枣树的品名。这些异称实际上处在两个不同层面:其一,指各种品种的枣树,本质上都属于枣树;其二,指同一品种的枣树因为命名角度不同而产生的若干名称。由于本文旨在探讨枣树品种命名的总体规律,并不需要进行更为细致的区分,因而把它们都直接视为枣树的异称。

此外,《种枣》篇还多次提到楗枣、酸枣。其中,楗枣即糯枣。楗、糯,同字异体,《集韵·之韵》:"糯,木名。或从耎。"明清以来民间大多称之为"软枣"。明人杨慎《艺林伐山》卷五:"糯枣,俗作软枣。"按照现代植物学分类,软枣实际上是柿树的一个野生品种,并不属于枣树,因而不能视为枣的异称。从名实关系看,应该属于同名而异称,也就是用了同一个名词指代不同的事物。酸枣的情况略有不同。《诗经》时代就有了枣、棘之别,后世《本草》《说文》系列的文献大都分别记述。枣和棘属于同一类果树之下的两个品种:枣是人工栽培的改良品种,树身有刺,果实较大,丛生,树干较高;棘就是北方地区常见的酸枣,属于枣树的野生品种,树身多刺,果实的个头较

---

① 胡立初:《齐民要术引用书目考证》,齐鲁大学国学研究所编印:《国学汇编》(第二册),私立齐鲁大学出版部 1934 年;王利华:《〈广志〉成书年代考》,《古今农业》1995 年第 3 期。

小,独生,树干相对较低。《齐民要术》所引《尔雅》中的"樲",准确地说属于棘,同样也可以近似地看作枣树的品种之一。

二、《齐民要术》枣树品种的命名方式

对于农作物的命名方式,《齐民要术·种谷》进行了简明扼要的概括:"今世粟名,多以人姓字为名目,亦有观形立名,亦有会义为称。"这里所说的"以人姓字为名目""观形立名""会义为称",是粟品种命名过程中最常见的三种方式,同时也大体符合包括枣树在内的其他农作物异称的命名规律。

1. 着眼于事物的形态特征命名

即《齐民要术·种谷》的"观形立名"。

所谓的"形",可以是果树整体的形状、颜色等特征,也可以是果树的局部特征,如,枝茎的高矮、粗细,果实的形状、大小、颜色等。无论出自何种角度的观察,只要是比较突出的特征,都有可能成为果木异称的命名依据。至于这个特征客观上是不是"最"突出的,在命名过程中其实并不重要。《齐民要术》枣树品种的异称,采用这种方式命名的有 17 个,占全部枣品名称的 1/3 左右。相比之下,《齐民要术》记载的 40 多个水稻品名、100 多个粟品名中,属于"观形立名"的大约接近半数,数量明显超过其他的命名方式。

《齐民要术》枣树品种的命名,通常着眼于枣子的形体特征,包括枣的外形、大小、颜色等。对于枣树而言,树本身的形状显然没有它的果实重要,因此,作为果实的枣子就成了命名过程中最为重要的因素。根据枣子的形态特征命名的异称有 11 个。如:

壶枣

郭璞《尔雅注》所谓"今江东呼枣大而锐上者为壶",明确地解释了壶枣的命名理据是外形与瓠相近。这个品种的枣子,一头粗大,另外一头尖而小,形状犹如葫芦。从西汉到晋代,名称没有变化。因为其肉质极佳,后世甚至曾经把它用作枣的通称。清代学者俞樾《茶香室经说》卷十六:"壶枣在诸枣之中最美,古人凡用枣皆用此枣,故壶枣得专枣名也。"唐代以后的文献中用例颇多。宋人王之道《和因上人》诗之三:"遥怜壶枣初成实,似说占禾半吐花。"清人阮葵生《西圃》诗:"溪友供蒲荚,园官送壶枣。"

鹿卢枣

即《尔雅》中的边要枣,《广志》的细腰枣。

要、腰，古今字。它的形状是两头粗、中间细，"果实中上部有一缢痕"。这道天然的缢痕，就像用细绳在枣子的腰部勒了一条细边，因而得名。① 最突出的特点是腰细，晋代又称为细腰枣。"鹿卢"即辘轳，联绵词。宋人戴侗《六书故·工事三》："辘轳，井上汲水轴也。古作鹿卢。"辘轳中间的轴用来缠绕绳索，比两头细得多。鹿卢枣与辘轳外形相似，因而得名。"边要枣"是西汉时的名称，"鹿卢枣"则是晋代产生的新名称。

羊矢枣

即《孟子》中的羊枣，《尔雅》的遵枣。

矢、屎，属于音同而通的假借字。这种枣子呈紫黑色，小而圆，形状与羊屎蛋相似，因而得名。《孟子》作为儒家经典之一，对于太过鄙俗的字眼有所避忌，有意省略了其中的"矢"字。

羊角枣

外形细长而略显弯曲，状如羊角。"三子一尺"很可能有些夸张，细而长的整体形状应该是没有问题的。

除了上述名称外，《广志》的紫枣、狗牙枣、鸡心枣、牛头枣，《吴氏本草》中的大枣，《闲居赋》的丹枣，都属于根据枣子的形貌特点命名的异称。

除了枣子的形状，还可以根据枣树的枝干、叶子，枣核的形状、颜色等相对次要的特征进行命名。这种类型的异称有 6 个。如：

弱枝枣

晋人葛洪《西京杂记》卷一："初修上林苑，群臣远方各献名果异树，亦有制为美名，以标奇丽……枣七：弱枝枣、玉门枣、棠枣、青华枣、梬枣、赤心枣、西王母枣。"② 这种枣树因茎枝长且空得名，宋人吴曾《能改斋漫录·弱枝枣》引晋人王嘉《拾遗记》："北极有岐峰之阴，多枣树，百寻其枝，茎皆空，其实长尺，核细而柔，百岁一实。"从岐山发迹的周文王据说曾经移栽过这一优良品种，晋人潘岳《闲居赋》及后世文献因而又称之为"周文弱枝之枣"③。清代文献中仍有不少关于弱枝枣的种植记录，高士奇《金鳌退食笔记》卷下："枣有弱枝、密云、璎珞诸种。甚甘脆，食则浆流于齿。每岁八

① 缪启愉、石声汉先生此处的句读均为"边，要枣"。历代文献中并不存在"边枣"的概念，也找不到以"边"作为单音词指称枣子或枣树的用例。因此，"边要枣"应该是一个完整概念，中间不宜断开。宋人邢昺疏"边大而腰细者名边腰枣"，可为其证。参见［北魏］贾思勰著，缪启愉校释：《齐民要术》（第 2版），中国农业出版社 2009 年版，第 262 页；石声汉今释：《齐民要术》，中华书局 2009 年版，第 327 页。

② 《齐民要术》引文中漏掉的梬枣，是一种味道像柿子的颇为独特的软枣。《史记·司马相如列传》："梬枣杨梅，樱桃蒲陶。"裴骃《集解》："梬枣似柿。"

③ 晋人潘岳《闲居赋》："张公大谷之梨，梁侯乌椑之柿，周文弱枝之枣，房陵朱仲之李，靡不毕殖。"唐人李善注引《广志》："周文王时有弱枝之枣，甚美，禁之不令人取，置树苑中。"

月初收枣,入锡瓶封口,悬井中。寒冬取出进用,如初从树摘者。"

类似的根据枝干、叶子、颜色等次要特征进行命名的还有:青花枣,因枣花呈青色而得名;赤心枣,因枣肉呈红色而得名;三星枣、骈白枣、灌枣,普通的枣子是单个生长的,这些枣树结出的枣子总是两三个聚在一起,因而得名。这三种枣树很可能属于尚未驯化的野生品种,与人工培育的枣树存在显著差别。

2. 着眼于事物的功能特征命名

《齐民要术·种谷》的"会义为称",从贾思勰描述的情况看,基本是指农作物的生长习性、功能等。如,粟的多个品名中,"续命黄"是因为它的生长期较短,能够快速成熟,在谷物青黄不接时或灾荒年头常有"续命"之效;"辱稻粮"是因为它的味道足以媲美稻米、麦子之类的细粮;"雀懊黄"的穗子上长着尖锐的芒刺,麻雀轻易不去啄食;"乐婢青"是因为容易脱壳,婢女喜欢舂捣;等等。这些名称分别着眼于生长周期、口感、防止虫害、便于加工等特点,大致可以视为广泛意义上的功能特点。

对于枣树品种的异称而言,着眼于广义功能特征命名的有 9 个,相当于"观形立名"的一半左右。所涉及的功能包括枣子的味道、成熟过程、成熟时间等。如:

还味枣

一种初食味淡、回味甘甜的枣子。郭璞《尔雅注》云:"还味,短味也。"意思是味道较淡。"还"的本义是回转,引申为旋转、回环,历代文献中用例甚多,《庄子·庚桑楚》:"夫寻常之沟,巨鱼无所还其体。"陆德明《经典释文》云:"还,音旋,回也。"词义引申之后用来描述食后的余味,清人顾宗泰《园中枣树垂实可爱却赋》:"枣香初纂纂,实小正离离。枝弱浅阴散,酢酸还味滋。"南方有一个比较特殊的名为"还味竹"的竹子品种,竹笋味道苦涩,过一阵子则有微甜的回味,元人李衎《竹谱》卷四:"还味竹,生福州以南,大类水竹。春生笋,人煮食甚苦涩,停久则味还甘可食,故名。"还味竹、还味枣中的"还味",意思完全相同。

蒸枣

因枣子成熟时的状态而得名。普通枣子成熟时进行采摘,经过反复曝晒才能作为干枣储存。蒸枣成熟后仍然挂在树枝上,经过一段时间曝晒后自动变成天然的干枣,因此,后人又称为"天蒸枣"。元人柳贯《打枣谱》"天蒸枣"之下,自注云:"干红于树上。"宋人苏颂《本草图经》描述了它的特点、加工过程,"南郡人煮而后曝,及干,皮薄而皴,味更甘于他枣"。由于味美肉多,其种植范围相当广泛,历代子部、集部文献均有大量记载,其中不乏活的用例。如,北宋黄庭坚《与嗣深节推十九弟书》:"得书知同新妇、诸侄安胜,为慰。寄大蒸枣,乃所乏也。"北宋李荐《济南集·张拱传》:"俄有鬻蒸枣者来,道士乃以先所掷一钱买之,得枣七枚。"作为常见的药引,两宋医书用例甚多,陈师文《太平惠民和剂局方·治诸虚》:"右为末,炼蜜,与蒸枣同和丸,如弹子大,每服一丸,温酒或米饮化下,嚼服亦得。"

着眼于广义的功能特征命名的异称还有《广志》中的猕猴枣,因味道独特、深受猕猴喜爱而得名,与猕猴桃、猕猴梨的命名方式相同;夏白枣,因为夏季成熟、熟时呈白色而得名;夕枣,因成熟时间较晚而得名;《吴氏本草》的良枣,因品质优良而得名;《广志》的桂枣、《西京杂记》的棠枣,因枣树与桂树、棠树嫁接而得名;贾思勰自注中的幪弄枣,因枣叶茂盛、枣子隐藏在枣叶之间不易发现而得名。

3. 着眼于农作物的主要产地、培育者进行命名

农作物品名中,往往包含着一些地名或人名。前者通常指这些品种的原产地或主产地;后者则指这些品种最早或者最著名的培育者。总体数量一般不会超过其他的命名方式。

《齐民要术》记载的枣树品名中,以主产地、人名为命名依据的异称不足 8 个,与着眼于功能特征的异称数量大致相当。如:

煮填枣

山东出产的一种枣子。贾思勰此处照抄了郭璞注原文,并如实注明自己不知道这个名称的由来。煮填在可见的历代文献中没有作为一般词语的例证,只用作地理名词。因此,它的命名理据很可能就是这个品种的主产地。

历代文献对于煮填的具体位置有不同说法:《史记·苏秦列传》"东有淮颍、煮枣"中的煮枣,唐人孔颖达认为是曹州下属的宛朐县,古代又作宛句、冤朐、宛亭,据《元和郡县志·曹州》记载,冤句县"本汉旧县也,汉初属梁国,景帝时属济阴郡,隋开皇三年罢郡,以县属曹州","煮枣故城在县西北四十里",大致在今山东省菏泽市曹县境内。《史记·樊哙列传》又有"从攻项籍屠煮枣"一说,《史记·功臣表》也有"煮枣侯"封号,唐人张守节《史记正义》认为这里的煮枣指冀州所辖的信都县,《元和郡县志·冀州》信都县之下,"煮枣故城在县东北五十里,汉煮枣侯国城。六国时于此煮枣油,后魏及齐以为故事,每煮枣油即于此城",大致在今河北省邢台市境内。相对而言,山东曹州之说应该更为可信。从探求事物命名理据性的角度看,对于其具体位置的争议,并不影响它作为地理名词的基本属性。

"煮填"之所以被用作地名,历代文献中有不少证据材料。晋人卢谌《祭法》有"春祠用枣油"之说[①],张守节《史记正义》印证了这一说法的可靠性:煮枣城早在战国

---

① 原书早已亡佚,后代文献如唐人徐坚《初学记》卷28、南宋罗愿《尔雅翼》卷10、明人陶宗仪《说郛》卷105 所引《打枣谱》、明人徐光启《农政全书》卷29 等,都引用了这一说法。

时代就有将枣子煮熟、榨油的生产活动，魏晋南北朝时期一直沿袭着这样的习俗，并且只有某个特殊品种的枣子可以用来榨油，榨出的枣油则专门用于祭祀。由此推测，这个品种的枣子在当时社会中应该具有很高的地位，甚至可以说十分珍贵。从字音、字义角度看，填和镇在上古汉语阶段分别属于舌头音、舌上音，两者读音相同，古代文献中常常通用。因此，"煮填"中的"填"，指枣子煮过后再镇压出油，与今天的榨油原理大致相同。

由此可见，煮填枣是一种可以煮后榨油、专用于祭祀的枣品，当地因为出产这种枣子以及制作专用于春祭的枣油而闻名，同时，产地也就成了这个枣品种的代称。

乐氏枣

主产地在山东青州，肉多核小，味道甘美。据《齐民要术》记载，是燕国大将乐毅征讨齐国时带到山东的品种。宋人乐史《太平寰宇记》卷十八所记潍州、青州的著名土产就有乐氏枣。明清时期又称"乐毅枣"，明人王士祯《池北偶谈》卷二十四："乐毅枣产吾乡，大倍常枣。云是乐毅伐齐所遗种也。"王士祯的家乡是山东省淄博市桓台县，自东汉以后均属青州。清人徐珂《清稗类钞》："乐毅枣产山左，大倍常枣。相传为乐毅伐齐时所遗之种也，丰肌细核，多膏而肥美。"

西王母枣

个头大，枣形细长，味道甘甜。《广志》《邺中记》记载的成熟时间：一为"三月熟"，在众果之先；一为"十二月熟"，在众果之后。民间又称"仙人枣"，历代文献有较多记载，北魏杨衒之《洛阳伽蓝记·景林寺》："景阳山南有百果园。果别作林，林各有堂。有仙人枣，长五寸，把之两头俱出，核细如针，霜降乃熟，食之甚美。俗传云出昆仑山，一曰西王母枣。又有仙人桃，其色赤，表里照彻，得严霜乃熟。亦出昆仑山，一曰王母桃也。"根据元人柳贯《打枣谱》记载，元代民间仍有广泛种植。把神话传说附会成事物名称，是民间常用的命名手法。在中国古代神话体系中，昆仑山上居住着包括西王母在内的众多神仙，因此，这种原产于西北地区的枣子就有了颇具神话色彩的异称。采用同样方法命名的还有西王母桃，唐人段成式《酉阳杂俎·支植下》："王母桃，洛阳华林园内有之，十月始熟，形如括蒌。俗语曰：'王母甘桃，食之解劳。'亦名西王母桃。"

梁国夫人枣

命名方式与西王母枣大体相同。梁国夫人很可能就是西汉梁孝王刘武的妻子李氏。刘武在封地睢阳建造了著名的梁园，又称兔园、睢园，其中颇多奇木异果，《西京杂记》卷三："梁孝王好营宫室苑囿之乐，作曜华之宫，筑兔园"，"其诸宫观相连，延亘数十里，奇果异树、瑰禽怪兽毕备，王日与宫人、宾客弋钓其中"。关于李氏的文献材料不多,据《史记·梁孝王世家》记载,刘武去世后,梁国分成五个诸侯国,李氏的长子刘买封为梁共王,即为其中之一。后来,李氏因为与孙媳争夺珍宝罍樽而被气死。梁国夫人枣在后世文献中虽然多次出现,如唐人徐坚《初学记》卷二十八、元代王祯《农书》卷九、明人王士祯《池北偶谈》卷二十四、清人陈元龙《格致镜原》卷七十四等,但是大多照抄《广志》原文,传世文献中并不存在活的用例。其具体特点虽然无从知晓,以人名作为命名依据则是显而易见的。

除了上述以人名为命名依据的枣树品名,《齐民要术》还记载了4个以主产地为命名依据的枣品名称,即《广志》中的安邑枣,河内汲郡枣、墟枣,《西京杂记》的玉门枣。

总体上看,着眼于地名、人名进行命名的枣树异称,数量相对较少,在历代文献中的活跃度也比较低。曲泽洲《我国古代的枣树栽培》梳理了从《诗经》到民国文献中的枣树品种及其名称情况:《尔雅》有11个,柳贯《打枣谱》有73个,清人吴其濬《植物名实图考》有87个。历代文献中枣的品种累计466个,至今尚存的有14种。排除相互重复的品种,历代典籍所载枣的品种共106个。其命名情况为:根据形象命名者28个,根据颜色命名者21个,根据风味命名者16个,根据产地命名者16个,根据人名命名者11个,根据枣核命名者5个,根据大小命名者9个。"我国古文献所列枣品种,因见其形状(果之形状)易于分别,故可作为命名区分品种之根据。其次以颜色、风味、大小及核等,亦皆以果实为根据。亦有根据其他方面加以命名者。"[1]《齐民要术》中魏晋六朝枣的品名与历代文献中的枣品名称,尽管在部分名称的意义理解、具体归类上存在一些细节性差异,其命名规律大体上是相当接近的。

需要说明的是,少数名称的确切含义及其命名角度的归类,在文献不足征的情况下,只能采取权宜性的处理方法。如《广志》的崎廉枣,曾被誉为天下名枣,明人朱谋㙔《骈雅·释木》:"骈白、崎廉、鹿卢,名枣也。"崎廉一词,各个构成语素的字形、字义都十分通俗,显然属于普通民众根据枣的某种特点命名的异称。但是,这两个语素组合后的意义却很难理解,历代文献中不存在活用例,历代字书、韵书、训诂著作中也没有相关线索。归纳、演绎等常用的考据之法,均难以施展。《尔雅》中的杨彻,形义同样并不复杂,晋人郭璞已经不明其意,后人就更加无从知晓了。历代文献中的记载几乎是原封不动的照搬照抄,同样不存在活的用例。这两类词语大体上可以视为着眼于广义的功能特征命名的异称。原因在于,根据形体特征命名的异称与根据功能特征命名的相比,词义的清晰程度通常会高得多。

---

① 曲泽洲:《我国古代的枣树栽培》,《河北农业大学学报》1963年第2期。

三、《齐民要术》枣树品种的命名规律

从《齐民要术》中可以看出,魏晋南北朝的果品生产较之先秦两汉有了很大变化。果品产区方面,除了传统的黄河中下游地区,又陆续形成了长江中下游、巴蜀、闽广等果树生产区域。果树种类方面,增加了不少新的果树。西汉史游《急就篇》中的秦汉果品只有梨、柿、奈、桃、枣、杏、瓜、楪等8个品种。根据王利华《〈广志〉辑校——果品部分》统计,《广志》的南北果品多达40余种,①《齐民要术》中仅仅黄河中下游地区的果树就超过了20种。果树品种方面,涌现出了许多适应不同地理环境的新品种、优良品种,产生了一批优质果品产区。从《齐民要术》《广志》中的枣树情况看,新品种或优良品种大多是由普通民众根据枣树或枣的某些特点命名的。部分品种当时已经拥有了不同的名称,如:个头小而圆的遵枣,民间称为"羊矢枣",书面文献省去了鄙俗字眼而变成了"羊枣";黄河以北地区的汲郡枣,又称"墟枣"。另外一些品种则随着时代推移而产生了新的名称,如《尔雅》的边要枣,到晋代成了"鹿卢枣"。这两种情况均属于典型的同实异名现象。其他的大多数品种,始终使用着同样的名称。就其命名过程而言,呈现出了一些比较明显的规律性。

1. 高度通俗化

包括枣树品名在内的农业异称词,绝大部分是由普通民众命名的,因而体现出了高度通俗化的特点。具体表现在两个方面:构成语素较少使用形义生僻的字眼;词语的理据性比较显豁。如,壶枣、边腰枣、还味枣等,各个构成语素的形、义十分通俗,理据性也相当清晰。只有极少数异称使用了形义生僻的语素,因为时代久远而显得理据模糊,理解起来存在一定难度。如:

蹶泄,一种外形短而粗的枣子。出自山东登州、莱州等地的方言。清人郝懿行《尔雅义疏》:"蹶泄者,今登莱人谓物之短尾者为蹶泄……枣形肥短,故以为名。"

櫅、樲、杨彻、遵、洗、煮、皙,都是西汉时期的枣树异称。《尔雅》及郭璞注描述了它们的特点:櫅在成熟时变成白色,樲的树枝矮小、果实较酸,遵的果实小而圆、呈紫黑色,皙是一种无核枣,等等。历代学者也进行了一些探讨,如:

櫅,《说文解字·木部》:"櫅,木也。可以为大车轴。"段玉裁注:"许不云白枣,与《尔雅》异……櫅乃别一木。《广韵》曰:櫅,榆,堪作车毂。正与许合。毂轴异耳。"清人郝懿行《尔雅义疏·释木》:"白枣者,凡枣熟时赤,此独白熟为异。《初学记》引

---

① 王利华:《〈广志〉辑校——果品部分》,《中国农史》1993 年第 4 期。

《广志》云:大白枣名曰蹙咨,小核多肌。按:蹙咨之合声为檕。"

檕,《说文解字·木部》:"檕,酸枣也。"段玉裁注:"檕之言副贰也,为枣之副贰,故曰檕枣。"《本草纲目·木部·酸枣》引苏颂《本草图经》比较详细地描述了它的特点:"似枣木而皮细,其木心赤色,茎叶俱青,花似枣花,八月结实,紫红色,似枣而圆小,味酸。"

杨彻,山东出产的一种枣子。《齐民要术》照抄了上述郭璞《尔雅注》原文,说明身为山东人的贾思勰也不清楚它的命名理据。清人翟灏《尔雅补郭》卷下认为"彻"字也可以写为"檕",杨彻枣与东海枣、谷城紫枣、青州乐氏枣均为名闻天下的优良品种。其名称由来虽然无从知晓,但是可以确定属于山东一带的方言用法。

从上述讨论中,可以更多地了解到檕和檕的一些特点。檕的本义是一种用作车毂的树,也可以指结大白枣的枣树。古人称大白枣为"蹙咨",其实就是檕字的合音,急读为檕,缓读为蹙咨。檕的本义是一种与枣树相似的酸枣树,属于枣的副种,因而得名。但是,这些特点仍然无法说清檕、檕的理据性问题。比较合理的推测是,檕、檕、杨彻、遵、洗、煮、皙之类,也许只是记音符号,反映了这些枣树在各地方言中的大致读音。因此,尽管部分用字的形体较为生僻,本质上仍然属于由普通民众命名的通俗化词语。

2. 特征语素加核心语素的构词方式

像《齐民要术》其他农业异称词一样,枣树品名大多采用了"特征语素加核心语素"的构词方式。其中,核心语素反映事物的本质属性,提示词语的意义类别,使词义更为显豁;特征语素作为修饰或限定成分,从不同角度描述枣树品种的具体特点。

与粟、水稻等主要农作物相比,枣树品名中核心语素的情况有很大的不同。粟和水稻的种植范围极为广泛,南北方民众对它的认识存在显著差异,各地培育的品种数量众多,特点也千差万别,因此,其品种名称中的核心语素也更为复杂多变。既存在共时层面的地域差异,又存在历时层面的词语竞争与更替。简而言之,水稻异称最常见的核心语素是稻,有时是秫、粳、禾、糯、谷等,如蝉鸣稻、紫芒稻、雉目秫、乌粳等。粟的异称中,核心语素可以是谷、粟、粮、粱、稷、禾等自古以来的谷物通名,也可以是黄、青、赤、苍、白等与谷物义毫无关联、通过各种隐喻手法形成转义的颜色词语,如赤粟、百日粮、罢虎黄、兔脚青。《齐民要术》的枣树栽培,主要集中在以黄河中下游为中心的北方地区,种植区域相对狭小,自然环境差异不大。因此,枣树品名相对较少,充当核心语素的词语只有"枣"。

其中的特征语素,与其他农作物的情况大致相同。所描述的具体内容,最多的是枣的形貌特征,其次是枣的广义功能方面的特点,然后是枣的主产地或培育者。从词汇性质看,充当特征语素的语言单位,大部分属于临时性的词语组合,与核心语素结合后共同表达一个整体概念,形成了词汇学意义上的"词"。不过,其中的一部分异称在历代文献中并不是很稳定,更接近于通常意义上的"词组"。例如,弱枝枣、西王母枣、信都大枣、夏白枣等。总体而言,由"特征语素加核心语素"构成的异称词,凝固程度相对较低,词汇性质介于词和词组之间。

　　从《齐民要术》枣树品种的异称中可以看出,中古的农作物异称大多是由普通民众根据事物的重要特征得出的名称。命名过程中,不同地区或不同时代的命名者对事物各种特点的重要性存在一定程度的认知差异。有人可能认为事物的形态特征或其中的某一方面比较重要,有人则认为功能特征或者其中的某些侧面更为重要,当然也会有人认为形态特征、功能特征之外的其他特征最为重要。基于这些不同的认识,人们通常会选取自认为更重要的特征作为农作物命名的着眼点,因而导致了命名结果的巨大差异,形成了形形色色的异称词。这些异称及其构词成分,往往直接来自各个时期的现实口语,部分词语中还包含了少量难以理解的字眼。通过对这些异称词及其构成成分的研究,可以从一个比较独特的角度认识中古词汇的演变过程及规律性。

A Study on the Naming of Jujube Tree Varieties in *Qimin Yaoshu*(《齐民要术》)

Hua　Zhenhong

Abstract：The Book *Qimin Yaoshu* records the names of most jujube cultivars during the Han, Wei, and Six Dynasties periods. The naming angles primarily focus on morphological features, generalized functional features, producing area, or name-giver, with some names using a combination of multiple angles. Most of the variant names have common and straightforward word formation components, and some contain phonetic elements from dialects. The word formation pattern of "core morpheme plus feature morpheme" is dominant, with a relatively small number of words serving as core morphemes. The feature morphemes reflect different naming angles for agricultural synonyms, and also indicate differences in people's perception of the importance of various features of things.

Keywords：jujube；variant names；core morpheme；feature morpheme

《洛阳新获墓志百品》文字校理[*]

周阿根　董　萌^{**}

摘要：《洛阳新获墓志百品》是洛阳新获墓志的又一重要成果。该书收录了洛阳、长安一带新近出土的 120 方墓志，为交叉学科相关领域展开研究提供极大便利，具有极高的历史文化价值。但是，该书在文字校理方面却多有疏漏，本文立足文字学的研究视角，运用文献学、校勘学、词汇学等理论知识，对《洛阳新获墓志百品》进行系统研读，并对其中的疏漏之处提出校理意见。希望我们的研究有助于完善此书的科学性、提升其利用价值，并为墓志等文献古籍的整理工作提供有益参考。

关键词：《洛阳新获墓志百品》　文字　校勘　标点

《洛阳新获墓志百品》^①是继《洛阳新获墓志》^②、《洛阳新获墓志续编》^③、《洛阳新获七朝墓志》^④、《洛阳新获墓志二〇一五》^⑤等之后推出的洛阳新获墓志的又一重要成果。该书精心选取了 120 方新获墓志，这些墓志都出土于洛阳、西安一带，墓志卒葬时间多集中于隋唐，其数量多达 101 方，毛远明指出："在蓬勃向上的时代精神鼓动下，唐代产生出大量的丰碑巨制，碑刻文献各体俱全。"^⑥其余 19 方中东汉 1 方，北魏 5 方，东魏、西魏、北齐各 1 方，北周 4 方，五代 2 方，宋代 4 方。编者对每一方墓志的形制、行款、墓主生卒年等信息进行了说明，对墓志录文的同时进行了简要考释，该

---

* 本文为国家社科基金项目"北朝墓志词汇研究及数据库建设"（22BYY019）、国家林业和草原局林业遗产与森林环境史研究中心立项目"中国古代林业碑刻研究"（2021LYZD02）、江苏省高校哲学社会科学研究重点项目"江苏碑刻文献校理及词汇研究"（2018SJZDI162）的阶段性成果。

** 周阿根，1970 年生，文学博士，现为南京林业大学人文社会科学学院教授，主要从事训诂学、碑刻文献研究；董萌，南京林业大学人文社会科学学院硕士研究生。

① 齐运通：《洛阳新获墓志百品》，国家图书馆出版社 2020 年版。
② 洛阳市第二文物工作队：《洛阳新获墓志》，文物出版社 1996 年版。
③ 洛阳市第二文物工作队：《洛阳新获墓志续编》，科学出版社 2008 年版。
④ 齐运通：《洛阳新获七朝墓志》，中华书局 2012 年版。
⑤ 齐运通、杨建锋：《洛阳新获墓志二〇一五》，中华书局 2017 年版。
⑥ 毛远明：《碑刻文献研究的历程》，《西华大学学报》（哲学社会科学版）2011 年第 4 期。

书还展示每方墓志的高清拓片，让广大读者得以鉴赏拓片书法艺术的同时，还为史学、文字学、考古学等相关学科的研究提供了极大便利，是研究隋唐河洛文化、长安文化的宝贵资料，必将推动洛阳、西安出土墓志研究的新进程。"石刻文献具有真实性、同时性、数量多、时代性强等特点，保存了大量的同时代用字现象，是汉字史研究不可多得的重要资料"①，"具有弥补隋代传世文献不足、补正隋史疏误之作用，是研究隋代历史文化不可或缺的第一手资料"②，《洛阳新获墓志百品》的出版是一项功在当代、利在千秋的大好事。然而，我们在研读该书的过程中，发现部分文字释读和点校仍存在可商之处，在一定程度上影响了该书的利用价值。在此，我们不揣浅陋，择以要者，提出商榷意见，以求教于齐先生及诸位方家。

1. 北魏熙平三年（518）《吴翼墓志》："兰长华间，超然独别。冥区毕谬，赏罚无方。兰姿超挺，与中草同伤。忽辞景年，苌枕幽堂。"（第5页）③

"兰长华间"一句费解。复审原拓，"华"作笭，应为"蓬"的俗写。"兰"的本义是指一种香草，因其清香之气而被众多文人墨客所青睐。《说文·艸部》："蓬，蒿也。从艸，逢声。"而"蒿"有野草之义，那么"蓬"则是一种如蒿的野草。如《荀子·劝学》中有言"蓬生麻中，不扶而直；白沙在涅，与之俱黑"，指当杂乱的蓬草生长于挺直的麻杆中时，无须扶正也自当直立。屈原、陶渊明等人笔下皆有对兰花的赞颂之词，如《楚辞·离骚》："扈江离与辟芷兮，纫秋兰以为佩。"晋陶渊明《饮酒·幽兰生前庭》："幽兰生前庭，含薰待清风。清风脱然至，见别萧艾中。"皆为赞美兰花清香气韵、超然姿态之词，同时借物抒怀，表达自己清高不凡的人生态度。之后，"兰"被引申为一切美好的事物，譬如君子高洁雅正的品质。孔子有言"芝兰生于幽谷，不以无人而不芳，君子修道立德，不为穷困而改节"，意思是说兰花并不因无人欣赏而不散发清香，正如君子不因身处困顿而改变志向，将兰花之高洁与君子之品行相类比，足见其赞颂之意。此外，唐李白《古风·孤兰生幽园》："孤兰生幽园，众草共芜没。虽照阳春晖，复悲高秋月。飞霜早淅沥，绿艳恐休歇。若无清风吹，香气为谁发。"此处诗人看似赞美兰花的清新超群，实则亦借兰花表达自己不愿与世俗同流合污的远大志向和坚贞独立的内在人格。可见兰花因其偏僻的生长环境、自然的幽香之气被赋予了独特的人格特征，受到文人墨客的青睐，成为我国文学作品中的常见意象，被视作"君子"之花。

因而，此处"兰长蓬间，超然独别"一句意在赞美墓主美好高洁的品质，不与世俗

① 周阿根、顾若言：《石刻文献编辑过程中文字处理的思考》，《中国文字研究》2020年第1期。
② 周阿根、顾若言：《〈陕西新见隋朝墓志〉文字校理》，《江海学刊》2019年第3期。
③ 本文中页码均出自《洛阳新获墓志百品》（国家图书馆出版社2020年版），下同。

同流合污，就如同兰草生长于蓬草之间，卓然超群。

2. 北魏永安三年（530）《元泰墓志》："公禀天地之英灵，挺自然之妙质，厥初怀抱，爰及志学，岐嶷韶亮，宽容都雅，擒文锦烂，谈谑泉涌，虽钟氏英童、曹家才子，语其先后，讵或前斯。"（第13页）

"擒文锦烂"一句费解。细绎上下文，"擒文锦烂"当为"摛文锦烂"。"擒"原拓作"㩜"，实为"摛"之俗写，而非"擒"字。《说文·手部》："摛，舒也，从手，离声。""摛"有铺陈、铺叙之意，北朝墓志多与表示文采、辞藻、姿态的字连用，如"摛笔""摛辞""摛华""摛藻"等。"摛文"即铺陈文采，南朝梁刘勰《文心雕龙·诠赋》："《诗》有六义，其二曰赋。赋者，铺也。铺采摛文，体物写志也。"意思是说赋的创作既要有华丽的文采铺陈，又须有所依托、抒发志向。"摛文"一词北朝墓志习见，如北魏延昌四年（515）《邢伟墓志》："展如君子，实邦之俊。如渊之清，如乐之韵。振藻春华，摛文玉润。孝睦家庭，朋交以信。"北魏孝昌三年（527）《李达妻张氏墓志》："若人之生，川岳降灵。似冰之洁，如兰之馨。优柔三史，缱绻六经。摛文藻烂，妙善蛇形。"①

南朝宋刘义庆《世说新语·文学》："渊文烂若披锦，无处不善；陆文若排沙简金，往往见宝。"用"烂若披锦"来形容文章的言辞华丽，此处"烂若披锦"与"摛文锦烂"意义相近。《元泰墓志》中用"摛文锦烂"来强调墓主文采过人、文章辞藻丰富、言辞绚烂。

3. 隋开皇九年（589）《华政墓志》："公西园独步，东观称首，六翮未举，九罜便澈，周之懿弟，出总蕃维，妙选国华，以为毗赞。"（第30页）

"九罜"不词。复审原拓，原拓做𦋐，实为"皋"字俗写。墓志中"九皋"与"六翮"相对。"九皋"意思是曲折深远的沼泽，语本《诗经》。《诗·小雅·鹤鸣》："鹤鸣于九皋，声闻于野。"毛亨传："皋，泽也。言身隐而名著也。"郑玄笺："皋，泽中水溢出所为坎，自外数至九，喻深远也。鹤在中鸣焉，而野闻其鸣声……喻贤者虽隐居，人咸知之。"陆德明释文："《韩诗》云：九皋，九折之泽。""九皋"一词，隋代墓志习见，隋开皇六年（586）《韩祜墓志》："州辟主簿，器维大受，不处小知。虽潜九皋，声闻天听。"②"六翮"本来指鸟的两翼，引申之也可代指鸟类本身，最早出现于西汉刘向《战国策·楚策四》："奋其六翮而凌清风，飘摇乎高翔。"用来形容黄鹄张开翅膀、飘然凌驾清风的样子。"六翮"一词北朝墓志就多有用例，北魏永熙二年（533）《韦辉和墓志》："方当逸六翮于云汉，运三千于冥海，而中坠兰翘，奄摧梁木，以去神龟赤奋之岁，春秋十

---

① 赵君平：《芒洛碑志三百种》，中华书局2004年版，第19页。

② 王其祎、周晓薇：《隋代墓志铭汇考》（第一册），线装书局2007年版，第205页。

八,遘疾终于雍宅。"①北齐武平四年(573)《呼亮墓志》:"太师任城殿下,地亲鲁卫,天纵文武,一人资其四体,九土钦其六翮。拥旄作牧,刺举汾阳。克赞英贤,循良是命。"②

4. 隋仁寿三年(603)《皇甫绂墓志》:"王尊之沉,白马未足论初;陈冰之斗,仓牛更成惭。"(第39页)

通常而言,墓志行文有两个显著特征:一方面行文大多规整对仗,内容前后呼应;另一方面行文都用典故。"一方面,墓志语言富有诗歌、散文和史传文学的抒情意味,能在一定程度上反映当时的语言特征;另一方面,墓志由于大量用典,又形成一种雍容典雅、含蓄婉转的文风。"③皇甫绂墓志这段文字很是费解。复审原拓,首先该段文字在句末脱一"德"字。"惭德"成词,指的是因言行有失而内愧于心,文献多有用例。《尚书·仲虺之诰》:"成汤放桀于南巢,惟有惭德。"唐李白《与贾少公书》:"方之二子,实有惭德,徒尘忝幕府,终无能为。"

同时,该段文字句读也存在讹误。王尊是西汉末年著名大臣,王尊投沉白马护堤也是一处典故,即王尊在任为官时,为免百姓于水灾,带领众人向河中投沉白马,以祭祀水神河伯,从而得到百姓的赞美爱戴,语本《汉书》。《汉书·王尊传》:"久之,河水盛溢,泛浸瓠子金堤,老弱奔走,恐水大决为害。尊躬率吏民,投沉白马,祀水神河伯。""王尊之沉白马"和下文"陈冰之斗仓牛"相对成文。因此,本段文字应该点校为:"王尊之沉白马,未足论初;陈冰之斗仓牛,更成惭德。"

5. 隋大业六年(610)《普六如徽之墓志》:"清河王亲密之重,上宰之贵,焚林而访孙惠,拂席而礼陈琳,声穆府朝,郁为时誉。"(第43页)

此段文字费解。复审原拓,"亲密之重"实际作"密亲之重",当乙正。"密亲之重"与下文"上宰之贵"相对成文。"密亲"是指关系密切的亲戚,近亲。隋代墓志还有用例,隋大业九年(613)《萧瑾墓志》:"逮今上嗣业,光隆鼎祚,长秋肇建,正位后宫,以瑾近属密亲,乃加旌命,除荥阳郡新郑令。"④隋开皇十七年(597)《平梁公妻王氏墓志》:"子侄号擗,朝野嗟伤。岂直痛结密亲,信乃哀感行路。以其年十一月廿九日葬于小陵原。"⑤传世文献晋代以来多有用例,晋陆机《又赴洛道中》诗之一:"揔辔登长路,鸣咽辞密亲。"隋卢思道《为高仆射与司马消难书》:"门生故吏,遍于京辅;旧

① 王久刚等:《西安南郊北魏北周墓发掘简报》,《文物》2009年第5期。
② 贾振林:《文化安丰》,大象出版社2011年版,第354页。
③ 周阿根:《论墓志后嗣义词语对辞书编纂之价值》,《中国文字研究》2016年第1期。
④ 王其祎、周晓薇:《隋代墓志铭汇考》(第五册),线装书局2007年版,第19页。
⑤ 赵文成、赵君平:《秦晋豫新出墓志搜佚续编》(第一册),国家图书馆出版社2015年版,第179页。

友密亲,击钟鼎食。""上宰"指宰辅,泛指辅佐朝政的大臣,南北朝以来墓志多见,北魏永熙二年(533)《高树生墓志》:"其子欢,位登上宰,任居外相,道济生民,忠存社稷,信有伊尹格天之功,实踵文侯勤王之举,固能奋翼赤霄之上,骧首玄云之中,搏扶摇以抑扬,跌虹蜺而骞翥。"①传世文献,晋代就有用例,晋枣据《杂诗》:"吴寇未殄灭,乱象侵边疆。天子命上宰,作藩于汉阳。"

6. 唐武德八年(625)《左广墓志》:"公以萌罗晋室,显丽澡于秘书;宗列魏朝,播仁风于业县。"(第47页)

"丽澡"不词。细绎上下文,"澡"实为"藻"的减化俗字,减省构字部件"艹"。俗字是一种相对于正字的通俗字体,多流行于民间,字形浅近易懂。文字倾向于易读易写的发展趋势。简化俗字指的是在原字形体基础上,减省某个笔画或是字部构件。减省字部构件又可分为减省形符和减省声符,此处"澡"便是"藻"字减省形符后的简体俗字。

《说文·艸部》:"藻,从艸,澡声。"其本义是一种藻类植物,引申之后有文辞、文采之义。左广墓志中的"丽藻"是指华丽的词藻、华丽的诗文。"丽藻"一词,南北朝以来墓志多见,东魏兴和三年(541)《高永乐墓志》:"清言吐而雾开,丽藻摛而云上,穷文艺之渊原,极道义之门户。起家为通直散骑侍郎。"②隋开皇四年(584)《徐之范志》:"惟公枢机警发,思理通晤,博洽今古,渔猎典坟,渊卿丽藻之文,谈天炙蜾之妙,探求幽赜,往往入神。"③唐嗣圣元年(684)《李徽墓志》:"思风才举,谈丛警万籁之音;丽藻方披,词锋映九光之彩。"④

7. 唐永徽三年(652)《武谦墓志》:"于是,改授博州博平县令。宽以济猛,简以御繁,慈惠以广其仁,方轨以肃其政。蚾蝗不起,盗窃寝踪,笠密生于往图,冠史起于前篆。"(第65页)

唐慧琳《一切经音义》卷五十五:"《埤仓》云:蚾,豕以鼻垦地取虫谓之蚾也。"《炙毂子》:"刺端分两歧者猬,如棘针者蚾。""蚾蝗"显然不词。复审原拓,"蚾"当为"螽"字。"螽蝗"为同义复词,两者近义连用,"螽"为蝗之幼虫,现在称为"蝻"。《尔雅·释虫》:"螽,蝑蜪。"郭璞注:"蝗子未有翅者。《外传》曰:'虫舍蚳螽。'"郝懿行义疏:"今呼螽为蝮蝻子。"《左传·宣公十五年》:"冬,螽生,饥。"杜预注:"董仲舒云:蝗子也。""螽蝗"就用来泛指一般的蝗虫。《文选·沈约〈齐故安陆昭王碑文〉》:

① 赵文成、赵君平:《秦晋豫新出墓志搜佚续编》(第一册),国家图书馆出版社 2015 年版,第 85 页。
② 叶炜、刘秀峰:《墨香阁藏北朝墓志》,上海古籍出版社 2016 年版,第 46 页。
③ 罗新、叶炜:《新出魏晋南北朝墓志疏证》,中华书局 2016 年版,第 335 页。
④ 周绍良、赵超:《唐代墓志汇编续集》,上海古籍出版社 2001 年版,第 265 页。

“蝝蝗弗起,豺虎远迹。”刘良注:“蝝蝗,虫之食苗者。”

　　8. 唐永徽五年(654)《田行达墓志》:“理应享兹分福,保此遐龄。岂期与善
　　无征,寿夭百年之运;辅仁斯爽,魂埋五尺之坟。大业十二年正月,寝疾终于私
　　第,春秋五十有五。”(第 67 页)

　　“享兹分福”一语费解。复审原拓,“分”原拓作亓,当为“介”之俗写。“介”有大
义,《书·顾命》:“太保承介圭。”孔传:“大圭尺二寸,天子守之。”“介福”即大福,历
代书籍文献中多有用例,《易·晋》:“受兹介福于其王母。”高亨注:“盖谓王母嘉其功
劳,锡之爵禄,爵禄即大福也。”“介福”一词,唐代墓志多见。北魏正光五年(524)《刘
道斌墓志》:“徒闻介福,莫测辅仁。晨倾西影,夕逝东津。哀恸二郏,痛结三秦。灵
命可赎,人百为身。”①唐元和七年(812)《卢君妻崔元二墓志》:“夫人奉行前志,如乐
之和,神之听之,介福攸集,吾家理治实繄,夫人垂廿年。”②

　　9. 唐垂拱四年(688)《李重墓志》:“动惟率礼,静不违仁,抗迹而希孔墨,因
　　心而偶曾闵。挹其涯际,埒秋水之灌天池;烛其光彩,若春云之披日域。蹈先王
　　之坟籍,游古人之壸奥。梁相以五车博综,吞其八九;汉臣以三箧该通,曾何万
　　一。”(第 105 页)

　　“壸奥”不词。复审原拓,“壶”当为“壸”。“壸”谓宫巷,《诗·大雅·既醉》:“其
类维何,室家之壸。”朱熹注:“壸,宫中之巷也。言深远而严肃也。”“奥”谓室内西南
角。《仪礼·少牢馈食礼》:“司宫筵于奥,祝设几于筵上,右之。”郑玄注:“室中西南
隅谓之奥。”后来引申指事理的奥秘精微。“壸奥”汉代已有用例,《汉书·叙传上》:
“皆及时君之门闱,究先圣之壸奥。”颜师古注引应劭曰:“宫中门谓之闱,宫中巷谓之
壸。”“壸奥”一词,唐代墓志多有用例,唐大中九年(855)《王元逵墓志》:“堂堂焉焉
大和之乐,泻中古之礼,非常谈可涯壸奥,能从宗庙社稷之事,闻名于上,询谟金
同。”③唐咸通六年(865)《魏俦墓志》:“君娶中山张氏,簪缨茂族,蕴粹含章,承礼训
于闺闱,习威仪于壸奥。副之以贞顺,文之以慈仁。”④

　　10. 武周圣历三年(700)《田宝墓志》:“嗟乎! 哲人不寿,皇天失亲,孔宣父
　　之怀木晨歌,庄子□之藏舟夜徙。”(第 121 页)

　　“孔宣父之怀木晨歌”一句费解。复审原拓,“怀木”实作“坏木”。“坏木”为典
故词,是“梁木其坏”之省变。《礼记·檀弓上》:“孔子蚤作,负手曳杖,消摇于门,歌

---

①　王连龙:《南北朝墓志集成》,上海人民出版社 2021 年版,第 225 页。
②　周绍良、赵超:《唐代墓志汇编》,上海古籍出版社 2001 年版,第 1986 页。
③　周绍良、赵超:《唐代墓志汇编》,上海古籍出版社 2001 年版,第 2324 页。
④　周绍良、赵超:《唐代墓志汇编》,上海古籍出版社 2001 年版,第 2413 页。

曰:'泰山其颓乎? 梁木其坏乎? 哲人其萎乎?'既歌而入,当户而坐。子贡闻之,曰:'泰山其颓,则吾将安仰? 梁木其坏,哲人其萎,则吾将安放? 夫子殆将病也。'遂趋而入。夫子曰:'赐,尔来何迟也! ……予畴昔之夜,梦坐奠于两楹之间。夫明王不兴,而天下其孰能宗予? 予殆将死也。'盖寝疾七日而没。""坏木"一词,唐代墓志还有用例,唐神龙二年(706)《吴本立墓志》:"方冀享年眉寿,翊化台庭,岂图坏木兴歌,萎兰下泣。以神龙二年十一月五日,终于阌乡县。"①"坏木晨歌"和下文"藏舟夜徙"相对成文。"藏舟"语本《庄子》。《庄子·大宗师》:"夫藏舟于壑,藏山于泽,谓之固矣,然而夜半有力者负之而走,昧者不知也。"王先谦集解:"舟可负,山可移。宣云:'造化默运,而藏者犹谓在其故处。'"

11. 唐开元二十三年(735)《张昕妻许日光墓志》:"初夫人寝疾,衣不解带,及夫人之薨,背水不入口,将孝思罔极,永锡尔颣软。"(第152页)

"背水不入口"一句费解。细绎上下文,此句有标点错误,其中"背"当属上,"薨背"南北朝新词,为"死亡"之义,北朝文献有用例,北魏正光六年(525)《甄凯墓志》:"夫人悲哀感动,寻亦薨背。公愍其短折,即其孝心,权令与太夫人同坟共殡。"②南北朝传世文献也多有用例,《北齐书·神武帝纪上》:"神武大哭曰:'自天柱薨背,贺六浑更何所仰,愿大家千万岁,以申力用。'"《周书·柳庆传》:"今四叔薨背已久,情事不追。岂容夺礼,乖违天性!""水不入口"极言墓主家人因为伤心过度,连水都不喝。这种现象北朝文献就多有记载,北魏孝昌二年(526)《元朗墓志》:"君孝行过礼,哀深孺慕。初丧一句,水浆不入于口;苫块二期,鬓发皓然俱白。勉丧之后,还复缁首。"③北齐河清四年(565)《封子绘墓志》:"武定三年,丁太保公忧。孺慕泣血,杖不能起。九日不入水浆,三年未尝盐酪。"④"永锡尔颣"一语亦费解,《说文·页部》:"颣,痴颣,不聪明也。"复审原拓,"颣"实作"类"。"永锡尔类"一语本出《诗经》,《诗·大雅·既醉》:"孝子不匮,永锡尔类。"朱熹集传:"类,善也……孝子之孝诚而不竭则宜永锡尔以善矣。"意思是说孝顺的人子子孙孙层出不穷,上天会恩赐福祉给孝顺的人。

12. 唐天宝十二年(753)《啖彦璘墓志》:"至前秦生铁,属民多丧乱,帝业崩离,丑虏凭凌,王师靡监,乃奋臂起于林莽,耀德静于风尘。"(第170页)

"王师靡监"一语费解。复审原拓,"监"实作"盬",两者形近而讹。"王事靡盬"一语来自《诗经》,《诗·唐风·鸨羽》:"王事靡盬,不能蓺黍稷。""盬"的意思是"停

---

① 周绍良、赵超:《唐代墓志汇编续集》,上海古籍出版社2001年版,第419页。
② 毛远明:《汉魏六朝碑刻校注》(第五册),线装书局2008年版,第312页。
③ 毛远明:《汉魏六朝碑刻校注》(第六册),线装书局2008年版,第74页。
④ 毛远明:《汉魏六朝碑刻校注》(第九册),线装书局2008年版,第173页。

止、停息"。王引之《经义述闻·毛诗上》："靡者,息也。王事靡靡者,王事靡有止息也。王事靡息,故不能蓺稷黍也。"

13. 唐大历十一年(776)《綦母喧妻苏淑墓志》:"龟谋习吉,泉台闭兮。薤露虞歌,松风切兮。孤坟突元,迥寒月兮。缅想容光,倏冥灭兮。哀过泪尽,继以血兮。"(第179页)

《汉语大字典·穴部》收有"突"列有六个义项①,但"突元"不词。复审原拓,"突"为"突"之俗写。"元"实作"兀",两者形近而讹。"突兀"为联绵词,字形也可写作"突杌""突屼",意思是"高耸的样子"。《文选·木华〈海赋〉》:"鱼则横海之鲸,突杌孤游。"李善注:"突杌,高貌。""突兀"一词用来形容坟墓,唐代墓志还有用例,唐贞元六年(790)《薛君墓志》:"河汾之灵,栋梁之器,如芷如兰,传芳无已。坟高突兀,泉下阴深,千秋万古,松槚森森。"②

14. 唐贞元十五年(799)《焦子昂墓志》:"猗欤焦公,识监清通。襄然独立,闻拔英雄。光辅王国,能卫皇风。"(第191页)

"襄然独立"一语费解。复审原拓,"襄"实作"裒",二者形近。"裒然"意思是"出众的样子"。《汉书·董仲舒传》:"今子大夫裒然为举首。"王念孙《读书杂志》:"裒然者,出众之貌。"唐代传世文献也有用例,唐刘禹锡《哭庞京兆》:"俊骨英才气裒然,策名飞步冠群贤。""裒然"同时代墓志还有用例,唐元和二年(807)《董楹墓志》:"季曰从礼,而天假隽茂,幼年而能属文,未弱冠应乡贡进士举,清词裒然,迥出时辈。"③唐中和五年(885)《骆潜墓志》:"后子孙散居浙江之东西郡县,南朝六代,代有英奇,峻节令名,文儒硕秀,家谍史册,耀彩腾辉,美荫清资,英规令望,承家者裒然不替,为儒者卓而备详,非植丰碑,固难遍举。"④

15. 唐咸通十五年(874)《李眈墓志》:"处贾谊之官曹,退身洛涘;抱刘桢之羸茶,若卧漳滨。咸通十四年十一月廿六日薨于敦行里之私第,享年五十有九。"(第234页)

"羸茶"不词。复审原拓,"羸"作羸,为"羸"之俗写,为疲惫之义。《礼记·问丧》:"身病体羸,以杖扶病也。"郑玄注:"羸,疲也。""茶"为"蕳"之俗写,"蕳"亦有疲惫义,《文选·谢灵运〈过始宁墅〉》:"淄磷谢清旷,疲蕳惭贞坚。"李善注:"庄子曰:'蕳然疲而不知所归。'"吕向注:"疲蕳,困极之貌。"可见,"羸蕳"为同义复词,两者

① 汉语大字典编辑委员会:《汉语大字典》(第五卷),崇文书局2010年版,第2914页。
② 周绍良、赵超:《唐代墓志汇编》,上海古籍出版社2001年版,第1859页。
③ 周绍良、赵超:《唐代墓志汇编》,上海古籍出版社2001年版,第1957页。
④ 周绍良、赵超:《唐代墓志汇编》,上海古籍出版社2001年版,第2515页。

均为疲惫义。《汉语大词典》"羸𧮏"条释作"瘦弱疲惫"①,释义不确。刘桢抱病,其《赠五官中郎将》诗之二:"余婴沉痼疾,窜身清漳滨。"唐韦嗣立《酬崔光禄冬日述怀赠答》诗:"为怜漳浦曲,沈痼有刘桢。"唐李端《卧病寄苗员外》诗:"因恨刘桢病,空园卧见秋。"刘桢字公干,有文才,曾为曹操司空军谋祭酒掾属,因身体经常患病而影响了对他的提拔使用。后用为咏卧病之典。

16. 唐乾宁三年(896)《郭保嗣墓志》:"岙明凤悟,伎艺生全。机铃神授,仁孝家传。磨而不磷,琢而弥坚。"(第 240 页)

"机铃"不词。复审原拓,"铃"实作"铃"。"机铃"犹机智,机谋。"机铃"一词,唐代墓志还有用例,唐显庆元年(656)《唐俭墓志》:"祖邕,侍中、中书监、左右仆射、尚书令、录尚书事、晋昌王,任叙朝伦,功参干构。机铃盈握,□蔡攒其寸襟;日月在躬,山龙缛其章服。"②唐代传世文献亦有用例,《旧唐书·郭孝恪等传论》:"孝恪机铃果毅,协草昧之际;树勋建策,有杰世之风。"

墓志是我国古代以石刻为载体而书写的出土文献,其中不少出自著名艺术家、书法家、文学家、史学家之手,书法精湛,纹饰华美,文字洗练,内容丰富,具有极高的历史文献和语言文字价值。经过学界多年的努力,语言文字学领域已取得较多研究成果,然而就目前而言,"碑刻文字研究取得的成果,对数量庞大的历代墓志文献来说,还是微不足道的、极不相称的"③。我们相信,随着研究角度的不断开阔、研究力度的持续深入,墓志文献的价值将进一步被挖掘,从而为语言文字学的发展注入新鲜血液,辅以强大的推动力。

Textual Collation of *The Hundred Pieces of Newly Unearthed Epitaphs from Luoyang*(《洛阳新获墓志百品》)

Zhou　Agen　　Dong　Meng

Abstract：*The Hundred Pieces of Newly Unearthed Epitaphs from Luoyang* are another

---

① 罗竹凤:《汉语大词典》(第六卷),汉语大词典出版社 1990 年版,第 9385 页。

② 周绍良、赵超:《唐代墓志汇编续集》,上海古籍出版社 2001 年版,第 88 页。

③ 周阿根、董萌:《〈隋代墓志铭汇考〉文字校补》,《中国文字研究》2021 年第 1 期。

achievement in the study of newly unearthed epitaphs from Luoyang. The book contains 120 epitaphs that were newly discovered in the Luoyang and Chang' an region, providing significant convenience for cross-disciplinary research and holding great historical and cultural value. However, the book has several omissions in its collation. In this paper, based on the research perspectives of Philology, Bibliography, Textual Criticism, and Lexicography, a systematic analysis of *The Hundred Pieces of Newly Unearthed Epitaphs from Luoyang* is conducted, and collation comments on the omissions are proposed. It is hoped that this study will contribute to improving the scientific rigor of the book, enhancing its value for utilization, and providing valuable references for the collation of epitaphs, other documents, and ancient books.

Keywords: *The Hundred Pieces of Newly Unearthed Epitaphs from Luoyang*; word; collation; punctuation

俞樾书信收件人"稷臣"考[*]

汪少华[**]

摘要：俞樾致"稷臣"，有学者认为是字稷臣的罗丰禄。本文据某拍卖会"徐琪致稷臣"书信，排除罗丰禄，论证俞樾、徐琪师徒两信收件人均为号稷臣的姚文倬。徐琪与姚文倬并无乡试、会试交集而称之"同年"，是从堂弟徐珂之称。

关键词：俞樾　徐琪　罗丰禄　姚文倬

俞樾书信收件人的确定，是一大难点。颜春峰《俞樾函札收件人订补》[①]、汪少华《俞樾书信七位收件人姓名的确认》[②]，在时贤基础上均有所推进。俞樾致"稷臣"[③]亦是其中难点。

> 稷臣尊兄侍右：
>
> 奉到惠书，备承奖借，并赐示图书，大哉此著乎！弟常叹《图书集成·职方典》不载江河及沿海形胜各图，当时纂述诸公亦似小疏。近吴清卿中丞《黄河图》颇核，而今又得公此书，足补前人所未备，为筹海者不可不读之书。惜老夫耄矣，出门一步便以为远，西湖咫尺，三年来展齿不及，尚能望洋而向若乎？拟有人便寄小孙京师，或不虚公持赠之意也。属书联额，率尔涂呈，不足观，不足观。复谢，敬请勋安。
>
> 愚弟俞樾顿首

---

* 本文为全国高校古籍整理研究工作委员会重点资助项目"《俞樾全集》整理点校"（批准编号：1352）的阶段性成果，2022年12月"第二届俞樾文化学术研讨会"提交论文。

** 汪少华，1961年生，文学博士，现为复旦大学出土文献与古文字研究中心教授、博士生导师，主要从事训诂学与古籍整理研究。

① 颜春峰：《俞樾函札收件人订补》，《复旦学报》2017年第1期。

② 汪少华：《俞樾书信七位收件人姓名的确认》，2020年11月"钱大昕与清代学术文化研讨会"论文，《嘤城文博》2021年第1辑。

③ 虎头痴后收藏《名人翰札墨迹》，台湾艺文印书馆1976年版。

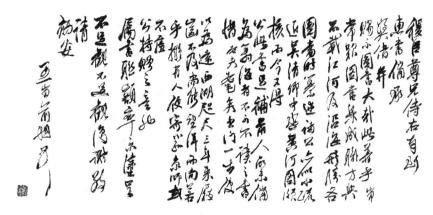

图 1　俞樾致稷臣信札

　　"稷臣"是谁？有学者判断是字稷臣的罗丰禄（1850—1903）。《俞樾书信七位收件人姓名的确认》考其写作时间，做了排除。

　　此信"惜老夫耄矣，出门一步便以为远，西湖咫尺，三年来屐齿不及"，俞樾《补自述诗》"一别西湖戊到壬"自注可为内证："余自戊戌岁后，不到西湖阅四岁矣。今年因陛云试毕假旋，又与同至西湖。"戊戌（1898）冬，俞樾辞去杭州诂经精舍讲席，离杭返苏，己亥（1899）、庚子（1900）、辛丑（1901）三年不到西湖；"今年"壬寅（1902）冬，陛云自蜀典试归吴中，陪伴俞樾至杭州小游，故云"不到西湖阅四岁矣"。可见"西湖咫尺，三年来屐齿不及"当在辛丑（1901）。而此时罗丰禄作为驻英国兼比利时、意大利使臣，尚在海外①，壬寅（1902）六月"任满而返，航海至沪"，回国后"未及回京复命，旋里养疴"②，次年五月十二日病故③。可知 1901 年罗丰禄越洋给俞樾寄信赐书、索求楹联匾额且俞樾"呈"上的可能性微乎其微，当面"持赠"更不可能。

　　"稷臣"是罗丰禄的字，也是姚文倬的号。姚文倬曾被文廷式④、沈曾植⑤、叶景葵⑥、孙宝瑄⑦、许宝蘅⑧称"姚稷臣"或"姚稷臣文倬"，故颇疑此"稷臣"是姚文倬。但证据尚不足，破而未立，姑且置于不详姓名之列，期待新的材料。

① 据佚名《清季中外使领年表》（台湾文海出版社 1986 年版）第 4、15、17 页，罗丰禄光绪二十三年三月十八日（1897 年 4 月 19 日）到任，光绪二十八年四月十九日（1902 年 5 月 26 日）卸任。

② 1902 年 7 月 14 日（六月初十日）《申报》（上海版）第 10501 号《使星萃沪》："前出使英国大臣罗稷臣星使任满回华，亦于昨日附法公司某轮船抵沪。"1902 年 11 月 6 日（十月初七日）《申报》（上海版）第 10616 号《需材孔亟》："福州访事友人云：罗稷臣京卿……未及回京复命，旋里养疴，已数月于兹。"

③ 1903 年 6 月 22 日《申报》（上海版）第 10837 号《使星遽陨》："出使英义比大臣罗稷臣京卿……去秋持节返华。未及入觐天颜，即因疾暂回珂里。……至本月十二日午时溘然长逝。"

④ 文廷式：《文廷式集》，中华书局 1993 年版，第 754 页。

⑤ 许全胜整理：《沈曾植与丁立钧书札》，《历史文献》第 16 辑，上海古籍出版社 2012 年版。

⑥ 叶景葵：《卷盦札记》，载《卷盦书跋》，上海古籍出版社 2019 年版。

⑦ 孙宝瑄：《忘山庐日记》，上海古籍出版社 1983 年版，第 23 页。

⑧ 许宝蘅：《许宝蘅日记》，中华书局 2010 年版，第 75 页。

　　中国嘉德 2022 秋季拍卖会"笔墨文章——信札写本专场"有"徐琪致罗丰禄"信札,是俞樾得意门生徐琪致"稷臣"。此信内容不仅排除了罗丰禄,而且与姚文倬吻合。

　　稷臣仁兄同年大人阁下:

　　　　前布寸缄,望邀垂察。伏稔勋猷日懋,指顾疆圻,定符所颂。兹有乙亥同年平湖江俣庭孝廉锡爵,与弟同谱旧交,人极精明稳练。现以州同掣签,本隶仁帡,尚祈遇事栽培,随时拔植,实所深感。想吾兄具衡人之鉴,一见其人必然赏识,更无待弟之赘词也。祈费清神,感谢不具。敬请台安,诸给朗照。

　　　　　　　　　　　　　　　　　　　　　　　年愚弟期徐琪顿首

图 2　徐琪致稷臣信札

　　"江俣庭孝廉锡爵,现以州同掣签",事在光绪三十二年(1906):六月初六日奉旨"截取举人江锡爵著以直隶州州同用"①。举人于中式后经过三科,由本省督抚给咨赴吏部候选,称"截取"。七月二十一日《申报》刊载的七月分发验看人员掣签名单里有江锡爵,分发福建②;七月十七日奉旨"福建试用直隶州州同江锡爵……俱著照例发往"③。写信时间应在七月二十一日(9 月 9 日)前后。此时罗丰禄已经去世了 3 年多,可以排除。

　　再看姚文倬,在江锡爵抽签分发福建前 3 个月的四月二十日,由闽浙总督崇善保

---

① 1901 年 8 月 1 日《申报》(上海版)第 11957 号《谕旨恭录》。
② 1901 年 9 月 9 日《申报》(上海版)第 11994 号《七月分分发验看人员掣签名单》。
③ 1901 年 9 月 15 日《申报》(上海版)第 12000 号《谕旨恭录》。

举①,补授福建提学使②。本年初,清廷裁撤各省学政,改设提学使。提学使秩正三品,列布政使之次、按察使之前,总理全省学务③。闰四月二十六日,"新授福建提学使司姚稷臣学使从厦门卸事到省"④。

江锡爵,浙江平湖人,"俣庭"是其字号⑤,与徐琪同是乙亥(光绪元年,1875)恩科浙江乡试举人("孝廉")⑥,所谓"同年""同谱",且是"旧交"。江锡爵就任"直隶州州同","州同"即州之同知,是知州的佐贰官,从六品;直隶州隶属布政使司,比提学使更有权力"栽培,拔植"的是布政使,位列布政使之次的提学使当然也是重要的请托对象。徐琪为此向提学使姚文倬请托,希望对江锡爵"遇事栽培,随时拔植"。

清代乡试、会试同榜登科者互称"同年"。徐琪光绪元年乙亥科乡试举人、六年庚辰科会试进士,"同年"中无字号"稷臣"者。而姚文倬是光绪十五年(1889)己丑科举人,十六年(1890)庚寅科进士。两人都是杭州府仁和县人,都是翰林出身的官员,有交往的概率较大,但没有乡试、会试交集,为何徐琪称姚文倬"同年"?且看黄遵宪《赠梁任父同年》。1896年(光绪二十二年)三月,黄遵宪邀请梁启超(号任公)至上海创办《时务报》,四月作《赠梁任父同年》(其四即著名的"寸寸河山寸寸金,侪离分裂力谁任?杜鹃再拜忧天泪,精卫无穷填海心")。黄遵宪光绪二年(1876)丙子科中举,梁启超光绪十五年己丑科中举,亦非同年。黄为何称梁"同年"?钱仲联笺注:"公度与任公并非举人同年,题称同年,疑是从其季弟遵楷之称,遵楷与任公为举人同年。"⑦五弟黄遵楷,与梁启超同是光绪十五年己丑科广东乡试举人。

徐琪称姚文倬"同年",亦是从其堂弟徐珂之称,因徐珂与姚文倬同是己丑恩科浙江乡试举人。黄遵宪与徐琪此两例,恰可互证。钱仲联笺注"称同年从其季弟之称"推测正确。称"同年",拉近关系,亲切;从其弟,放低身段,抬举。尤其符合徐琪此时境况与心态。五年前(1902)徐琪从内阁学士兼礼部侍郎的二品大员被革职为民⑧,虽然两年后(1904)恭逢皇太后七旬万寿赐复三品衔⑨,但罢官赋闲的徐琪,有求

---

① 左松涛:《近代中国的私塾与学堂之争》,生活·读书·新知三联书店2017年版,第243页。

② 1901年5月14日《申报》(上海版)第11878号《电传上谕》。

③ 1901年6月9日《申报》(上海版)第11904号《学部奏陈各省学务官制权限折》由于停止科举、专办学堂,故裁撤学政、改设提学使:"每省设提学使司提学使一员,秩正三品,在布政使之次,总理全省学务。"

④ 1901年6月27日《申报》(上海版)第11922号《学界与官场冲突》。

⑤ 顾廷龙主编:《清代朱卷集成》第303册,台北成文出版社有限公司1992年版。

⑥ 1875年10月13日《申报》(上海版)第1063号《乙亥恩浙江乡试题名录》、14日第1064号《浙江题名录更正》。

⑦ 钱仲联:《人境庐诗草笺注》,上海古籍出版社1981年版,第716页。

⑧ 1902年1月28日《申报》(上海版)第10340号《本馆接奉电音》:"十二月十七日内阁抄奉上谕:内阁学士兼礼部侍郎衔徐琪声名平常,不孚舆论,著即行革职。"

⑨ 俞樾:《徐花农阁学自去官后,今年恭逢皇太后七旬万寿,随班祝嘏,赐复三品衔,贺之以诗》。

于人时的明智体现在称谓上,便是对成进士、入翰林都晚于自己10年的姚文倬,使用小于自己20岁堂弟的"同年"称谓。正如年长25岁的黄遵宪称梁启超"同年",表示看重与亲切。顺便说一句:光绪十六年姚文倬成进士的庚寅科会试,梁启超落第了;创办《时务报》除了黄遵宪、梁启超,还有姚文倬同年好友汪康年。光绪二十三年(1897)姚文倬曾赞赏汪康年、梁启超"大著发二千余年无人能发之昌言,欲为我中国四万万人生死肉骨,岂真箴肓起废已耶"。

回头看俞樾致"稷臣"。"稷臣"是姚文倬号,又作"稷塍""绩臣"。姚文倬(1858.1.23①—1913.3.12②),"倬"又作"焯"③,字纯伯,籍贯浙江杭州府仁和县,光绪十二年(1886)朝考优贡,以教职用,十五年乡试中举,十六年庚寅恩科进士,改翰林院庶吉士,十八年(1892)授翰林院检讨,二十年至二十三年(1894—1897)出督云南学政,二十七年(1901)十月以试用道分发广东,二十九年(1903)五月署广东督粮运试用道,九月调赴福建,三十一年(1905)八月补授福建兴全永道,十一月赴任厦门道,三十二年(1906)四月补授福建提学使。

对姚文倬,徐琪称"仁兄",是同辈,乃本分;俞樾称"尊兄",是视作同辈,同其弟子之称,是抬举。前已考证此信作于光绪二十七年。此年十月,姚文倬以试用道分发广东④。但动身赴任的时间是春节之后,次年正月十一日从上海乘海轮南下广州⑤。姚文倬到达广州之后,其时广雅书院改为大学堂,被两广总督陶模聘为"教习"或"总理"⑥。出发地应是苏州,姚文倬家宅位于葑门内十泉街(今十全街)新造桥⑦。此信

① 朱彭寿:《清代人物大事纪年》,北京图书馆出版社2005年版,第1438页。"姚文倬,(咸丰七年)十二月初九日生。"

② 1913年6月3日《申报》(上海版)第14483号《讣告》:"前清福建提学使姚公讳文倬字稷塍,于本年阳历三月十二日午时疾终于苏寓。"

③ 沃丘仲子:《近代名人小传》,中国书店1988年据崇文书局1918年版影印。

④ 1901年11月17日《申报》(上海版)第10268号《分发人员验看名单》:"新海防例指省分发道……姚文倬浙江广东。"

⑤ 孙宝瑄:《忘山庐日记》,上海古籍出版社1983年版,第471页:光绪二十八年正月"十一日,至九和,访稷塍。稷塍改道员,至广东候补,将于今夕登舟南下。日中,燕稷塍于九华楼,纵谈"。

⑥ 1902年4月1日《申报》(上海版)第10397号《荔湾选胜》:"自广雅书院改为大学堂,即由大宪聘定姚绩臣观察文倬为教习,已于正月下浣乘舟省,大约不日即当拥坐皋比矣。按观察籍隶浙江某邑,系癸巳科翰林。""大宪"指两广总督陶模。据沈祥龙《清末广东大学堂概述》:4月间,陶模将广雅书院改设为广东省大学堂,筹备之初,系由姚稷臣担任学堂总理(即校长)。1903年5月间,姚稷臣去任(《广东文史资料》第17辑)。

⑦ 1913年6月3日《申报》(上海版)第14483号《讣告》:"前清福建提学使姚公讳文倬字稷塍,于本年阳历三月十二日午时疾终于苏寓。现择于阳历六月十三日设奠,十四日举葬。恐各省寅年交游不及遍讣,特此登报,借代赴告。苏州葑门内十泉街新造桥姚宅账房具。"姚宅1921年为国民党元老、云南人李根源所购。李根源:《雪生年录》,台湾文海出版社1966年版,第100页:"民国十年辛酉……八月,买葑门十全街新造桥宅,前云南学政姚稷臣文倬故居也。"李根源光绪二十一年(1895)十七岁"院试,被绌"的主考官恰是时任云南学政姚文倬(《雪生年录》第10页)。

当作于十月至十二月之间。能开口向耄耋硕儒求写楹联、匾额,颇有交情,目的很可能是用以装点家宅。俞樾《彭刚直公神道碑》说过,"法越战事起,朝议以广东海防尤要"。姚文倬赠给俞樾的这部"筹海(海防)者不可不读之书",只知与东河总督吴大澂主持用西方新技术测绘自河南到山东一千多公里黄河,于光绪十六年进呈光绪帝的《御览三省黄河全图》是同类,未知具体书名。俞樾致杨子玉酬谢赠书说"连日浏览大著,体大物博,文繁事富,洵世间有用之书,为之望洋向若而叹",此信"尚能望洋而向若乎",可以是表达"安能尽读足下之书"。但联系"出门一步便以为远,西湖咫尺,三年来屐齿不及",似乎对方有所相邀,而有条件"望洋向若",应是姚文倬赴任的广州。

　　总之,虽然信中不少细节有待落实,但俞樾与徐琪师徒致"稷臣"为姚文倬同一人,可以确定。

Recipient of Yu Yue's Letter: "Jichen" (稷臣) Examined

Wang　Shaohua

Abstract: Yu Yue's letter to "Jichen" has been speculated by some scholars to be addressed to Luo Fenglu styled "Jichen". However, this article argues, based on a letter from Xu Qi addressed to "Jichen" found in a certain auction, that the recipients of the letters from Yu Yue and Xu Qi were both Yao Wenzhuo, who used the courtesy name "Jichen". Xu Qi's usage of the term "fellow yearmate" to refer to Yao Wenzhuo in his letter did not imply that they had taken the same provincial and imperial exams. Instead, this reference was likely based on Xu Qi's cousin relationship with Xu Ke, who and Yao had attended the exam in the same year.
Keywords: Yu Yue; Xu Qi; Luo Fenglu; Yao Wenzhuo

【语言专题专栏】

说"馀音绕梁"
——兼谈词义理解中的模棱两可现象

王云路*

摘要：成语"馀音绕梁"的"馀音"，人们通常都理解为"尾音"，是错误的。"馀音"就是美音，形容声音婉转悠长。"馀"因为食物充足义而引申出美好义，可以形容或修饰许多事物。由此也说明词义理解中有模棱两可的情形。

关键词：馀音　清音　遗音　同步引申　同步构词

有些词语似乎可以理解为甲，也可以理解为乙，甚至可以兼具"甲乙"二义，显得模棱两可。这种现象是怎么产生的？根源在哪里？有没有兼具"甲乙"二义的合理性？本文以成语"馀音绕梁"及相关词语为例，探讨这个问题。

"馀音绕梁"形容乐曲、歌声美妙，这是大家都知道的典故成语。但是具体解释起来，是表示美妙的歌声萦绕屋梁，还是歌声的尾音萦绕屋梁？"馀音"究竟是"美音"还是"尾音"？可能就不是很清楚了。

> 《列子·汤问》：昔韩娥东之齐，匮粮，过雍门，鬻歌假食。既去，而馀音绕梁欐，三日不绝。

这是"馀音绕梁"的原始出处。类似的记载不少，如：

> 晋张华《博物志》卷八：馀响绕梁，三日不绝，左右以其人弗去。

> 《北周诗》卷四庾信《听歌一绝》：协律新教罢，河阳始学归。但令闻一曲，馀声三日飞。①

从文意可以体会出，这是盛赞乐声之美，极言歌声高亢圆润、悠扬婉转。那么

---

* 王云路，1959年生，文学博士，现为浙江大学文学院教授、博士生导师，主要从事中古汉语词汇和训诂研究。

① 引文出自逯钦立辑校：《先秦汉魏晋南北朝诗》，中华书局1983年版。下同。

"馀音"究竟该如何理解？是"美音绕梁，三日不绝"，还是"尾音绕梁，三日不绝"？笔者以为，"馀音"不等于"尾音"，"馀音"就是"美音"，指舒缓婉转悠长的歌声。我们从四个方面证明"馀"有美好义，常用来形容声音之美妙，并探讨其得义缘由和相关问题。

一、"馀"有美好义，常形容声音美妙

"馀音"就是"美音"，指悠扬婉转的歌声。我们讨论几组例子：

1. "馀哇"与"哀音"

《宋诗》卷三谢灵运《拟魏太子邺中集八首·平原侯植》：良游匪昼夜，岂云晚与早。众宾悉精妙，清辞洒兰藻。哀音下回鹄，馀哇彻清昊。中山不知醉，饮德方觉饱。

这首诗讲欢聚之乐，以"哀音"与"馀哇"相应，皆谓美好的声音。

汉魏六朝时期，常常用"哀音"形容美妙的音乐。南朝乐府《子夜四时歌·春歌》："春林花多媚，春鸟意多哀。春风复多情，吹我罗裳开。"[①]鸟鸣声悦耳，与"花多媚"相呼应。三国吴竺律炎共支谦译《摩登伽经》："异类众鸟游戏其上，哀音相和，闻者欢悦。"姚秦弗若多罗与鸠摩罗什译《十律诵》卷五十九："种种众鸟，哀声相和，甚可爱乐。"此二例佛经亦用"哀声""哀音"形容鸟鸣声婉转动听。

《晋书·文苑传·成公绥》载《啸赋》："于时曜灵俄景，流光濛汜，逍遥携手，踌躇步趾，发妙声于丹唇，激哀音于皓齿。"此以"妙声"与"哀音"对文同义。

南朝宋谢灵运《拟魏太子邺中集诗八首·阮瑀》："妍谈既愉心，哀音信睦耳。"此以"妍谈"与"哀音"对文，"妍"与"哀"皆美好义。《三国志·魏志·吴质传》裴松之注引《魏略》："既妙思六经，逍遥百氏，弹棋闲设，终以博弈，高谈娱心，哀筝顺耳。""高谈"与"妍谈"都为快意之交谈，与"哀筝"对文。

南朝宋何承天《鼓吹铙歌十五首·芳树篇》："哀弦理虚堂，要妙清且凄。"此例"哀弦"用"要妙清且凄"形容。

凡此，都是"哀音"形容美好声音的证据。下面一例更是"哀音"与"馀音"同义的明证：

《宋诗》卷九鲍照《夜听妓》：丝管感暮情，哀音绕梁作。芳盛不可恒，及岁共为乐。

---

① 引文出自[宋]郭茂倩编：《乐府诗集》，中华书局 1979 年版。下同。

既然"哀音绕梁"是指"美音绕梁",那么"馀音绕梁"不也是"美音绕梁"了吗?关于"哀音"表示美好的声音,钱锺书《管锥编》已有论述①,笔者在《中古诗歌语言研究》中有比较详细的分析②,这里就不展开了。

2. "馀音"与"和响"

《晋诗》卷七张载《七哀诗》:阳鸟收和响,寒蝉无馀音。

此例以"馀音"与"和响"对文同义。考"和"有和谐美好义,常常形容声音美好。《礼记·乐记》:"其声和以柔。"《左传·昭公二十一年》:"故和声入于耳,而藏于心。"《乐府诗集·燕射歌辞三·晋朝飨乐章》:"渥恩颂美禄,《咸》《濩》听和音。""和声""和音"谓优美的音乐。"和响"与之同类,也表示优美的音乐。"馀音"与"和响"相对,同样也表示美好的声音。

3. "馀"常形容美妙动人的乐曲或声音

(1) 三国魏嵇康《琴赋》:含显媚以送终,飘馀响乎泰素。

(2) 唐孟郊《奉报翰林张舍人见遗之诗》:孤韵耻春俗,馀响逸零雾。

"馀响"指美妙之音。孟郊诗"孤韵"谓孤高之韵,与"馀响"相应。

(3) 《齐诗》卷四谢朓《赠王主簿》:清吹要碧玉,调弦命绿珠。……馀曲讵几许,高驾且踟蹰。

(4) 《梁诗》卷十五徐勉《送客曲》:袖缤纷,声委咽,馀曲未终高驾别。

"馀曲"谓美好的乐曲,与"高驾"相应,皆有褒义。与"高驾"同类的表述很多。《文选·沈约〈冬节后至丞相第诣世子车中作〉诗》:"高车尘未灭,珠履故馀声。""高车"与"高驾"同,可以指高大的车马,更是对对方的尊称。尚有"高足""高论""高见""高人"等,皆是尊称对方的敬语。

(5) 《梁诗》卷二十一梁简文帝萧纲《祠伍员庙》:光功摧妙算,载籍有馀声。

"馀声"与"妙算"相应。

(6) 《文选·繁钦〈与魏文帝笺〉》:优游变化,馀弄未尽。

(7) 唐张仲素《穆天子宴瑶池赋》:却瞻辽廓而无见,尚闻箫鼓之馀弄。

"馀弄"就是美妙的乐曲。刘良注:"弄,曲也。"

(8) 唐李峤《钟》诗:欲知常待扣,金簏有馀清。

"馀清"谓美妙之声。

以上"馀哇""馀响""馀曲""馀声""馀弄""馀清"皆指美妙动听的音乐或声音。

① 钱锺书:《管锥编》,中华书局 1986 年版。
② 王云路:《中古诗歌语言研究》,世界图书出版有限公司 2014 年版。相关内容可参王云路:《中古汉语词汇史》,商务印书馆 2010 年版;以及王云路、王诚:《汉语词汇核心义研究》,北京大学出版社 2014 年版。

与"馀音"同。比较《晋诗》卷十九《清商曲辞·神弦歌·娇女》"弦歌奏声节,仿佛有馀音",可知"馀音"也应当形容美音婉转悠扬。

二、"馀"有美妙义,还可形容其他事物

1. "馀"常形容女子妙曼的姿态神情

(9)《晋诗》卷一傅玄《却东西门行》:退似潜龙婉,进如翔鸾飞。回目流神光,倾亚有馀姿。

(10)《齐诗》卷五刘绘《咏博山香炉》:复有汉游女,抬羽弄馀妍。荣色何杂揉,缛绣更相鲜。

(11)《梁诗》卷九何逊《苑中见美人》:团扇承落花,复持掩馀笑。

(12)《隋诗》卷三隋炀帝杨广《喜春游歌》:步缓知无力,脸曼动馀娇。锦袖淮南舞,宝袜楚官腰。

"馀娇""馀姿""馀妍""馀笑"都形容女子妩媚可爱。以上例证中的"馀"不可能表示"剩馀"或"末尾"义。

2. "馀"还可状山水、植物等自然事物的美好

(13)《晋诗》卷八间丘冲《三月三日应诏》:馀萌达壤,嘉木敷荣。

此以"馀"与"嘉"同义相应。"馀萌"谓美好的嫩芽。

(14)《晋诗》卷十六陶渊明《桃花源诗》:桑竹垂馀荫,菽稷随时艺。

"馀荫"谓美好的树荫。唐韩愈《海水》诗:"一木有馀阴,一泉有馀泽。"亦其例。

(15)《汉书·外戚传下·孝成班倢伃》:愿归骨于山足兮,依松柏之馀休。

(16)宋秦观《和渊明〈归去来辞〉》:识此行之匪祸,乃造物之馀休。

"馀休"谓浓密的树荫。引申指荫庇。《汉书》颜师古注:"休,荫也。"

(17)《宋诗》卷一谢瞻《答康乐秋霁》:夕霁风气凉,闲房有馀清。

"馀清"谓美好的清凉之气。

(18)唐刘长卿《陪元侍御游支硎山寺》诗:林峦非一状,水石有馀态。

"馀态"犹妍姿,形容水石之美。

(19)唐孟郊《感别送从叔校书简再登科东归》:清风散言笑,馀花缀衣襟。

"馀花"谓好看的花。

(20)宋张道洽《咏梅》:老树有馀韵,别花无此姿。

"馀韵"是说老树有独特的韵味,其他的花没有这样的姿态①。山水树木花草的美好样子都可用"馀"形容。

(21)唐杜甫《军中醉饮寄沈八刘叟》诗:酒渴爱江清,余甘漱晚汀。

"馀甘"就是"美味",而《汉语大词典》引此例解释为"馀留香甜滋味",显然不通。

3."馀"还可以形容抽象事物之美

(22)晋陶渊明《桃花源诗》:怡然有馀乐,于何劳智慧。

"馀乐"指欢乐。

(23)汉司马相如《子虚赋》:问楚地之有无者,愿闻大国之风烈,先生之馀论也。

(24)《宋书·周朗传》载《报羊希书》:吾虽疲冗,亦尝听君子之馀论,岂敢忘之。

"馀论"犹高论、宏论,是称颂对方之词,是不能解释为"剩馀"或"末尾"义的。

(25)《梁诗》卷二十三庾肩吾《经陈思王墓》:公子独忧生,丘垅擅馀名。

"馀名"谓美好的名声。

(26)唐孟郊《送陆畅归湖州因凭题故人皎然塔陆羽坟》:饶彼草木声,仿佛闻馀聪。

"馀聪"指美好聪慧。

总的说来,"馀"形容的是舒缓之美:用于音乐,则是婉转悠扬;用于女子,就是婀娜妙曼;用于自然物的状貌,则是轻柔舒展。山水草木是可见的,为视觉感受;树荫清凉则是可感的,为触觉感受;"馀甘"并列,则是美味,属于味觉感受。用在抽象的思维认知上,可指交谈或心绪之畅快等,因而赏心。这种美都是一致的,是舒缓优雅的。

三、从同步引申看"馀"为何有美好义

以上例子均可证明"馀"有美好义,"馀音绕梁"即美音绕梁。那么,"馀"何以有美好义?我们从造字义的引申与同类词语同步引申的比较中探讨这一问题。

1."馀"的美好义源于本义

考《说文》:"馀,饶也。"本义是食物有馀。《诗·秦风·权舆》:"於我乎,夏屋渠渠。今也每食无馀。"《三国志·魏志·袁术传》:"荒侈滋甚,后宫数百皆服绮縠,馀

---

① 这与"风韵犹存"的含义是不同的。一个"犹"字,说明了"依然"的意思。

梁肉。"是其本义。有馀粮,食物充足,是一件美好的事情,由此引申出美好义是很自然的。

"民以食为天",汉字里许多表示美好的字与饮食相关,如"美"的造字义跟吃羊肉相关,"羊大为美"。在上古汉语中,与"馀"一样表示食物充足或吃饱的词,多能引申出美好义,如:

《说文》:"益,饶也。"段注:"食部曰:饶,饱也。凡有馀曰饶。"①

《说文》:"优,饶也。"段注:"食部'饶'下曰:饱也。引伸之凡有优皆曰饶。"

《诗·瞻卬》传曰:优,渥也。笺云:宽也。《周语》注曰:优,饶也。《鲁语》注曰:优,裕也。其义一也。"

《周礼·地官司徒》:"以其馀为羡。"郑司农云:"羡,饶也。"

因此,益、优、饶、羡、饱、饫等都与"馀"同样具有充足、美好义。《淮南子·齐俗篇》:"衣食饶溢,奸邪不生,安乐无事,而天下均平。"《文选·王粲〈从军诗〉之一》:"军中多饫饶,人马皆溢肥。"吕向注:"饶,馀也。"以上"饶溢""饫饶"皆充足、丰满义。唐韩愈《次同冠峡》诗:"今日是何朝? 天晴物色饶。""物色饶"犹言物色美好。宋罗大经《鹤林玉露》卷十五:"杜陵《咏鸥》云:'江浦寒鸥戏,无他亦自饶。却思翻玉羽,随意点春苗。'言浦鸥闲戏,使无他事,亦自饶美。""饶美"为同义并列结构。其他例略。

2. "馀"与"清"的类比

我们还可以从更广一层的同类引申的角度印证"馀音"指美好的音乐。"清"有美好义,许多诗文例子中的"馀"似乎都可以用"清"字替换,如:

《晋诗》卷十三曹茂之《兰亭》:时来谁不怀,寄散山林间。尚想方外宾,迢迢有馀闲。

《晋诗》卷十九《清商曲辞·神弦歌·娇女》:弦歌奏声节,仿佛有馀音。

《梁诗》卷十五徐勉《送客曲》:袖缤纷,声委咽,馀曲未终高驾别。

以上"馀闲""馀音""馀曲"均可以释为"清闲""清音""清曲"。

"清"本指水清澈,引申可以形容许多美好的事物。中古时期玄学兴盛,清谈之风流行,一系列高雅的词都冠之以"清",如名词有"清谈""清议""清言""清名""清誉"等,形容词有"清逸""清明""清雅""清隽""清和"等。"清"由水之清澈引申出美好义,与"馀"由食物丰饶引申出美好义,道理是一致的,都是由具体到抽象的意义演变方式。上引唐孟郊诗"清风散言笑,馀花缀衣襟",正以"清"与

---

① [清]段玉裁:《说文解字注》,上海古籍出版社 1981 年版。

"馀"对文,皆美好义。

与"馀"一样,"清"有美好义,也可修饰多种事物。兹举数例:

《宋诗》卷三谢灵运《拟魏太子邺中集诗·徐干》:清论事究万,美话信非一。

此以"清论"与"美话"对文。

《南齐书·王奂传》:殷道矜有生便病,比更无横病。恒因愚习惰,久妨清叙。

"清叙"犹言清谈,与前文例中的"妍谈""高谈""馀论"以及上例"清论"同义。

《隋诗》卷六虞世基《秋日赠王中舍》:清文宁解病,妙曲反增愁。

此又以"清"与"妙"对文同义,"清"形容文章优美。

唐李商隐《安平公诗》:府中从事杜与李,麟角虎翅相过摩。清词孤韵有歌响,击触钟磬鸣环珂。

"清"与"孤"相应,皆美好义。

盖水的清澈与声音的纯美是一致的。因而美好的声音、乐曲常称"清"。如:

《魏诗》卷七陈思王曹植《弃妇》:慷慨有馀音,要妙悲且清。

《晋诗》卷二十一《刘妙容宛转歌》:月既明,西轩琴复清。

《梁诗》卷二十六荀济《赠阴梁州》:鹤舞想低昂,鹍弦梦清切。

以上三例"清"或"清切"都形容曲调优美。下面的例子则是"清"作定语,形容音乐之美:

《晋诗》卷十七陶渊明《述酒》:王子爱清吹,日中翔河汾。

"清吹"指悦耳的管乐。

《晋诗》卷二十杨苕华《赠竺度》:清音可娱耳,滋味可适口。

"滋味"指美味,与"清音"相对应。

《宋诗》卷三谢灵运《拟魏太子邺中集·魏太子》:急弦动飞听,清歌拂梁尘。

南朝宋刘敬叔《异苑》卷一:夜半闻水中有弦歌之音,宫商和畅,清弄谐密。

《梁诗》卷四江淹《效阮公诗》:岁暮怀感伤,中夕弄清琴。

《梁诗》卷七沈约《八咏诗·夕行闻夜鹤》:且养凌云翅,俯仰弄清音。

宋梅尧臣《次答郭功甫》:江南有嘉禽,乘春弄清吭。

"清吹""清音""清歌""清弄""清琴""清吭"等皆谓美妙的声音,或是人的歌声,或是乐器的声音,或是鸟鸣声。

再比照两例:

隋卢思道《辽阳山寺愿文》:圆珠积水,流清妙之音。

此以"清妙"同义连言。

南朝梁萧统《七契》：初音鱼踊，馀妙绕梁，何止田文慨慷、刘靖心伤而已哉！

此以"馀妙"同义连言，均形容声音美好①。"馀妙绕梁"形容声音婉转动人，与"哀音绕梁""馀音绕梁"意义相同。

四、人们误解"馀"所揭示的语义现象

1. 古注或辞书对"馀音"等的误解

"馀"有美好义，例证甚夥。然人们大多误解为现代汉语常用义"多馀""遗留"。如：

《文选·陆机〈于承明作与弟士龙〉诗》："伫眄要遐景，倾耳玩馀声。"刘良注："玩想其馀语之声。"②"玩馀声"当谓欣赏美妙的声音。

《文选·沈约〈冬节后至丞相第诣世子车中作〉诗》："高车尘未灭，珠履故馀声。"吕延济注："馀声者，思昔时之履步，若在耳故也。""珠履故馀声"，是说穿着珠宝之鞋，所以步履轻盈悦耳。

《文选·马融〈长笛赋〉》："曲终阕尽，馀弦更兴。""馀弦"指美妙的乐曲。吕延济注曰："馀弦，谓笛声渐微复起，亦如击弦之馀响，将更起声也。"所说牵强。

以上是古注的误解，下面则是词典的误解。

《汉语大词典》对"馀音"的解释是：

> （1）声音不绝。形容歌唱或演奏十分动听感人。汉张衡《思玄赋》："素女抚弦而馀音兮，太容吟曰念哉。"汉王褒《洞箫赋》："条畅洞达中节操兮，终诗卒章尚馀音兮。"
>
> （2）不绝之音，感人至深之音。晋潘岳《杨荆州诔》："举声增恸，哀有馀音。"

《汉语大词典》的解释有两点值得称许：一是注意到了名词与动词词组的区别。汉代的《思玄赋》与《洞箫赋》的"馀音"属于词组，保留了"馀"的馀留义；晋时的潘岳《杨荆州诔》的"馀音"已经作为凝固的名词了。二是已经体会到了"馀音"指声音美好，因而用"感人至深之音"来阐发，例子都正确，但名词例还是囿于"馀"字"遗留"的含义而用"不绝"解释，就不妥了。声音舒缓悠长也是一种美，加之"三日不绝"的

---

① 我们说"清"和"馀"同义，也是相对而言，因为都指美好。具体说来，"清妙"指声音上的清澈、清亮，"馀妙"指声音上的悠长婉转，因而都可以与"妙"构成并列式双音词。"清妙""馀妙"均为具体语素与抽象语素的并列，这是同义并列式双音词的重要类型之一。

② ［梁］萧统编，［唐］五臣、李善注：《文选》，中华书局 1987 年版。下同。

描写，人们就确切认为"馀音"就是遗留的音了，但又无法回避行文形容的美好义，所以就含混而模棱两可了。

《汉语大词典》①对"馀曲"的解释是："乐曲的非主要部分。"例证是《史记·乐书》唐司马贞述赞："洋洋盈耳，《咸》《英》馀曲。"这里的"馀曲"其实就是美音。

其实，"馀音"与"馀弦""馀曲"都相同，指声音美好。

2. 误解往往与相联事物分界不清有关

因为相关事物的界限难以截然区分，往往产生模棱两可现象，也举三个例子：

《晋书·郭舒传》："乡人盗食舒牛，事觉，来谢。舒曰：'卿饥，所以食牛耳，馀肉可共啖之。'"此谓美肉可共食之。《汉语大词典》引此例释"馀肉"为"剩馀的肉"，似乎也说得通，即剩余的肉我们一起分享，但似乎不能充分显示出郭舒的胸襟和气度。由于二解均可，词义理解上的模棱两可现象就产生了。

《韩非子·功名》："故人有馀力易于应；而技有馀巧便于事。"三国魏曹植《名都篇》："馀巧未及展，仰手接飞鸢。"南朝梁刘勰《文心雕龙·封禅》："致义会文，斐然馀巧。"《汉语大词典》引此三例释"馀巧"为"应付裕如的技能、技巧"，这个解释就显得词义含混，模棱两可。这里的"馀巧"指美好的技能。②

《文选》载谢朓《和伏武昌登孙权故城》诗："幸借芳音多，承风采馀绚。"刘良注："言其雅风采咏馀美。绚，美也。"未释"馀"字。考"馀绚"为一词，谓美好的文采。《梁诗》卷六沈约《长歌行》："声徽无惑简，丹青有馀绚。"又《从齐武帝琅琊城讲武应诏》："虹壑写飞文，岩阿藻馀绚。""馀绚"指义彩华美。《隋诗》卷四杨素《赠薛播州》："高调发清音，缛藻流馀绚。""馀绚"与"清音"正相对。《汉语大词典》释"馀绚"为"无限的美"，亦未确。

按"绚"本谓五彩丝线，织成文采。《论语·八佾》："巧笑倩兮，美目盼兮，素以为绚兮。"《说文》引此逸诗末句，段注曰："马融曰：绚，文貌也。郑康成礼注曰：采成文曰绚。注《论语》曰：文成章曰绚。许次此篆于绣绘间者，亦谓五采成文章，与郑义略同也。"③

---

① 汉语大词典编辑委员会：《汉语大词典》，上海汉语大词典出版社 1993 年版。下同。
② 正如"学而优则仕"是说学习之外有馀力——有馀暇——就可以当官，而人们往往理解成学习优秀就可以当官。这也是一个两解的例子。
③ "文采"是中性义，也比喻文笔。南朝梁刘勰《文心雕龙·才略》："王逸博识有功，而绚采无力。"是其例。上引"馀绚"是其例。作形容词则是褒义，表示多彩貌，即美。《晋书·习凿齿徐广等传赞》："习亦研思，徐非绚采。"宋罗大经《鹤林玉露》卷十三："巧女之刺绣，虽精妙绚烂，才可人目，初无补于实用，后世之文似之。""绚美""绚烂"等均指美好、华美，为同义并列双音词。现代汉语还有"绚烂""绚丽"等双音词。

人们常常觉得"馀音"是尾音或遗留的声音，是因为没有意识到"馀"有美好义，词典中并没有这一义项。而人们对"清"的误解也跟"馀"一样。汉张衡《舞赋》："含清哇而吟咏，若离鹍鸣姑耶。"晋张协《七命》："若乃追清哇，赴严节。"《汉语大词典》引此二例释"清"为"单一；单纯"。这个理解显然不对，"清哇"跟"馀哇"同义，指美好的声音。

3. 古注或辞书对"遗音"等的误解

汉语词语有同步构词的规律。"馀"有遗留义，"遗"也有遗留义，因而产生了同样的构词"遗音""遗响""遗声"等，人们的理解依然含混不清。比如：

> 遗音：不绝之馀音。形容音乐或诗歌极其美好。《礼记·乐记》："《清庙》之瑟，朱弦而疏越，一倡而三叹，有遗音者矣。"三国魏阮籍《咏怀》之三十："箫管有遗音，梁王安在哉。"

> 遗声：犹馀音。三国魏繁钦《与魏文帝笺》："而此孺子遗声抑扬，不可胜穷，优游转化，馀弄未尽。"南朝宋鲍照《乐府·升天行》："凤台无还驾，箫管有遗声。"

> 遗响：犹馀音。汉王褒《洞箫赋》："吟气遗响，联绵漂撇，生微风兮。"宋苏辙《真兴寺阁》诗："萧然倚楹啸，遗响入云霄。"

以上是《汉语大词典》的例子和释义。有的可以理解为美音，有的可以理解为萦绕不绝的声音。但是《汉语大词典》"不绝之馀音"这个释义不确，还是源于对"馀音"的不解。

"遗音"为什么有美好义？《说文》："遗，亡也。"段玉裁注："《广韵》：'失也，赠也，加也。'按皆遗亡引伸之义也。""遗"本身是不能引申出美好义的。"遗"与"馀"只在"遗留"的意义上相同。根据同步构词的规律，有"馀音""馀响""馀声"，指美好的音乐；相应地就有了"遗音""遗响""遗声"，也指美好的声音，这是同步构词的结果。从本义抽象出的核心义看，"馀"跟"遗"有很大的不同。

以上所列误释的主要是《文选注》和《汉语大词典》的例子。《文选注》的失误在于注家未能把握魏晋南北朝时期"馀"已经引申出美好义。《汉语大词典》等误释"馀音"，还有一个重要的原因：大约唐宋以后，人们因为不解"馀"有美好义，也许与误注的引导（如《文选注》）也有关系，所以运用"馀音"等词时似乎也有些当作"遗留下来的声音"了。如清平步青《霞外捃屑·诗话·费鹿峰诗笺》："泛然酬应之作，犹是七子遗响。"或者是行文利用了"馀"等的"遗留"义、"其他"义等，如唐柳宗元《夏昼偶作》诗："日午独觉无馀声，山童隔竹敲茶臼。"宋王安石《九井》诗："馀声投林欲风雨,末势卷土犹溪坑。"凡此,都增加了辨析和理解的难度。

　　简言之,"馀"早期是剩馀、馀留义,魏晋时产生出美好义,后代因为误解,就对"馀音"的含义模糊不清了,因而解释成"不绝之音,感人至深之音"。这也许是训诂的一大难题。所以,注意词语的发展脉络和时代性,是我们理解古诗文的重要原则之一。

Lingering Echoes: Exploring Ambiguous Meanings in Lexical Understanding through the Example of "Yuyin Raoliang"(馀音绕梁)

Wang Yunlu

Abstract："Yuyin"(馀音) in the idiom "Yuyin raoliang" is misapprehended as the sound in the end. Actually it should be understood as the beautiful sound. "Yu"(馀) originally means the abundance of food, from which derives the meaning of beautiful. It can describe and modify many things.

Keywords：Yuyin；Qingyin(清音)；Yiyin(遗音)；homonomous extension of semantic meaning；synchronous word formation.

"兔豪"考辨

陆锡兴[*]

摘要：吐鲁番衣物疏中的"兔毫"是赤笔代表，南北朝到唐代民俗的辟恶去病之物。

关键词： 兔毫　衣物疏　赤笔　辟恶　狐皮

黄文弼1928年在新疆考察时，从吐鲁番哈拉和卓一位农民手中获得两片文书残片，定名为"白雀元年物品清单"，其中有"兔毫五百支"的记载。[①] 史树青及新疆维吾尔自治区博物馆的研究者均认为这件文书应为一件随葬衣物券，史树青认为"白雀"为姚苌北地王秦王时的年号，白雀元年（384）文书中的"兔毫五百支"应作"五十支"。[②]

自从白雀衣物疏发现以来，吐鲁番出土文书内收"兔豪"[③]6件，普林斯顿大学格斯德图书馆藏高昌郡缺名衣物疏也有"故兔豪千束"。此件20世纪40年代画家张大千在敦煌期间所得，辗转入藏葛思德图书馆。[④] 唐段成式《酉阳杂俎·尸穸》："送亡者又以黄卷、蜡钱、兔毫、弩机、纸疏、挂树之属。"[⑤]证明唐代衣物疏中有开列"兔毫"的传统。

在西晋屯田复置戊己校尉到高昌郡阶段，到南北朝中后期，"墓中还有截成小束的兔毫，意义不明"[⑥]。

---

* 陆锡兴，1947年生，文学博士，南昌大学人文学院教授，主要研究文字学、词汇学、名物学。

① 黄文弼：《吐鲁番考古记》，中国科学出版社1954年版，第33页。

② 史树青：《新疆文物调查随笔》，《文物》1960年第6期；新疆维吾尔自治区博物馆：《新疆吐鲁番阿斯塔那北区墓葬发掘简报》，《文物》1960年第6期。

③ "兔豪"即"兔毫"，"豪"通作"毫"。吐鲁番古墓衣物疏均写作"兔毫"。

④ 王璞：《普林斯顿大学葛斯德图书馆藏高昌郡时代缺名衣物疏考》，《吐鲁番学研究》2009年第2期。

⑤ [唐]段成式：《酉阳杂俎》，中华书局1981年版，第123页。

⑥ 新疆维吾尔自治区博物馆：《吐鲁番县阿斯塔那——哈拉和卓古墓群发掘简报（1963—1965）》，《文物》1973年第10期。

　　吐鲁番墓地中兔毫细节,如 65TAM39 出土兔毫 20 束,每束毛长 3—4 厘米,中间用白丝线束腰,腰径 0.2—0.3 厘米。分别置于死者左脚尖和头顶左上方(图1)。[①]

　　吐鲁番墓地也发现类似的"毛笔"毛束,吐鲁番阿斯塔那——哈拉和卓 69 号墓出土"毛笔",报告说毛笔"已残,只剩一束棕毛",中部两处用细麻绳紧紧缠绕几圈。长 12.5,宽 3.5 厘米(图2)。墓葬为高昌麴氏时期(499—640)。[②]

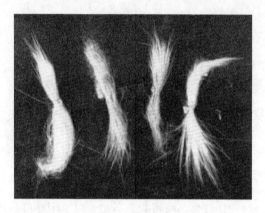
图 1　兔毫

图 2　毛束

　　衣物疏中的"兔豪"的种种观点,至今未得安妥。

　　其一,大致的分歧在于它是否为毛笔。对于衣物疏"兔毫"与墓中成束的实物,黄文弼认为是毛笔。[③] 新疆博物馆于 1963—1965 年在吐鲁番地区晋至南北朝中期的若干墓中发掘出许多结成小束的兔毫,马雍认为由此证明本衣物券上所写之"兔毫"决非毛笔,同时指出"这个时期的墓中为什么要放上成束的兔毫? 其目的尚难断定"。"放置这些兔毫具有宗教迷信的意义,至少不是生前实用之物,而是专用来陪葬的。"[④]

　　郑学檬赞成马雍的意见,因为已经出土的一些"随葬衣物疏",就有"笔研(砚)"的记载,并非写成兔毫。[⑤] 而且实物毛笔也出土了。但兔毫与狐毛在墓中表示什么样的宗教迷信? 马雍同志及考古学者未予回答。

　　其二,兔毫是否攀天丝?

　　宋晓梅认为"兔毫"为"攀天丝"一类的物品,"兔毫万束"为"攀天丝万万九千

① 新疆社会科学院考古研究所:《吐鲁番阿斯塔那古墓区 65TAM39 墓》,《考古与文物》1983 年第 4 期。
② 新疆文物考古研究所:《吐鲁番阿斯塔那——哈拉和卓墓地:哈拉和卓卷》,文物出版社 2018 年版,第 102 页,图版 54。
③ 黄文弼:《吐鲁番考古记》,中国科学院 1954 年版,第 33 页。
④ 马雍:《吐鲁番的〈白雀元年衣物券〉》,《文物》1973 年第 10 期。
⑤ 郑学檬:《吐鲁番出土文书"随葬衣物疏"初探》,韩国盘主编:《敦煌吐鲁番出土经济文书研究》,厦门大学出版社 1986 年版,第 429 页。

丈"所代替。攀天丝的表达更直率,对天的向往,天是至高无上的,死者要攀附万束的兔毫和万万九千丈的攀天丝才能进入天庭。①

笔者按:1986年在新疆吐鲁番阿斯塔那古墓群发掘墓中麻丝三件。86TAM387:39,麻丝一束,长1米,两端挽成小结,即衣物券中的攀天丝。② 事实证明攀天丝不是兔毫。

其三,兔毫是否有货币的性质?

李研指出兔毫常与金银、绢帛连在一起书写,则证明"兔豪(毫)""狐毛"在当时也应具有一定的财产属性。"兔豪(毫)""狐毛"虽不可以直接用来书写,却是制笔原料,为日常所需,可供交易。金银和绢帛除属于财产外,还具有货币的属性,不排除"兔豪(毫)""狐毛"也具有实物货币的功能。③ 笔者认为:毛笔可以作为商品,进入交换。兔毫作为毛笔的原料,作为商品,作为财富,有违常理,除了制笔匠人,或者开笔墨庄,需要大量兔毫买卖,才能作为财富,或者作为商品买卖。

其四,狐毛、兔毫与精怪的说法。

郑学檬指出:兔、狐合在一起,有精灵属性,随葬"兔毫""狐毛"是对兔、狐精灵信仰的崇拜。"狐为水神,进而认为'死者通往天国途中,要求东海头、觅西海壁,所以水神保护自然不可少'",大概高昌地区已不用活兔随葬了,故用兔毛一束代替。狐属神仙一类,自然为人们所敬。④ 侯灿认为兔是阴精之灵兽,古人认为月亮中有玉兔,月亮代表阴,推测死者到了阴间需要阴精保护。⑤

其五,"狐毛"问题。

笔者认为"狐毛"与制笔无关。狐毛与兔毫一样,都是一种象征性的东西,它代表了狐皮类衣着用的皮草。就在吐鲁番哈拉和卓48号墓《唐永徽元年后报领皮帐》:M48:6、M48:7"狼皮九张""狼皮一张""羊皮贰拾捌[张]",M48:4(a)、M48:5(b)残纸有"韦皮""狐颜""羊皮玖伯""造皮裘皮裤"等字。⑥ M91:15(a)器物账:

---

① 宋晓梅:《高昌国——公元五至七世纪丝绸之路上的一个移民小社会》,中国社会科学出版社2003年版,第238—239页。转引自李研《吐鲁番出土衣物疏中的"兔豪(毫)""狐毛"性质考释》,《西域研究》2020年第3期。
② 吐鲁番地区文管所:《1986年新疆吐鲁番阿斯塔那古墓群发掘简报》,《考古》1992年第2期。
③ 李研:《吐鲁番出土衣物疏中的"兔豪(毫)""狐毛"性质考释》,《西域研究》2020年第3期。
④ 郑学檬:《吐鲁番出土文书"随葬衣物疏"初探》,韩国盘主编:《敦煌吐鲁番出土经济文书研究》,厦门大学出版社1986年版,第429页。转引自李研《考释》。
⑤ 侯灿:《吐鲁番晋—唐出土随葬衣物疏综考》,《新疆文物》1998年第4期。
⑥ 新疆文物考古研究所:《吐鲁番阿斯塔那——哈拉和卓墓地:哈拉和卓卷》,文物出版社2018年版,第66—67页。

"裘三领,狐皮帽一枚。"[1]新疆地区的皮货是衣着的来源之一,狼皮、羊皮都是一般的皮草,狐皮是高级皮货,裘与狐皮帽放一起,就说明是贵重的服饰了。再看《高昌阿苟母随葬衣物疏》:"故履一枚、故被一枚、故褥一枚,狐毛千束、匹帛万匹。"狐毛列于衣着之中,可以证明"狐毛"的属性。所以这个"狐毛"是指皮货。

魏晋时期继承了汉代随葬文具的传统,有的衣物疏还记载文具的名称。

安徽南陵麻桥三国吴墓衣物疏:"□刀一枚、□笔一双。"[2]

江西南昌三国吴高荣墓木方有"书刀一枚、研一枚、笔三枚"[3]。

南京市江宁上坊三国吴墓青釉毛笔,部分脱落。标本 M1:26,毛笔 2 件,笔头尖锥形,上刻斜直纹,一件长 22.6 厘米(图 3)。[4]

图 3　青釉毛笔

南昌吴应墓,墓内有名刺和衣物疏。衣物疏木方长 26.2 厘米,宽 15.1 厘米,厚1.2 厘米[5]。木方保存情况良好,木如新裁,墨迹依然新鲜,十分难得。小字用硬毫写就,纤毫毕现。木方记:"故书砚一枚,故笔一枚,纸一百枚,故墨一丸。"

西晋中原丧乱,中原之民向两个方向流动,一是走向河西走廊,直至西域,西晋刺史建立前凉,汉民陆续迁入。二是大部分世家大族向南迁居江南,司马家族以建康为中心建立东晋。河西与江南的风俗礼制一脉相承。《北史·西域·高昌》:"其风俗政令与华夏略同,……文字亦同华夏。"就陪葬兔毫风俗而言,不仅高昌有,汉地亦有。在江南东晋墓葬中也发现成束的兔毛,南京江宁县下坊村东晋墓出土一组文具,有青瓷砚、书刀以及一扎毫毛,发掘者称之为毛笔。所谓毛笔仅见笔头,两端均见笔锋,中间用宽 2.5 厘米丝帛紧束,长 10.2 厘米,中宽 1.4 厘米。发掘者推测其用法,或是将此插入竹木笔的管腔中使用,或是直接持毛束中部束帛处书写。笔者推测可能是无使用价值的陪葬品。[6] 这里需要说明,所谓毛笔发掘者明言推测,并无实物依据,实际就是一毛束。

① 新疆文物考古研究所:《吐鲁番阿斯塔那——哈拉和卓墓地:哈拉和卓卷》,文物出版社 2018 年版,第152 页。
② 安徽省文物工作队:《安徽南陵县麻桥东吴墓》,《考古》1984 年第 11 期。
③ 江西省历史博物馆:《江西南昌市东吴高荣墓的发掘》,《考古》1980 年第 3 期。
④ 南京市博物馆、南京市江宁区博物馆:《南京江宁上坊孙吴墓发掘简报》,《文物》2008 年第 12 期。
⑤ 江西省博物馆:《江西南昌墓》,《考古》1974 年第 6 期;陆锡兴:《东晋吴应墓疏衣板考释》,《简帛》第十二辑,上海古籍出版社 2016 年版。
⑥ 南京市博物馆、江宁县文管会:《江苏江宁县下坊村东晋墓的清理》,《考古》1998 年第 8 期。

高昌后期的墓葬,衣物疏依然开具文房四物的名称。高昌建昌四年(558)《张孝章随葬衣物疏》:"砚嘿(墨)纸笔一具。"①文具四物,砚当头,确立了文房四物中砚的头等地位。

依据魏晋以来随葬文具的风俗,随葬衣物疏记载文具的名称,应该说吐鲁番墓葬的毛束当作毛笔之笔毛是合适的,对应衣物疏中"兔毫"只能是代表毛笔。

"兔毫"代表的毛笔有什么含义?毛笔是用来写字的,而字内容是丰富的。

传闻苍颉造字,天下出现了"天雨粟,鬼夜哭"的奇异现象。许慎《说文·叙》说:"造文字,则诈伪生,故鬼哭也。"睡虎地秦简《语书》有"民多诈巧",造字怎么会诈伪呢?高诱说得明白:"鬼恐为书文所劾,故夜哭。"《说文》:"劾,法有罪也。"段玉裁注:"法者,以法施之。"劾鬼就是驱鬼,用桃木驱鬼,战国不仅有《庄子》等文献记载,在楚汉墓葬中陪葬桃人、桃梗,足见是流行的风俗。至晚在西汉后期已经有带文字驱鬼之物。《说文·殳部》:"殺,殺改,大刚卯也,以逐精鬼。"《急就篇》卷三:"射魌辟邪除群凶。"颜师古注:"一曰射魌,谓大刚卯也,以金玉及桃木刻而为之,一名殺改,其上有铭,而旁穿孔,系以彩丝,用系臂焉。亦所以逐精魌也。"在亳县凤凰台一号汉墓出土玉刚卯两件,长方体,中有穿孔,可以穿线佩带。每件四面,每面刻字两行,行四字。桃木制作的刚卯叫桃卯,在汉代居延遗址已经发现三枚。两者的铭文基本相同。直接以文字劾鬼多见于墓葬,用朱砂书写。如洛阳史家村东汉墓朱书文有"摄录伯(百)鬼"②语,是抓捕百鬼的意思。汉代民俗中,文字是驱鬼的重要武器。所以"鬼恐为书文所劾,故夜哭也",是合乎逻辑的。

《淮南子·本经训》:"昔者苍颉作书而天雨粟,鬼夜哭。"高诱注:"鬼恐为书文所劾,故夜哭也,鬼或作兔,兔恐见取豪作笔,害及其躯,故夜哭。"③

字是用毛笔写的,毛笔就成文字的代表,就是劾鬼的利器。东晋的史学家干宝《搜神记》中收录了一个毛笔的故事:

散骑侍郎王佑疾困,与母辞诀。既而闻有通宾者,曰:"某郡某里某人,尝为别驾。"佑亦雅闻其姓字。有顷,奄然来至,曰:"与卿士类,有自然之分,又州里,情便欸然。今年国家有大事,出三将军,分布征发。吾等十余人,为赵公明府参佐。至此仓卒,见卿有高门大屋,故来投。与卿相得,大不可言。"佑知其鬼神,曰:"不幸疾笃,死在旦夕。遭卿,以性命相乞。"答曰:"人生有死,此必然之事。死者不系生时贵贱。吾今见领兵三千,须卿,得度簿相付。如此地难得,不宜辞

① 《吐鲁番出土文书》(释文本)第二册,文物出版社1981年版,第215—216页。
② 亳县博物馆:《亳县凤凰台一号汉墓清理简报》,《考古》1974年第3期。
③ 《淮南子》,何宁集释,中华书局1998年版,第571页。

之。"佑曰:"老母年高,兄弟无有,一旦死亡,前无供养。"遂欷歔不能自胜。其人怆然曰:"卿位为常伯,而家无余财。向闻与尊夫人辞诀,言辞哀苦,然则卿国士也,如何可令死。吾当相为。"因起去:"明日更来。"其明日又来。佑曰:"卿许活吾,当卒恩否?"答曰:"大老子业已许卿,当复相欺耶!"见其从者数百人,皆长二尺许,乌衣军服,赤油为志。佑家击鼓祷祀。诸鬼闻鼓声,皆应节起舞,振袖,飒飒有声。佑将为设酒食,辞曰:"不须。"因复起去,谓佑曰:"病在人体中,如火,当以水解之。"因取一杯水,发被灌之。又曰:"为卿留赤笔十余枝,在荐下,可与人,使簪之。出入辟恶灾,举事皆无恙。"因道曰:"王甲、李乙,吾皆与之。"遂执佑手,与辞。时佑得安眠,夜中忽觉,乃呼左右,令开被:"神以水灌我,将大沾濡。"开被而信有水,在上被之下、下被之上,不浸,如露之在荷。量之,得三升七合。于是疾三分愈二,数日大除。凡其所道当取者,皆死亡;唯王文英,半年后乃亡。所道与赤笔人,皆经疾病及兵乱,皆亦无恙。初有妖书云:"上帝以三将军赵公明、钟士季,各督数鬼下取人。"莫知所在。佑病差,见此书,与所道赵公明合焉。[①]

以上短篇讲述了王佑为病所困,鬼神献赤笔辟恶故事,赤笔"簪之出入辟恶灾"。《史记·滑稽列传》:"西门豹簪笔磬折,向河待立良久。"《汉书·昌邑哀王髆传》:"衣短衣大绔,冠惠文冠,佩玉环,簪笔持牍趋谒。"颜师古注:"簪笔,插笔于首也。"[②]簪笔是秦汉以来文吏的标配,在汉代画像石中有图像。看来簪笔辟恶灾的风俗由来已久,不仅从西晋开始,且流行到唐代。吐鲁番65TAM39墓葬兔毫分别置于死者左脚尖和头顶左上方,其中头顶左上方恐怕就是簪笔之处。

以物辟恶是南北朝、唐代的风俗,多见于诗文记载,辟恶可用香料、美酒、桃符、赤笔。

南朝梁萧刚《筝赋》:年年花色好,足侍爱君傍。影入着衣镜,裙含辟恶香。[③]

南朝庾信《正旦蒙赉酒》:正旦辟恶酒,新年长命杯。柏叶随铭至,椒花逐颂来。[④]

唐张说《岳州守岁》二首之二:桃符堪辟恶,竹爆好惊眠。[⑤]

赤笔不过是辟恶物之一。赤笔见于《宋书·百官志上》:"天子所服五时衣,以赐

---

① [晋]干宝:《搜神记》卷五,中华书局1979年版,第63页。
② [东汉]班固:《汉书》,中华书局1962年版,第2769页。
③ [清]严可均辑:《全上古三代秦汉三国六朝文》,中华书局1958年版,第2996页。
④ 逯钦立辑校:《先秦汉魏晋南北朝诗》,中华书局1983年版,第2392页。
⑤ [清]彭定求编:《全唐诗》,上海古籍出版社1986年版,第220页。

尚书令仆,而丞郎月赐赤管大笔一双、隃糜墨一丸。"①但是《搜神记》中别有含义,赤笔之赤来自丹砂镇邪却病的作用。

唐王维《林园即事寄舍弟纮》:"地多齐后疟,人带荆州瘿。徒思赤笔书,讵有丹砂井。心悲常欲绝,发乱不能整。"赵殿成笺注:"齐后疟,《晏子春秋》'景公疥且疟,期年不已。'""赤笔书,当作仙书符篆之解。《魏书·释老志》所谓丹书、紫字,《云笈七签》所谓紫书、紫笔、缮文之类是也。"②由此可知,赤笔辟恶是道教的观念。

大约在唐代以后赤笔辟恶的风俗渐为人们淡忘,衣物疏之"兔毫"也就不为人们所知了。

A Critical Examination of the Pen Name "Tuhao"(兔豪)

Lu   Xixing

Abstract:This paper argues that "Tuhao" mentioned in the Yiwu Shu of Turpan is a symbol of "Chibi"(赤笔),and is used to repel evil and cure diseases in folk customs from the Northern and Southern Dynasties to the Tang Dynasty.
Keywords:Tuhao;yiwu shu;chibi;repel evil;fox fur

---

① [南朝梁]沈约:《宋书》,中华书局1974年版,第1236页。
② 《王右丞笺注》,文渊阁本《四库全书》电子版。

名物训释的层次性指向和关联性指向
——以《周礼正义》(《冬官·考工记》)为例

李亚明*

摘要:《周礼》最后一部分《冬官·考工记》(以下简称《考工记》)是我国第一部记述官营手工业各工种规范和制造工艺的文献。兼释其正文与注疏的集大成者,当推清代孙诒让所撰《周礼正义》。本文以《考工记》的名物训释为主要考察对象,归纳并提炼其所蕴涵的系统性指向的两个组成部分——层次性指向和关联性指向,系统探求该文献解释名物意义的方法。

关键词:《考工记》 名物 训释 层次性 关联性

《周礼》各篇多有"辨某""辨某之名""辨物""辨某物""辨其物""辨某名某物""辨某之物""辨其名物""辨某之名物""辨其某之名物"以及"掌某""掌某之名物""掌某之物名"的表述,其所"辨"所"掌"的"名""物",就是名物,即"范围比较特定、特征比较具体的专名,也就是草木、鸟兽、虫鱼、车马、宫室、衣服、星宿、郡国、山川以及人的命名,相当于后来的生物、天文、地理、民俗、建筑等科学的术语"①。

《周礼》最后一部分《考工记》是我国第一部记述官营手工业各工种规范和制造工艺的文献。兼释《考工记》正文与注疏的集大成者,当推清代孙诒让(字仲容,1848—1908)所撰《周礼正义》(以下简称《正义》)。该书主要在汉代郑玄《周礼注》和唐代贾公彦《周礼疏》的基础之上疏解《周礼》,"以《尔雅》《说文》正其诂训,以《礼经》《大小戴记》证其制度……博采汉唐宋以来迄于乾嘉诸经儒旧诂,参互证绎,以发郑《注》之渊奥,裨贾《疏》之遗阙"②。张之洞评价该书"求之乾嘉诸老宿,亦未易易

---

* 李亚明,1964年生,文学博士,中国广播影视出版社编审,研究方向为训诂学。
① 陆宗达、王宁:《训诂方法论》,中华书局2018年版,第168页。
② [清]孙诒让:《周礼正义·序》,汪少华点校,中华书局2015年版,第5页。

数也",章太炎先生推崇该书"古今言《周礼》者莫能先也",《续修四库全书总目提要》评价该书"洵治《周官》解诂者之渊薮也"。该文献尤精于名物考据。

季刚先生尝言:"夫一书有一书之条例,治之者必首知其书之例而分讨之,次综群书之例而比类旁通之,夫而后言专则精,言博则通矣。"①笔者曾经类聚、梳理并分析《考工记》的职官、原材料、行为、性状、时空、色彩、车舆、兵器、玉器、乐钟、营国、沟洫等词语系统,形成了《论〈周礼·考工记〉手工业职官系统的特征》《论〈周礼·考工记〉手工业原材料词语系统的特征》《〈周礼·考工记〉行为词语系统》《〈考工记〉动词配价类型考察》《〈周礼·考工记〉性状词语系统》《〈周礼·考工记〉时空词语关系》《论〈周礼·考工记〉色彩词语系统》《〈周礼·考工记〉车舆词语系统》《论〈周礼·考工记〉兵器词语系统的特征》《论〈周礼·考工记〉玉器词语系统的特征》《〈周礼·考工记〉乐钟词语系统》《〈考工记〉营国词语系统考》《从〈周礼·考工记〉沟洫关系看我国古代农田水利系统》《考工记名物图解》等一系列成果。但是,上述成果基本上以《考工记》文本为考察的起点,而未进一步深入考察对《考工记》进行随文释义的注释类训诂。本文以《正义》(《考工记》)的名物训释为主要考察对象,通过归纳并提炼其所蕴涵的系统性指向的两个组成部分——层次性指向和关联性指向,系统探求该文献解释名物意义的方法。

一、层次性指向

层次是系统在结构或功能方面的等级秩序。《正义》(《考工记》)名物训释的层次性指向有两种类型,一种是阐明《考工记》名物的一般与个别的层次关系,另一种是阐明《考工记》名物的整体与部分的层次关系。这两种层次关系在《正义》(《考工记》)对具体名物的训释中,往往互为包蕴。

(一)阐明一般与个别的层次关系

一般是事物普遍具有的属性,也就是共性;个别是单一事物的个体性和独特性,以及与其他事物相区别的差异性,也就是个性。《正义》(《考工记》)对工匠、原材料和某些成品等名物词语的训释阐明了其一般与个别的层次关系。

1. 阐明工匠的一般与个别的层次关系

例如:

---

① 黄侃述,黄焯编:《文字声韵训诂笔记》,上海古籍出版社1983年版,第10页。

　　【百工——攻木之工/攻金之工/攻皮之工/设色之工/刮摩之工/搏埴之工】《总叙》:"国有六职,百工与居一焉。"《正义》:"'国有六职,百工与居一焉'者,总述百工之事,以发三十工之嵩也。"①"总"字不但概括了"六职"大系统的整体性,而且阐明了《考工记》"百工"的一级制作工匠层级。《总叙》:"审曲面埶,以饬五材,以辨民器,谓之百工。"《正义》:"此经五材之工止三十,明百工者举成数众言之。"②此经"百工"指周代司空所管辖的各种工匠。③ 又《总叙》:"凡攻木之工七,攻金之工六,攻皮之工五,设色之工五,刮摩之工五,搏埴之工二。"《正义》:"以下记六工之凡数也。"④阐明了上述六工是下述工匠各工的总目。

　　【攻木之工——轮/舆/弓/庐/匠/车/梓】【攻金之工——筑/冶/凫/栗/段/桃】【攻皮之工——函/鲍/韗/韦/裘】【设色之工——画/缋/锺/筐/㡛】【刮摩之工——玉/榔/雕/矢/磬】【搏埴之工——陶/瓬】《总叙》:"攻木之工,轮、舆、弓、庐、匠、车、梓。攻金之工,筑、冶、凫、栗、段、桃。攻皮之工,函、鲍、韗、韦、裘。设色之工,画、缋、锺、筐、㡛。刮摩之工,玉、榔、雕、矢、磬。搏埴之工,陶、瓬。"《正义》:"此记六等工之细目也。"⑤此"细目"与上文"成数""凡数"遥相呼应,体现了孙诒让对《考工记》工匠层次系统的理解思路。⑥

2. 阐明原材料的一般与个别的层次关系

　　例如:

　　【三材——(毂)⑦/(辐)/(牙)】《轮人》:"轮人为轮,斩三材,必以其时。三材既具,巧者和之。……轮敝,三材不失职,谓之完。"《正义》:"毂、辐、牙皆统于轮,故先庀其材。"⑧阐明了此处"三材"特指制作车轮上轮毂、轮辐和轮辋(圈)的三种木材料——杂榆、檀、橿。

---

① [清]孙诒让:《周礼正义》,汪少华点校,中华书局2015年版,第3742页。

② [清]孙诒让:《周礼正义》,汪少华点校,中华书局2015年版,第3749页。

③ 前贤注意到:"'百工'在卜辞中属首次发现,但在金文中数见。如:成王时代的令彝百工与卿事寮、诸尹、里君并列,似属干'内服'的最低层,是低级官吏。而在厉王时代的师毁簋中,百工则……是手工业奴隶。金文中对百工的不同记载,可能意味着从西周早期到晚期,百工的地位有了变化。……同时,从金文看,王有直属的百工(如:蔡簋、师毁簋、伊簋),诸侯也有直属的百工(如:公臣簋)。"见中国社会科学院考古研究所:《小屯南地甲骨》,中华书局1980年版,第1022页。

④ [清]孙诒让:《周礼正义》,汪少华点校,中华书局2015年版,第3763页。

⑤ [清]孙诒让:《周礼正义》,汪少华点校,中华书局2015年版,第3765页。

⑥ "攻木之工""攻金之工""攻皮之工""设色之工""刮摩之工"和"搏埴之工"的职掌,详见李亚明:《论〈周礼·考工记〉手工业职官系统的特征》,《中国石油大学学报》(社会科学版)2008年第1期。或谓"锺氏""凫氏"错简,录以备说,详见闻人军:《〈考工记〉"钟氏""凫氏"错简论考》,《经学文献研究集刊》第25辑,上海书店出版社2021年版。

⑦ 括号里的名物系虽非《考工记》明文而属实际所指或省略的名物。下同。

⑧ [清]孙诒让:《周礼正义》,汪少华点校,中华书局2015年版,第3787页。"毂""辐""牙"为并列三成品部件,故其间宜加顿号。

3. 阐明成品的一般与个别的层次关系

例如：

【沟洫——畎／遂／沟／洫／浍】《匠人》："匠人为沟洫，……一耦之伐，广尺，深尺，谓之畎；田首倍之，广二尺，深二尺，谓之遂。九夫为井，井间广四尺，深四尺，谓之沟；方十里为成，成间广八尺，深八尺，谓之洫；方百里为同，同间广二寻，深二仞，谓之浍。"《正义》："对文五沟各有其名，散文则通谓之沟洫。……以下并记井田五沟形体之法。"①在阐明析言（"对文"）的"沟""洫"具有特定含义的同时，也阐明了浑言（"散文"）的"沟洫"与各级水道"畎""遂""沟""洫""浍"之间一般与个别的层次关系。《正义》又曰："凡五沟积数，每井有一沟、三遂，每成有一洫、八沟、百九十二遂，每同有一浍、八洫、四千九十八沟、九万八千三百四遂。"②分别阐明了一平方里的面积单位（"井"）与"遂""沟"，十平方里的面积单位（"成"）与"遂""沟""洫"，百平方里的面积单位（"同"）与"遂""沟""洫""浍"等各级水道之间的对应关系。③

（二）阐明整体与部分的层次关系

整体是整个事物的全部，部分则是整体中的元素。《正义》（《考工记》）名物训释所涉及的名物系统整体是各种名物的统一和集合，其阐明《考工记》名物的整体与部分的层次关系，主要表现为阐明成品的整体与部分的层次关系。

例如：

【轮——毂／辐／牙】《轮人》："轮人为轮，斩三材，必以其时。三材既具，巧者和之。……轮敝，三材不失职，谓之完。"《正义》："毂、辐、牙皆统于轮……"并引阮元语："……轮为牙、毂、辐之总名。"④阐明了车轮与轮毂、轮辐、轮辋（圈）的整体与部分的层次关系。⑤

【戈——内／胡／援】《冶氏》："戈广二寸，内倍之，胡三之，援四之。"《正义》："凡戈三体，援为横刃，主击，故最长；胡半刃，主决，次之；内即援本之入柲为固者，又次

---

① ［清］孙诒让：《周礼正义》，汪少华点校，中华书局 2015 年版，第 4207 页。
② ［清］孙诒让：《周礼正义》，汪少华点校，中华书局 2015 年版，第 4215 页。"一沟""三遂"之间宜依体例加顿号。
③ "沟洫"与各级水道"畎""遂""沟""洫""浍"之间的层次关系，详见李亚明：《从〈周礼·考工记〉沟洫关系看我国古代农田水利系统》，《黄河水利职业技术学院学报》2008 年第 2 期。
④ ［清］孙诒让：《周礼正义》，汪少华点校，中华书局 2015 年版，第 3787 页。"毂""辐""牙"为并列三成品部件，故其间宜加顿号。
⑤ "轮"与"毂""辐""牙"之间的层次关系，详见李亚明：《〈周礼·考工记〉车舆词语系统（上）》，《西华大学学报》（哲学社会科学版）2007 年第 4 期。

之。"①阐明了戈头与戈头后部插入柄杖与其相连接的榫头(即"内")、下刃后部弧弯下垂的部分(即"胡")、前部横出且有锋刃的部分(即"援")的整体与部分的层次关系。②

二、关联性指向

《正义》(《考工记》)名物训释的关联性指向,主要包括阐明《考工记》名物的同名异实关系、异名同实关系、相近关系、并列关系、对立关系、相对关系等类型。这些类型都体现了《考工记》名物系统中各个要素之间相互依存、相互协同、相互制约的普遍联系。

(一)阐明同名异实关系

沈文倬评价《正义》:"固执一家之说的专门之学,往往不能理解名异实同的事物是可以疏通的;反之,一些宏通的学者,又会辨别不清有些物制的实质差异,事事附会牵合,强求一致;二者都无法获致符合实际的确解的。孙疏在这些方面,极力纠正此等偏颇。"③以"轵"为例。《总叙》:"六尺有六寸之轮,轵崇三尺有三寸也,加轸与樸焉四尺也。"这里的"轵"特指车轴凸出于轮毂外的轴头。《正义》引李惇语:"车上之'轵',一名而三物。其一为车较之直木、横木,《舆人》云'参分较围,去一以为轵围'是也。其一为车轴之末出毂外者,《轮人》云'六尺有六寸之轮,轵崇三尺有三寸',④又云'弓长六尺,谓之庇轵',《大驭》云'右祭两轵',又《大行人》云'公立当轵'是也。其一为毂内之小穿,《轮人》云'五分其毂之长,去一以为贤,去三以为轵'是也。"⑤《轮人》:"五分其毂之长,去一以为贤,去三以为轵。"这里的"轵"特指车毂孔直径较细的一端即外端,也称"小穿",与"贤"相对。《舆人》:"参分较围,去一以为轵围。"这里的"轵"特指支撑车厢两侧车较纵横交错的木条。《正义》:"云'与毂末同名'者,毂末之轵即《轮人》所谓'五分其毂之长,去一以为贤,去

---

① [清]孙诒让:《周礼正义》,汪少华点校,中华书局2015年版,第3787页。
② "戈"与"内""胡""援"之间的层次关系,详见李亚明:《论〈周礼·考工记〉兵器词语系统的特征》,《弘光科技大学人文社会学报》2008年第9期。
③ 沈文倬:《孙诒让周礼学管窥》,杭州大学语言文学研究室编:《孙诒让研究》,1963年,第43页。
④ 今按:"六尺有六寸之轮,轵崇三尺有三寸"语在《总叙》而非《轮人》。
⑤ [清]孙诒让:《周礼正义》,汪少华点校,中华书局2015年版,第3783页。车上之"轵"系行文中论述的对象,故宜加引号。

三以为轵'者也。以其名同，易于淆掍，故特释之。"①阐明了同名为"轵"的同名异实关系。②

（二）阐明异名同实关系

例如：

【轐—兔—伏兔】《总叙》："六尺有六寸之轮，轵崇三尺有三寸也，加轸与轐焉四尺也。"《正义》："即《辀人》'兔围'之兔也。……伏兔承舆下而加轴上，其正中与辀当兔围径同。……轐为驷马车之伏兔。"③又《辀人》："参分其兔围，去一以为颈围。"《周礼正义》引王宗涑语："'兔'谓伏兔也。"④又《辀人》："良辀环灂，自伏兔不至軓七寸，軓中有灂，谓之国辀。"《正义》："……'伏兔'即《总叙》之'轐'也。"⑤"轐""兔""伏兔"均指勾连马车车厢底板与车轴的半规形（马鞍形）部件，《正义》阐明了三者之间的异名同实关系。⑥

【大圭—珽—笏】《玉人》："大圭长三尺，杼上，终葵首，天子服之。"大圭即珽（珵），天子朝仪时所佩玉笏，长三尺。《正义》："《玉藻》云：'天子搢珽，方正于天下也。'郑注云：'此亦笏也。谓之为珽，珽之言挺然无所屈也。或谓之大圭。'《说文·玉部》云：'珽，大圭，长三尺，抒上，终葵首。'《左传·桓二年》孔疏引徐广《车服仪制》云：'珽，一名大圭。'说并与郑同。戴震云：'大圭，笏也。天子玉笏，其首六寸，谓之珽。'案：戴说是也。……《隋书·礼仪志》引《五经异义》、《御览·服章部》引《五经要义》，并以珽为天子笏。《左传·桓二年》杜注云：'珽，玉笏也。'《广雅·释诂》、《周书·王会》孔注、《穆天子传》郭注，亦并以笏珽相诂，是珽与笏异名同物。《典瑞》天子'晋大圭……以朝日'，而《管子·轻重己》言天子祭日搢玉笏，是大圭与珽同为玉笏之确证。"⑦阐明了"大圭""珽""笏"三者之间的异名同

---

① ［清］孙诒让：《周礼正义》，汪少华点校，中华书局 2015 年版，第 3861 页。
② "轵"的同名异实关系，详见李亚明：《考工记名物图解》，中国广播影视出版社 2019 年版，第 75、107 页。
③ ［清］孙诒让：《周礼正义》，汪少华点校，中华书局 2015 年版，第 3782 页。"兔围"系引用《辀人》原文，故宜加引号。
④ ［清］孙诒让：《周礼正义》，汪少华点校，中华书局 2015 年版，第 3883 页。
⑤ ［清］孙诒让：《周礼正义》，汪少华点校，中华书局 2015 年版，第 3882 页。"伏兔"系引用《辀人》原文，"轐"系引用《总叙》原文，故均宜加引号。
⑥ "轐""兔""伏兔"之间的异名同实关系，详见李亚明：《〈周礼·考工记〉车舆词语系统（上）》，《西华大学学报》（哲学社会科学版）2007 年第 4 期；李亚明：《考工记名物图解》，中国广播影视出版社 2019 年版，第 90—92 页。
⑦ ［清］孙诒让：《周礼正义》，汪少华点校，中华书局 2015 年版，第 4019 页。《周礼·春官·典瑞》原文作"王晋大圭，执镇圭，缫藉五采五就，以朝日"，"天子"非原文，故不宜加引号；"晋大圭""以朝日"在原文中非连文，故其间宜加省略号。

实关系。①

【轨—徹】《匠人》:"国中九经九纬,经涂九轨。"轨是道幅宽八尺的宽度单位。《正义》:"阮元云:'《说文》无"辙",当作"徹"。'案:阮校是也。后经注皆作'徹'。《说文·车部》云:'轨,车徹也。'段玉裁云:'车徹者,谓舆之下两轮之间,空中可通,故曰车徹,是谓之车轨。轨之名,谓舆之下隋方空处,《老子》所谓"当其无,有车之用"也。高诱注《吕氏春秋》曰:"两轮之间曰轨。"毛公《匏有苦叶》传曰:"由辀以下曰轨。"……两轮之间,自广陜言之,凡言度涂以轨者必以之。由辀以下,自高庳言之,《诗》言"濡轨",《晏子》言"其深灭轨",以之。'案:段说是也。车之两轮间为轨,因以两轮所报之迹为轨,《中庸》云'车同轨',《孟子·尽心篇》云'城门之轨'是也。"②又《匠人》:"应门二徹参个。"《正义》:"徹即轨也。轨广八尺,故二徹之间八尺。"③阐明了"轨"与"徹"之间的异名同实关系。

(三) 阐明并列关系

并列关系也是《正义》(《考工记》)名物训释的关联性的一种重要表现形式。例如:

【庙门—闱门—路门—应门】《匠人》:"庙门容大扃七个,闱门容小扃参个,路门不容乘车之五个,应门二彻参个。"《正义》:"以下并记庙寝诸门广狭之制。"④一个"并"字,概括了"门"是各门共同的上级属性,也显示了各门之间的并列关系。⑤ 其中,"庙门"指举行册命、听朔、献俘等大典的宗庙的大门,亦即《尚书·周书·顾命》"诸侯出庙门俟"、西周小盂鼎"以人馘入门"、《礼记·祭统》"尸在庙门外则疑于臣,在庙中则全于君,君在庙门外则疑于君,入庙门则全于臣、全于子"、《礼记·聘义》"三让而后入庙门"之门。《正义》:"庙门者,谓宗庙南向之大门也。都宫之门当亦同。庙在应门内之左,而门度则小于应门。"⑥阐明了庙门的方位及其与应门之间的位置和规制关系。"闱门"指宗庙或宫廷的小门。《正义》:"闱门为庙中之小门,故其

① "大圭""珽""笏"之间的异名同实关系,详见李亚明:《考工记名物图解》,中国广播影视出版社2019年版,第282页。
② [清]孙诒让:《周礼正义》,汪少华点校,中华书局2015年版,第4141—4142页。引阮元说之"辙"宜加引号;引段玉裁注"两轮之间"前有省略之语,故宜加省略号。
③ [清]孙诒让:《周礼正义》,汪少华点校,中华书局2015年版,第4192页。
④ [清]孙诒让:《周礼正义》,汪少华点校,中华书局2015年版,第4188页。
⑤ 有关五门三朝的布局,可参见贺业钜:《考工记营国制度研究》,中国建筑工业出版社1985年版;李学勤:《小盂鼎与西周制度》,《历史研究》1987年第5期;沈文倬:《周代宫室考述》,《浙江大学学报》(人文社会科学版)2006年第3期;李亚明:《〈周礼·考工记〉营国词语关系》,《殷都学刊》2007年第3期。
⑥ [清]孙诒让:《周礼正义》,汪少华点校,中华书局2015年版,第4188页。

广又狭于庙门。宫中小寝门及诸侧门制亦当同。"①阐明了闱门的位置及其与庙门之间的规制关系。"路门"指大寝之门。《正义》："……路寝之大门也。……是大寝即路寝，故门亦即名路门。天子五门，自外而入，路门为第五。"②阐明了路门的位置，即路门既是寝门，同时兼作内朝的燕朝的正南门，其内为燕朝。至于"应门"，则指内朝的治朝的正南门。《正义》引洪颐煊语："天子诸侯皆以路门外之治朝为正朝，天子正朝之前有应门。"③阐明了应门的位置。

（四）阐明对立关系

对立关系是两种事物或一种事物的两个方面之间互相抵消、互相抑制等相反作用的关系。《正义》（《考工记》）名物训释的对立关系主要表现为成品或部件的对立关系。例如：

【栈车—饰车】《舆人》："栈车欲弇，饰车欲侈。""栈车"指士阶层乘坐的车厢短浅的车，漆而不鞔皮革，无刻饰，较端内敛；"饰车"指大夫以上阶层乘坐的车厢鞔有皮革的车，较端外张而有刻饰。《正义》："所谓弇侈者，自指较耑之饰言之。士车无鞔饰，其较不重，对饰车言之，则谓之弇。……饰车，大夫以上之车，有重较，较上重耳反出，较之常车为张大，故欲侈。"④阐明了"栈车""饰车"的较端形制之间的对立关系。⑤

【菑—蚤】《轮人》："眡其绠，欲其蚤之正也。察其菑蚤不齵，则轮虽敝不匡。""菑"指辐条插入轮毂中的榫头；"蚤"通"爪"，指辐条插入车轮辋（圈）的榫头。《正义》："车辐大头名'股'，'蚤'为小头，对'股'言之，与人手爪相类，故以'爪'为名。……辐上头插入毂，故名为'菑'。"⑥阐明了"菑""蚤"形制之间的对立关系。⑦

【股—骹】《轮人》："参分其股围，去一以为骹围。""股"指辐条靠近毂的较粗的一端；"骹"指辐条靠近牙的较细的一端。《正义》："……明'股''骹'以粗细相对比

① ［清］孙诒让：《周礼正义》，汪少华点校，中华书局 2015 年版，第 4190 页。
② ［清］孙诒让：《周礼正义》，汪少华点校，中华书局 2015 年版，第 4191—4192 页。
③ ［清］孙诒让：《周礼正义》，汪少华点校，中华书局 2015 年版，第 4192 页。
④ ［清］孙诒让：《周礼正义》，汪少华点校，中华书局 2015 年版，第 3865 页。
⑤ "栈车""饰车"的较端形制之间的对立关系，详见李亚明：《考工记名物图解》，中国广播影视出版社 2019 年版，第 53—54 页。
⑥ ［清］孙诒让：《周礼正义》，汪少华点校，中华书局 2015 年版，第 3795—3796 页。诸成品部件系行文中论述的对象，故宜加引号。
⑦ "菑""蚤"形制之间的对立关系，详见李亚明：《考工记名物图解》，中国广播影视出版社 2019 年版，第 114—115 页。

例为义。"①阐明了"股""骹"形制之间的对立关系。②

【上旅—下旅】《函人》:"权其上旅与其下旅,而重若一,以其长为之围。""旅"通
"膂",本谓脊骨,引申指腰部。"上旅"指甲的上衣,用以掩护躯干上部;"下旅"指甲
的下裳,用以掩护躯干下部及大腿上部。《正义》:"甲与衣同,亦上衣下裳。"③阐明了
"上旅""下旅"部位之间的对立关系。④

【反桡—仄桡】《车人》:"行泽者反桡,行山者仄桡,反桡则易,仄桡则完。"根据
树心木理的不同部位和方向,大车与柏车的轮辋(圈)有两种不同的名称。"反桡"
指树心木理向外的轮辋(圈),"仄桡"指树心木理在侧的轮辋(圈)。《正义》:"此
明大车、柏车车牙外内桡治之宜。……以全木析为两判,则每判各有心。生时木心
在内,今揉以为牙,乃使心向外,所谓反也。"⑤阐明了"反桡""仄桡"部位之间的对
立关系。

(五) 阐明相近关系

相近关系是指彼此近似的关系,包括在特定语境里泛称与特指、通用与区别的关
系。《正义》(《考工记》)注意到了同义或同类名物词语之间泛称时可以通用而相对
出现时又必须予以区别的现象,用"浑举""总举""通称""总言"表示相通用,用"分
言""析言"表示相异别。《正义》(《考工记》)名物训释的相近关系主要表现为以下
几个方面。

1. 阐明原材料的相近关系

(1) 阐明原材料内涵的相近关系

例如:

【(弓)六材—(轮)三材】《弓人》:"弓人为弓,取六材必以其时。六材既聚,巧者
和之。"这里的"六材"特指制作弓的六种复合材料。《正义》:"'聚犹具也'者,明此
与《轮人》'三材既聚,巧者和之'同义。"⑥阐明了"(弓)六材"与"(轮)三材"之间的

---

① [清]孙诒让:《周礼正义》,汪少华点校,中华书局 2015 年版,第 3822 页。诸成品部件系行文中论述的
　对象,故宜加引号。
② "股""骹"形制之间的对立关系,详见李亚明:《考工记名物图解》,中国广播影视出版社 2019 年版,第
　115—116 页。
③ [清]孙诒让:《周礼正义》,汪少华点校,中华书局 2015 年版,第 3967 页。
④ "上旅""下旅"部位之间的对立关系,详见李亚明:《论〈周礼·考工记〉兵器词语系统的特征》,《弘光科
　技大学人文社会学报》2008 年第 9 期;李亚明:《考工记名物图解》,中国广播影视出版社 2019 年版,第
　201—202 页。
⑤ [清]孙诒让:《周礼正义》,汪少华点校,中华书局 2015 年版,第 4257—4258 页。
⑥ [清]孙诒让:《周礼正义》,汪少华点校,中华书局 2015 年版,第 4273 页。

原材料属性相近关系。

（2）阐明原材料性状的相近关系

例如：

【材—干—角】《舆人》："凡居材，大与小无并，大倚小则摧，引之则绝。"《正义》："'居材'与《弓人》'居干''居角'义同。谓处置车上之材，大与大，小与小，各自相从，不可错互。"①阐明了《舆人》"材"与《弓人》"干""角"之间的原材料性状相近关系。

（3）阐明原材料功能的相近关系

例如：

【干—角—筋—胶—丝—漆】《弓人》："干也者，以为远也；角也者，以为疾也；筋也者，以为深也；胶也者，以为和也；丝也者，以为固也；漆也者，以为受霜露也。"《正义》："此干则专为弓材之名，即弓身木，统柎及两隈两箫为一，所以发矢及远也。……盖弓张则曲面向内，而筋上见；弛则反是，而角上见。是角著弓里，亘左右隈及两箫，筋著弓表，皆所以助其力，故一以为疾，一以为深。……胶、丝所以黏缠弓身，使干、角、筋相著而不解，故一以为和，一以为固也。……制弓既成，乃施漆于干、角之外，以御霜露也。"②阐明了"六材"下属"干""角""筋""胶""丝""漆"之间的原材料功能相近关系。③

2. 阐明成品的相近关系

例如：

【渠—罔—𫐓—牙】《轮人》："牙也者，以为固抱也。""直以指牙，牙得，则无槷而固。""凡揉牙，外不廉而内不挫，旁不肿，谓之用火之善。"《正义》："轮牙辋会合众木聚成大圜形，互相持引而固也。"④阐明"牙"特指马车的圆框形轮辋（圈）。《车人》："渠三柯者三。……行泽者反𫐓，行山者仄𫐓，反𫐓则易，仄𫐓则完。……柏车毂长一柯，其围二柯，其辐一柯，其渠二柯者三。""渠""𫐓"特指大车与柏车的圆框形轮辋（圈）。《正义》："'渠'与'罔'为一，'𫐓'与'牙'为一，二者微异，后郑释'渠'为'罔'

① ［清］孙诒让：《周礼正义》，汪少华点校，中华书局2015年版，第3863页。"居干""居角"系引用《弓人》原文，故宜加引号。

② ［清］孙诒让：《周礼正义》，汪少华点校，中华书局2015年版，第4273—4274页。"干""角""筋"为并列三材，故其间宜加顿号。

③ "干""角""筋""胶""丝""漆"的原材料功能相近关系，详见李亚明：《〈周礼·考工记〉手工业原材料词语关系》，《淮海工学院学报》（社会科学版）2008年第1期。

④ ［清］孙诒让：《周礼正义》，汪少华点校，中华书局2015年版，第3789页。

是也。汉时俗语'牙'或通称'冈'，先郑沿俗为释，其义未析，故引之于后。"①阐明了"渠""冈""輮""牙"的相近关系。②

【辀—辕】《辀人》："辀人为辀。辀有三度，轴有三理。国马之辀深四尺有七寸，田马之辀深四尺，驽马之辀深三尺有三寸。……今夫大车之辕挚，其登又难；既克其登，其覆车也必易。此无故，唯辕直且无桡也。是故大车平地既节轩挚之任，及其登阤，不伏其辕，必缢其牛。此无故，唯辕直且无桡也。故登阤者，倍任者也，犹能以登；及其下阤也，不援其邸，必缒其牛后。此无故，唯辕直且无桡也。"《正义》："注云'辀，车辕也'者，《说文·车部》云：'辀，辕也。'《释名·释车》云：'辀，句也，辕上句也。'《方言》云：'辕，楚卫之间谓之辀。'《公羊·僖元年》何注云：'辀，小车辕，冀州以此名之。'案：小车曲辀，此辀人所为者是也；大车直辕，车人所为者是也。散文则'辀''辕'亦通称。"③浑言之，"辀""辕"均可泛指马车和牛车的辕；析言之，则"辀"特指马车的曲辕，"辕"特指牛车的直辕。《正义》阐明了"辀"与"辕"在特定语境里相异或相近的关系。④

3. 阐明色彩的相近关系

例如：

【黑—玄】《画缋》："画缋之事，杂五色，东方谓之青，南方谓之赤，西方谓之白，北方谓之黑，天谓之玄，地谓之黄。青与白相次也，赤与黑相次也，玄与黄相次也。"《正义》："此方色六而云五色者，玄黑同色而微异，染黑，六入为玄，七入为缁，此黑即是缁，与玄对文则异，散文则通。"⑤阐明了"黑"与"玄"在特定语境里相异或相近的关系。

【文—章—黼—黻—绣】《画缋》："青与赤谓之文，赤与白谓之章，白与黑谓之黼，黑与青谓之黻，五采备谓之绣。"《正义》："以下记采绣之事，皆合二采以上为之，《左传·昭公二十五年》所谓'五章'也。此'五章'虽参合诸色，而亦各有定法。……凡对文，五采备谓之'绣'；散文，'文''章''黼''黻''绣'亦通称。"⑥浑言之，"文"

---

① ［清］孙诒让：《周礼正义》，汪少华点校，中华书局2015年版，第4256页。"渠""冈""輮""牙"系行文中论述的对象，故宜加引号。

② "渠""冈""輮""牙"的相近关系，详见李亚明：《〈周礼·考工记〉车舆词语系统（上）》，《西华大学学报》（哲学社会科学版）2007年第4期。

③ ［清］孙诒让：《周礼正义》，汪少华点校，中华书局2015年版，第3867页。"辀""辕"系行文中论述的对象，故宜加引号。

④ 今按，甘肃张家川马家塬战国墓地M19-1车坑东壁下出土的牛车辕架结构属于从独辀式向双辕式转变的过渡型，可从侧面佐证"辀"与"辕"在传世文献特定语境里相异或相近的关系的成因。参见赵吴成：《甘肃马家塬战国墓马车的复原（续二）——马车的设计制造技巧及牛车的改装与设计思想》，《文物》2018年第6期。

⑤ ［清］孙诒让：《周礼正义》，汪少华点校，中华书局2015年版，第3989页。

⑥ ［清］孙诒让：《周礼正义》，汪少华点校，中华书局2015年版，第3990—3991页。诸色彩系行文中论述的对象，故宜加引号；"左传·昭公二十五年"宜统括书名号。

"章""黼""黻""绣"同属"五章"即五种文采；析言之，"文"特指用深蓝色和红色两种颜色相互映衬的纹理、图案，或用深蓝色和红色两种颜色的经线织成的二色锦；"章"特指用红色和白色两种颜色相互映衬的纹理、图案，或用红色和白色两种颜色的经线织成的提花丝织品；"黼"特指用白色和黑色两种颜色相互映衬的纹理、图案，或用白色和黑色两种颜色的经线织成的提花丝织品；"黻"特指用黑色和深蓝色两种颜色相互映衬的纹理、图案，或用黑色和深蓝色两种颜色的经线织成的提花丝织品；"绣"特指用深蓝色、红色、白色、黑色和黄色等五种颜色相互映衬的纹理、图案，或用深蓝色、红色、白色、黑色和黄色等五种颜色的经线织成的提花丝织品。《正义》阐明了"文""章""黼""黻""绣"在特定语境里相异或相近的关系。①

三、结语

姜亮夫评价孙诒让是"有极其谨严、极其精细、极其系统的方法和立场的一位经师"，"他不仅在为《周礼》作疏，他是在通过对《周礼》的条理终始，来表现对古典制的选别。他不仅在作疏，而是在'著作'。这是精神之所在"。② 诚哉斯言！《正义》(《考工记》)名物训释蕴涵的层次性指向和关联性指向，就是这种"极其谨严、极其精细、极其系统的方法和立场"的体现。其中，层次性指向有两种类型，一种是阐明《考工记》名物的一般与个别的层次关系，另一种是阐明《考工记》名物的整体与部分的层次关系。其训释所涉名物的一般与个别、整体与部分既互相对立，又互相依存；其训释所涉名物之间互相关联、依存、作用、补充、制约，构成了一个不可分割的整体。关联性指向包括阐明《考工记》名物的同名异实关系、异名同实关系、并列关系、对立关系、相近关系等五种类型。研究《正义》(《考工记》)名物训释的层次性指向和关联性指向，对于系统探求经学文献的训释方法，具有一定的理论意义和实用意义。

《正义》(《考工记》)名物训释的层次性指向和关联性指向是其系统性指向的两个组成部分。《正义》(《考工记》)名物训释的系统性指向的另一个组成部分是有序性指向，限于篇幅，容另文阐述。

---

① "文""章""黼""黻""绣"等刺绣词语之间的关系，详见李亚明：《论〈周礼·考工记〉色彩词语系统》，《通化师范学院学报》2007 年第 9 期。
② 姜亮夫：《孙诒让学术检论》，《浙江学刊》1999 年第 1 期。

Unveiling the Hierarchical and Relevance Orientation in the Interpretation of Substantives: A Case Study of *Zhouli Zhengyi* [*Kao Gong Ji*]
(《周礼正义》[《冬官·考工记》])

Li　Yaming

Abstract: The *Kao Gong Ji*, the last part of *Zhouli*, is a pioneering document in China that delineates the specifications and manufacturing processes of various official handicrafts. Written by Sun Yirang of the Qing Dynasty, *Zhouli Zhengyi* provides additional explanations, including the main body of *Kao Gong Ji* and its notes and commentaries. This paper focuses on the elucidation of substantives in *Kao Gong Ji*, analyzing its systematic orientation, which comprises hierarchical and relevance orientations. By synthesizing and refining these two components, this study aims to systematically explore the interpretation methods employed in the Confucian classics.

Keywords: *Kao Gong Ji*; substantives; explanation; hierarchy; relevance

浅谈金泽文库本《群书治要》的文献学价值
——以《群书治要》中的《魏志·后妃传》为例

何凌霞*

摘要：本文以《群书治要》中的《魏志·后妃传》为例，从版本源流、引文顺序、异文用字等三方面来阐述金泽文库本《群书治要》的文献学价值。

关键词：《群书治要》 金泽文库本 版本 编目次第 异文

《群书治要》是唐人魏徵等编纂的一部有关治道政术的丛书。它辑录了远古至晋代的六十余种古籍，其中一部分文献早已散佚，今人如欲知悉这些佚书的内容，尚可从《群书治要》中窥见其局部文本；今人若想了解唐以前古籍的面貌，亦可从此书中获知一些消息。从文献学角度看，《群书治要》自有其广阔的研究空间。

本文所要论述的金泽文库本《群书治要》，是日本镰仓时期（相当于我国宋元时期，1192—1330）的写本。关于此文本，吴金华先生曾经就目录、版本、辑佚、校勘等问题做过论述①。本文在吴文的基础上，拈取《群书治要·魏志·后妃传》一例，从版本源流、引文顺序、异文用字等三方面来阐述金泽文库本《群书治要》的文献学价值。

一、版本源流

《群书治要》旧有通行本多种，即宛委别藏本、连筠簃丛书本、粤雅堂丛书本、四部丛刊本、丛书集成本，前四种皆翻刻或影印自日本天明七年（1787）尾张藩刻本，后一种据连筠簃丛书本重新排印，而日本天明刻本的母本则要上溯至金泽文库本，可见

---

* 何凌霞，1980年生，文学博士，现任职于复旦大学古籍整理研究所，研究方向为汉语史、校勘学。
① 吴金华：《略谈日本古写本〈群书治要〉的文献学价值》，载教育部人文社科重点研究基地北京大学中国古文献研究中心等编：《海峡两岸古典文献学学术研讨会论文集》，上海古籍出版社2002年版。

金泽文库本在此书版本系统中占有非常重要的地位。为进一步了解金泽文库本的版本价值，下文我们梳理一番《群书治要》的版本源流。

据《新唐书·萧德言传》可知，《群书治要》原是唐太宗李世民为明悉前代帝王治国得失而命魏徵、虞世南、褚亮及萧德言编纂的一部关于历代帝王兴亡事迹的丛书。① 是书于贞观五年（631）编成并进上，共五十卷，名为《群书治要》。② 唐太宗十分看重此书，手诏答魏徵："览所撰书，博而且要……使朕致治稽古，临事不惑。"③然《宋史·艺文志》仅著录秘阁所录《群书治要》十卷，据此推知，该书在宋时已佚其大半，宋之后全书皆佚失。所幸的是，此书在日本保存了下来。据日人岛田翰所著《古文旧书考》称"《续日本后纪》云：仁明天皇承和五年六月（相当于唐开成三年），天皇御清凉殿，令助教直道宿称广公读《群书治要》第一卷，有经文故也。《三代实录》云：清和天皇贞观十七年四月（相当于唐干符二年），天皇读《群书治要》"④，可见该书至迟在唐文宗开成三年（838）已传入日本。

本文将要讨论的金泽文库本⑤《群书治要》，乃是日本镰仓时期的写本，此本当渊源于唐高宗时代的珍本⑥，现藏于日本宫内厅书陵部，缺卷四、卷十三、卷二十三，存四十七卷，后由日本古典研究会于平成元年至三年（1989—1991）影印出版。而平安时代（相当于唐宋年间，794—1185）的写本《群书治要》，仅存十三卷，今藏于日本东京国立博物馆，大约为现存最早的《群书治要》写本⑦。

日本元和二年（相当于明万历四十四年，1616），德川家康于骏河命林道春、僧

---

① 《新唐书》卷一九八《萧德言传》："太宗欲知前世得失，诏魏徵、虞世南、褚亮及德言裒次经史百氏帝王所以兴衰者上之，帝爱其书博而要，曰：'使我稽古临事不惑者，公等力也！'赉赐尤渥。"
② 宋人王溥《唐会要》云："贞观五年九月二十七日，秘书监魏徵撰《群书治要》上之。"
③ 此诏作于贞观五年九月，全文见《全唐文》卷九。
④ ［日］岛田翰：《古文旧书考》（日本东京民友社明治三十七年聚珍排印本），北京图书馆出版社 2003 年版，第 154 页。
⑤ 董康《书舶庸谭》卷三附录桑华蒙求《金泽实时小传》，云："金泽实时，北条氏之族也。性耽书籍，营库于武州之金泽，藏书万卷。刻金泽文库四字，钤于佛经者朱色，儒者黑色。后世获其书，异常珍秘。其裔贞显、清原教隆（笔者按："教"，原文误作"敦"）于金泽讲《群书治要》，今世所行者，即其本也。"董康：《书舶庸谭》（民国二十八年自刻本），北京图书馆出版社 2003 年版，第 193 页。
⑥ 详见尾崎康、小林芳规《群书治要解题》，载日本古典研究会于平成元年（1989 年）影印出版的金泽文库本《群书治要》。
⑦ 严绍璗称此本为"世上现存最早的《群书治要》文本"，详见严绍璗：《日本藏汉籍珍本追踪纪实》，上海古籍出版社 2005 年版，第 176 页。为谨慎起见，笔者以为"大约为现存最早的《群书治要》写本"这样的表述更恰切，理由见下：
　　早在 1924 年，日本近代史学家内藤湖南曾在英国博物馆得见敦煌石室遗书，睹《群书治要》断简二种，并于巴黎致函董康，曰："讫勾留伦敦五礼拜，英博物馆所藏石室遗书，除内典未染指外，已睹一百四十余种，其尤奇者有《群书治要》断简二种……弟属适尔士影照四十余种，但有未允照者廿余种，《治要》、法令、建初户籍与阁下所录《摩尼赞文》，并在未允之列，洵不知其何故，为之郁闷累日。"董康：《书舶庸谭》（民国二十八年自刻本），北京图书馆出版社 2003 年版，第 31—32 页。今翻检《敦煌遗书总目索引新编》（敦煌研究院编，中华书局 2000 年版），未见《群书治要》名。

崇传以金泽文库本为底本,铜活字排印《群书治要》,共印五十一部,分赠尾张、纪伊两家藩主,后人称之为"元和铜活字本"。此本因刊版于骏府,故又被称为"骏河版"。① 天明元年(相当于清乾隆四十六年,1781),尾张国校督学细井德民等受命校正《群书治要》,乃博求异本于四方,以金泽文库本、元和铜活字本及魏氏所引原书之他本对校,六年(1786)葳其事,七年(1787)于尾张藩的明伦堂出版发行②,世称"天明七年尾张藩刻本"。宽政八年(相当于清嘉庆元年,1796),长崎祗役近藤守重奉命赍送此书于中国。文化十四年(相当于清嘉庆二十二年,1817)至文政八年(相当于清道光五年,1825),中国商船又从长崎带回十七部尾张藩出版的《群书治要》。③

清嘉庆间,阮元进呈四库未收书一百七十二种,仿四库全书体例,撰定《四库未收书提要》,后收入《揅经室外集》。嘉庆帝赐名这部丛书曰《宛委别藏》,并加盖"嘉庆御览之宝"朱文红印,储于故宫养心殿,以补《四库全书》之阙。《宛委别藏》所收多为久佚之书,包括一些散失于中土而在日本得以幸存的佚书,《群书治要》即其中一部。至此,日本天明本《群书治要》始编入国内大型丛书。④ 道光年间,杨尚文辑刻《连筠簃丛书》,张穆实董理其事,重刻天明本《群书治要》等十余种书籍,皆裨益经史,极有价值。道光三十年(1850)至光绪元年(1875),伍崇曜汇编从唐至清历代著作,并以其室"粤雅堂"为其丛书名。是编共有三十集,收二百零八种,各书均经谭莹校勘。嘉庆间始传回国内的《群书治要》,亦为伍氏属意,编入廿六集。民国八年(1919),张元济开始主持大型丛书《四部丛刊》的印行,所收《群书治要》为涵芬楼影印日本天明七年刊本,民国十一年(1922)由上海商务印书馆出版发行。至民国二十五年(1936),商务印书馆又出版了王云五主编的《丛书集成》,编者将连筠簃本《群书治要》重新排印,辑入丛书。

---

① 杨维新:《日本版本之历史》,载张锦郎、乔衍琯等编:《图书印刷发展史论文集》,文史哲出版社 1982 年版,第 421 页。严绍璗:《汉籍在日本的流布研究》,江苏古籍出版社 1992 年版,第 162 页。

② 《改订内阁文库汉籍分类目录》,内阁文库 1971 年版,第 277 页。转引自[日]松浦章:《清代帆船带回的日本书籍》,载复旦大学历史地理研究中心编:《跨越空间的文化》,东方出版中心 2010 年版,第 399 页。

③ [日]松浦章:《清代帆船带回的日本书籍》,复旦大学历史地理研究中心编:《跨越空间的文化》,东方出版中心 2010 年版,第 397 页。

④ 袁同礼《宛委别藏现存书目及其版本》一文称阮氏收入《宛委别藏》之《群书治要》为《佚存丛书》本。此文载《图书馆学季刊》第六卷第二期,中华图书馆协会 1932 年编印。笔者以为此说法有误,详见下文:
《佚存丛书》乃日人林衡所辑,书分六帙,共收十七种佚书。此书有日本宽政(1789—1800)至文化(1804—1817)间刊本,传入国内后,阮元采其大半编入《宛委别藏》,然不包括《群书治要》。查《佚存丛书》知,林衡鉴于《群书治要》已版行,因而不再编入《丛书》。笔者据《宛委别藏》本《群书治要》行款版式、阮元《提要》等综合判断,阮元采入《宛委别藏》的正是天明刊本《群书治要》。王重民《中国善本书提要》一书亦称"天明七年刊本,九行十八字,阮元始编入《宛委别藏》中,今《四部丛刊》即据此本影印"(上海古籍出版社 1983 年版,第 354 页)。

通过上文的追溯,我们不难发现,金泽文库本作为《群书治要》诸多版本的母本,其文献学价值的确不容忽视。现将上述版本信息制成图表,以便读者弄清诸本之间的关系,详见下图所示:

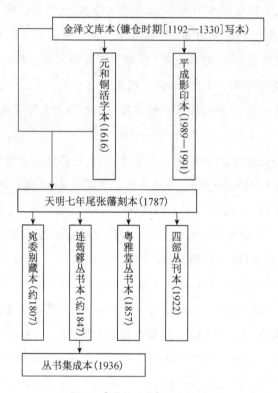

图1　《群书治要》版本源流

二、引文顺序

金泽文库本《群书治要》卷二十五至二十八选录了《三国志》中七十九位人物的纪传,其引文顺序更接近《三国志》原书的面貌。从篇目次第上看,除了卷二十五所引《魏志·后妃传》,《群书治要》引录《三国志》其他篇目的顺序均与传世本《三国志》相同。为便于分析,现将相关传记的顺序以表格的形式谨列于下:

表1　《群书治要》与《三国志》相关篇目顺序

次第	《群书治要》卷二十五所引人物(部分)	《三国志》卷一至卷十所载人物(部分)
1	太祖武皇帝	太祖武皇帝(卷一)

（续表）

次第	《群书治要》卷二十五 所引人物（部分）	《三国志》卷一至卷十 所载人物（部分）
2	文皇帝	文皇帝（卷二）
3	明皇帝	明皇帝（卷三）
4	齐王芳	齐王芳（卷四）
5	袁绍	武宣卞皇后（卷五）
6	武宣卞皇后	文德郭皇后（卷五）
7	文德郭皇后	袁绍（卷六）
8	夏侯尚	夏侯尚（卷九）
9	荀彧	荀彧（卷十）

　　由表格可知，《群书治要》所引《魏志》卷一至卷十的次序为：首列帝王纪，接着是袁绍的传记，然后依次节录后妃传、宗室传、谋臣传，而我们今天所看到的《三国志》传世本无一例外地将《袁绍传》置于《后妃传》之后。本文以为《群书治要》的引文顺序较为得实①，理由见下：

　　从编纂体例上看，《三国志》一书前后体例大致相同。《魏志》《蜀志》和《吴志》基本上都是首列帝王纪，接着交代各国形成的历史基础和直接前因，这番工作完成之后，才进入后妃传的撰写，然后着墨于宗室、谋臣、爪牙、刺史、郡守、叛臣、方技、外夷。《蜀志》与此稍有不同，因刘焉及其子刘璋为汉室后裔，刘备的蜀汉又是在驱除二牧的基础上建立起来的，大概出于这两方面考虑，陈寿将《刘二牧传》置于《蜀志》卷首。《吴志》体例则如上文所示，前三卷（卷一《孙坚传》《孙策传》，卷二《吴主传》，卷三《三嗣主传》）载帝王传记，第四卷撰录的是刘繇、太史慈及士燮，这三位人物的地盘后来成了孙吴的所辖范围，第五卷才是《妃嫔传》，接下来依次是宗室传、谋臣传、爪牙传等等。据此类推，《魏志·后妃传》应置于《董卓传》《袁绍传》《二公孙传》之后。然而，如表格所示，传世本《三国志·魏志》中的《后妃传》却被排在了《袁绍传》之前，这样的编排，究竟是陈寿原文如此还是后人改动的结果呢？金泽文库本《群书治要》透露了一丝信息。《群书治要》所引《魏志》的行文顺序正与传世本《三国志·吴志》相契合，开篇引用帝王纪，接着节录《袁绍传》，然后是《后妃传》、宗室传、谋臣传。因此，我们不妨大胆推测，《魏志》原书卷

---

① 小文初成之后，见香港中文大学林溢欣先生亦持有此观点，他认为"《治要》厕《董二袁刘传》于《后妃传》前，诚是唐见本《魏志》之序次"，详见《从日本藏卷子本〈群书治要〉看〈三国志〉校勘及其版本问题》（《中国文化研究所学报》第 53 期，2011 年 7 月）。

一至卷八的编排顺序如下:卷一《武帝纪》、卷二《文帝纪》、卷三《明帝纪》、卷四《三少帝纪》、卷五《董二袁刘传》、卷六《吕布臧洪传》、卷七《二公孙陶四张传》、卷八《后妃传》。

从历史背景上看,董卓、袁绍、吕布等数人所拥有的地盘,后来都被曹操攻占了,成为曹魏的领土。我们在上文中已谈到,陈寿撰写《三国志》,一般先列帝王纪,接着载录各国形成的直接前因,然后才是后妃的传记。这在《吴志》的编排顺序上,体现得很清楚。与此相类,曹魏是在董卓、袁绍、吕布等人所占地盘的基础上形成的,他们数人的传记自然应当紧接着帝王纪。另外一个很重要的原因是,三国时期宫廷妇女的地位较为低下,跟汉时判然有别。关于这方面情况,我们可从魏文帝的一道诏令中窥知一二:"夫妇人与政,乱之本也。自今以后,群臣不得奏事太后,后族之家不得当辅政之任,又不得横受茅土之爵;以此诏传后世,若有背违,天下共诛之。"(《三国志·魏志·文帝纪》)鉴于后妃的地位,陈寿当不会将《后妃传》排在董卓、袁绍、吕布等重要政治人物传记的前面。

三、异文用字

诸多《三国志》传世本中,原涵芬楼所藏绍兴本是现存《魏志》中版刻时间早、版本讹误少的刊本,共二十九卷,缺第四卷。我们以金泽文库本《群书治要》(以下简称《治要》)所引《魏志·后妃传》与绍兴本相较,发现二者在用字上有所不同。通过考察,我们总结出俗字、同义词、通假字、避讳字、衍文、讹字等六种异文类型。对这些异文加以探讨,实有益于汉语研究与文献整理。今略举数例于下:

(一) 俗字

俗字,是区别于正字而言的一种通俗字体。就单个的字而言,其正、俗关系也会随着时代的变迁而发生变化。①《治要》中的俗字反映了唐朝用字的实际情况,而绍兴本《三国志》所载录的字形,则是刻书时代的用字情况。

(1) 姖
《治要》"任、姁配姖",绍兴本作"姬"。
按:"姖"、"姬",均为"姬"的俗体。"姖"字,唐《王仲建墓志铭》已见。②

---

① 张涌泉:《汉语俗字研究》(增订本),商务印书馆 2010 年版,第 1—6 页。
② 见《偏类碑别字·女部·姬字》,转引自《异体字字典》网络版(台湾教育事务主管部门编)。

（2）惡

《治要》"男女惡旷"，绍兴本作"怨"。

按："惡"，"怨"的俗字，敦煌文献 S.799《隶古定尚书》已见。①

（3）㮤

《治要》"㮤奔南巢"，绍兴本作"桀"。

按："㮤"，"桀"的俗字。台湾教育事务主管部门编《异体字字典》"㮤"字引《龙龛手镜·木部》为例，书证偏晚。

（二）同义词

典籍中的异文，有很大一部分是同义替换造成的。这种情况反映了文本所处时代的用字特色，提供了词语历时演变的线索。

（4）列

《治要》"案典籍之文，无妇人列土命爵之制"，绍兴本作"分"。

按：《治要》作"列土"，传世本《三国志》皆作"分土"，二者均含"分封土地"之义。"列土"，上古文献材料鲜见其例，中古时期开始活跃于文献中，如《汉书》卷八十五《谷永传》："方制海内非为天子，列土封疆非为诸侯，皆以为民也。"《华阳国志》卷十一："昔先王光济厥世，罔不开国列土建德表功也。"《艺文类聚》卷五十一载三国时期东吴胡综《请立诸王表》曰："受命之主系天而王……至于崇建懿亲，列土封爵，内蕃国朝，外镇天下，古今同契。"

"分土"的"分封土地"义，上古汉语已见，如《书·武成》："列爵惟五，分土惟三。"《峄山刻石》："登于峄山，群臣从者，咸思攸长。追念乱世，分土建邦，以开争理。"②《史记》卷五《秦本纪》："寡人思念先君之意，常痛于心。宾客群臣有能出奇计强秦者，吾且尊官，与之分土。"中古汉语时期，"分土"多用以表示"分野"或"划分的疆土"的意思，其"分封土地"之义渐渐被"列土"取代。据此推测，《三国志》原文当作"列土"。

（5）制

《治要》"秦违古制，汉氏因之"，绍兴本作"法"。

按：《治要》作"古制"，传世本《三国志》皆作"古法"，二者均有"法度规范"之义。中古时期，"古法"与"古制"的这项意义都见于文献材料中，如《汉书》卷十四《诸侯

---

① 见黄征编：《敦煌俗字典·怨字》，上海教育出版社 2005 年版，523 页。
② ［清］严可均辑：《全上古三代秦汉三国六朝文·全秦文》卷一，中华书局 1987 年版，第 121 页。

王表》："姗笑三代，荡灭古法。"三国曹冏《六代论》："然高祖封建，地过古制……故有吴楚七国之患。"①"古制"的含义较为单一，而"古法"则身兼数义。《三国志》取"古法"，大概是为了避免用字重叠，《三国志》卷五《武宣卞皇后传》载"案典籍之文，无妇人分土命爵之制。在礼典，妇因夫爵。秦违古法，汉氏因之，非先王之令典也"，前文已有"制"字，后文就选用了"法"字。

（三）通假字

文字通假现象，在异文中也占有相当大的比例。古籍整理工作中，对这个问题如缺乏正确的认识，很容易将通假字当成错字校改。

（6）长

《治要》"臣恐……开长非度，乱自上起也"，绍兴本作"张"。

按："长""张"，古来通用。金泽文库本《治要》作"长"，而《三国志》传世本及《群书治要》后出版本均作"张"，当为后人改动或沿袭改动之误所致。"开长"一词亦见于《后汉书》《晋书》等，如《晋书》卷三十："今法素定，而法为议，则有所开长，以为宜如颂所启，为永久之制。"

（四）因避讳而改字

"避讳"是中国封建社会宗法制度的一种，要求言谈或书写过程中如遇到本朝君主或本人尊长的名讳，则一律回避。其方式有改字、空字、拆字、缺笔等。

（7）有

《治要》"在昔帝王之有天下"，绍兴本作"治"。

按："有"，本作"治"，避李治名讳而改作"有"。赵幼文《三国志校笺》云"《治要》、《初学记》卷十引'治'字作'有'，疑避唐高宗讳改"，甚确。

（五）衍文

将一种古籍不同版本拿来对校，往往会发现一些多出来的字。这些字究竟是衍文还是脱文，有时不太容易裁定。除了以最早的版本为据之外，我们还应当调查其他文献用例，两者兼顾或能将误校的概率降至最低限度。

（8）夔夏父

《治要》"夔夏父云……"，绍兴本无"父"字。

---

① 见［唐］李善：《文选注》卷五十二，《四库全书》本。

按："父"字当为衍文。文中的"父"字，传世本《三国志》均无，唯金泽文库本及元和二年铜活字本《群书治要》载录此字。"父"，是古代男子的美称。《颜氏家训·音辞》："甫者，男子之美称，古书多假借为父字。""夔夏"，春秋时期鲁国臣子。历史上确有"夏父"其人，如文献上记载"夏父弗忌为宗人"，然而，此"夏父"乃是"邾夏父"，周宣王时邾颜公之子，并不是"夔夏"。除了《治要》中的例子，"夔夏父"不见其他文献用例。因此，我们暂且将《治要》中的"父"字视作衍文。

（六）讹字

写本或刻本中的一部分讹字，于当时人而言，可能不会造成阅读上的障碍，但给后人的校读带来了麻烦。

（9）宋

《治要》"文德郭皇后，广宋人也"，绍兴本作"宗"。

《治要》"春秋书宋人夔夏父云……"，绍兴本作"宗"字。

按：此二例中的"宋"字，实为"宗"字。"宗"的俗体有"宋"[①]、"宋"[②]，与"宋"的字形极为相似。或许因字形相近，早期写本中的"宗"字往往写成"宋"字。但今人不知其故，将一字识为二字。如《三国志》中的蜀国太中大夫宗玮，在这一卷是"宗玮"，另一卷刻成了"宋玮"，中华书局校点本便误以为二人。

　　附带说明，从事古籍整理与校勘工作，当尽可能利用早期写本或刻本加以参照，否则难免会出现一些误校或误证。如《魏志·武宣卞皇后传》"秦违古制"，赵幼文《三国志校笺》曰"《治要》引'违'作'遗'"，今查金泽文库本《治要》卷二十五《魏志·后妃传》，作"违"，而赵氏所据版本作"遗"，当属后人所改。元和铜活字本、天明本、宛委别藏本、连筠簃本、丛书集成本在此皆作"违"，唯粤雅堂本作"遗"。据赵氏《校笺》附录的参考书目可知，其所引版本正是谭莹校订的粤雅堂丛书本。

---

① 见《碑别字新编·宗字》引《魏太监孟元华墓志》。
② 见《敦煌俗字谱·宗字》。

Exploring the Philological Significance of the Kanazawa Library Edition of *Qunshu Zhiyao*(《群书治要》): A Case Study of the *Biography of Empresses and Consorts* in the *Wei Chronicle*(《魏志·后妃传》)

He   Lingxia

Abstract: This paper uses the *Biography of Empresses and Consorts* from the *Wei Chronicle* in the *Qunshu zhiyao* as an example to explore the philological value of the Kanazawa Library edition of *Qunshu zhiyao* from three aspects: edition origins, citation order, and variant word usage.

Keywords: *Qunshu zhiyao*; Kanazawa Library edition; edition; catalogue; variant word

汉语多功能语法形式与语义地图研究[*]

王鸿滨[**]

摘要：本文首先从宏观层面出发，对目前国内多功能语法形式的主要研究视角，即"语法化"和"语义地图"进行梳理；其次，进一步对"语义地图"在方言、汉语历时与共时研究中的具体应用与研究情况加以归纳总结，并指出现有研究存在的问题与不足；最后，在上述基础上对"语义地图"模型理论在汉语多功能介词的习得与教学中的作用与意义加以强调，并为其具体的实施与应用绘制蓝图。

关键词：类型学 语法化 语义地图 多功能语法形式

一、绪论

"多功能性"（multifunctionality）是指某个语言形式具有两个或两个以上不同但相关的功能，在语言中的表现即"同形多义"现象，这种现象也被称为"多功能语法形式"（multifunctional grams）[①]，郭锐又将之称为"语法的动态性"（dynamics of syntax and semantics of words and phrases）[②]。语言形式的多功能性是人类语言中普遍具有的，这些语言形式包括词汇形式、语法成分、语法范畴以及结构式等。[③] 这里的"多功能语法形式"是指"具有两个或多个以上意义/用法/功能的语法形式，包括虚词和语

---

[*] 本文为北京市哲学社会科学基金项目"古汉语动/介关系多功能语法形式的语义地图研究"（17YYB009）成果之一。

[**] 王鸿滨，1968 年生，文学博士，北京语言大学汉语国际教育研究院/教师教育学院教授、博士生导师，研究方向为汉语史、汉语语法学。

[①] 张敏：《语义地图模型及其在汉语多义语法形式研究中的运用》，第五届汉语语法化问题国际学术讨论会论文，上海师范大学，2009 年。

[②] 郭锐：《语法的动态性和动态语法观》，在"商务印书馆语言学出版基金发布会暨青年语言学者论坛——21 世纪的中国语言系"（2002.1.17—18，北京）的发言。

[③] 吴福祥：《多功能语素与语义图模型》，《语言研究》2011 年第 1 期。

法构造两大类"。① 陆俭明则进一步将"多功能性"划分为"词语的语法多功能性"和
"词语的语义多功能性"两大类,统称为"词语句法、语义的多功能性"(the dynamics
of the syntax and semantics of words and phrases),主要表现在以下三方面②:

    1. 某一个词类里的词语,在语法功能上的变化;

    2. 动词或形容词前后所实际出现的论元数(或说"配价数");

    3. 语义角色性质发生了变化。

不管是哪种特性的"多功能性",这里的"功能"都是指表达功能,亦指"用
途"。在世界各国的语言中,以上多功能语法形式随处可见,因而具有类型学研究
的价值。

在汉语语法研究领域,动词、介词以及由此构成的结构,恰恰凸显了"多功能
性",而且无论是从历时还是共时的角度来看,动词和介词都是汉语中最具多功能性
的词项(语素)。

所谓"动介关系",是指由于介词所介引的对象或可能介引的对象都是跟动词相
关的语义成分,因此,它们通常跟动词搭配,共同构成句子的语义结构或句法结构。
因而,我们所关注的"动/介关系的多功能语法形式",主要包括两个方面:一是动介
历时虚化的渊源关系所衍生的形式(动→介),关注的是词汇层面所表现出的"语义
功能";二是动介之间共时组合的搭配关系所衍生的形式(语序变化、句式变化、新的
语法范畴的产生),关注的是结构层面所表现出的"语义功能"。

目前,关于汉语多功能语法形式的研究视角,主要集中在"语法化"与"语义地
图"这两个方面,并已产出了一系列成果。下文将对目前国内有关多功能语法形式
的主要研究视角进行梳理,并对"语义地图"在汉语研究中的具体应用与研究情况加
以归纳总结,以期发现其在汉语历时与共时研究中的价值,进一步探讨其具体的实施
与应用前景。

二、关于汉语多功能语法形式的研究视角

(一)基于语法化理论的研究

运用语法化理论,从汉语史的角度出发,对上古以来汉语多功能语法形式的句法

---

① 张敏:《语义地图模型及其在汉语多义语法形式研究中的运用》,第五届汉语语法化问题国际学术讨论
  会论文,上海师范大学,2009年。

② 陆俭明:《词语句法、语义的多功能性:对"构式语法"理论的解释》,《外国语》2004年第2期。

结构、语义结构以及词类系统的历时演变或共时变异进行探讨,从而对汉语语法系统的形成与发展加以描写,解释汉语发展的规律以及相同类型的句法、语义演变的特征,是近年来汉语语法学界研究的热点之一。例如石毓智①、马贝加②等。与此同时,在探讨语言共性的语法化研究中,介词类型是格林伯格(Greenberg)③所创立的语序类型学研究模型中出现率最高的参项,这就把介词以及介词的语序问题,提到前所未有的重要位置。刘丹青以介词理论为核心的语序类型学著述④,打开了汉语介词研究的新视角。综合以上两方面的内容,在以往语法化研究中,可以说动词研究和介词研究已经占据了汉语语法化的半壁江山。然而,作为语法化研究的核心,过去的研究仍存在以下问题:

1. 只重视材料的堆积,缺乏对规律的概括;

2. 局部描写较为深入细致,但总体分析不足;

3. 只孤立地考察某一现象,缺乏历史系统观;

4. 只重视存在的语法现象,不重视消失的语法现象,现代汉语语法系统的制约同样影响了历史考察的宽度和深度;

5. 缺乏跨语言的视野,很大程度上限制了对汉语发展规律的探索。

同时,从研究方法来看,在以往的语法化研究中,各个理论流派的分歧较大,比如"生成语法学派"通常从"形式"出发,而"认知语言学派"一般从"意义"出发。因此,在具体操作中,包括介词在内的多义虚词的比较始终未能找到有效的"对齐"方式——若对齐词形,则语法意义可能空缺;若对齐语法意义,则词形繁杂。因此,形式和功能意义之间就会出现参差而不对称的"偏侧关系"⑤(skewed rela-tions)。

(二) 基于语义地图的研究

语法形式的多功能性是语言的本质特征。传统的对于多功能语法形式的分析往往采用"罗列法"(list method),即将一个多功能语法形式的各种用法或意义尽量穷尽性地罗列在一起,给它简单地贴上不同功能的标签。该方法的最大问题就是无法

---

① 石毓智:《语法化的动因与机制》,北京大学出版社 2006 年版。

② 马贝加:《汉语动词语法化》,中华书局 2014 年版。

③ Greenberg, J. , Some universals of grammar with particular reference to the order of meaningful elements [J]. *Universals of Language,* 1963:73-113.

④ 刘丹青:《语序类型学与介词理论》,商务印书馆 2003 年版。

⑤ "偏侧关系"这一概念最早是赵元任先生在进行方言对比研究时提出的,见《国语统一中方言对比各方面》(1970)一文,收入《赵元任语言学论文集》,商务印书馆 2006 年版,第 635—641 页。

反映多功能语法形式不同功能之间的内在联系,无法揭示一个多功能语素所具有的若干功能之间多样的亲疏关系。对此,近年来,语言类型学界提出"语义地图模型"(the semantic map model),其着眼点在于"语义",既不以"形"对齐,也不以"义"对齐,而是在"形-义"匹配的表意功能层面"对齐"各项功能间的语义关系,并以此为切入点进行比较,同时以"地图"的形式构建出各个意义之间的关联模式,找出这些关联性在概念空间上所切割出的区域,由此说明概念空间是世界语言的共性,而切割出的区域则是不同语言的个性。

如前文所述,在汉语"动/介关系的多功能语法形式"中,一方面衍生为介词的动词在句法语义上必定具有某种系统性的特征,如"渊源关系"和"聚合关系";另一方面动词词义的发展和动介语法功能的变异之间同样存在着某些关联性的特征,如"组合关系"和"搭配关系"。汉语动/介关系表现出的这一"多功能"形式,正好可以运用"语义地图"工具进行共时层面的比较和历时层面的衔接。因此,可以立足于动介复杂的组合关系和语义结构的变化,以此为基础在观察聚合关系的变化的同时,运用"语义地图"来考察动/介关系的多功能形式,即组合和聚合之间的内在联系。

"语义地图"作为语言类型学中用于跨语言比较的一种工具,其着眼点在于"语义",并将"语义分析"和"类型比较"相结合,在凸显世界语言或方言中多功能语法形式所具有的不同语义功能之间的内在关联的同时,可以有效解决虚词对比研究中的"偏侧关系"。在实际应用中,"语义地图"可以有效克服传统汉外语言对比研究中"据形求异"而违背同一个形式负载多种功能的语言共性,进而掩盖多种功能之间的内在语义关联,以及"据义求同"而回避上述"偏侧关系",进而掩盖部分功能的差异性的弊端。[①]

"语义地图"是在语言学家对语言形式的多功能性进行研究的实践过程中逐渐发展起来的一项类型学研究工具,相对于思辨性较强的认知语义分析,语义地图模型是历时和共时的结合,是"表征跨语言的语法形式-语法意义关联模式的差异与共性的一种有效性工具"[②],我们可以借助它来推进汉语动/介多功能语法形式的研究深度和广度,因而具有较高的理论价值与实践意义。

---

① 王鸿滨:《介词语法对比中的"偏侧"关系与语义图》,《语言与翻译》2020年第1期。
② 张敏:《"语义地图模型":原理、操作及在汉语多功能语法形式研究中的运用》,载北京大学汉语语言学研究中心、《语言学论丛》编委会编:《语言学论丛》第42辑,商务印书馆2010年版。

三、语义地图模型在汉语多功能语法形式研究中的应用

哈斯普马特(Haspelmath)①、克罗夫特(Croft)②等人指出,运用语义地图模型的主要目的在于利用跨语言或跨方言的多功能(multifunctional)词所表达的语义,建立概念间的关联,并揭示多功能模式的共性和类型。张敏进一步对语义地图模型的基本思路加以概述:某种多义的语法标记所具有的意义,如果在不同的语言或方言中可以用同一个形式负载,那么这些语义间的关联应该是系统且普遍的,它反映了人类语言在概念层面的共性。同时,这种关联的依据就是语义地图的"连续性假说"(connectivity hypothesis),即"与特定语言及/或特定构造相关的任何范畴必须映射到概念空间里的一个连续区域"。③

随着语言类型学和语义地图研究的深入探索,国内诸多学者都开始利用该模型理论对汉语加以剖析,在凸显汉语中某些语法形式个性的同时,将其置于世界语言体系之内来检验其共性。纵览现有文献,该领域的主要研究成果集中在"汉语方言语法研究""共时与历时语法研究"以及"汉语二语教学研究"这三个方面。

(一)在汉语方言语法研究中的应用

汉语方言语法的研究始于赵元任。④ 经过了几十年的相对沉寂,在方言语法学家的努力下,使语义地图模型理论用于方言语法研究成为可能。跨方言的语法比较研究的难点在于"虚词",尤其是虚词的"偏侧关系",而语义地图这一工具使复杂的"偏侧关系"问题迎刃而解,即语义地图模型将语言形式所对应的语义功能排列在相连续的区域,可以直观地获得语义关联的情况,同时在语义地图模型上还可以展示语义的跨时空演变。

例如,陈前瑞、王继红⑤在对南方方言"有"字句的主要用法进行梳理的基础上,

---

① Haspelmath, Martin. *Indefinite Pronouns* [M]. Oxford: Oxford University Press, 1997. Haspelmath, Martin. The geometry of grammatical meaning: Semantic maps and cross-linguistic comparison [A]. In Michael Tomasello (ed.), *The New Psychology of Language: Cognitive and Functional Approaches to Language Structure*, 2003. (2): 211-242. Mahwah, NJ: Lawrence Erlbaum.

② Croft, William. *Typology and Universals* [M]. Second edition. Cambridge: Cambridge University Press, 2003.

③ 张敏:《"语义地图模型":原理、操作及在汉语多功能语法形式研究中的运用》,载北京大学汉语语言学研究中心、《语言学论丛》编委会编:《语言学论丛》第42辑,商务印书馆2010年版。

④ 赵元任:《北京、苏州、常州语助词的研究》,《清华大学学报》(自然科学版)1926年第2期。

⑤ 陈前瑞、王继红:《南方方言"有"字句的多功能性分析》,《语言教学与研究》2010年第4期。

归纳出"有+动态谓词""有+静态谓词""确认事件"和"确认状态"四个功能节点,从而构建出汉语部分南方方言"有"字句的概念空间底图,并勾画出惠州话、闽台闽语等方言的语义地图。在此基础上,该文对南方方言"有"字句的体貌定位加以强调,即"'有+动态谓词'表示确认事件"属于一种完成体用法,同时该研究进一步在概念空间中勾画出"有"字句的语法化路径:"有+静态谓词"表示确认状态>"有+动态谓词"表示确认状态>"有+动态谓词"表示确认事件>"有+静态谓词"表示确认事件。

盛益民①对绍兴柯桥话中的多功能虚词"作"的各种用法进行总结归纳,包括其介词用法(引介伴随对象、引介等比对象和比拟对象、引介受损者、引介处置对象)和连词用法(表示并列关系、表示选择关系),并结合哈斯普马特(Haspelmath)②、张敏③等已有相关的语义地图研究成果以及语法化理论,梳理出柯桥话"作"的三种语义演变路径:1.给予动词>受益者标记/受损者标记>处置标记>致使标记;2.给予动词>受益者标记>伴随格标记>并列连词;3.给予动词>受益者标记>伴随格标记>等比/比拟对象。

宗守云④以张家口方言中的多功能副词"倒"为研究对象,指出其具有的三种语义功能:1.作为语气副词,表示预期相反;2.作为时间副词,表示变化实现;3.作为关联副词,表示结果达成。在此基础上,该文进一步利用语义地图对于"偏侧关系"的破解作用,构建出最简的一维语义地图,预测并验证了"倒"在共同语以及晋语等其他方言中的语义功能分布情况。

唐贤清、王巧明⑤以广西车田苗族"人话"中的多功能语法形式"是"为研究对象,总结出其具有判断动词、处所介词、时间介词、范围介词、程度副词等12种语法功能,并参考孙文访⑥所构建的"是"的语义演化路径图,结合从空间到时间、从具体到抽象的隐喻模式以及语法化的单向性原则,归纳出"是"的三种介词功能的演化路径:处所介词>时间介词;处所介词>范围介词。同时,该研究依据车田苗族"人话"中"是"的语法功能,对"是"的概念空间底图进行调整与补充,内容涉及从"焦点"分出"确

① 盛益民:《绍兴柯桥话多功能虚词"作"的语义演变——兼论太湖片吴语受益者标记来源的三种类型》,《语言科学》2010年第2期。
② Haspelmath, Martin. The geometry of grammatical meaning: Semantic maps and cross-linguistic comparison [A]. In Michael Tomasello (ed.), The New Psychology of Language: Cognitive and Functional Approaches to Language Structure, 2003. (2): 211-242. Mahwah, NJ: Lawrence Erlbaum.
③ 张敏:《空间地图和语义地图上的"常"与"变":以汉语被动、使役、处置、工具、受益者等关系标记为例》,南开大学讲演稿,2008年。
④ 宗守云:《张家口方言副词"倒"的多功能性及其内在关联》,《语言研究》2018年第1期。
⑤ 唐贤清、王巧明:《语义图视角下广西车田苗族"人话""是"的多功能性研究》,《湖南大学学报》(社会科学版)2019年第5期。
⑥ 孙文访:《"有、是、在"的跨语言研究》,北京大学博士学位论文,2013年。

认"节点、新增"程度"节点、调整"活着"节点的位置等。

林华勇、陈秀明①指出广西北流粤方言中"着"（阳入）具有丰富的功能，包括"遇/受"义动词、"用/要"义动词、义务情态动词、被动标记、动相补语、实现体标记，同时通过与广州话，廉江话，早期粤、客方言以及北流周边粤语、客家、平话、桂柳官话及壮语的比较，根据语义地图模型的"邻接性要求"（contiguity requirement），构建出上述方言"着"（阳入）的概念空间，并绘制出各个方言的语义地图，从而直接显示其功能差异。

陈瑶②同样利用语义地图的研究方法，首先以福建南平官话中的多功能词"同"为切入点，总结归纳出其12种功能：表示并列、引出伴随者、引出共同施事、引出对象目标、引出关联对象、引出比较对象、引出受益者、引出受损者、引出处置对象、介引空间源点/时间起点、表示位移方向（终点）、表示路径。在此基础上，该研究进一步对湖南吉首、安徽祁门、浙江柯桥等10个方言点中的"和"类词的语义功能进行整理，并将这11种语法形式的语义功能分布情况进行对比分析，结合语义地图的"连续性假说"，对南平官话"同"的多功能之间所存在的概念层面的直接或间接关联加以分析。

景高娃、夏俐平③则对泉州、扬州、南昌、嘉兴、泰和等10个方言点中的"去除义"标记的语义功能进行梳理，并总结归纳出"移离""完结""已然偏离""持续性完成"和"完整"这五种功能，同时列出这10种方言中"去除义"标记的语义排列矩阵，在此基础上，该研究进一步结合其语法化路径，绘制出"去除义"标记的语义地图。

（二）在共时与历时语法研究中的应用

对于现代汉语中一些固定格式、虚词的作用与多义性，以及部分特定句式的句法特征等一系列语法问题，从传统的形式语法和功能语法的角度进行分析的研究较为普遍，而在此基础上，从语义地图的角度出发的研究可以催生出新的分析与解释，并且可以为已有的观点提供更佳的检验空间。不仅如此，语义地图模型也适用于对文献所反映的历代汉语资料进行综合分析，利用语义地图对古代汉语词汇与句法分布的研究同样较多。具体来说，在现代汉语基础上绘制出的语义地图可根据某一历史时期多功能语言形式的具体语法功能进行切割，这样的语义地图可以展现古代某个时期、某个地域的汉语变体的个性，若将它们按时间顺序叠置起来，则可清楚地看出

---

① 林华勇、陈秀明：《北流粤方言"着"（阳入）的多功能性及其探源》，《语言科学》2019 年第 5 期。
② 陈瑶：《福建南平官话的多功能词"同"》，《汉语学报》2019 年第 2 期。
③ 景高娃、夏俐萍：《汉语方言去除义标记的多功能性研究》，《语言研究》2020 年第 3 期。

演变的脉络。正如上文所述,在汉语方言的语义地图研究中,利用共时语料所构建的概念空间常常与"语法化"研究相结合,即将"共时概念空间"动态化为"历时概念空间",吴福祥①曾将该动态化的产生手段归纳为以下三种:1.基于功能蕴含关系的跨语言比较;2.语法化路径(包括语义演变路径)的历时证据;3.语法化程度和单向性原则。由此可见,语义地图模型在呈现汉语共时与历时语法之间的内部关联中发挥了重要的作用。

例如,陈前瑞、胡亚②在词尾和句尾"了"已有的分析模式的基础上,利用类型学的多功能模式分析了"了"的时体意义,指出两个"了"都具有"完结体""完成体""完整体"以及"现在状态"的功能,句尾"了"还具有"最近将来时"的功能。在此基础上,该研究构建出词尾"了"和句尾"了"的语义地图,同时构拟出从"完结体""完成体"到"完整体"以及其他相关功能的演变路径。

龚波③同样利用语义地图的操作方法,并参考语法化研究的相关成果,对先秦代表性文献《诗经》《论语》《孟子》和《左传》中"若"和"如"的五个常用的共同义位(选择、比较、像似、假设、话题)的分布状况加以考察,在对已有的与"不定代词"和"假设语义"相关的概念空间进行修正的基础上,绘制出《左传》和《孟子》中"若"和"如"的语义地图,并对这些义位之间的关联进行深入剖析,指出"假设"语义的来源除了"时间词""言说动词""是非问句"和"系动词"外,至少还与"比较""相似"和"话题"义相关。

潘秋平④在 van der Auwera & Plungian 所构建的"情态语义地图"(modality's semantic map)的基础上,扩大语料的考察范围,引入现代汉语方言的材料,构建出新的"能性情态概念空间",并勾画出汉语普通话"会"和"能"的语义地图,进而建立起新加坡华语助动词"会"的分析框架。在此基础上,潘秋平⑤进一步对其语法功能、可能来源、形成机制加以分析,在绘制出新加坡华语"会"的语义地图的同时,指出其来源于"方言接触"的影响,即复制了闽南话中的"会"和"会晓"的多义性模式。

吕为光⑥通过对相关语料及前人研究的考察,对"赶上"所具有的四个义项——"追上""相似""及时"和"遇到"进行分析,指出其"核心义项"是"追上",并构建出

---

① 吴福祥:《语义图与语法化》,《世界汉语教学》2014 年第 1 期。
② 陈前瑞、胡亚:《词尾和句尾"了"的多功能模式》,《语言教学与研究》2016 年第 4 期。
③ 龚波:《先秦同源多功能语法形式"若""如"考察——从语义地图和语法化的角度》,《北京师范大学学报》(社会科学版)2017 年第 2 期。
④ 潘秋平:《新加坡华语助动词"会"分析框架之建立》,《华文教学与研究》2018 年第 4 期。
⑤ 潘秋平:《从语义地图模型看新加坡华语的助动词"会"》,《华文教学与研究》2019 年第 1 期。
⑥ 吕为光:《"赶上"的词义演变研究》,《汉语学习》2020 年第 6 期。

该词的语义地图。需要注意的是,这四个义项在"客观-主观""空间-时间"和"主动-被动"这三个层面上存在差异,而且这四个义项并非呈"链条状"演变,而是呈"散射状"演变。此外,"赶上"正在经历从"时间范畴"向"条件范畴"的演变,但其虚化程度并不彻底。

王鸿滨①将传统训诂学与词汇类型学理论相结合,以《春秋左传》中 10 个高频言语类动词(即 12 个词项)为研究对象,构建出言语类概念空间及相关词项的语义地图,并尝试在概念空间中勾画出以不同介词为标志的句式的语义地图。王鸿滨②结合传统训诂学研究与语法化理论,对不同时期"于/於"和"在"的语义、句法特征以及动介搭配的突出变化加以归纳梳理,将其语法化和语义演变路径进行可视化呈现,并对处所范畴中多功能介词的语义共性及其个性加以验证。这些系列成果进一步推动了类型学与语义地图模型在汉语历史语法研究中的实践应用。

(三) 在汉语作为第二语言教学中的应用与实践

近年来,部分学者尝试将语义地图的本体研究成果应用到汉语作为第二语言的教学及习得偏误研究中,在检验世界语言在语义表达上的共性以及凸显不同语言的语义个性的同时,为对外汉语的语法教学策略、教学顺序以及重难点的安排提供了一种更为直观有效的方法。林华勇、吴雪钰③曾以汉语多功能语素"到"为切入点,利用跨语言的共时语料构建出汉语"达至义"的局部概念空间,绘制出日、韩、越南语"达至义"语法形式的语义地图,并在此基础上结合"中介语理论"进一步勾画出不同汉语水平的日、韩、越南语母语者习得汉语"到"的各个语义功能的层级顺序,从而为不同母语背景的汉语学习者提供有效的教学指导。王鸿滨④提出,"语义地图"最大的优点就在于它的"表征方式"(representation method),可以将其运用到汉语作为第二语言的多功能介词的教学中,这不仅可以对其他诸多待比较语言的介词进行预测,同时可以对汉外介词本体对比的研究成果进行检验。

基于现有的研究成果,本文将语义地图模型的操作方法归纳为四个步骤:1. 构建概念空间;2. 绘制语义地图;3. 检验概念空间;4. 归纳语言共性。据此,我们以汉语的多功能时空介词"从"为例,将上述操作方法加以应用。

---

① 王鸿滨:《类型学视角下〈春秋左传〉言语类动词的语义句法研究》,《中国训诂学报》第 6 辑,商务印书馆 2023 年版。
② 王鸿滨:《历时维度下"于/於"和"在"的发展与语义扩展路径》,待刊。
③ 林华勇、吴雪钰:《语义地图模型与多功能词"到"的习得顺序》,《语言教学与研究》2013 年第 5 期。
④ 王鸿滨:《介词语法对比中的"偏侧"关系与语义图》,《语言与翻译》2020 年第 1 期。

我们首先以汉语"起点类"介词"从"为切入点,利用跨语言的共时语料,即英语前置词 from、日语格助词から、韩语格助词에서以及俄语前置词 c(接名词第二格),总结归纳出 15 个语义功能节点——处所起点、时间起点、范围起点、状态变化起点、来源、经由、凭借根据、原因、成分材料、分离对象、施事者、比较对象、处所、产生途径、关涉对象,并对这五种语法形式的语义功能的分布情况加以归纳对比。在此基础上,我们参照已经建立起的语义地图,进行修订,并根据郭锐①提出的"语义关联度公式"A=[S1·S2/(W1+W2-S1·S2)]*100(其中 A 表示"语义关联度",S1 和 S2 表示任意两个语义功能,W1+W2 表示这两个语义功能各自出现的次数之和,S1·S2 表示这两个语义功能共同出现的次数),计算出上述五种语法形式所具有的各个语义功能之间的关联度,并兼顾语义地图的"连续性假说"(connectivity hypothesis)和"最小连接原则"(minimum-link principle),构建出汉、英、日、韩、俄语"起点类"语法形式的概念空间,如图 1 所示:

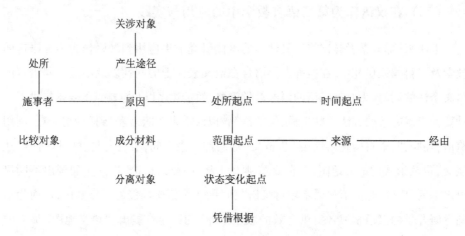

图 1 汉、英、日、韩、俄语"起点类"语法形式的概念空间

在此基础上,我们可以分别勾画出汉、英、日、韩、俄语"起点类"语法形式的语义地图,并将汉外语义地图进行叠加对比,使其语义功能之间的异同以及关联度的远近得到可视化的凸显,从而进一步与汉语作为第二语言的介词教学及习得偏误研究相结合,并从语言类型学视角出发,在验证世界语言的"起点类"语法形式在语义表达上的共性的同时,为不同母语背景的汉语学习者提供有针对性的教学建议与指导。这方面的研究有待进一步加强。

---

① 郭锐:《副词补充义与相关义项的语义地图》,中国语言的比较与类型学国际研讨会论文,香港科技大学,2010 年。

四、存在的问题

在类型学理论的指导下,"语义地图模型"已在汉语方言语法、共时与历时语法以及汉语作为第二语言的教学研究中得到广泛的应用,尤其是对汉语中具有动/介关系的多功能语法形式的分析。该研究视角与方法不仅将汉语置于世界语言体系之中,在检验语言共性的同时,凸显汉语的个性,其本体研究成果与二语习得等理论的结合同样拓展了对外汉语教学研究的新思路,进而对语义地图模型进行补充并提供新的验证方式。然而,现有研究仍存在部分问题,值得我们进一步地挖掘与探索。

首先,根据语法化理论,经过语法化而产生的"新词"(介词)与"源词"(动词),通常在语义和语法特征上存在一定的联系,即"语义滞留"。利用跨语言或跨方言的共时语料所构建的概念空间虽然有助于我们探寻多功能语法形式的历时演变路径,但是"源词"的意义和句法特征究竟在何种范围、何种程度上控制或影响着"新词"的语义或句法特征,我们尚且无法通过语义地图模型得以明确。

其次,在语言的发展过程中,"类推"(analogy)作用以及"同类现象相互带动"规律在语法化进程中到底具有多强的作用力,这也是语义地图模型目前无法呈现和说明的。

再次,汉语中存在诸多具有复杂的语义关系的双动词结构,其多解性与语义结构对语法化的影响力度,以及两者互相影响的程度,同样难以利用语义地图加以解释,亦需深入研究。

最后,语义地图的"连续性假说"的真实性仍然需要多语种语料的验证。至于如何安排概念空间中各个功能节点的位置,以得到最为合适的关联模式,必须经过综合考量、多次调整,而对"例外"加以解释之后如何验证仍然是语义地图目前的研究难点。

五、展望

综上所述,语义地图最大的优点就在于其可视化的"表征方式",因此可以用来展示类似于汉语介词及其相关的多功能语法形式所具有的不同语法意义之间的内在关联,从而凸显世界语言的共性与不同语言的个性。例如将其运用到汉语作为第二语言的多功能介词的教学中,其研究成果不仅可以对立体呈现不同语言中多功能介词的对应关系,同时可以反过来对汉外介词本体对比的研究成果进行补充和检验。

例如,通过比较汉语中某个多功能介词与其在学习者母语中相对应的表达形式的语义概念空间,分析不同母语背景的汉语学习者的偏误形成原因,以及各自的偏误类型与差异,有利于教师有针对性地预测偏误,尽量降低汉语学习者学习汉语介词时偏误发生的概率,这对于提高汉语学习者的学习兴趣、推动国别化教学同样具有极大的促进作用。不仅如此,运用语义地图模型分析不同母语背景的汉语学习者在汉语多功能介词上的习得顺序,可以有效指导对外汉语教材的相关编写者在编写中注意新词的引入顺序与语法功能的阐释。

近年来,在张敏、吴福祥、郭锐和潘秋平等学者的大力倡导下,语义地图模型理论正在汉语研究中发挥越来越大的功用。我们坚信丰富多样的汉语研究成果不仅可以验证语义地图的合理性,而且也如张敏所指出的那样:"汉语拥有悠久的有文献记载的历史和歧异的方言,在大量语料基础上的语义地图模型研究必将对语言类型学和语言共性研究做出反哺性的贡献。"①

Research on Chinese Multifunctional Grammatical Forms and Semantic Maps

Wang　Hongbin

Abstract: This paper firstly provides an overview of the current research perspectives on multifunctional grammatical forms in Chinese, namely "grammaticalization" and "semantic maps", from a macro-level perspective. Secondly, it further summarizes the specific applications and research status of "semantic maps" in the studies of dialects, diachronic and synchronic research on Chinese, and points out the existing problems and deficiencies in the current research. Based on this, the paper emphasizes the role and significance of the "semantic maps" model theory in the acquisition and teaching of multifunctional prepositions in Chinese, and outlines a blueprint for its specific implementation and application.

Keywords: typology; grammaticalization; semantic maps; multifunctional grammatical forms

---

① 张敏:《"语义地图模型":原理、操作及在汉语多功能语法形式研究中的运用》,载北京大学汉语语言学研究中心、《语言学论丛》编委会编:《语言学论丛》第 42 辑,商务印书馆 2010 年版。

语源义的性质
——以"离析"义同源词族为例

万久富[*]

摘要：所谓"核心义"与"语源义"具有一致的内涵，只是不同视角的不同名称。根词为"析"的同源词族包含"析""斯""虒""支""易""犀"等支族，该词族的语源义为"离析"，而"开裂""断开""分离""分开""分叉""分散""脱离""剖分""分割""砍削"等义素与"离析"有着较高的隐含的语义关联度。语源义的研究，有利于提纲挈领地分析词义发展的系统，有利于深入理解古代诂释材料，帮助从文化史的角度去讨论名物命名的理据。

关键词：语源　语源义　词族　析　斯

汉语词义系统纷杂，有本义、引申义、假借义、讹变义、深层义、表层义、核心义等等。词义之间有同义、反义、近义、类义等。对词义历史联系的认识需要分析本义、引申义、假借义。[①] 要理清这纷繁复杂的词义关系，关键是要认清语源义的性质，理清语源义（核心义、核心义素）与本义、引申义的联系与区别。这里以"离析"义同源词族为例试作讨论。

一、语源义与本义、核心义的关联

何为语源义？语源义，又称词源意义、语源意义。现代学术意义上的语源义的界定主要有殷寄明《汉语语源义初探》："语源义是汉民族在文字产生前的原始语言和后世口头语言中的语词，通过已有文字记录，曲折地显现在书面语言词汇实词系统中

---

* 万久富，1965年生，文学博士，南通大学文学院教授，研究方向为汉语词汇史、训诂学与古籍整理、方言与文化。
① 苏新春：《汉语词义学》，外语教学与研究出版社2008年版，第34—50页。

的一种隐性语义。"①王宁等："词源意义是从发生学角度确定的词的命名来源，经过
对这种来源的追溯，我们可以得到词在命名时的依据……用术语确定它，词源意义就
是构词的'理据'。"②殷守艳："语源义，即语源的意义。其内涵具有二重性，具体所指
包括两个方面，一是指语言产生之初的语根、语源、原生词的意义，一是指在语词派生
过程中，派生词从其相应的源词所继承而来的意义。"③《汉语大词典》虽未给"语源
义"立目，但"语源"条释作："语词的声音和意义的起源。"《王力语言学词典》："语
源，词的来源。"④苏宝荣："古人的所谓'同义'是有其不同的意义和范畴的：一是词直
接指识的意义——词的表层'所指义'；一是词内部蕴藏的意义——词的深层'隐含
义'，即词所表示的某一对象区别于其他对象的特征，是词高度抽象、升华后所体现
出来的意义。"⑤这里所指"隐含义"当指语源义。

　　我们认为：语源义，即文字产生之前部分根词得名之初的意义，是后世派生词共
同的隐含意义。其本质特征有原始性、隐含（深层义）性、构词理据、依托性。这就让
我们注意到本义、核心义相关研究中的概念与特征的纠葛。

　　王力说过："本义总是代表比较原始的意义。"⑥《王力语言学词典》给"本义"的
定义则是："汉字最初的一种意义。"⑦而王力主编《古代汉语》则说："所谓词的本义，就
是词的本来意义。汉语的历史是非常悠久的，在汉字未产生以前，远古汉语的词可能还
有更原始的意义，但是我们现在已经无从考证了。今天我们所能谈的只是上古文献史
料所能证明的本义。"⑧裘锡圭认为："不应该简单地把字的本义跟它所代表的词的本
义等同起来。"⑨张世禄等《古代汉语教程》："一个词在其初产生时所具有的意义，就
是该词的本义"，"萌生于史前的词的意义在漫长的历史中已有过种种变化，而这种
种变化的具体轨迹，早在史前便已消失湮灭，无法推知……所以现在一些研究古汉语
的论著，在讨论中给词的本义所下的定义要宽泛得多，一般是以有文字材料作佐证的
词的本来意义作词的本义"。⑩蒋绍愚认为："'词的本义'指一个词本来的或最初的意
义，而词的产生比文字要早得多……就是说，'词的本义'要比'字的本义'古老。"⑪丁喜

---

① 殷寄明：《汉语语源义初探》，学林出版社 1998 年版，第 35 页。
② 王宁等：《词源意义与词汇意义论析》，《北京师范大学学报》（人文社会科学版）2002 年第 4 期。
③ 殷守艳：《汉语语源义研究》，复旦大学博士学位论文，2014 年，第 32 页。
④ 冯春田等：《王力语言学词典》，山东教育出版社 1995 年版，第 664 页。
⑤ 苏宝荣：《词义研究与辞书释义》，商务印书馆 2000 年版，第 148 页。
⑥ 王力：《中国语言学史》，山西人民出版社 1981 年版，第 35 页。
⑦ 冯春田等：《王力语言学词典》，山东教育出版社 1995 年版，第 24 页。
⑧ 王力等：《古代汉语》（校订重排本），中华书局 1999 年版，第 93 页。
⑨ 裘锡圭：《文字学概要》，商务印书馆 1988 年版，第 146 页。
⑩ 张世禄：《古代汉语教程》，复旦大学出版社 2000 年版，第 126—127 页。
⑪ 蒋绍愚：《古汉语词汇纲要》，商务印书馆 2021 年版，第 57 页。

霞《"卿"的本义考辨》认为："所谓本义是指有文字可考的、有文献资料可供参证的一个词最初的意义。"①

以上的讨论涉及本义的定义、特点以及本义与文字的关系等,大多认为本义即"原始意义""本来意义""(词)初产生时所具有的意义""最初的意义"。字的本义是否即词的本义,有两种不同的认识,是因为对字词关系的认识深度以及本义、引申义的混淆造成的。对本义认识的视角和高度不一,导致了在求本义的实践中,本义难以确定。例如:刘钊《"集"字的形音义》认为"集"的"降落(下落)""栖止(停留)""聚集(集合)"三个义位"都是本义,不存在引申或假借的关系"。② 李宪堂即介绍前人研究"帝"的本义有"花蒂说"或"根蒂说""束柴说""十字说""北极说""通天树说""神柱说""女阴说"等,并提出自己的"天杆(测天表木)说"。③ 范桂娟介绍前人研究"因"的本义有"垫席""死""囚""包裹""就"等,又提出"在(垫席)上/(衣物)里"说。④ 一词多本义,在情理上显然与本义的内涵是矛盾的。"原始意义"说明了语源义与本义的内在关联,一些研究也正说明了这种关联,例如,张永言《词汇学简论》说道:"从起源或发生的观点看,词的意义可以分为基本意义和引申意义或者词源意义和现行意义。这是历时的分类法。"⑤ 王宁等认为:"词汇意义指的是语言的词的概括意义,它是词汇学的研究对象。词源意义指的是同源词在滋生过程中由词根(或称语根)带给同族词或由源词直接带给派生词的构词理据,它是词源学的研究对象。"⑥ 是对语源义与词汇意义、本义关系的较深入的论述。

至于核心义,又有叫作"核心义素""核义素"的。张联荣《谈词的核心义》首揭其说,认为"这样看来,词的核心义和本义都与引申义有关……核心义集中体现人们对事物本质特征的认识,它和词的本义并不一定完全重合","词的核心义与词的理据既有联系,又有区别","词的核心义是一种隐含义,也是一种深层义"。⑦ 王云路等认为:"从词语派生的角度看,每一个词总是由它的源词派生而来,⑧从源词那里承袭了词源意义(从义素的层面看就是源义素,或称遗传义素)","我们认为每一个词都有一个相对稳定的意义核心,它由源词派生给派生词,或由本义传给引申义,这是词

---

① 丁喜霞:《"卿"的本义考辨》,《殷都学刊》1999 年第 3 期。
② 刘钊:《"集"字的形音义》,《中国语文》2018 年第 1 期。
③ 李宪堂:《"帝"之本义考——兼释"辛"》,《南开学报》(哲学社会科学版)2020 年第 4 期。从语源义角度看,《说文·丄部》"帝,谛也"可证李氏从文化史角度提出的"天杆说"。
④ 范桂娟:《从出土文献看"因"的本义》,《长春大学学报》(社会科学版)2020 年第 9 期。
⑤ 张永言:《词汇学简论》,复旦大学出版社 2015 年版,第 46 页。张先生所谓"基本意义"即指"本义"。
⑥ 王宁等:《词源意义与词汇意义论析》,《北京师范大学学报》(人文社会科学版)2002 年第 4 期。
⑦ 张联荣:《谈词的核心义》,《语文研究》1995 年第 3 期。
⑧ 这里所谓"源词",一般称为"根词"。

源意义系统和词汇意义系统中的枢纽和统系"。① 王说较全面深入。

所谓"核心义"与"语源义"具有一致的内涵,只是不同视角的不同名称。万献初说道:"由'父、甫'作声符代代递增的形声字,有'甫、尃、浦、逋、捕、补、圃……礴'等六十多个,都含有核心义素'铺开',成为音近义通的一个同源词族。"②显然作者所谓"核心义素"就是指"语源义"。

基于历史传承与研究现状,从词汇学、训诂学的角度,全面观察汉语词义系统,深入理清语源义、核心义、本义乃至于引申义之间的关系,是很有必要的。举例讨论如下。

二、"离析"义同源词系联

语源义的讨论是针对词的语源的。从本质上说,词是音义结合体,语音是词的物质外壳。根词是词汇里极少部分的最原始、最单纯(意义单一)、最基本的词,是基本词汇的核心部分。我们可以推断,远古时期汉语中的音节是极少的,这部分承载固定单纯意义的音节应当是远古汉语的根词。这些根词的音义结合纯属偶然。从根词出发,以语音为纽带,以根词的单一意义为基础,不断派生出新的词,根词的原始意义(或直接引申义)以义素身份参与构成了派生词意义的全部内容。这些派生词之间以及与根词之间语音相通(相同、相近),具有共同的义素,共同构成同源词族。这个共同的义素正是同源词族中的这些同源词的语源义。文字是记录语言的书写符号系统,它在记录词时,自然记录语音,并通过语音把词的意义记录下来。因为上古汉语以单音词为主,③因而字与所记录的词在意义上是一致的。因为尚未发现远古汉语的文字记录,学界对远古汉语根词的确定尚无法找到系统科学的方法,但部分同源词族的构建及语源义的归纳挖掘还是可以借现有文字实现的。前人理论阐述及个案讨论颇多。我们的基本认识是:同源词族的系联,就是要以语音为线索,结合字形的联系,④以意义关联为核心,去考察具有共同深层意义(源义素)的同源词的。语源义为"离析"的同源词族讨论就能很好地说明系联路径。

关于汉语词义系统及词义发展规律,章太炎《文始·叙例》说:"讨其类物,比其声均,音义相雠谓之变易,义自音衍谓之孳乳。"⑤从造字的角度提出了"变易"与"孳

---

① 王云路等:《汉语词汇核心义研究》,北京大学出版社 2014 年版,第 39 页。
② 万献初:《形声字"声符有义"的正确理解与运用》,《黔南民族师范学院学报》2018 年第 6 期。
③ 远古汉语同理。
④ 主要指形声字。
⑤ 《章氏丛书》浙江图书馆校刊本(民国六年至八年),第 2 页。

乳"两个条例。《黄侃论学杂著·尔雅略说》又说:"上古疆域未恢,事业未繁,故其时语言亦少;其后幅员既长,谣俗亦杂,故多变易之言。变易者,意同而语异也。事为踵起,象数滋生,故多孳乳之言。孳乳者,语相因而义稍变也。"①"意同而语异"说的是"四方言语"与"雅言"的音异义同问题。所谓"语相因"即指语音相同、相近,即同源派生词的语音或变或不变。"义稍变"实际上是说派生词在根词或前一派生词的语源义的基础上增加了义素,词的外延不断扩大。黄侃还说过:"凡文字之意义相关者其音亦往往相关","古韵同部之字及古声同纽之字义多相近"。② 我们借"章黄"的"变易""孳乳"之名称来阐述语源义在词义系统中的核心作用。孳乳,指因词义的引申造成的词的分化,是词义发展的同源,反映在文字上是字形微别,大多为古今字(分别字、孳乳字),一般在同一支族内部;变易,是造新词时的同源,指因音转构成的不同支族之间的同源词,反映在文字上是字形迥异,大多为造字的假借或异体字。黄侃认为:"中国字由孳乳而生者皆可存之字。由变易而生之字则多可废。"③所谓"变易而生之字"当指异体字。下文中异体字一般不独立为派生词,括号中的字即为异体字④。

我们从语源的角度梳理"离析"义同源词族关系如下:

表1 "离析"义同源词族关系表——支族"析"

根词	支族	派生词	古音⑤	语音关联⑥	本义
析	析	析(枂)	心母锡部。《类篇·木部》:"音斯。"	析(枂)、淅、晳(晰)、蜥,同音。	劈木头。
		淅	心母锡部。		淘米。
		晳(晰)	心母锡部。		肤色白净。
		蜥(蝎)	心母锡部。		蜥蜴。

支族"析"义素分析举例:

析(xī;sī)

《说文·木部》:"破木也。"⑦《诗经·齐风·南山》:"析薪如之何,匪斧不克。"⑧

---

① 黄侃:《黄侃论学杂著》,上海古籍出版社1980年版,第361—362页。
② 黄侃述,黄焯编:《文字声韵训诂笔记》,上海古籍出版社1983年版,第204、214页。
③ 黄侃述,黄焯编:《文字声韵训诂笔记》,上海古籍出版社1983年版,第34页。
④ 包括俗字。
⑤ 本文所记上古音除特殊注明外,并据唐作藩编著《上古音手册》(江苏人民出版社1982年版)。
⑥ 本文分析语音关联,主要参考王力《同源字典》(商务印书馆1982年版)第78—80页。
⑦ [清]段玉裁:《说文解字注》,上海古籍出版社1981年版,第269页。本文所引《说文》版本一般同。《说文》为《说文解字》略称,"段注"指"清段玉裁注"。
⑧ [清]阮元:《十三经注疏》,中华书局1980年版,第353页。本文所引《诗经》版本同。

《尚书·尧典》"厥民析"西汉孔安国传曰:"厥,其也。言其民老壮分析。"①"分析"即"分离"义。《广雅·释诂》:"析、斯,分也。"②《后汉书·西羌传》:"滨于赐支……赐支者,《禹贡》所谓'析支'者也。"③

浙(xī)

《说文·水部》:"汰米也。"汰,古同"汰"。淘米有"分离杂质"之意,具"分别"义素。

晳(晰)(xī)

《说文·白部》:"人色白也。"段注:"《鄘风》'扬且之晳也',传曰:'晳,白晳也。'""今字皆省作晰,非也。"黑白分明,含"分别"义素。《释北魏高道悦墓志》:"遥源昭晰,绵叶贞明。"④晰,同"晳",昭晰,"分明"。

蜥(xī)

《说文·虫部》:"蜥,蜥易也。""蝘,在壁曰蝘蜓,在草曰蜥易。"《尔雅·释鱼》:"蝾螈,蜥蜴。"⑤《现代汉语词典》(第7版)释作:"爬行动物……尾巴细长,为迷惑敌害,可自行断掉。"蜥蜴的特征是"尾巴自行断掉",具"脱离"义素。

表2 "离析"义同源词族关系表——支族"斯"

根词	支族	派生词	古音	语音关联	本义
析	斯	斯	心母支部。	撕,与"析"同音。其余并同音。撕、簛,中古以后新生字。斯,与"析"心母双声、支锡对转。	析,劈开。
		澌	心母支部。《正韵》:"音嘶。"		冰融化开裂。
		澌(儩)	心母支部。		尽;消亡。
		瓴	《古今通韵·四支》:"音斯。"		瓮破。
		㸨	《集韵·支韵》属小韵"斯"。		焦气。
		撕	心母支部。		析。
		厮(儩)	心母支部。颜师古注:"音斯。"		古代干粗活的男性奴隶或仆役。
		㭾	段玉裁注:"读同析。"		析。
		鐁	《集韵·支韵》属小韵"斯"。		鐁弥。
		簛	《集韵·支韵》属小韵"斯"。		竹枝。

---

① 〔清〕阮元:《十三经注疏》,中华书局1980年版,第119页。本文所引《尚书》版本同。

② 本文所引《广雅》并为《四部备要》本〔清〕王念孙《广雅疏证》。

③ 〔南朝宋〕范晔:《后汉书》,中华书局1965年版,第2869页。

④ 秦公:《释北魏高道悦墓志》,《文物》1979年第9期。

⑤ 〔东晋〕郭璞、〔北宋〕邢昺:《尔雅注疏》,王世伟整理,上海古籍出版社2010年版,第519页。本文所引《尔雅》版本同。

（续表）

根词	支族	派生词	古音	语音关联	本义
析	斯	嘶	心母支部。		沙哑。
		蘺	心母支部。苏林："音斯。"		草名。

支族"斯"义素分析举例：

斯（sī）

《说文·斤部》："斯，析也。"《诗经·陈风·墓门》："墓门有棘，斧以斯之。"毛传："斯，析也……此棘薪维斧可以开析之。"明方以智《通雅·植物》："枫上占斯曰枫柳。占斯者，寄生也……嵇含曰：'枫久有瘤，一夕雷雨，其树赘暗长三尺，曰"枫人"。'"①这里"斯"具"分叉"义素。

澌（sī）

《说文·仌部》："流冰也。"段注："谓仌初结及已释时随流而行也。"《风俗通》："冰流曰澌，冰解曰泮。""斯去声。义同。"②此词犹存留在今属于江淮方言区通泰片的如皋小片中，例如"冻澌吖来吖"的意思是"冬天冻地上的冰冻融化开来"。③

澌（傂）（sī）

《说文·水部》："澌，水索也。"④段注："郭注云：'尽也'。"《方言》曰：'铤，赐也。'赐者，澌之假借，亦作'傂'。"《方言》："澌，索也。"郭璞注："尽也。"⑤"尽"为引申义。讹变义同"澌"，解冻时流动的冰。"赐""解"并具"分开"义素。

甀（sī）

《字林考逸·瓦部》："瓮破也。"清任大椿自注曰："《集韵》《类篇》下并曰'一曰瓶也'。"⑥《广韵·支韵》："瓮破。"⑦如皋话小片可用于门板、釜冠（木锅盖）等"甀吖个缝儿"的说法。瓮破、声散，分别具"开裂""分散"义素。

燍（sī）

《大广益会玉篇·火部》："焦气也。"⑧《广韵·支韵》："火焦臭也。"即"烧焦的气

---

① ［明］方以智：《通雅》，中国书店 1990 年版，第 527 页。
② 见宋潘自牧《记纂渊海·天文部》。
③ 吖，同音替代字。后同。
④ 《增修互注礼部韵略·真韵》："澌，水索，尽也。"
⑤ 华学诚等：《扬雄方言校释汇证》，中华书局 2006 年版，第 969 页。
⑥ ［清］任大椿：《字林考逸》，江苏书局 1890 年校刊本，卷七，第 13 页。
⑦ ［北宋］陈彭年：《广韵》，商务印书馆 1936 年版，第 36 页。本文所引《广韵》版本同。
⑧ ［北宋］陈彭年：《大广益会玉篇》，《四部备要》本，卷下，第 7 页。本文所引《大广益会玉篇》版本同。

味"。《集韵·齐韵》"经�,焦貌。"①"经㿝"即纤维开裂之意。东西烧焦具"开裂"义素。

厮(廝)(sī)

《汉书·张耳陈余传》"有厮养卒谢其舍"唐颜师古注:"苏林曰:'厮,取薪者也。'"②又《汉书·西域传》"然尚厮留甚众"唐颜师古注:"厮留,言其前后离厮,不相逮及也。"《集韵·支韵》:"析薪养马者。或作廝。""离厮""析薪"分别具"分离""分开"义素。

榽(xī)

《广雅·释草》:"下支谓之椑榽。"清王念孙《疏证》曰:"'支'与'枝'同。《大广益会玉篇》云:'椑榽,木下枝也。'"《说文·木部》"榽,栖榽也。"段注:"二字叠韵,读同析。"又,"栖榽,枏指也"段注:"各本作'椑',今正。'枏指'如今之'拶指'。"段说当近之。手指张开伸入木孔中受拶指之刑。可见"榽"为"斯"之今字,又转而为手部之"撕"。

嘶(sī)

《汉书·王莽传》"露眼赤精,大声而嘶",唐颜师古注:"嘶,声破也,音先奚反。"《集韵·支韵》:"声散也。""破""散"具"分散"义素。

蓰(sī)

清任大椿《字林考逸·艹部》:"草生水中,其花可食。"③明方以智《通雅·植物》:"《子虚赋》'葴蓰苞荔'注:'蓰,生水中,其花可食。'孟康曰:'禾似燕麦。'《文选》'蓰'作'菥'。"④《汉书·司马相如传》作"葴析苞荔"。燕麦具"分叉"义素。

表3 "离析"义同源词族关系表——支族"廌"

根词	支族	派生词	古音	语音关联	本义
析	廌	廌	颜师古注:"音豸。"心母支部/定母支部。	廌、褫,定透旁纽、支部叠韵。蛥,与"廌"定喻准旁纽、支部叠韵。廌,与"析"心母双声、支锡对转。廌,又与"析"定心邻纽、支锡对转。	传说中的兽名,似虎而有角,能行于水中。
		褫	透母支部。		解下衣服。
		蛥	喻母支部。		似蜥蜴。

支族"廌"义素分析举例:

---

① 本文所引《集韵》并为《四部备要》本。
② [东汉]班固:《汉书》,中华书局1962年版,第1834页。本文所引《汉书》版本同。
③ [清]任大椿:《字林考逸》,江苏书局1890年校刊本,卷二,第7页。
④ [明]方以智:《通雅》,中国书店1990年版,第536—537页。

虒(sī;zhī;tí①)

《说文·虎部》:"委虒。虎之有角者。"角可以"分割"猎物。

褫(chǐ)

《集韵·支韵》:"《说文》:'夺衣也。'"《易经·讼》"终朝三褫之",唐孔颖达疏曰:"一朝之间,三被褫脱。"②夺,脱。具有"分开"义素。

螔(yí)

《集韵·支韵》:"郭璞曰:'似蜗蝓而大,有鳞。'"

表4 "离析"义同源词族关系表——支族"支"

根词	支族	派生词	古音	语音关联	本义
析	支	支	章母支部。	支、枝、肢,分别字,③同音。芰、岐、歧、蚑、跂,同音,与"支"群章准双声、④支部叠韵。跂,又与"支"溪章准双声、支部叠韵。翍(翅)、支,书章旁纽、支部叠韵。支,与"析"章心邻纽、支锡对转。⑤	修理竹枝。
		枝	章母支部。		枝条。
		肢	章母支部。		四肢。
		芰	群母支部。		三角、四角的菱角。
		岐	群母支部。		岐山。
		歧	群母支部。		岔道。
		跂	群母支部/溪母支部。		脚多长出的趾头。
		翍(翅)	书母支部。		翅膀。

支族"支"义素分析举例:

支(zhī)

《说文·支部》:"去竹之枝也。"《类篇·卷九》释同《说文》,小字注曰:"一曰分也。"⑥攀折竹枝,具"断开"义素。

枝(zhī)

《说文·木部》:"木别生条也。"段注:"枝必岐出也,故古枝、岐通用。"王力《同源字典》:"'支、枝'本同一词,后来字义分化,竹木之枝用'枝',分支、支持用'支'。"⑦

----

① 古地名用字。
② [清]阮元:《十三经注疏》,中华书局1980年版,第25页。
③ 即古今字。早期同词,后逐渐分化,独立成词。
④ 参郑张尚芳《上古音系》(第二版)第128页关于《颜氏家训·音辞》"岐"音的讨论。
⑤ 李方桂《上古音研究·上古韵部的个别讨论》将锡部归入支部中。
⑥ [北宋]司马光:《类篇》,天津古籍出版社1999年版,第94页。本文所引《类篇》版本同。
⑦ 王力:《同源字典》,商务印书馆1982年版,第112页。

芰(jì)

《类篇·卷二》:"芰,《说文》'菱也'。"唐段成式《酉阳杂俎·广动植之四·草篇》:"芰,今人但言菱芰,诸解草木书亦不分别,唯王安贫《武陵记》言:'四角、三角曰芰,两角曰菱。'今苏州折腰菱多两角。"①菱角具"分叉"义素。

岐(qí)

清朱骏声《说文通训定声》:"岐山,山有两枝,故名。"②

歧(qí)

《尔雅·释宫》"歧旁"郭注:"歧,道旁出也。"

跂(qí)

《说文·足部》:"足多指也。"具"分叉"义素。

翄(chì)

同"翅",具"分开"义素。

表5 "离析"义同源词族关系表——单个派生词(一)③

根词	支族	派生词	古音	语音关联	本义
析	多个支族	廌	定母支部。段玉裁《说文解字注》:"与'豸'同音。"	与"析"定心邻纽、支锡对转。	兽名。解廌。
		豸	定母支部。	同上。	本指无足之虫,后泛指虫类。
		鲜	心母元部。司马贞《史记索隐》:"鲜、析音相近,古读鲜为斯。"	与"析"心母双声、元锡旁对转。	新宰杀的鸟兽肉。
		劙	来母支部。	与"析"来心邻纽、支锡对转。	刺破;割破。

单个派生词义素分析举例:

劙(lí)

《广雅·释诂》:"劙,解也。"《荀子·强国》"劙盘盂",唐杨倞注:"劙,割也。《战国策》赵奢谓田单曰:'吴干将之剑,肉试则断牛马,金试则截盘盂。'"④《广韵·支

① [唐]段成式:《酉阳杂俎》,齐鲁书社2007年版,第132页。
② [清]朱骏声:《说文通训定声》,世界书局1936年版,第450页。
③ 根据语音关联,分成两个表。
④ [清]王先谦:《荀子集解》,山东友谊出版社1994年版,第515页。

韵》：“劙,分破也。”

表6　“离析”义同源词族关系表——支族“易”

根词	支族	派生词	古音	语音关联	本义
析	易	易	喻母锡部。	赐、锡,同音。裼、剔,与“赐”透心邻纽、锡部叠韵。易、埸,同音,与“析”喻心邻纽、锡部叠韵。	蜥蜴。
		赐	心母锡部。		赏赐;给予。
		锡	心母锡部。		赏赐;给予。
		埸	喻母锡部。		边界。
		裼	透母锡部。		脱去上衣。
		剔	透母锡部。		把肉从骨头里刮下来。

支族“易”义素分析举例：

易(yì)

《说文·易部》：“蜥易,蝘蜓。守宫也。”段注：“易,本‘蜥易’,语言假借而‘难易’之义出焉……郭云：‘蜴音析。’是可证‘蜴’即‘蜥’字。”

赐(cì)

《说文·贝部》：“予也。”《大广益会玉篇·贝部》：“惠也;施也;空尽也。”释引申义“空尽”与“澌”同义。施恩惠及财物于人,具“分开”义素。

锡(xī)

《尚书·尧典》“师锡帝曰”,西汉孔安国传：“锡,与也。”《尔雅·释诂》：“锡,赐也。”

埸(yì)

《说文·土部》：“疆也。”①《广雅·释诂》：“界也。”疆界,具“分开”义素。

剔(tī)

《广雅·释诂》：“剥、刐、剐,剔也。”王念孙疏证：“《众经音义》卷十一引《通俗文》云‘去骨曰剔,去节曰刐’。”

表7　“离析”义同源词族关系表——支族“犀”

根词	支族	派生词	古音	语音关联	本义
析	犀	犀	心母脂部。	㓨,与“犀”同音,中古新生字。犀,与“析”心母双声、脂锡旁对转;与“斯”心母双声、脂支通转。	动物名。
		㓨	《大广益会玉篇》：“素奚切”。		削;剖杀。

---

① ［东汉］许慎：《说文解字》,中华书局1963年版,第290页。

支族"犀"义素分析举例：

劙(chí)

《大广益会玉篇·刀部》："剺也。"《类篇·刀部》："剺,皮伤也。"《大广益会玉篇·刀部》："剺,皮也。""劙"当为"凌迟"之"迟"的正字。明杨继盛《杨忠愍集·行状》："臣下有建言设立丞相者,本人凌劙,全家处死。"①"皮也"即"去皮",泰如方言片如皋话小片有"劙鱼"的说法。具"剖分"义素。

表8　"离析"义同源词族关系表——单个派生词(二)

根词	支族	派生词	古音	语音关联	本义
析	多个支族	死	心母脂部。	与"析"心母双声、脂锡旁对转。	死亡,生命终止。
		尸	书母脂部。	与"析"书心邻纽、脂锡旁对转。	人躺着。
		兕	邪母脂部。	与"析"邪心旁纽、脂锡旁对转。	古代兽名。皮厚,可以制甲。
		洟	透母脂部。	与"析"透心邻纽、脂锡旁对转。	鼻涕。
		涕	透母脂部。	同上。	眼泪。
		泗	心母质部。	与"析"心母双声、质锡旁转。	鼻涕。
		鸷	章母质部。	与"析"章心邻纽、质锡旁转。	凶猛的鸟。
		丝	心母之部。	与"析"心母双声、之锡旁对转。	蚕丝。
		氏	禅母之部。	与"析"禅心邻纽、之锡旁对转。	姓的分支。

单个派生词义素分析举例：

死(sǐ)

《释名·释丧制》："人始气绝曰死。死,澌也。就消澌也。"②《庄子·知北游》："人之生,气之聚也。聚则为生,散则为死。"③《关尹子·四符》："生死者,一气聚散尔。"④具"断开""分散"义素。

尸(shī)

《说文·尸部》："尸,陈也。象卧之形。"《释名·释丧制》："尸,舒也。骨节解舒,不复能自胜敛也。""解舒"具"分散""分开"义素。

泗(sì)

《说文·水部》："泗水。受泲水,东入淮。"《诗·陈风·泽陂》"涕泗滂沱"毛传：

---

① 四库本。
② 《四部丛刊》本,第六十一页。本文所引《释名》版本同。
③ [战国]庄子：《庄子》,萧无陂导读、注译,岳麓书社2018年版,第243页。
④ 《四部备要》本,第13页。

"自目曰涕,自鼻曰泗。"洟、涕、泗,眼泪、鼻涕流出,具"脱离"义素。

鸷(zhì)

　　《说文·鸟部》:"击杀鸟也。"鸟击杀猎物,具"分割"义。

丝(sī)

　　《说文·丝部》:"蚕所吐也。"蚕吐丝,具"分离"义素。

氏(shì)

　　《左传·隐公八年》"天子建德,因生以赐姓,胙之土而命之氏",唐孔颖达疏曰:"《释例》曰:'别而称之谓之氏,合而言之则曰族。'"①族的分支,具"分开"义素。

三、语源义与本义、引申义的关联

　　从上面列表中的六个支族及单个派生词共 48 个同源词可以看出,同源词族是由若干支族构成的,每个支族的根词又统摄若干个同源派生词,每个支族的派生词之间语音相同、相近。语音相同是词的孳乳过程中"语相因"所造成的;语音相近是由于古今语音发展的影响因素不同(音变构词、②方音、语音讹变)所造成的。一个支族内的派生词,与根词之间属于词义引申关系,一般是从根词的核义素出发,沿着从个别到一般、从具体到抽象两个途径,不断"增殖"新的义素,不断扩大词义的外延,这些新的义素与核义素共同构成派生词的语素,当这个词的语素逐渐稳固后,就形成了新词,这就是所谓词的"孳乳"。派生词如果有多个义项,则往往会音变,形成一词多音。例如,"斯"的核义素是"离析",作为"析"的异形同源词,其语素中含有义素"木头",因而从"离析"个别对象"木头",引申到"离析"其他一般事物时就成了:冰"离析"为"澌",水"离析"为"漸",陶器"离析"为"甕",等等。

　　语源义与本义。因为我们今天所说的"本义"是从操作层面确定的通过分析字形及考核文献所能证明的词的最早意义,它实际上与词的"本来""原始"意义之间自然可能会存在距离。语源义又是具有抽象性的,这是它可以作为基础不断"增殖"义素的前提,抽象程度越高,派生同源词的能力越强。而真正的本义多为具体意义。如此看来,我们今天所能证明的词的"本义",有的可能与根词的原始意义相同,因为理想中的词的本义即"本来意义""原始意义",也即根词的最早意义。而今天我们所说

----

① 〔清〕阮元:《十三经注疏》,中华书局 1980 年版,第 1733 页。本文引《左传》版本同。
② 通过音变区别引申义或词性。

的"本义",从情理上看,大多可能就是引申义。这些所谓的"本义"与后来的引申义,再通过从个别到一般、从具体到抽象等引申途径,以直接引申、间接引申的方式,继续发展出新义或产生新的用法,①构成了立体式的词义发展系统。语源义往往是根词的较早的抽象性的引申义,一般以义素身份参与到同源派生词的义素"增殖"过程中,进而决定性地构成了派生词的语素,并以源义素为纽带,串联起一组组的词义引申序列,这些序列就是支族。例如,语源义为"离析"的同源词族,其根词"析"的本义是"劈木头",其语源义则是它的早期引申义"离析",语源义"离析"就以义素身份参与到"斯""支""虒""易"等同源派生词的"增殖"过程中,这些同源派生词又作为支族根词,派生出同源派生词系列。所有同源派生词中就包孕了"开裂""断开""分离""分开""分叉""分散""脱离""剖分""分割""砍削"等义素。这些义素,自然与语源义"离析"语素(根词的较早引申义)有着较高的隐含的语义关联度。

语源义研究意义不凡。一是有利于提纲挈领地分析词义发展的系统。为语文辞书义项处理提供参考。例如,《汉语大词典》虽未交待义项排列的原则,不过依照语文辞书通例,一般是按照从本义到引申义、假借义的顺序,《汉语大词典》中"鲜"的第一义项是"泛指鱼类",结合语源义"离析"考察,第一义项当为本义,要含有"离析"义素,第一义项当为"新宰杀的鸟兽肉";又其"通假义用'通'表示"的说明,亦欠准确,因为前人所说的"通"还包含同源词,"通'析'""通'斯'"的释义值得推敲。又如"支",首列义项为"'肢'的古字",实际上它作为支族根词是"枝、肢、芰"等多个同源派生词的古字。从语源义"离析"分析,第一义项当列本义"修理竹枝"。我们认为本义的确定原则是:与语源义有显性联系的意义可优先确立;反映个别事物概念的具体意义可优先确立;名词或动词的意义可优先确立。

二是有利于深入理解古代诂释材料。古代辞书释义与古代文献中的故训,所释意义是什么性质呢? 有词的语素义,多为本义;有语源义或者说源义素;有引申义;有用同源词或同义词互训。例如,《说文解字·水部》:"澌,水索也。"《方言》:"澌,索也。"《字林考逸·瓦部》:"甆,破也。"《大广益会玉篇·火部》:"焦气也。"就是释语素义的。《说文解字·斤部》:"斯,析也。"《诗经·陈风·墓门》:"墓门有棘,斧以斯之。"东汉郑玄笺:"斯,析也……此棘薪维斧可以开析之。"是释语源义的。《说文解字·仌部》:"凘,流冰也。"徐锴曰:"冰解而流也。"②《诗经·大雅·皇矣》"王赫斯

---

① 包括自动词因使动用法发展成的他动词。"离析"义的诸多义素中,就包括了这种情形。
② 尽管此释见于《说文》,我们推测当有更早的本义"冰解"。

怒"东汉郑玄笺:"斯,尽也。"是释引申义的。洪诚也认为《方言》中"党""晓""哲""知"四个词同义,而"党、哲、知同纽,同一语根"。① 正是阐述他们为同源词关系的。明方以智《通雅》之"通"亦是以语源义为考察中心的。至于"直音"注音,有时也不是单纯的注音,更多的是在串联同源词之间的"孳乳"或"变易"关系。有的训诂材料在用"直音"注音时,还直接指出"义同""义与某同"等。古代字书、韵书中的直音注音情形复杂,有破假借的,有揭示古今字、异体字关系的,有说明音近义通关系的,有仅标注读音的。还要注意的是,古代诂训材料中常用"某与某通""某,通某"等术语来阐述两个词意义相通,即语源义相同,有一些我们不能就认为是现代学术话语下的通假字,以至于与王力所说的"通假字不是同源字"相矛盾。例如,《集韵·支韵》:"礍,《博雅》:'磨也。'通作'磋'。"以及后引段玉裁注:"(廌)与'豸'同音,通用。"正是分别释"礍"与"磋"、"廌"与"豸"同源。

三是帮助从文化史的角度去讨论名物命名的理据。古代专名的训诂向来是个难题,专名的意义与语源义之间的关系也最为隐晦。因而古代训诂材料中的地名、山水名、动植物名中的核义素的挖掘难度颇大,除《释名》《通雅》等专书外,一般不涉及。现在我们不妨以语音为线索,源义素为纽带,努力去发现部分同源派生词之间的共性,从而确定其同源关系。例如,"廌"与"豸",皆为兽名。我们发现两者之间的共同点是"一角""触不直",两者同源,②其意义发展轨迹是:独角兽,善抵触,引申出"分解"义,故并与"析"在"离析"语源义上同源。也进而发展出"解廌""獬豸"名,"解""廌""豸"义通。文献记录有如《说文·廌部》:"廌,解廌兽也。似牛,一角,古者决讼,令触不直者。"段注:"《神异经》曰:'东北荒中有兽,见人斗则触不直,闻人论则咋不正。名曰"獬豸"。'《论衡》曰:'獬豸者,一角之羊,性识有罪,皋陶治狱,有罪者,令羊触之。'按,古有此神兽,非必皋陶赖之听狱也……'廌'与'解'叠韵,与'豸'同音,通用。'廌'能止不直,故古训为'解'。《左传·宣十七年》'庶有廌乎'杜注:'廌,解也。'《释文》本作'廌',《正义》本作'豸',陆云:'廌、解之训见《方言》。'"《尔雅·释虫》:"有足谓之虫,无足谓之豸。"《后汉书·舆服志下》:"法冠……或谓之獬豸冠。獬豸神羊,能别曲直,楚王尝获之,故以为冠。"《汉书·司马相如传》"推蜚廉,弄解廌",唐颜师古注:"'郭璞曰:飞廉,龙雀也。鸟身鹿头。'张揖曰:'解廌似鹿而一角,人君刑罚得中则生于朝廷,主触不直者,可得而弄也。'"③前人已认识到"廌"与"豸"皆具"离析"(解)语源义。"犀""兕"同源情形略同,由于古人认识的模糊,致使两者

---

① 洪诚:《训诂学》,江苏古籍出版社 1984 年版,第 70 页。
② 疑"廌"亦同源。
③ 弄,颜师古释为"推"。

的异同众说纷纭。诸如《说文·牛部》:"犀,南徼外牛,一角在鼻,一角在顶,似豕。"清陈元龙《格致镜原·犀》:"《岭表录异》:'犀有二角,一在额上为兕犀,一在鼻上为胡帽犀。'牯犀亦有二角,皆为毛犀。而今人多传一角之说。《交州记》:'犀,鼻上角长,额上角短。'或曰:'三角者水犀也,二角者山犀也。在顶上者谓之顶犀,在鼻者谓之鼻犀。'……《林邑国记》:'犀行,过丛林不通,便开口露齿,前向直指,棘林自开。'"①《尔雅·释兽》"兕似牛……犀似豕",西晋郭璞注:"一角,青色,重千斤""犀,形似水牛,猪头,大腹,庳脚,脚有三蹄,黑色。三角,一在顶上,一在额上,一在鼻上。鼻上者即食角也。小而不椭,好食棘。亦有一角者。"北宋邢昺疏:"其(兕)皮坚厚,可制□②。《交州记》曰:'角长三尺余,形如马鞭柄。'是也。"清陈元龙《格致镜原·兕》:"《本草》陈藏器云:'兕是犀之雌者,而形不同。'……《蟫史》:'兕,背似马鞍,善触。有水兕,有山兕,犹犀有二种也。'"其实,两者并以角触物,在"割裂"义上是相通的。两者命名的理据相同,远古时期是否为一种,或"犀兕"连用时乃古今字作为注文窜入正文,有待深入考定。又如,"易"作为根词,其语源义正是从本义"蜥蜴"的断尾特征引申出的"断开"再引申的"分开"义素。"蜴""蜥"义正同。以此为纽带,财物分与别人为"赐";衣服脱下为"褫";土地分开为"场"。同源关系一旦确立,有些模糊认识就变得清晰了。

The Nature of Etymological Semantics: A Case Study of the Derivational Word Family of "LiXi"(离析)

Wan   Jiufu

Abstract: The so-called "core meaning" and "etymological meaning" share consistent connotations, but are different terms from different perspectives. The root word "xi" has cognate word families such as "xi", "si", "ti", "zhi", "yi", "xi", etc. The etymological meaning of this word family is "Lixi" (to separate or to split). The semantic elements such as "to crack", "to break", "to separate", "to split", "to fork", "to disperse", "to detach", "to dissect", "to divide", "to cut", etc., are highly associated with the et-

---

① [清] 陈元龙:《格致镜原》,广陵古籍刻印社 1989 年版,第 929 页。本文所引《格致镜原》版本同。
② 注称:按阮本□处有"铠"字。

ymological meaning of "to separate". The study of etymological meaning is conducive to systematically analyzing the development of word meaning; it helps to gain a deep understanding of ancient lexicographical materials; and it aids in discussing the rationale behind the naming of objects from the perspective of cultural history.

Keywords：etymology；etymological meaning；word family；xi；si

语气词"去来"的生成历程与语用嬗变

王建军　刘　通[*]

摘要："去"和"来"原本是两个独立的语气词,因功能相类,二者逐渐凝固成为一个独特的二元组合。语气词"去来"的生成大致经历了前后相继的三个阶段:接合、黏合和融合。这三个阶段恰代表了其语法化和词汇化的三个步骤。"去来"自产生以来,一直专事祈使语气,但其祈使语力不断趋于弱化,逐渐由命令性为主转向以建议性为主。

关键词：语气词　去来　语法化　词汇化　语用嬗变

语气词"去来"作为汉语史上的一个特定组合,经历了一个相对漫长的词汇化和语法化进程。在这个进程中,"去来"不仅自身的性质发生了蜕变,其整体的语用效能也有所迁移。"去来"自始至终与祈使句相伴而行,二者之间呈现出一种较为明显的共变关系。

一、"去来"的生成基础

语气词"去来"是一个二元组合,"去"和"来"均为语气词。就其源头而言,"去"和"来"都是趋向动词,后来才逐渐虚化为语气词,但二者虚化的进程不一。

语气词"来"诞生在先,先秦文献中即有相关用例。例如:

(1) 盍归乎来!(《孟子·离娄上》)

(2) 虽然,若必有以也,尝以语我来!(《庄子·人间世》)

(3) 歌曰:"长铗归来乎! 食无鱼。"(《战国策·齐策》)

---
* 王建军,1964 年生,文学博士,苏州大学文学院教授、博士生导师,主要从事汉语史和语言学史的研究;刘通,1993 年生,苏州大学文学院博士研究生,主要从事汉语语法研究。

魏晋南北朝之际,语气词"来"由于具有现实的口语基础,使用率明显增加,扩张性日益增强,是当时最为通行的句末语气词之一。例如:

(4) 呼卖珠童曰:"视汝珠来!"(吴康僧会译《六度集经》卷四)

(5) 谓文曰:"授手来。"(晋干宝《搜神记·高山君》)

(6) 食粮乏尽若为活? 救我来,救我来! (宋郭茂倩《乐府诗集·隔谷歌》)

(7) 我董卓也,从我抱来。(晋陈寿《三国志·魏志·董卓传》裴注引《英雄记》)

(8) 汝止有一手,那得遍笛,我为汝吹来! (鲁迅《古小说钩沉·幽明录》)

从上古到中古再到近代,语气词"来"一直绵延不绝,不仅生命力特别持久,而且表现得异常活跃。在整个沿用期间,"来"的语用功能有所变迁:唐五代之前专表祈使语气,唐五代以后则兼表多种语气。对于"来"在唐五代和宋元之际的蜕变轨迹,孙锡信曾进行了跟踪研究,指出:"用于陈述句中表示陈述语气的'来'在晚唐五代时已见运用。……到宋元时期,语末的'来'运用已相当普遍,可用于陈述句和疑问句。"①例如:

(9) 老贼,吃虎胆来,敢偷我物? (唐张鷟《朝野佥载》卷六)

(10) 佛身尊贵因何得? 根本曾行孝顺来。(敦煌变文《二十四孝押座文》②)

(11) 师问园头:"作什摩来?"对曰:"栽菜来。"(南唐静筠二禅师《祖堂集》卷四)

(12) 卿不宣而至,有何事来? (元无名氏《宣和遗事》前集)

(13) 如今奶妈冯氏欺负子童来。(元无名氏《武王伐纣平话》卷上)

(14) 是我问你要休书来,不干你事。(元无名氏《朱太守风雪渔樵记》二折)

(15) 今谁教你行阵来? (元无名氏《薛仁贵征辽事略》)

曹广顺曾将此类"来"定性为"事态助词",并视之为初唐时期一种新生的语言现象。③ 不过,若从句法分布和基本性能着眼,此类"来"与祈使语气词"来"之间颇多相通之处,当可视同一脉。

必须指出,"来"尽管平添了表陈述和疑问语气的功能,但在近代的文献中,"来"的祈使语气功能依旧居于强势地位,相关的用例也最为常见。例如:

(16) (单于)报左右曰:"急守(手)趁贼来,大家疲乏。"(敦煌变文《李陵变文》)

(17) 合掌阶前领取偈,明日闻钟早听来。(敦煌变文《解座文二首》)

---

① 孙锡信:《汉语历史语法要略》,复旦大学出版社1992年版,第247页。
② 黄征、张涌泉编著:《敦煌变文校注》,中华书局1997年版。下同。
③ 曹广顺:《近代汉语助词》,语文出版社1995年版,第98、107页。

（18）菩萨子,吃饭来！（南唐静筠二禅师《祖堂集》卷十五）

（19）汝试道一句来,吾要记汝。（南唐静筠二禅师《祖堂集》卷十九）

（20）法灯代云："还我锁匙来。"（宋普济《五灯会元》卷六）

（21）这冷的你拿去,炉里热着来。（明无名氏《老乞大谚解》卷上）

（22）今日功罪已明,老夫须回圣人的话来。（臧本《薛仁贵》一折）

（23）你且细细说来,待我寻他报仇。（明吴承恩《西游记》2回）

（24）端的甚么买卖,你说来。（明兰陵笑笑生《金瓶梅》78回）

（25）端福儿,快来瞧你参来,你参参回来了！（清李绿园《歧路灯》11回）

从明代开始,"来"在白话文献中已呈现出衰减的趋势。清代往后,随着同类新兴语气词如"着""吧"等的广为流行,"来"逐渐从口语中退出。值得注意的是,语气词"来"的衰落是全方位的,除了常见的祈使用法,还包括那些被称为"事态助词"的用法。这也从另一侧面证实,所谓的"事态助词"其实就是一种功能异化的语气词。

和"来"相比,"去"的语气词化进程明显滞后。大约中古时期,"去"频繁与"来"合用于祈使句中,由此获得了虚化的契机。例如:

（26）大弟,共诣耆阇崛山上有所论说去来。（旧题后汉康孟详译《兴起行经》卷上）

（27）共至迦叶佛去来！（旧题后汉康孟详译《兴起行经》卷下）

（28）归去来兮,田园将芜,胡不归？（晋陶潜《归去来兮辞》）

（29）旷野中有病比丘,共迎去来。（晋佛陀跋陀罗共法显译《摩诃僧祇律》）

（30）至阿脂罗河上洗浴去来。（后秦弗若多罗译《十诵律》）

董志翘和蔡镜浩两位指出:"'去来'是魏晋南北朝的习语,用于祈使句末尾,其中的'去'为趋向动词,'来'仍为表示祈使语气的语气助词。"①显然,此期"去来"中的"去"和"来"并不处在同一层次,彼此尚构不成一个稳定的语符列。不过,正是在"来"的长期感染和同化之下,"去"逐渐语气词化。考之文献,语气词"去"的相关用例早见于唐宋,禅宗语录中尤其习见。例如:

（31）狱主莫嗔,更问一回去。（敦煌变文《大目干连冥间救母变文》）

（32）不可教后人断绝去也。（南唐静筠二禅师《祖堂集》卷四）

（33）与摩则学人不礼拜去也。（南唐静筠二禅师《祖堂集》卷二）

（34）有钱不买药吃,尽作土馒头去。（南唐沈汾《续仙传》）

（35）雪晴顺有踏青时,不成也待明年去？（宋刘辰翁《踏莎行》）

---

① 董志翘、蔡镜浩:《中古虚词语法例释》,吉林教育出版社1994年版,第329页。

（36）我若说似汝，汝已后骂我去。（宋普济《五灯会元》卷九）

尽管同为语气词，"去"的运用明显不如"来"那么普遍，有时常要与其他语气词（如"也"）连用，这一点在近代后期文献中体现得尤为突出。例如：

（37）如今俺省得底勾当，不说呵，怕后头道俺不是去也。（《元典章·台纲二》）

（38）兄长不必多叙，且押这厮去上界见玉帝，请旨发落去也。（明吴承恩《西游记》6 回）

（39）这吹台三月三大会，叫孩子跑跑去。（清李绿园《歧路灯》3 回）

（40）阎相公你就去办这件事去。（清李绿园《歧路灯》12 回）

（41）雨笠烟蓑归去也，与人无爱亦无嗔。（苏曼殊《寄调筝人》）

可以说，在表达语气方面，"去"与"来"并无二致。此类"去"同样被曹广顺视为"事态助词"。① 应该说，"去"的最终语气词化为语气词"去来"的生成奠定了必要的语法基础。

二、"去来"的语法化和词汇化过程

如前所述，从中古直到近代，"去来"都是一个高频组合。而高频率恰恰是语法化的前提条件。霍珀和特劳格特（Hopper & Traugott）就指出：一个语言形式在某种环境下出现的频率越大，那么它语法化的程度可能也就越高，而使用频率的提高往往表明一个句法格式的形成②。

关于"去来"的语法化过程，孙锡信作过如下的描述："这种表示语气的'去来'运用较晚，大约在宋元时，估计是前一种'去来'即趋向动词'去'＋事态助词'来'的发展，即趋向动词'去'仍保留原意，而'来'表示'曾经'事态的意义弱化以至消失，仅存留其肯定、强调的语气。"③孙氏的描述属于一种梗概性的推测，多少有点语焉不详。从历史语料看，"去来"的语法化进程大致可分为三个阶段，而这三个阶段正好对应于其一体化进程中的三个梯度。就此而言，"去来"的语法化与词汇化是两种同向并同步的演进行为。

第一，"去来"的接触阶段。该阶段属于"去来"语法化的初始阶段。此时的"来"是语气词，而"去"则是一个分明的趋向动词，二者之间只是一种寻常的语境接

----

① 曹广顺：《近代汉语助词》，语文出版社 1995 年版，第 98、107 页。
② 转引自石毓智：《汉语语法化的历程》，北京大学出版社 2001 年版，第 19 页。
③ 孙锡信：《近代汉语语气词》，语文出版社 1999 年版，第 147 页。

触关系。在具体的语句中,"去"都呈现出一个显著的语义特征:自身表位移或与位移动词同现。中古文献的所有"去来"莫不如此,前引各例可为一证。另外,近代的早期用例也大多属此。例如:

    (42)去来今何道,卑贱生所钟。(南朝宋鲍照《代陈思王白马篇》)

    (43)荡子守边戍,佳人莫相从。去来年月多,苦愁改形容。(唐孟郊《古意》)

    (44)归去来,阎浮提世界不堪停。(敦煌变文《大目干连冥间救母变文》)

    (45)师问僧:"何处去来?"对云:"添香去来。"(南唐静筠二禅师《祖堂集》卷五)

    (46)对云:"适来只闻鼓声动,归吃饭去来。"(宋道元《景德传灯录》卷六)

    (47)师云:"阇梨未生时,老僧去来。"(宋道元《景德传灯录》卷七)

    (48)婆婆,他每去了,咱也家去来!(元无名氏《元刊杂剧三十种·相国寺公孙汗衫记》)

    (49)哥哥,你更待那里去来?(元无名氏《元刊杂剧三十种·诸葛亮博望烧屯》)

    (50)请三位即便去来。(元施耐庵《水浒传》14回)

    第二,"去来"的黏合阶段。该阶段属于"去来"语法化的奠基阶段。此时的"去"已不含什么位移义,也无需与位移动词捆绑,但仍保留明显的趋向特征,这种特征足以让"去"在必要的时候回归为趋向动词。由于长期同现,"去"与"来"之间的相关性显著增强,彼此已很难拆分。宋元所见的大部分用例都属此列。例如:

    (51)求范机宜去来。(宋徐梦莘《三朝北盟会编》卷六一)

    (52)你看佛殿上没人烧香呵,和小姐闲散心耍一回去来。(元王实甫《西厢记》一本楔子)

    (53)天色晚也,安排着香桌,咱花园里烧香去来。(元王实甫《西厢记》一本三折)

    (54)你引我看去来。(明无名氏《老乞大谚解》卷上)

    (55)这七月十五日是诸佛解夏之日,庆寿寺里为诸亡灵做盂兰盆斋,我也随喜去来。(明无名氏《朴通事谚解》卷下)

    (56)梅山六弟道:"且休赞叹,叫战去来。"(明吴承恩《西游记》6回)

    第三,"去来"的融合阶段。该阶段也是"去来"语法化的终结阶段。此时的"去"本身已蜕变为语气词,在句中根本体现不出趋向意义,当然更不能还原为趋向动词。显然,"去""来"在性能上完全覆盖,双方已彻底凝固成为一个复合式的语气词。此类"去来"多见于明代。例如:

（57）我待送你去官司里去来，恐辱没俺家谱。（元王实甫《西厢记》二折）

（58）且房子里坐的去来，一霎儿马吃了这和草饮水去。（明无名氏《老乞大谚解》卷上）

（59）吃了酒也，会了酒钱去来。（明无名氏《老乞大谚解》卷上）

（60）咱也拄着拄杖，沿山沿峪随喜那景致去来。（明无名氏《朴通事谚解》卷中）

（61）呆子，莫嚷，莫嚷！我们且回去见师父去来。（明吴承恩《西游记》22回）

语法化的阶段不同，"去来"传递出的语气也有参差：属于前一阶段的"去来"可以兼表祈使、陈述、疑问语气，而处于后两个阶段的"去来"则往往单表祈使语气。

无论处于语法化的哪一阶段，整个"去来"组合中在语气方面起主导作用的始终是"来"而非"去"。还有一点必须指出，处于不同语法化阶段的"去来"实际上并不互相排斥，它们有时会在同一种文献中集中共存，以此显示语言的历史层次性和现实兼容性。例如：

（62）去来去来，老夫人睡了也。（元王实甫《西厢记》一本楔子）

（63）夫人着俺和姐姐佛殿上闲耍一回去来。（元王实甫《西厢记》一本楔子）

（64）红娘，俺去佛殿上耍去来。（元王实甫《西厢记》一折）

（65）满心欢喜道："汝等在此顽耍，待我去来。"（明吴承恩《西游记》3回）

（66）既如此，你们休怕，且自顽耍，等我寻他去来。（明吴承恩《西游记》2回）

（67）适才玉帝调遣我等往花果山收降妖猴，同去去来。（明吴承恩《西游记》6回）

（68）汝等在此稳坐法堂，休得乱了禅位，待我炼魔救驾去来。（明吴承恩《西游记》7回）

（69）你二人且休烦恼，我今已擒捉仇贼，且去发落去来。（明吴承恩《西游记》附录）

清代往后，随着语气词"来"的消亡，"去来"也逐渐归于沉寂，其相关功能则被同类的新兴语气词如"罢（吧）""着"等所取代。据考察，《醒世姻缘传》仅存个别用例，而《歧路灯》《红楼梦》《儿女英雄传》中均未见一例。

三、"去来"的语用嬗变

历史语料显示，"去来"似乎一开始就与祈使句相伴而生，是一个专职祈使语气词。"去来"的这一功能显然承自"来"，因为"来"在早期也专用于祈使句。前例有证,无须赘举。近代往后,二者的情况稍有不同:"来"逐渐衍生出表陈述、疑问等语气的功能,而"去来"则基本维持原有祈使功能不变。"去来"长期恪守一种语气不变,这在汉语语气词系统中实属罕见。

"去来"句尽管是纯粹的祈使句,但祈使的功能却屡有变迁。从早期用例看,"去来"句的祈使用途颇为广泛,可以表示命令、请求、建议等多种意义。由于当时的"去来"尚未融合,全句的祈使语气实际仍由"来"担当。因此,中古的"去来"句与"来"字句在祈使功能上几乎如出一辙。试比较:

(70) 大弟,共诣耆阇崛山上有所论说去来。(旧题后汉康孟详《兴起行经》卷上)(表命令)

(71) 谓文曰:"授手来。"(晋干宝《搜神记·高山君》)(表命令)

(72) 食粮乏尽若为活?救我来,救我来!(宋郭茂倩《乐府诗集·隔谷歌》)(表请求)

(73) 归去来兮,田园将芜,胡不归?(晋陶潜《归去来兮辞》)(表请求)

(74) 汝止有一手,那得遍笛,我为汝吹来!(鲁迅《古小说钩沉·幽明录》)(表建议)

(75) 时十七群比丘共相谓言:"至阿脂罗河上洗浴去来!"(后秦弗若多罗和鸠摩罗什等译《十诵律》卷十六)(表建议)

进入近代以后,随着"去来"的日趋泛化,"去来"句的祈使功能出现了多极化倾向:一表建议,二表请求,三表命令,四表意愿。先依次列举前三种用例(各二例)如下:

(76) 孩儿,俺和你同见朱买臣去来。(元无名氏《朱太守风雪渔樵记》四折)

(77) 婆婆,前面引着,咱吃斋去来。(元无名氏《元刊杂剧三十种·相国寺公孙汗衫记》)

(78) 请哥这茶房里吃些茶去来。(明无名氏《朴通事谚解》卷下)

(79) 我变化个儿去来。(明吴承恩《西游记》78回)

(80) 刘十,我做得通判过否?扯了衣裳,吃酒去来!(宋王铚《默记》卷下)

(81) 道童,准备去来,这里却有四十年天子!(元无名氏《元刊杂剧三十种·诸葛亮博望烧屯》)

与上述三类祈使句不同,意愿句则表达的是说话者的一种个人愿望,基本不具什么强制性。表意愿的"去来"句出现较晚,大致属于元明时期的产物。例如:

(82) 我的儿子,你怎么认做你丈夫?我和你告官司去来。(元无名氏《元刊杂剧三十种·岳孔目借铁拐李还魂》)

(83) 姐姐休闹,比及你对夫人说呵,我将这简帖儿去夫人行出首去来。(元

王实甫《西厢记》二折）

（84）唐御弟，那里走！我和你耍风月去来。（明吴承恩《西游记》54 回）

（85）这和尚负了我心，我且向普陀崖告诉观音菩萨去来。（明吴承恩《西游记》57 回）

从数量上看，宋元时期的"去来"句偏重于表命令，元代尤甚。据考察，《元刊杂剧三十种》中表祈使的"去来"句几乎都是命令句。

不过，命令句作为"去来"强势句的时间并不持久，明代即呈锐减之势，清代则基本绝迹。考察发现，《水浒传》《金瓶梅》《老乞大谚解》和《朴通事谚解》中的"去来"句虽为数不少，但未见一例表命令。而《西游记》中虽有 26 例命令句，但和 78 例的总量相比，仍属少数。例如：

（86）既秉了迦持，不必叙烦，早与作法船去来。（明吴承恩《西游记》22 回）

（87）决莫饶他，赶去来！（明吴承恩《西游记》25 回）

（88）且叹他做甚？快干我们的买卖去来！（明吴承恩《西游记》38 回）

（89）即命木叉："使降妖杵，把刀柄儿打打去来。"（明吴承恩《西游记》42 回）

语言现象之间往往具有此消彼长的互动关系。在"去来"命令句萎缩的同时，表建议的"去来"句却得以流行，并很快成为一种主流句。可以肯定的是，在明清语料中出现的"去来"句绝大多数都是建议句。例如：

（90）留一个看房子，别个的牵马去来。（明无名氏《老乞大谚解》卷上）

（91）咱们食店里吃些饭去来。（明无名氏《朴通事谚解》卷下）

（92）且莫叙阔。我们叫唤那厮去来。（明吴承恩《西游记》22 回）

（93）内有一长蛇精说道："哥哥，等我去来。"（明冯梦龙《警世通言·旌阳宫铁树镇妖》）

（94）二官儿，他们说得是。你放了手，咱们往那里去来。（清西周生《醒世姻缘传》21 回）

上述"去来"句语气平和，内中蕴涵着明显的协商或探询的口气，命令性已荡然无存。

在"去来"句的语用功能发生嬗变的同时，全句的语义模式也随之有所调整：明代之前，句中的受使者基本限于听话一方；明代之后，句子的受使者多为说话者或包括说话者在内的一方。例如：

（95）咱们教场里射箭去来。（明无名氏《朴通事谚解》卷上）

（96）咱兑付些盘缠，南海普陀落伽山里，参见观音菩萨真像去来。（明无名氏《朴通事谚解》卷中）

（97）我和你入朝见驾去来。（明吴承恩《西游记》12回）

（98）那壁厢树木森森，想必是人家庄院，我们赶早投宿去来。（明吴承恩《西游记》14回）

总之，祈使语力日趋弱化是"去来"句在近代语用嬗变的基本走势。而祈使语力的持续弱化最终导致了"去来"从近代语气词系统中的退出。

四、结语

综上，作为一个由"去""来"构成的二元组合，语气词"去来"起初只是一种临时组合，其中的"去""来"属于非同质成分，处于松散状态。后来由于长期高频使用，"去""来"之间的融合度不断加深，最终导致二者性能的趋同。性能的趋同既是语法化的结果，又是词汇化的基础。因此，词汇化和语法化往往相伴而生，互为因果。

在该语气组合中，"来"始终居于强势地位，因而主导了该组合的性能。鉴于"来"一直以祈使语气为主，"去来"也就承继了这一基本性能。"去来"作为中古以及近代曾经较为通行的祈使语气词，逐步经历了一个祈使语力由强而弱的衰变过程，并最终于近代后期退出了汉语通语的语气词系统。

The Generation Process and Pragmatic Evolution
of the Modal Particle "Qulai"(去来)

Wang　Jianjun　　Liu　Tong

Abstract："Qu(去)" and "lai(来)" were originally two independent modal particles. However, due to their similar functions, they gradually fused into a unique binary combination. The formation of the modal particle "Qulai" has undergone three successive stages: conjoining, fusing, and merging, representing the grammaticalization and lexicalization process. "Qulai" has always been associated with the imperative mood since its inception, but its imperative force has weakened over time, gradually shifting from imperative to suggestive.

Keywords：modal particle；Qulai；grammaticalization；lexicalization；pragmatic evolution

论《经义述闻》中的"通""转"与词义渗透[*]

论《经义述闻》中的"通""转"与词义渗透[*]

魏鹏飞[**]

摘要:《经义述闻》中"通""转"之类用语颇多。研究发现,语音发生了流转,王氏父子常用"转"来表述;而语义的有同有异,王氏父子则常用"通"来表述。王氏父子的通转之说并非以词义引申为基础,而是以词义渗透为逻辑起点。《经义述闻》中"词义渗透"主要表现在:义相同相近而发生词义渗透;语音相同相近(通假或声转)而发生词义渗透。

关键词:《经义述闻》 通 转 词义渗透

一、《经义述闻》中的"通""转"

王引之《经义述闻·自叙》中指出:

> 大人曰:"诂训之指,存乎声音。字之声同声近者,经传往往假借。学者以声求义,破其假借之字而读以本字,则涣然冰释。如其假借之字而强为之解,则诂籍为病矣。故毛公《诗传》多易假借之字而训以本字,已开改读之先。至康成笺《诗》注《礼》,娄云'某读为某',而假借之例大明。后人或病康成破字者,不知古字之多假借也。"

> ……

> 故大人之治经也,诸说并列则求其是,字有假借则改其读:盖孰于汉学之门户而不囿于汉学之藩篱者也。引之过庭之日,谨录所闻于大人者以为圭臬,日积月累,遂成卷帙。既又由大人之说触类推之,而见古人之诂训后人所未能发明者

---

* 本文为国家社科基金后期资助项目"《经义述闻》研究"(20FYYB027)的阶段性成果。

** 魏鹏飞,1979年生,文学博士,洛阳理工学院人文与社会科学学院讲师,研究方向为训诂与历史词汇、经学、高邮王学。

亦有必当补正者，其字之假借有必当改读者，不揆愚陋，辄取一隅之见附于卷中，命曰《经义述闻》，以志义方之训。①

王念孙所谓"字之声同声近者，经传往往假借"，王引之所谓"字之假借有必当改读"，表面上讲的都是正字与通假字的关系问题，实际上"还暗含了两个重要原理，一个是声义同源，一个是语音及字音与语义的流转"②。

从用语的角度来看，声义同源不仅包括语音、语义相同的同义词与近义词，还包括同源词的语源义相同，这都属于"声义正同"；而语音流转则是"声近义通"。但这只是肤浅的看法。其实只要是不同的两个词语，不管它们的语音是相同还是相近，它们的本质已经有所不同。这种不同要么表现在声音上，也就是语音发生了流转，王氏父子经常用"转"来表述；也可能表现在语义上，语义有同有异，王氏父子经常用"通"来表述。

王氏父子以因声求义为原则，就古音以求古义，引申触类，不限形体，其重点自然放在破通假、求本字上。结合《经义述闻》来看，他们所谓的"转"主要是指语词的读音发生流转，侧重于声母不变、韵部变化的"声转"。当然，古音通假的原则是语词的读音相同或相近。尤其是音同假借导致的望文生训，更容易给人造成阅读的困难，所以《经义述闻》中对这类情况也多有驳正。例如：

> 《绸缪篇》"子兮子兮，如此良人何"，毛传曰："子兮者，嗟兹也。"正义曰："兹，此也。嗟叹此身，不得见良人。"引之谨案：训"兹"为"此"，非传意也。"嗟兹"即"嗟嗞"。《说文》"嗞，嗟也"，《广韵》"嗞嗟，忧声也"，《秦策》曰"嗟嗞乎，司空马"，《管子·小称篇》曰"嗟兹乎，圣人之言长乎哉"，《说苑·贵德篇》曰"嗟兹乎，我穷必矣"，扬雄《青州牧箴》曰"嗟兹天王，附命下土"，皆叹辞也。或作"嗟子"。《楚策》曰："嗟乎，子乎！楚国亡之日至矣。"《仪礼经传通解续》引《尚书大传》曰："诸侯在庙中者，愀然若复见文武之身。然后曰：'嗟子乎，此盖吾先君文武之风也夫！'"是"嗟子"与"嗟嗞"同。经言"子兮"，犹曰"嗟子乎""嗟嗞乎"也，故传以"子兮"为"嗟嗞"。笺谓"子兮子兮"斥娶者，殆失其义。其注《尚书大传》，又曰："子，成王也。"案："嗟子乎"乃诸侯之辞，诸侯之于天子，岂得称之为子哉？斯不然矣。（卷五《毛诗上》"子兮子兮"条）③

"子兮子兮"之"子兮"，毛传训为"嗟兹"；郑笺不达传意，训为"斥娶"；孔疏以郑笺为

---

① ［清］王引之：《经义述闻·自序》，江苏古籍出版社 2000 年版，第 2 页。
② 孙雍长：《训诂原理》，高等教育出版社 2009 年版，第 46 页。
③ ［清］王引之：《经义述闻》，江苏古籍出版社 2000 年版，第 135 页。本文引用《经义述闻》较多，所用版本为江苏古籍出版社影印道光七年王氏重刻本。括号内为引文出处，依次为卷数、卷名、条目名称。

据,训"兹"为"此"。王引之则指出,毛传"嗟兹"之"兹"实为"嗞"之通假字,并引《说文》及《广韵》之训释,《战国策·秦策》《管子·小称篇》《说苑·贵德篇》之用例为证,以明古有"嗟兹(嗞)"表示感叹的用法。王氏指出"(嗟兹)或作'嗟子'",意谓"子"亦为"嗞"之通假字,复引《战国策·楚策》"嗟乎,子乎! 楚国亡之日至矣"等等为证。由此看来,《诗经》"子兮子兮"之"子"即是《说文》"嗞,嗟也"之"嗞",所以毛传以"嗟兹(即嗟嗞)"释之。据王氏所论,"嗟兹"乃是同义连用的成分,这与郑笺、孔疏的解释完全不同。又如:

> 引之谨案:《易》言"光"者有二义。有训为"光辉"者。……有当训为"广大"者,"光"之为言犹"广"也。(卷一《周易上》"光"条)①

> 引之谨案:"光、桄、横",古同声而通用,非转写讹脱而为"光"也。三字皆充广之义,不必"古旷反"而后为"充"也。(卷三《尚书上》"光被四表"条)②

> "其智能上下比义,其圣能光远宣朗,其明能光照之,其聪能听彻之。"引之谨案:下"光"为光明之"光",上"光"则广大之"广"。(卷二十一《国语下》"光远宣朗"条)③

王引之在这几条中,再三申明"光"可与"广"相通,表示"广大"之义。在卷三十二《通说下》"经文假借"条④,王氏对这种本有其字的"通假字"进行了全面系统的总结,所引的第一个例子就是"光""广"相通的情况。

不可否认的是,《经义述闻》中通转所反映的主要是古音通假问题,但王氏父子的通转之说并非以词义引申为基础,而是以词义渗透为逻辑起点。这主要表现在,《经义述闻》中对词义的剖析,没有采用本义、引申义、假借义这一思路,而往往"声近义同"或"一声之转"等概括之。

二、词义引申说的实质

古代汉语对词语意义的分析,往往采用词义引申的说法。所谓词义引申说,就是指词语本身有本义,以此为逻辑起点,引申义沿着本义所决定的方向前进。在本义→引申义的引申脉络中,由于语音相同或相近,几个语词也可能通假借用,这就形成了"假借义"。这种观点由来已久。例如戴震《孟子字义疏证》卷上"理"中曾对"理"字

---

① [清]王引之:《经义述闻》,江苏古籍出版社2000年版,第9页。
② [清]王引之:《经义述闻》,江苏古籍出版社2000年版,第6页。
③ [清]王引之:《经义述闻》,江苏古籍出版社2000年版,第517页。
④ [清]王引之:《经义述闻》,江苏古籍出版社2000年版,第756—761页。

做过分析：

> 理者，察之而几微必区以别之名也，是故谓之分理；在物之质，曰肌理，曰腠理，曰文理；得其分则有条而不紊，谓之条理。①

《说文·玉部》"理，治玉也"，说的是"理"字的本义，实谓治玉要寻求其"分理"。《周易·系辞》："形而上者谓之道，形而下者谓之器。"如果说《说文》的解释是具体可感的，那么戴震则试图从"形上"的角度分析"理"的涵义。他以许慎概括的"分理"为基础，力求整理出"肌理""腠理""文理""条理"等义项之间的关系。这是比较典型的词义引申推理。

受到戴震等人的影响，段玉裁《说文解字注》、朱骏声《说文通训定声》等小学著作中都采用了本义→引申义的词义探求方法。例如：

> 《说文·木部》"极，栋也"，段玉裁注云："李奇注《五行志》、薛综注《西京赋》皆曰：'三辅名梁为极。'按，此正名栋为极耳。今俗语皆呼栋为梁也。《搜神记》：'汉蔡茂梦坐大殿，极上有禾三穗。主簿郭贺曰：极而有禾，人臣之上禄也。'此则似谓梁。按，《丧大纪》注曰：'危，栋上也。'引伸之义，凡至高至远皆谓之极。"②

> 《说文》"极，栋也。从木，亟声"，朱骏声注云："按，在屋之正中至高处，至者下之极，极者高之至也。"③

段注先引故训，指出"极""栋"二字同义，随即明云"凡至高至远皆谓之极"，此乃"极"的引申之义。朱骏声也以《说文》本义为据，分析了"极"与"正中""高""至"等词之间的联系，复引大量文例予以论证。这都属于以本义为核心的词义引申说。值得一提的是，朱氏在《说文通训定声》中很多条目中还单列"叚借"一项，列出该字的通假义项。所以朱氏实际上形成了〔本义→引申义〕→假借义④的词义脉络。

词义引申说的基点是词语的本义，而本义的确定在很大程度上又不得不依赖字形，这就造成了字本义与词本义之间的矛盾。拘泥于形义相符去探求本义，必然会导致对本字的重视。这一点，在段玉裁《说文解字注》一书中，表现得就很突出。字形的构成部件是具体的，而字形所对应的词义则往往是抽象的，所以以本义为基础的词义引申说，常常会有从具体到抽象的说法。段注中使用"引申"一语多达四百多次，

① ［清］戴震：《戴震集》，上海古籍出版社 2009 年版，第 265 页。
② ［清］段玉裁：《说文解字注》，许惟贤整理，凤凰出版社 2007 年版，第 446 页。
③ ［清］朱骏声：《说文通训定声》，中华书局 1984 年版，第 214 页。
④ 〔本义→引申义〕→假借义：是指词义的发展是从本义出发，经近引申、远引申形成不同的引申义。而通假义则是由于读音相同或相近，该词的本义或不同层次的引申义与其他语义无关的词语之间形成了语言社会所认同的通假关系。

就是过多强调字本义的结果。王氏父子可能看到了这种情况,所以在词义训释中很少采用"本义""引申"等字眼,而是以"声近义通"为基础构建了音义"通转"的理论①,但其通转理论又与本义为核心的词义引申存在交错贯通的情况。

三、词义渗透说的实质

20 世纪 80 年代以来,蒋绍愚提出"相因生义"说,孙雍长提出"词义渗透"说,许嘉璐提出"同步引申"说,江蓝生提出"类同引申"说等等,这些论断所反映的并不是〔本义→引申义〕→假借义这种以纵向变化为主的词义引申方式,而是词义发展中的横向影响与相互制约,其语言学机制是类推,其心理学基础是联想。诸多论述名称虽异,实则区别不大,正如孙雍长所说:

> "词义渗透"的提出,初见于拙文《古汉语的词义渗透》……蒋绍愚有《论词的"相因生义"》……许师嘉璐先生《论同步引申》刊于《中国语文》1987 年第 1 期,先生"同步引申"之见解则早在八十年代初即已向学生提出。"相因生义"说与"同步引申"说都大大突破了传统引申说的局限,是对"引申"说的发展。尔后或言"转训",或言"同化",或言"沾染",或言"词义引申组系的'横向联系'",名虽各异,实皆不出"同步引申"说与"相因生义"说之范围。而笔者"词义渗透"之见解,又有引申规律所绝不能兼赅之内容,与"相因生义"说、"同步引申"说实有异同。又高名凯先生在《普通语言学》第 288 页中谈到词义的互相影响,则与"渗透"说最近。②

下面简述一下许嘉璐、孙雍长的观点。许嘉璐于 1987 年提出"同步引申说",他指出:

> 历来谈词义引申,只着眼于单个词意义延伸的情况,或描写其轨迹,或探究其原因。实际上词义的引申并不是词的个体孤立地、一个词一个"模样"地进行的。一个词意义延伸的过程常常"扩散"到与之相关的词身上,带动后者也沿着相类似的线路引申。我们把词义的这种伴随性演变称为"同步引申"。③

许氏所谓的"单个词意义延伸"主要指上文所指出的〔本义→引申义〕→假借义这种

---

① 王念孙曾指出:"故余于或作之字,必明彻出处以为证据;而通作之字,则但云'通作某'而已,以字各有训,实难假借也。"这正是王氏父子很少使用"本义""引申"等字眼的原因。详见王念孙:《重修古今韵略凡例》,载《高邮王氏遗书》,江苏古籍出版社 2000 年版,第 152 页。

② 孙雍长:《训诂原理》,高等教育出版社 2009 年版,第 311 页脚注。

③ 许嘉璐:《论同步引申》,《中国语文》1987 年第 1 期,又载《未辍集——许嘉璐古代汉语论文集》,中国社会科学出版社 2000 年版,第 326—342 页。

形式;而"同步引申说"实际指意义或语音相关的词语发生语言方面的类推作用,简单地说就是平行引申。

孙雍长也明确指出:

"词义渗透"是词义发展变化的一种横向运动。这种运动形式,不是孤立的一个词内部的意义演变问题。我们只有在词汇系统中对词与词的种种依存关系进行综合考察,才能得出"渗透"义的由来。清代有识见的训诂学家并不拘泥于"本义·引申"说,王念孙便是其中最突出的代表。王氏父子在《广雅疏证》《释大》《方言疏证补》《读书杂志》《经义述闻》等著述中对古汉语大量存在的词义渗透现象有意识地进行了揭示、对比、分析和研究,并在许多地方作出了精辟的论述。段玉裁注《说文》虽因本书之体例而特标"本义·引申",然于"渗透"之法也并非一无所见。①

许嘉璐、孙雍长在论述时,都引用了王氏父子的某些论证作为依据。孙氏所谓"清代有识见的训诂学家并不拘泥于'本义·引申'说,王念孙便是其中最突出的代表",实际是指王氏父子对词义变化的解释多从"词义渗透"的角度进行。

简言之,词义引申说立足于语词内部的词义系统,以本义为起点,以引申为主线,以假借(实指通假)为补充,主要是反映"一个词"词义发展的纵向运动;而词义渗透说则立足于语词之间的意义流转变化,不同的语词如果在语音、语义、语法甚至语用方面有联系,都可能发生相互影响、彼此渗透的横向运动。总体来看,"音近义通"之中常有词义渗透的情况。这在《经义述闻》中也有不同程度的呈现。

四、《经义述闻》中所反映的"词义渗透"方式

孙雍长将词义渗透划分为以下四种情况:因义同或义近关系而发生词义渗透;因义相关或义相反而发生词义渗透;因通假或声转关系而发生词义渗透;因语法结合关系而发生词义渗透②。孙氏所述详备,下面结合《经义述闻》的实际情况,主要从语义、语音两个方面来说明一下《经义述闻》中所蕴含的词义渗透现象。

(一)语义相关而发生词义渗透

语义有关的语词,会在语言系统中产生词义渗透的现象。这些语词的意义或者

---

① 孙雍长:《训诂原理》,高等教育出版社 2009 年版,第 313 页。
② 可参阅孙雍长:《训诂原理》,高等教育出版社 2009 年版,第 310—326 页。

相同相近,或者相关相反。有关的义项,或为本义,或为引申义,亦或其他复杂情况。当它们在语境中连文出现时,上下文所具有的系统性又在一定程度上强化了词义之间的渗透现象。例如:

> "善""贤"义相近,故"仪""献"同训为"贤",又同训为"善"也。(卷三《尚书上》"万邦黎献"条)①

《尚书·大诰》"民献有十夫",传训"献"为"贤",而《尚书大传》作"民仪有十夫"。王引之据此推断,"献""仪"皆有"贤"义。王氏复据《尔雅》"仪,善也"以及《酒诰》"女劼毖殷献臣"传训"献"为"善"云云,推断"仪""献"皆有"善"义。王氏下文复证"仪""献"二字古声相近,实为通假关系。此处说二者"义相近",实指"仪"的通假义与"献"的引申义相同。② 在此基础上,一旦它们能够训为"善",就可以进一步训为"善"的近义词"贤"。又如:

> 六年《传》:"陈之艺极,引之表仪。"家大人曰:立木以示人谓之"表"。又谓之"仪"。……经传通作"仪"。故《尔雅》曰:"仪,干也。""表仪"与"艺极"义相近,皆所以喻法度也。……或言"表仪",或言"仪表",其义一也。杜注曰"表仪犹威仪",正义曰"表章仪饰,故犹威仪",皆失之。(卷十七《春秋左传上》"表仪"条)③

王念孙为解"表仪"之义,先引《吕氏春秋·慎小篇》高注"表,柱也"以及《说文》"樘,干也。从木,义声"为据,指出二者均可指代立木示人的"标木、标记"。由此可见,王氏意谓此处之"表仪"当为同义连用的复合结构。至于"艺极",王氏虽未申述其义,但杜预注云:"艺,准也。极,中也。"俞樾《群经平议》云"极与艺同义,艺,准也,极亦准也……极字即有准则之义,杜分艺极为二义,失之"④,则"艺极"亦为同义连用的复合结构,此处义为"准则"。所以王氏接着说二者"皆所以喻法度也"。王氏所论表明,因为"艺极""表仪"意义相近,所以它们都可以具有"法度"的比喻义。这当然也是词义渗透的表现。

(二)语音相关而发生词义渗透

用汉字记录语言系统中语音相同或相近的语词,就可能产生通假这种现象(前人一般也称之为"假借")。这表面上是用字差异的问题,实质上反映的正是音近义

---

① [清]王引之:《经义述闻》,江苏古籍出版社2000年版,第78页。
② 暂以《汉语大词典》为据,"仪"下无"善""贤"之义,"献"下则有"贤者"的引申义。
③ [清]王引之:《经义述闻》,江苏古籍出版社2000年版,第418页。
④ [清]俞樾:《春在堂全书》,凤凰出版社2010年版,第411页。

通的通假现象。如果在此过程中还夹杂着同义、近义等其他语义关系,就会发生词义渗透现象。

《经义述闻》中王念孙曾指出"皇皇"义为"明明",也就是"勉勉"。"孟"古音为明母阳部,"明"为明母阳部,二者声母、韵部均同,古音相同,古书中每相通用;又《尔雅》有"孟,勉也"之训,王氏以此为据,认定"明"亦有"勉"义,而重言的"孟孟""明明"亦可训为"勉勉"。"皇皇"可指"昭著貌;光明貌"(《汉语大词典》"皇皇"条),与"明明"之"明亮"义相近,受到词义渗透的影响,"皇皇"也可表示"勉勉"之义。《经义述闻》有关论述如下:

> 家大人曰:《尔雅》"孟,勉也","孟"与"明",古同声而通用。故"勉"谓之"孟",亦谓之"明"。……重言之则曰"明明"。《尔雅》曰:"亹亹,勉也。"郑注《礼器》曰:"亹亹犹勉勉也。""亹亹、勉勉、明明",一声之转。……"明"字古读若"芒",与《洛诰》"女乃是不蘉"之"蘉"同音,故"蘉"亦训为"勉"。"蘉、明、孟",古并同声。后人咸知"蘉、孟"之为"勉",而不知"明"之为"勉",故解经多失其义。(卷三《尚书上》"明听朕言"条)①

本条中王念孙先以《尔雅》故训"孟,勉也"为据,又引大量文例证明"孟""明"古声相同,所以王氏得出结论:"勉"谓之"孟",亦谓之"明"。单言为"明""勉",重言之则为"明明""勉勉"。在王氏看来,"明明"之义就是"勉勉"。《尔雅》中"亹亹"亦训"勉也",王氏指出它与"勉勉""明明"均为"一声之转",也就是以声母相同为基础,韵部发生 定的变化。王氏的论述,不管是证音还是证义,都列有大量文献用例,所以结果确然无疑。王氏所云"明"有"勉"义,"明明"即"勉勉","蘉""孟""明"均可训为"勉",显然是以语词古音相同而推断出来的。又"明"字本训"光明","皇皇"亦有"光明貌"之训②,所以"皇皇"亦可训为"明明",因而也有"勉勉"之义。所以王念孙指出:

> 《汉书·杨恽传》曰"明明求仁义、常恐不能化民者,卿大夫之意也;明明求财利、常恐困乏者,庶人之事也",言勉勉求仁义、勉勉求财利也。《董仲舒传》"明明"作"皇皇",是其证也。解经者失其义久矣。(卷七《毛诗下》"明明天子"条)③

《汉书·董仲舒传》:"夫皇皇求财利常恐乏匮者,庶人之意也;皇皇求仁义常恐不能化民者,大夫之意也。"颜师古于前"皇皇"注曰"急速之貌也",于后"皇皇"无注,则

---

① [清]王引之:《经义述闻》,江苏古籍出版社 2000 年版,第 81 页。

② 《国语·越语下》"天道皇皇,日月以为常",韦昭注:"皇皇,著明也。""著名"即"光明"之义。

③ [清]王引之:《经义述闻》,江苏古籍出版社 2000 年版,第 170 页。

颜氏意谓二"皇皇"义同,均指"急速之貌"。但结合王念孙在这两条中所论,可知颜注不妥。以"急速之貌"解释"皇皇",似乎生动形象,但并没有抓住词义的基本特征——勉力、勤勉。

语音相同相近的语词,还可能产生互为本字、互为通假字的情况。这也是语音因素在词义渗透中的具体表现。例如:

> 郭曰:"盖,未详。"钱曰:"郑注《缁衣》云:'割之言盖也。'正义谓'割、盖声相近'。古者声随义转,声相近者义亦相借。《尚书》'割申劝宁王之德','割'有'盖'义。《尔雅》'盖''割'同训,'盖'有'割'义。皆取同声之转也。"引之谨案:钱说是也。《释文》曰:"'盖',舍人本作'害'。""害"与"盖"字,相通。……"害"与"割",字亦相通。……"割"之为"盖",犹"害"之为"盖"也。"害""割""盖"三字声义并相近,故并得训为"裂"。(卷二十七《尔雅中》"盖割裂也"条)①

《尔雅》:"盖、割,裂也。"钱绎以邢疏"割、盖声相近"为基础,并引《尚书》"割申劝宁王之德"为据,指出《尔雅》中"盖"有"割"义,是因为二者在声母相同的基础上,韵部发生一定的变化,属于"同声之转"。王引之肯定钱说,复引《经典释文》所载异文为据,指出"害"与"盖"亦相通。再引《尚书·吕刑》"鳏寡无盖"以及《孟子·万章篇》"谟盖都君",以明"盖"有"害(伤害;谋害)"之义。此条中,据王氏所论,"盖""害""割"三者由于古音相近,所以它们的词义可以通借,这表现在两个方面:其一,"盖""害"与"割"语音相近,因而具有"割裂"之义,所以《尔雅》有"盖、割,裂也"之训。其二,"盖""割"与"害"语音相近,因而"盖""割"可有"伤害、谋害"之义。这三个语词不管是表示"割裂"之义,还是表示"伤害;谋害"之义,主要原因就在于语音相同相近发挥了作用。

本字与通假字读音相同相近,就会导致其义项"偶同";如果连用,就会构成同义复合词。这也是词义渗透关系的一种表现。例如:

> 郭曰:"自奋迅。"〔注疏本作"自奋迅动作",乃后人用邢疏改之。今从单注本。〕家大人曰:"奋""迅",叠韵字也。襄二十六年《左传》"小人之性衅于勇",贾逵注云:"衅,动也。"王肃云:"衅,谓自矜奋以夸人。"是古谓"奋"为"衅"也。连言之则曰"奋衅"。王延寿《鲁灵光殿赋》云:"奔虎攫挐以梁倚,仡奋衅而轩鬐。"傅休奕《良马赋》云:"奋衅沛艾,虎据麟跱。"〔索靖《草书状》:"类阿那以赢形,欻奋衅而桓桓。"〕是兽曰"衅"也。邢叔明不解"自奋衅"之语,而改之曰:"自

---

① 〔清〕王引之:《经义述闻》,江苏古籍出版社 2000 年版,第 637 页。

奋迅动作。"后人又以疏改注,甚矣其陋也。(卷二十八《尔雅下》"兽曰虪"条)①
《尔雅·释兽》"兽曰虪",据王念孙所论,郭璞注当作"自奋虪"。王氏以为"奋""虪"二字叠韵,又引《左传·襄公二十六年》"小人之性虪于勇"贾逵注及王肃注,以明"虪"可训"动",亦可训"矜奋",实有"奋"义。所以王氏指出,古谓"奋"为"虪"也。但《说文》云"虪,血祭也",其本义当然与"奋"无关。《汉语大词典》又收录"缝隙;裂痕""过失;罪过""缺陷""祸患;祸乱""争端;仇怨""征兆;迹象"等义项,也与"奋"义无关。则《尔雅·释兽》"兽曰虪"表示兽奋力奔跑,乃是"虪"的通假义。实因"虪"与"奋"音近,所以拥有了"奋"义。这样,"奋""虪"同义连用,就成了同义复合结构。王念孙所谓"连言之则曰'奋虪'",复引《文选》等文献用例为证,所强调的当是音近义通而导致的词义渗透现象。

值得注意的是,王氏父子在《经义述闻》中的论述,多以疏通字词句的意义为主。由于音同音近而导致的词义渗透关系,往往需要我们比较相关条目,并进行适当的分析。否则,就只能印证"以古音求古义,引申触类,不限形体"这种定论了。

五、小结

王念孙、王引之父子以因声求义为原则,就古音以求古义,引申触类,不限形体,破通假,求本字,阐述多为定论。结合《经义述闻》来看,他们所谓的"转"主要是指语词的读音发生流转,并且侧重于声母不变、韵部变化的"声转",而"通"主要揭示的是语词在语义上的有同有异。《经义述闻》中通转所反映的主要是古音通假问题,但王氏父子的通转之说并非以本义引申义为线索的词义引申为基础,而是以词义渗透为逻辑起点。

从《经义述闻》中的论述来看,王氏父子已经注意到了词义渗透的两种典型形式:义相同相近而发生词义渗透;语音相同相近(通假或声转)而发生词义渗透。他们以音近义通为原则,对因为语音相同相近或语义相关的语词通假现象,已经有了深入的研究。深入剖析他们的阐述方式,必然有助于汉语词汇史和汉语史的整体研究。

---

① [清]王引之:《经义述闻》,江苏古籍出版社2000年版,第681页。

On the "Tong"（通）and "Zhuan"（转）in *Interpretation of Ancient Classics*（《经义述闻》）and Lexical Infiltration

Wei　Pengfei

Abstract：In the *Interpretation of Ancient Classics*, there are many usages of words such as "tong" and "zhuan". Through research, it has been found that there are differences in pronunciation, with the Wang family often using "zhuan" to express, and differences in semantics, with the Wang family often using "tong" to express. The theory of "tong" and "zhuan" by the Wang family is not based on semantic extension, but on the logic of semantic infiltration. In the *Interpretation of Ancient Classics*, the phenomenon of "semantic infiltration" mainly manifests in cases where the meanings of words are similar and closely related, or where the pronunciations are similar (homophonic or sound-related), resulting in semantic infiltration.

Keywords：*Interpretation of Ancient Classics*；tong；zhuan；lexical infiltration

【语言工具书研究】

日本古写玄应《一切经音义》卷二略探[*]

潘牧天　张德玉[**]

摘要： 玄应《一切经音义》卷二释北凉昙无谶译《大般涅槃经》，除传世刻本、敦煌吐鲁番写本外，还有日本古写本多种。通过大治本、金刚寺本、七寺本与敦煌写卷、碛砂藏、高丽藏等诸本的比对，可见卷二日本写卷中大治本、金刚寺本盖出同源，与碛砂藏本相同部分较多，属详本体系；七寺本与高丽藏本相同处较多，属简本体系，日写本与敦煌写卷皆存《玄应音义》较原始的面貌。日本古写本与诸写本、刻本《玄应音义》存有大量异文，具有补充和订正传世藏经刻本的珍贵文献价值。

关键词： 玄应　《一切经音义》　日本写本　异文

玄应《一切经音义》（简称《玄应音义》）共二十五卷，是现存最早集释众经的佛经音义。传世刻本主要有高丽藏、碛砂藏等，写本中除了敦煌写卷外，还有日本古写本多种。《玄应音义》最早于奈良时代即已传入日本，人们屡屡书写、诵读、钻研之，至今尚存数量可观的一批写本。如奈良正仓院存圣语藏写本，日本宫内厅书陵部藏大治三年（1128）写本，法隆寺、石山寺、七寺、兴圣寺、西方寺、新宫寺和金刚寺等地亦皆有藏本。[①]

《玄应音义》卷二所释对象为北凉昙无谶译《大般涅槃经》。除传世刻本外，尚有敦煌写本斯三四六九号、敦研三五七号、伯三〇九五号（背）、俄弗二三〇号等，[②]日本古写本亦与传世藏经本存在大量异文。徐时仪、张涌泉、黄仁瑄等先生皆对《玄应音

* 本文为国家社科青年项目（17CYY029）阶段性成果。

** 潘牧天，1988 年生，中国古典文献学博士，上海师范大学人文学院副教授，主要从事文献学、词汇学研究；张德玉，1997 年生，上海师范大学人文学院硕士研究生。

① 参见徐时仪《玄应〈一切经音义〉写卷考》，《文献》2009 年第 1 期。

② 关于《玄应音义》敦煌写卷，石塚晴通、徐时仪、张涌泉等先生都作有考证。详见［日］石塚晴通：《玄应〈一切经音义〉西域写本》，《敦煌研究》1992 年第 2 期；徐时仪：《玄应〈众经音义〉研究》，中华书局 2005 年版；张涌泉：《敦煌经部文献合集》，中华书局 2008 年版。

义》卷二作过精到的校注，①下文以日写本为中心，比较《玄应音义》卷二的文本差异，略为诸校佐证，并对日本写本的源流关系稍作探讨。

本文主要比对的日本写本有：

1. 宫内厅藏大治三年写本，简称大治本。本卷首尾完整。②
2. 金刚寺藏本，简称金刚寺本。本卷首尾完整。
3. 七寺藏本，简称七寺本。本卷首尾完整。《大般涅槃经》第十二卷所释之词皆列于第十一卷。③

一、日写本对高丽藏的补充

（1）**沙卤**　力古反。谓确薄之地也。《说文》：卤，西方咸地也。故字从西省，下象盐形也。天生曰卤，人生曰盐。盐在东方，卤在西方也。确音苦角反。（《玄应音义》卷二《大般涅槃经》第二卷）

此据大治本、金刚寺本，划线内容高丽藏、七寺本无。其中"东方""西方"，碛砂藏为"正东方""正西方"；"确"，碛砂藏作"确字"。

《说文·卤部》："卤，西方咸地也。从西省，象盐形。安定有卤县。东方谓之㡿，西方谓之卤。"《说文·盐部》："盐，咸也。从卤监声。古者宿沙初作煮海盐。"

《音义》"故字从西省，下象盐形也"出自《说文》，然今本《说文》并无"天生曰卤，人生曰盐。盐在（正）东方，卤在（正）西方也"。清人以玄应释文为《说文》之原本，如庄炘、钱坫、孙星衍共同校正的宛委别藏本《玄应音义》"沙卤"条释文同碛砂藏，末注曰："星衍曰：天生曰卤，谓如安邑盐池也；人生曰盐，谓如东海煮盐也。此语甚精。疑叔重《说文》今脱也。"④段玉裁《说文解字注》凭《音义》改《说文》正文为"盐，卤也。天生曰卤，人生曰盐"，并认为："玄应书三引《说文》'天生曰卤，人生曰盐'，当在此处。上冠以'卤也'二字，则浑言、析言者备矣。"王筠《说文解字句读》亦据《音义》补。孙诒让《周礼正义·天官·盐人》注曰："释玄应《一切经音义》引《说文》云：'天生曰卤，人生曰盐。'"

---

① 徐时仪：《一切经音义三种校本合刊（修订第二版）》，上海古籍出版社 2023 年版；张涌泉：《敦煌经部文献合集》，中华书局 2008 年版；黄仁瑄：《大唐众经音义校注》，中华书局 2018 年版。
② ［日］山田孝雄主编：《一切经音义》，西东书房 1932 年版。
③ 金刚寺本、七寺本据日本国际佛教学大学院大学编：《日本古写经善本丛刊》第一辑，2006 年影印本。
④ 《重刊宋本说文序》言："汉人之书多散佚，独《说文》有完帙，盖以历代刻印得存，而传写脱误，亦所不免……或失其要义，（注：如……'天生曰卤，人生曰盐'，见《一切经音义》）……俱由增修者不通古义，赖有唐人、北宋书传引据，可以是正文字。"

也有学者认为此句出《左传》贾逵注。桂馥《说文解字义证》卷三七"卤"注曰："'西方咸地也'者,《左传正义》、《一切经音义》九引并同。襄公二十五年《左传》:'表淳卤。'杜云:'淳卤,埆薄之地'。贾逵云:'淳,咸也。天生曰卤,人生曰盐。盐在正东方,卤在正西方也。'"王先谦《释名疏证补·释地第二》"地不生物曰卤。卤,炉也,如炉火处也",注曰:"《左传·襄公二十五年》:'表淳卤。'贾逵注:'淳咸也。天生曰卤,人生曰盐,盐在正东方,卤在正西方也。'"①

又以为玄应所撰之语或引旧说者,如洪亮吉《春秋左传诂·成公六年》:"《众经音义》:'天生曰卤,人生曰盐。'"洪亮吉《比雅》:"天生曰卤,人生曰盐(注:《众经音义》引旧说)。盐在东方,卤在西方(注:同上)。"

以下对"天生曰卤,人生曰盐。盐在正东方,卤在正西方也"之出处略作分析。《音义》释"卤"共五条:

> **沙卤** 力古反。①谓确薄之地也。②《说文》:卤,西方咸地也。[③故字从西省,下象盐形也。④天生曰卤,人生曰盐。⑤盐在(正)东方,卤在(正)西方也。确(字)音苦角反。]②(《玄应音义》卷二《大般涅槃经》第二卷)

> **咸卤** 胡械反。②《说文》:卤谓西方咸地也。[④天生曰卤,人生曰盐。⑤盐在东方,卤在西方也。⑥又《释名》云:地]不生物曰卤。(《玄应音义》卷九《大智度论》第三十三卷)

> **卤盐** 力古反。[②《说文》:卤,西方咸地也。]④天生曰卤,人生曰盐。古者宿沙初煮盐。(《玄应音义》卷十四《四分律》第四十二卷)

> **卤土** 力古反。①谓确薄之地也。④天生曰卤,人生曰盐。(《玄应音义》卷二三《对法论》第七卷)

> **咸卤** 胡械、力古反。②《说文》:卤谓西方咸地也。①确薄之地也。④天生曰卤,人生曰盐。⑤盐在东方,卤在西方。⑥《释名》云:地不生物曰卤。③故字从西省,下象盐形也。(《玄应音义》卷二四《阿毗达磨俱舍论》第十五卷)

将各部分分解开,可见诸例内容皆同,而详略有异,次第不同,以下对各部分内容

---

① [东汉]刘熙撰,[清]毕沅疏证,[清]王先谦补:《释名疏证补》,祝敏彻、孙玉文点校,中华书局2008年版,第26页。
② 方括号中内容据碛砂藏补,高丽藏无,下同。

略作说明。

其一，②引《说文》，⑥引《释名》，皆明引；③对字形的分析显承《说文》。①"谓确薄之地也"引自《左传·襄公二十五年》"表淳卤"杜预注："淳卤，埆薄之地。"④⑤二句，遍检文献未见更早出处，皆首出《玄应音义》。

其二，桂馥引《左传正义》《一切经音义》九证《说文》"卤，西方咸地也"，并以"天生曰卤，人生曰盐。盐在正东方，卤在正西方也"为贾逵注文。检《春秋左传正义·襄公二十五年》孔颖达正义："贾逵云：'淳咸也。'《说文》云：卤，西方咸地也。从西省，象盐形。安定有卤县。东方谓之斥，西方谓之卤。"此外，《玄应音义》引《国语》贾逵注数十例，《左传》则多引杜预注，未引贾逵注。桂馥引误。比对《音义》释"卤"诸条，疑桂馥撰《义证》时参上举末例（咸卤），其中④⑤二句接杜预注后，而误以为贾逵注。从桂馥所引来看，内容又据首例（沙卤），所据为详本（清宛委别藏本同碛砂藏）。① 王先谦《释名疏证补》引贾注恐转引自桂馥《义证》。

其三，⑤"盐在（正）东方，卤在（正）西方也"句，似是意引《说文》"卤"之"东方谓之斥，西方谓之卤"句，或又参旧文。如《史记·货殖列传》："夫天下物所鲜所多，人民谣俗，山东食海盐，山西食盐卤。"《说文系传》引曰："《史记》曰：大抵东方食盐斥，西方食盐卤。"

其四，④"天生曰卤，人生曰盐"段玉裁、孙星衍等皆以为《说文》释"盐"之旧文，且有"此语甚精""上冠以'卤也'二字，则浑言、析言者备矣"的评断。此句八字辨析卤、盐之区别，较之旧注，简要精当，以第三例"卤盐：力古反。《说文》：卤，西方咸地也。天生曰卤，人生曰盐。古者宿沙初煮盐"，参比今本《说文》，"天生曰卤，人生曰盐"极似《说文》旧文，然若为《说文》旧本，无由历代释"卤"释"盐"从未征引，②段玉裁诸家仅凭《音义》而改《说文》，未免武断。疑"天生曰卤，人生曰盐"为玄应对《说文》"古者宿沙初作煮海盐"的进一步解释，或参当时旧注，然今不得见矣。

综上，《玄应音义》汇集当时小学类著作与前人古注，并加以敷衍阐释，但其排列是具有较大随意性的。此外，《玄应音义》在流传过程中，各本皆有不同程度的改动，其最显著者即对引文出处的删减。如：

黜而 今作绌，同。敕律反。[《左传》：使无黜嫚。杜预曰：]黜，放也。《广

---

① "沙卤"例条末"确（字）音苦角反"，注条首"谓确薄之地也"，颇不连贯。检《左传正义》杜预注后有陆德明释文："淳音纯，卤音鲁。《说文》：卤，西方咸也。埆音学云。"疑玄应此句参《释文》，或后人所加。

② 《玉篇·盐部》："盐，宿沙煮海为盐。"类《音义》者，如唐行满《涅槃经疏私记·释纯陀品第二》："《经》云沙卤，力古反。《说文》云：卤，恶（西）方咸地。故字从西省，下象盐形也。天生曰卤，人生曰盐。盐在西方也。"（[唐]行满集：《涅槃经疏私记》，张爱萍整理，中华书局 2020 年版，第 45 页。例中标点、讹字已改正。）《本草纲目》卷十一、《康熙字典·卤字部》引《广韵》："天生曰卤，人造曰盐。"

雅》：黜，去也。[《尚书》：三考黜陟。范宁集解曰：黜，]退也。(《玄应音义》卷九《大智度论》第十卷)

应袭 古文作戠，同。辞立反。[《左传》：九德不愆故袭禄。杜预曰：]袭，受也，又合也，仍也。《广雅》：袭，及也。(《玄应音义》卷十三《柰女祇域经》)

贮器 张吕反。《说文》：贮，积也。所以盛贮者也。[《左传》：取我衣冠而贮之。杜预曰：]贮，蓄也，谓蓄藏之也。(《玄应音义》卷十四《四分律》第四十一卷)

以上高丽藏皆删去《左传》引文及"杜预曰"，凡数十处不赘举。简本系统的删减造成了引文与玄应论断的混淆，颇类宋本《玉篇》对野王原本的删改，虽是辞书发展的历史趋势，但就文献学角度而言则散失了大量信息。基于此，对《玄应音义》的材料来源与阐释方法进行逐条探源辨析，正是编纂《玄应音义词典》的基础。

(2) 规欲 又作頍，同。九吹反。规，计也。规亦求，谓以法取之也。① 字从夫、见，言大(丈)夫之见必合规矩。(《玄应音义》卷二《大般涅槃经》第三卷)

此据大治本、金刚寺本，划线内容高丽藏、七寺本无，碛砂藏为"字从夫，言丈夫之见也，合规矩者也"。玄应解释词义后，进一步分析"规"的形义关系。《说文·夫部》："规，有法度也。从夫从见。"《广韵·支韵》"规"注引《字统》曰："丈夫识用，必合规矩，故规从夫也。"《玄应音义》有引《字统》例，恐此处亦意引之。若依日写本则前句参《说文》后句参《字统》，而碛砂藏整句与《字统》颇相合。检《玄应音义》卷二五《阿毗达磨顺正理论》第五十九卷："规度：又作頍，同。九吹反，下徒各反。规，求也，计也。规摸(模)也。《世本》：倕作规矩。规，圆也。矩，方也。字从夫从见，言丈夫之见必合规矩。"与卷二大治本、金刚寺本相同，故当从写本为长。

(3) 䁯瞢 徒登、丁邓二反。《韵集》云：失卧极也。经文作瞪，借为徒登反。瞢，亡登、武邓二反。瞢，乱闷也，谓闷乱也。② (《玄应音义》卷二《大般涅槃经》第三卷)

此条据大治本、金刚寺本。着重号内容七寺本无，高丽藏为"非此义"。例中"谓闷乱也"，碛砂藏作"谓暗乱"。

"䁯瞢"本义为目暗不明。《类篇·苜部》："䁯瞢，目暗。䁯䁯，卧初起。"《龙龛手

---

① 谓以法取之也，碛砂藏为"谓以法也"。
② 例中各本明显的讹脱衍倒不——注出，下同。

鉴·草部》:"瞢瞢,目不明也。"《玄应音义》引《韵集》"失卧极也",即言极度失眠或睡眠不得法而双目昏钝,北魏般若流支译《正法念处经》卷六五《身念处品之二》:"以食过故,虫则无力,人亦无力,不能速疾行来往返,睡眠瞢瞢或多焦渴,皮肉骨血、髓精损减。"唐玄奘译《瑜伽师地论》卷八九:"其相不如所欲,非时睡缠之所随缚故,名瞢瞢。"引申指人的昏钝愚昧,如《音义》所释《大般涅槃经》卷三《金刚身品》:"云何愚痴僧? 若有比丘在阿兰若处,诸根不利,暗钝瞢瞢,少欲乞食,于说戒日及自恣时,教诸弟子清净忏悔,见非弟子多犯禁戒,不能教令清净忏悔,而便与共说戒自恣,是名愚痴僧。"即此义。又指心绪烦闷不爽。① 《正法念处经》卷六五《身念处品之二》:"暖行虫,若我食冷或以饮冷,或食或味,虫则瞋恚,口多出水,或极或重或瘀或睡,或心阴瞢瞢或身疼强,或复多唾或咽喉病。"

经文中"瞢"又作瞪、憕、蹬、燈,"瞢"又作憒、瞢、瞑、愲,"瞢瞢"或作瞪瞑、憕愲、燈憒、瞪瞢等,皆同音通假,玄应并以为非。② 如前秦僧伽提婆共竺佛念《阿毗昙八犍度论》卷二:"未眠时身不软心不软、身重心重、身瞢瞢心瞢瞢、身愦心愦,身睡心睡睡所缠,是谓睡不眠相应。""瞢瞢",宋、元、明、宫本作"瞢憒",大正藏作"瞪瞢"。考"瞪瞢"另词,字又作"瞪瞢",表撑目凝视貌。文献中常指呆视而内心不明,如《文选》卷十七王褒《洞箫赋》:"蟋蟀蚸蠖,蚑行喘息,垂喙蜒转,瞪瞢忘食。"注引《埤苍》:"瞪,直视也。瞢,视不审谛也。"又注:"瞪,直视。瞢,昏也。"唐般剌蜜帝译《大佛顶如来密因修证了义诸菩萨万行首楞严经》卷二:"于时,阿难与诸大众瞪瞢瞻佛,目精不瞬,不知身心颠倒所在。"宋子璿《首楞严义疏注经》、宋戒环《首楞严经要解》等作"瞪瞢"。③ 上举《音义》"经文作瞪,借为徒登反"即指出"瞪"是"瞢"的通假,高丽藏改为"非此义"。

《玄应音义》"瞢,亡登、武邓二反。瞢,乱闷也,谓闷乱也"句对"瞢"的音、义作出阐释。④ "乱闷"谓心乱气闷,唐王焘《外台秘要》卷十八"脚气冲心烦闷方"二十二

---

① 《慧琳音义》卷三十《大树紧那罗王所问经》第一卷:"憕憒:上邓经反,下墨崩反。《考声》云:精神不爽也。《字书》:愲昧也。"

② 《玄应音义》卷四《十住断结经》第六卷"瞢瞢":"经文有作蹬、憕、憒,并非体也。"卷十七《阿毗昙毗婆沙论》第二十卷"瞪瞑":"宜作瞢瞢。论文作憕愲,非也。"卷十九《佛本行集经》第四十四卷"瞢瞢":"经文作燈憒,非体也。"《慧琳音义》卷三十《大树紧那罗王所问经》第一卷:"憕憒:经中或作瞪瞢,亦通。"又,真大成指出西晋竺法护译《修行地道经》"郁愲"之"愲"宫本作"冒",《玄应音义》词目作"郁兒","冒"通"瞢",有郁阿、昏乱义。见真大成:《中古文献异文的语言学考察——以文字、词语为中心》,上海教育出版社2020年版,第143页。检《玄应音义》卷十二《修行地道经》第一卷"郁兒"条又谓"又作瞑,谓眩瞑也"。

③ 唐李翱《释怀赋》:"岂不指秽而语之兮,佯瞪瞢而不肯听。"此谓佯装昏钝。《汉语大词典》释为"睁眼楞视貌"。

④ 《左传·襄公十四年》"不与于会,亦无瞢焉"杜预注:"瞢,闷也。"《慧琳音义》卷六六《阿毗达磨发智论》第二卷谓:"杜注《左传》云:瞢瞢,闷也。"引误。

首记有"疗脚气上冲心狂乱闷者方",宋王执中撰《针灸资生经》卷四《心痛》:"尺泽主心痛,彭彭然心烦乱闷,少气不足息。"写本"闷乱",碛砂藏作"暗乱"。"闷乱"义同"乱闷"。北凉昙无谶译《大般涅槃经》卷十一《现病品》:"若有病因,则有病生,所谓爱热肺病、上气吐逆、肤体瘤瘤、其心闷乱。"《周礼·天官·医师》"聚毒药以共医事",唐贾公彦疏:"药使人瞑眩闷乱,乃得瘳愈。""暗乱"义为昏钝不明,汉前已见。[1]《韩非子·奸劫弑臣》:"暗乱之道废,而聪明之势兴也。"《国语·晋语四》"僮昏不可使谋"三国吴韦昭注:"僮,无智。昏,暗乱。""暗""闷"佛典常有异文。如姚秦鸠摩罗什译《坐禅三昧经》卷下:"若多愚痴心暗浅,不净行慈悲行法。""暗",元、明、宫本作"闷"。佚名《陀罗尼杂集》卷二:"若阎浮提诸国王等,前身薄福处在末法,微末善根得为人王,身无福力心暗少智。""暗",宋、元本作"闷"。二例作"暗"是。《音义》若依写本作"闷乱"则与前文"乱闷"重复,又所释《涅槃经》经文作"暗钝鼙瞢",当从碛砂藏作"暗乱"是。又《玄应音义》卷二五《阿毗达磨顺正理论》第二十卷"衰耄":"《礼记》:八十曰耄。耄谓惽忘也,暗乱也。"可参比。

综上,"借为徒登反。瞢,亡登、武邓二反。瞢,乱闷也,谓闷(暗)乱也"保留了玄应对"鼙""瞪"的通假关系及"瞢"的注音、释义,可补。

(4) 乐香[2]　五孝反。乐,欲也。言此香王爱乐于香也。犹乐歌干闼婆等是也。(《玄应音义》卷二《大般涅槃经》第一卷)

此据大治本、金刚寺本、碛砂藏。着重号部分高丽藏、七寺本无。

《音义》所释经文为《大般涅槃经》卷一《寿命品》:"复有九十恒河沙树林神王,乐香王而为上首。""乐香王"为意译,玄应指出音译作"干闼婆",又作"揵陀罗""揵沓和""干沓婆""揵达婆",正言"健达缚"。丁福保释"干闼婆"为八部众之一。乐神名。不食酒肉,唯求香以资阴身,又自其阴身出香,故有香神乃至寻香行之称。[3]《玄应音义》指出"干闼婆"又有"嗅香""食香""香行大海中"等义,意译又作"乐神""香神""香音神"。

玄应释文中"乐歌干闼婆",见《大方等大集经》卷五五《分布阎浮提品》:"尔时,世尊以般遮罗国付嘱罗挐时天子五百眷属、乐歌干闼婆七百眷属……左黑天女王鬘天女各二千五百眷属:'汝等共护般遮罗国。'"又,后秦鸠摩罗什译《妙法莲华经》卷一《序品》:"尔时释提桓因,与其眷属二万天子俱……有四干闼婆王——乐干闼婆

---

[1]《周礼·春官·视祲》:"视祲掌十辉之法,以观妖祥,辨吉凶,一曰祲,二曰象,三曰镌,四曰监,五曰暗,六曰瞢,七曰弥,八曰叙,九曰隮,十曰想。""暗""瞢"并举。

[2] 香,大治本、金刚寺本作"音",误。

[3]《佛光大词典》:"香王,梵名 gandha-ra^ja,音译作犍陀罗阇。又作香王观音。"慈怡主编:《佛光大词典》,北京图书馆出版社 2004 年版。

王、乐音干闼婆王、美干闼婆王、美音干闼婆王，各与若干百千眷属俱。""乐音""乐歌"或同义替换，"乐歌干闼婆"为半意半音的译名。

"犹乐歌干闼婆等是也"指出"乐香王"与"乐歌干闼婆"之间的联系，且为《音义》诸条释文中所独有。当补。

二、日写本对高丽藏本的订正

（一）订正条目之讹

（1）**行般**　乎庚反。此人利根，无待勤行，自能得灭。《成实论》中不行灭人是也。（高丽藏《玄应音义》卷二《大般涅槃经》第三十六卷）

"行般"，碛砂藏、俄弗二三〇号、海山仙馆丛书本同，七寺本讹作"行行般"。大治本、金刚寺本作"无行般"。

经文原文中，无"行行般"，"行般"与"无行般"均存，出自《大般涅槃经》卷三十六："是阿那含复有五种：一者中般涅槃，二者受身般涅槃，三者行般涅槃，四者无行般涅槃，五者上流般涅槃。"

"无行般"指的是慧根中等的修行者，无需精修勤行道，寿终便能涅槃。隋慧远《大般涅槃经义记》述曰："此三人中，生般最利，行般为次，无行最钝。若依《成实》，生般同前最为利根。无行为次，是人自知定得涅槃，不勤行道尽寿得般，名无行般。行般最钝，精勤行道尽寿得般，名为行般。此经所说受身般者，同《成实》中行般那含，精勤行道尽寿得般名受身般。此中行般，与《成实》中生般相似，精勤行道不至寿终而得涅槃，名为行般。此中无行与《成实》同，不勤行道尽寿得般，名无行般。"

据玄应释文，词目当为"无行般"，高丽藏本误，当据大治本、金刚寺本订正。

（2）**林微**　梵言蓝鞞尼，此云盐，即上古守园婢名也。因以名园。鞞音扶晚反。（《玄应音义》卷二《大般涅槃经》第四卷）

"林微"，七寺本同，碛砂藏、大治本、金刚寺本为"林微尼"。

此释《大般涅槃经》卷四《如来性品》："善男子！此阎浮提林微尼园，示现从母摩耶而生，生已即能东行七步。""林微尼园"为摩诃摩耶生佛之处。据《玄应音义》所释，"林微尼"为音译，对应梵名"蓝鞞尼"。诸经又译作"岚毗尼""流毗尼""流弥尼"等。

"林微尼"不可拆分，恐高丽藏脱一字，当改。

(二)订正释文之讹

(1) **蚩笑** 充之反。《苍颉篇》:蚩,轻侮也。笑,私妙反。《字林》:笑,喜也。字从竹从犬声。竹为乐器,君子乐,然后笑。(《玄应音义》卷二《大般涅槃经》第三十八卷)

"从犬声",碛砂藏同(字似作"大",误),俄弗二三〇号、大治本、金刚寺本、七寺本作"从夭声"。

检《玄应音义》卷二四《阿毗达磨俱舍论》第十一卷:"笑视:私妙反。《字林》:笑,喜也。字从竹从犬声。竹为乐器,君子乐,然[后]笑。又作咲,俗字也。"亦作"从犬声"。

《说文·竹部》:"此字本阙。"下有徐铉按语:"臣铉等案:孙愐《唐韵》引《说文》云:'喜也。从竹从犬。'而不述其义。今俗皆从犬。又案:李阳冰刊定《说文》'从竹从夭义'云:'竹得风,其体夭屈如人之笑。'未知其审。"以"笑(笑)"为会意字。然《音义》言"字从竹从犬声","笑"与"犬"不谐声,以"夭"为声符则相洽。黄侃《尔雅音训》"谑、浪、笑、敖,戏谑也"条指出:"笑当作夭,人笑则体屈。如《字统》说,则从竹从夭。(注曰:《九经字样》引杨承庆《字统》注云:'笑从竹从夭,竹为乐器。君子乐,然后笑。')案《说文》当以娛为笑之正字。(注曰:《说文》:娛,巧也。一曰女子笑皃。)"[1]

玄应指出"笑"为从竹夭声的形声字,因后世"俗皆从犬",则诸本改"夭"为"犬",《音义》二例看似互相印证,实则皆误。二例"从犬声"皆当从写本作"从夭声"为是。

(2) **综习** 子宋反。《三苍》:综,理经也。谓机缕持丝文者,屈绳制经,令得开合也。(《玄应音义》卷二《大般涅槃经》第十卷)

"丝文",伯三〇九五号、俄弗二三〇号、七寺本同,碛砂藏、大治本、金刚寺本、海山仙馆丛书本作"丝交"。

《说文·糸部》:"综,机缕也。"[2]"综"本义即指织机上使经线上下交错以便梭子通过的装置,"战国时,已使用脚踏提综斜织机"[3]。在使用综织布的过程中,梭子穿插往复于两层经线中,牵引纬线与经线交错,再通过机杼的挤压而成布。穿插交错是

---

[1] 黄侃著,黄焯辑,黄延祖重辑:《尔雅音训》,中华书局 2007 年版,第 8 页。
[2] 段玉裁注:"玄应书引《说文》:机缕也。谓机缕持丝交者也。下八字盖庾俨默注。"王筠《说文句读》依玄应引补,亦以为庾注。
[3] 黄金贵:《古代文化词义集类辨考》,商务印书馆 2016 年版,第 198—199 页。汉刘向《烈女传·鲁季敬姜传》:"持交而不失,出入而不绝者,梱也,梱可以为大行人。推而往,引而来者,综也,综可以为关内之师。"黄金贵认为:"'持交而不失,出入而不绝',正是梱缠绕纬线左右穿经的形象写照,其'梱'即指梭子。"

织布的原理特征。宋本《玉篇·糸部》："综，持丝交。"《龙龛手鉴·糸部》："综，机缕持丝交者曰综。"玄应数释"综"皆作"持丝交"。"丝文"显误。敦煌写本、七寺本、高丽藏同误，可见《玄应音义》流传之初已有此误，藏经本承讹，碛本及大治本等正之。

"交""文"常有形讹。《慧琳音义》卷二十四释《方广大庄严经》第十二卷"该综"："下子宋反，宋忠注《太玄经》曰：综，纪也。《说文》：综，机缕。持丝文交者也，从糸宗声也。"盖写本误"交"为"文"而改之，藏经刻本未察删字符号而衍。

（3）戶鐍　古文鑰，同。余酌反。《方言》：关东谓之键，关西谓之鐍。《说文》作籥。《字林》：书僮笘也。《纂文》云：关西以书篇为书籥。篇非此义。笘，赤占反。（《玄应音义》卷二《大般涅槃经》第四十卷）

例中二处"笘"，海山仙馆丛书本同，碛砂藏、俄弗二三〇号、金刚寺本作"笘"，七寺本作"笘"。

《说文·竹部》："籥，书僮竹笘也。"检《说文·竹部》："笘，折竹棰也。颍川人名小儿所书写为笘。"段玉裁注："笘谓之籥，亦谓之觚。盖以白堊染之，可拭去再书者。""笘"为古代儿童学习写字时用的竹片。[1]

"笘"本为苦竹名，又为"罟"俗字，与"籥"无关，引文、释文当作"笘"，高丽藏形讹。

玄应指出经文中"籥"非此义，检所释《大般涅槃经》卷四〇："善男子！汝意每谓乞食是常，别请无常，曲是户鐍，直是帝幢。"《方言》卷五："户鐍，自关之东，陈楚之间谓之键，自关之西，谓之鐍。"宋本《玉篇·金部》："鐍，关鐍也。""户鐍"即门上纵闩。玄应以"鐍"为"鍵"古文，实则"鍵"较早见。《说文·门部》："鍵，关下牡也。"段玉裁注："关者，横物，即今之门闩。关下牡者，谓以直木上贯关，下插地，是与关有牝牡之别。"又言："籥，即鍵之叚借字。""籥"为"鍵"之通假，经中非"书笘"字。

（三）订正引文之讹

《玄应音义》作为唐代保存前代文献最丰富的辞书之一，大量征引前代字书、韵书、注疏，衷集诸家之说以汇证。这些征引文献中，各本亦存在大量异文。一则玄应意引之异，[2]二则后人改动之异。如《玄应音义》卷二《大般涅槃经》第十卷"祠祀"条引《礼记》郑玄注"此大神所祈大事者，小神居民间伺小过作谴告者也"，"大神"伯三〇九五号、七寺本皆同，而大治本、金刚寺本、碛砂藏为"非大神"，黄仁瑄据碛砂藏正

---

[1] 汉史游《急就篇》："急就奇觚与众异，罗列诸物名姓字。"颜师古注："觚者，学书之牍，或以记事，削木为之，盖简属也。其形或六面，或八面，皆可书。"

[2] 王彦坤《试论古书异文产生的原因》："古人引书，多为意引，不一定符合原文，更不求一字不差。于是引文与原文之间，便出现了异文现象。"《暨南学报》（哲学社会科学版）1989 年第 4 期。

之。又如:

(1) **深穽** 古文阱、汬二形,同。慈性反。《广雅》:穽,坑也。《说文》:大陷也。《三苍》:穽谓穽地为堑,所以张禽兽者也。(《玄应音义》卷二《大般涅槃经》第十九卷)

"穽地",七寺本、大治本、金刚寺本同,俄弗二三〇号、碛砂藏本、海山仙馆丛书本作"穿地",《慧琳音义》转录作"掘地"。

"穽""阱""汬"古同,为深坑、陷阱之义。《说文·井部》:"阱,陷也。穽,阱或从穴。汬,古文阱从水。"

"穿"本义为"穿透""贯通"。《说文·穴部》:"穿,通也。"《字汇·穴部》:"穿,贯也。"《诗·召南·行露》:"谁谓鼠无牙,何以穿我墉。"

"掘"与"穿"同义。《说文·手部》:"掘,搰也。"《玄应音义》卷十四《四分律》第十二卷:"谓以物发地也。"宋人以"穿"释"掘"。《广韵·月韵》《类篇·手部》皆曰:"掘,穿也。"

"穽"为"穿"字形讹,徐时仪、黄仁瑄皆据碛砂藏正作"穿",是。《慧琳音义》转录作"掘地为堑",盖同义替换。"掘地"早见《易·系辞下》:"断木为杵,掘地为臼。"又,《玄应音义》卷二四释《阿毗达磨俱舍论》第十五卷"坑穽"条注引《苍颉篇》:"穽谓掘地为坑,张禽兽者也。"与卷二所引义同而辞异。《周礼·雍氏》:"秋令塞阱杜擭。"郑玄注:"阱,穿地为堑,所以御禽兽,其或超逾则陷焉,世谓之陷阱。"《玄应音义》卷二所引《三苍》与郑注合。《论衡·答佞篇》:"苏秦、张仪从横习之鬼谷先生,掘地为坑,曰:下,说我令我泣出,则耐分人君之地。"则又与《玄应音义》卷二四合。《汉书·谷永传》:"又以掖庭狱大为乱阱。"唐颜师古注曰:"穿地为坑阱以拘系人也。""堑""坑(古作阬)"同义。《说文·土部》:"堑,阬也。""穿地为堑""掘地为坑""穿地为坑阱"等皆为一义,《玄应音义》二引皆意引。

(2) **篡居** 叉患反。《说文》:强而夺取曰篡。《尔雅》:篡,取也。盗任曰篡。字从算从厶音私。弑君之法,理无外声,故从厶也。算音苏卯反。(《玄应音义》卷二《大般涅槃经》第六卷)

"强",碛砂藏、大治本、金刚寺本作"逆",写本字作"迸"。

《说文·厶部》:"篡,屰而夺取曰篡。""屰"为"逆"古字。《方言》卷一:"西秦晋之间凡取物而逆谓之篡。"[1]宋本《玉篇·厶部》:"篡,取也,夺也,逆而夺取曰篡。"已

---

① 戴震《方言疏证》改作"篡",云:"篡,各本讹作篡,盖因注内'儌'字而误,今订正。"参华学诚:《扬雄方言校释汇证》,中华书局2006年版,第91页。

改为今字。以"逆而夺取"强调下位者夺取上位者权利、地位的上下关系,[①]段玉裁注"篡"指出"夺当作敓",并对二字差别作出辨析:"夺者,手持隹失之也。引伸为凡遗失之偁。今吴语云夺落是也。敓者,强取也。今字夺行敓废……芦而敓者,下取上也。"强调了"敓"的"强取"义。故高丽藏本改"逆"为"强",或即取此义。此外,古人书"强"作"強"(如"強",董其昌),右下"ㄥ"长书与"弓"相连则易与"逆"(如"逆",颜真卿)相乱,高丽藏或踵承前讹,亦可推知玄应所撰原本已用今字"逆"。徐时仪、黄仁瑄校本皆以"逆"为长,甚确。

(3) 肴馔　又作饌,同。士眷反。《说文》:饌,具饮食也。(《玄应音义》卷二《大般涅槃经》第十卷)

其中"具饮食也",伯三〇九五号、俄弗二三〇号、大治本、金刚寺本、七寺本同,[②]碛砂藏本、海山仙馆丛书本为"具美食也",《慧琳音义》转录作"具食也"。

《说文·食部》:"篹,具食也。从食,算声。饌或从巽。""饌"古同"篹"。宋本《广韵》引《说文》同。

上例中《玄应音义》引《说文》作"具饮食也",又如卷二十三《广百论》第四卷:"甘饌:仕眷反。《说文》:甘,美也;饌,具饮食也。"又有同今本《说文》作"具食也",如卷二十《旧杂譬喻经》下卷:"饌饐:仕眷反,下张芮反。《说文》:饌,具食也。亦陈也,饮食也。《方言》:饐,馈也,亦祭也。馈音渠愧反。"卷二十一《大乘十轮经》第二卷:"珍饌:《说文》作蕢(篹),同。仕眷反。具食也。亦饮食也。"皆征引《说文》后又补释"饮食也"。"饮食也"的解释最早见于马融注,《论语·为政》:"有事,弟子服其劳;有酒食,先生馔。"三国魏何晏集解引马融曰:"馔,饮食也。"[③]玄应释"馔"引《说文》共有八处,除以上诸例,又如:

[①] "篡逆"指下位者用强力的手段夺取君位,亦用为名词。如《后汉书·鲍永传》:"永因数为谏陈兴复汉室,翦灭篡逆之策。"

[②] 俄弗二三〇号为"□饮食也",残一字,"饮"存下半,似亦同。又,大治本、金刚寺本作"具余食也","具""余"反义。章太炎《国故论衡·转注假借说》:"亦有位部皆同,训诂相反者……具食为馔,彻食为馂。(馂字《说文》不录,然《礼经》已有之。)"参章太炎著,庞俊、郭诚永疏证:《国故论衡疏证》,中华书局2008年版,第213页。段玉裁《说文解字注》辩证《论语》"有酒食,先生馔"句曰:"马云'饮食也',郑作'馂',食余曰馂。按马注者,古《论》;郑注者,校周之本以齐古,读正凡五十事,其读正者皆云鲁读为某,今从古。此不云今从古,则是从鲁《论》作馂者;何晏作馔,从孔安国、马融之古《论》也。据《礼经·特牲》、《少牢》注皆云'古文篹作馂'。许书则无馂有篹、馔字。是则许于《礼经》从今文不从古文也。但《礼经》之篹训食余。而许篹、馔同字,训为具食,则食余之义无着。且《礼经》言饌者多矣,注皆训陈,不言古文作馂。食余之字皆作篹,未有作饌者。然则《礼》饌、篹当是各字。饌当独出,训具食也。篹、馂当同出,训食余也。乃与《礼经》合。若《论语》鲁馂、古饌。此则古文假饌为馂。此谓养亲必有酒肉,既食恒馂,而未有原,常情以是为孝也。又按《礼记》之字,于《礼经》皆从今文,而皆作馂,疑《仪礼》注当云今文篹作馂。"检此条各本及《玄应音义》其他各条所引皆无"具余食也",且所释条目皆为"饌",当与"馂"无涉,大治本形讹,金刚寺本承谬,非关段玉裁所论也。

[③] 宋本《玉篇·食部》:"饌,饭食也。篹,同上。""饭"当作"饮",疑刻讹。

　　甘饌　《说文》籑或作饌,同。仕眷反。具食也。[《论语》:有饮食,先生饌。马融曰:]饌,饮食也。(《玄应音义》卷十四《四分律》第十五卷)

　　此条"《论语》:有饮食,先生饌。马融曰"据碛砂藏,而高丽藏删去。高丽藏作为《音义》简本体系的代表,删减了大量引文及出处,此条所删正是《论语》原文与注者。又如:

　　肴饌　又作籑,同。仕眷反。《说文》:具食也。[《论语》:有饮食,先生饌。马融曰:]饌,饮食也。(《玄应音义》卷六《妙法莲华经》第四卷)

　　此条"《论语》:有饮食,先生饌。马融曰"据日写卷石山寺本,包括详本体系的代表碛砂藏在内的所有版本皆无,而石山寺本保存了更原始的面貌。

　　因此,可以推断,玄应引文在流传过程中发生了以下的简省:

　　《说文》:饌,具食也。《论语》:有饮食,先生饌。马融曰:饌,饮食也。

　　进一步简省又产生讹传:

　　《说文》:饌,具食也。《论语》:有饮食,先生饌。~~马融曰:饌,饮食也。~~

　　《玄应音义》遂产生了"《说文》:饌,具饮食也"的引文,又引作"备具食也""备具饮食也"。如:

　　珍饌　又作籑,同。仕眷反。《说文》:俻具饮食也。《论语》:先生饌。马融曰:饌,饮食也。(《玄应音义》卷一《大方广佛华严经》第十四卷)

　　肴饌　胡刀、胡交二反,下仕眷反。《广雅》:肴,肉也,亦菹也。《说文》:饌,俻具食也。谓饮食也。(《玄应音义》卷二十二《瑜伽师地论》第四十九卷)

　　"俻"即"备"。"具""备"同义,古人常以为互训。郑玄注《仪礼·特牲馈食礼》"宗人举兽尾告备":"备,具也。"《广雅·释诂三》:"备,具也。"高诱注《淮南子·原道》"各有其具":"具犹备也。"《广雅·释诂二》:"具,备也。"同义连言为"备具"。《左传·襄公十年》:"昔平王东迁,吾七姓从王,牲用备具。"玄应或因语涉同义而增文,恐非其所见《说文》之本。陆德明《经典释文序》有言:"余今所撰,务从易识。援引众训,读者取其意义,亦不全写旧文。"古人著述往往如此,玄应亦然。

　　碛砂藏本、海山仙馆丛书本引文作"具美食也",或因"饌"多与甘美等味觉体验搭配,如玄应释词中即有"珍饌""甘饌"等,①又如"芳饌""盛饌""饌玉""饌羞"等,恐校刻者以意改也。

---

① 《慧琳音义》卷二十一《大方广佛花严经》第十五卷:"珍饌:饌,仕眷反。《尔雅》曰:饌,美也。"检《尔雅·释诂上》:"珍,美也。""饌"当为"珍"之讹。

（4）**除愈**　古文瘥，同。榆主反。《方言》：差，愈也。《说文》：愈，病廖也。（《玄应音义》卷二《大般涅槃经》第二卷）

其中"差，愈也"，七寺本同，碛砂藏作"差，愈"，大治本、金刚寺本作"差、间，愈也"。

《方言》卷三："差、间、知，愈也。南楚病愈者谓之差，或谓之间，或谓之知。知，通语也。"戴震《疏证》谓"差、瘥古通用"。《说文·疒部》："瘥，瘉也。"《广雅·释诂一》："为、已、知、瘥、蠲、除、慧、间、瘳，瘉也。"郭璞于"或谓之间"下注"言有间隟"，钱绎《笺疏》："'隟'，俗'隙'字。"华学诚指出"间"由间隙义引申指病稍愈。《论语·子罕》："子疾病，子路使门人为臣。病间。"何晏《集解》引孔安国注："病少差曰间也。"皇侃疏："若少差，则病势断丝有间隙也。"①

《玄应音义》卷六《妙法莲华经》第六卷"除愈"条、卷八《维摩经》中卷"病愈"条引《方言》皆为"差、间，愈也"，可资比勘。然卷三《摩诃般若波罗蜜经》第一卷"得愈"条、卷十四《四分律》第一卷"除愈"条、卷二一《佛说无垢称经》第三卷"得愈"条、卷二四《阿毗达磨俱舍论》第十五卷"难愈"条俱引作"差，愈也"。其中卷三、卷十四所引碛砂藏俱作"差、间，愈也"。

玄应引《方言》所释者皆为"愈"，引"差"或"差""间"皆无妨，而"差"为当时常用，故时未着"间"字。在文本流传过程中，简本又有删略，有异文处原稿恐当从详本作"差、间，愈也"。

（5）**星宿**　思育反。《释名》云：宿，宿也，言星各止任其所也。（《玄应音义》卷二《大般涅槃经》第四卷）

其中"任"字，金刚寺本、七寺本、碛砂藏本作"住"，海山仙馆丛书本作"注"。"任""注"皆"住"之讹。

今本《释名·释天》："宿，宿也，星各止宿其处也。""宿/住（任、注）""处/所"异文。明卢之颐《本草乘雅半偈》、清阮元《经籍籑诂》、桂馥《说文解字义证》、郝懿行《尔雅义疏》引同。

"宿，宿也"，同字为训。被释词"宿"为"星宿"义，《广韵》息救切；训释词"宿"为"停留"义，《广韵》息逐切。顾广圻《释名略例》谓"以止宿之'宿'释星宿之'宿'"，称之为"本字而易字者"的通例。

"星各止宿其处"是对"宿，宿也"的进一步解释，"宿""住"孰是？检《释名》之通例，往往释文中以同音字为训，复以训释字组成的复音词阐释。如《释天》："天，显也，在上高显也。""日，实也，光明盛实也。""晷，规也，如规画也。""风，泛也，其气博

---

① 华学诚：《扬雄方言校释汇证》，中华书局 2006 年版，第 262 页。

泛而动物也。"又或叠音,又或串连成文,又或进一步解说训释字,如"酉,秀也;秀者,物皆成也",多重复训释字。以此例观之,则今传本《释名》作"星各止宿其处"无误。

然从《玄应音义》引文来看,《释名》或早有异本,亦或玄应意引。检元熊忠《古今韵会举要》、陈耀文《天中记》、冯复京《六家诗名物疏》皆引作"星各止住其所也",并与《玄应音义》引同。"住""宿"在"停止"义上同义。《广韵·遇韵》:"住,止也。"《资治通鉴·隋纪一》:"任忠驰入台,见陈主言败状,曰:'官好住,臣无所用力矣!'"胡三省音注:"好,宜也;住,止也;今南人犹有是言。""住宿"连言,表"停止、停留"义。《北史·杜正玄传》:"(杨)素志在试退正玄,乃手题使拟司马相如《上林赋》、王褒《圣主得贤臣颂》、班固《燕然山铭》、张载《剑阁铭》、《白鹦鹉赋》,曰:'我不能为君住宿,可至未时令就。'"

"处""所"皆表示地方、处所。《玄应音义》卷二《大般涅槃经》第三卷"无所"条:"《三苍》:所,处也。所犹据也,在也。"《太平御览》引《释名》作"星各止宿其所也"。恐《释名》早期传本作"所"。

(6)饮餧 猗焥反。餧,《说文》作萎,同。于伪反,《广雅》:饮也。(《玄应音义》卷二《大般涅槃经》第二卷)

其中"饮也",七寺本作"萎,饮也",大治本、金刚寺本作"萎,飤也",碛砂藏本作"餧,飤也",海山仙馆丛书本作"餧,飤也"。

"餧"为喂食义。今本《广雅·释诂》:"餧,食也。"[1]《说文》作"萎"。《说文·艸部》:"萎,食牛也。"段玉裁注曰:"下文云以谷萎马,则牛马通偁萎。"[2]由喂牛引申为喂养动物。《汉书·陈余传》:"所以不俱死,欲为赵王、张君报秦。今俱死,如以肉餧虎,何益?"颜师古注曰:"餧,飤也。"《说文·食部》:"飤,粮也。从人、食。"段玉裁注:"以食食人、物,本作食,俗作飤,或作饲。"《玄应音义》卷二《大般涅槃经》第二十三卷"餧飤(飤)"条:"《石经》今作食,同。""经文作饲,俗字也。"姚秦佛陀耶舍共竺佛念等译《四分律》卷十一:"时婆罗门牛闻唱声自念:'此婆罗门昼夜餧飤我,刮刷摩扪,我今宜当尽力自竭,取彼千两金报此人恩。'""餧飤",宋、元、明、宫本作"餧饲"。[3] "餧食"更早见。如《六韬·三疑》:"施惠于民,必无忧财;民如牛马,数餧食

----

① 王念孙《广雅疏证》:"餧字本作飤。"
② 《说文》"餧"为"饥饿"义。《说文·食部》:"餧,饥也。一曰鱼败曰餧。"段玉裁注曰:"各本篆作餧。本又作喂字。"
③ 唐玄奘译、辩机撰《大唐西域记》卷三:"如来修菩萨行,为大国王,号曰慈力,于此刺身血以飤五药叉。""飤",宋、元、明本皆作"饲"。元魏吉迦夜共昙曜译《杂宝藏经》卷二《离越被谤缘》:"牛主见已,即捉收缚,将诣于王。王即付狱中,经十二年,恒为狱监,饲马除粪。""饲",宋、元、明本作"食"。唐道世撰《法苑珠林》卷五七引作"飤",宋、元、明本皆作"饲"。

之，从而爱之。"

玄应所释《大般涅槃经》卷二经文为：

> 若是牸牛，不食酒糟、滑草、麦麸，其犊调善，放牧之处不在高原，亦不下湿，饮以清流，不令驰走，不与特牛同共一群，饮餧调适，行住得所。①

"饮""餧"连用表示给喂牸牛吃喝。又有"饮食""饮饲"，皆为此义而非特指牛也。② 如《左传·昭公二十九年》："昔有飂叔安，有裔子曰董父，实甚好龙，能求其耆欲以饮食之。"北魏贾思勰《齐民要术·养牛马驴骡》："服牛乘马，量其力能，寒温饮饲，适其天性。"

"飰"是"飤"的变体俗字，③较晚出，唐写本已见。敦煌写本伯二○一一《刊谬补缺切韵》："飰：食。"高丽藏本、七寺本《玄应音义》卷二释文中引《广雅》"（餧，）饮也"当为"飤"之形讹，碛砂藏本、大治本、金刚寺本作"餧/萎，飤/飰也"无误，海山仙馆丛书本正作"餧，飤也"。徐、黄校本皆据碛砂藏正。《龙龛手鉴·食部》："餧，饮也。"恐承其所见《玄应音义》之本而误，亦当据正。④

(7) 婆岚　力含反。案诸字部无如此字，唯应璩诗云"岚风寒折骨"作此字。（《玄应音义》卷二《大般涅槃经》第四十卷）

"岚风"，俄弗二三○号、大治本、金刚寺本、七寺本、碛砂藏本、赵城金藏本、海山仙馆丛书本皆作"岚山"。《玄应音义》卷十四释《四分律》第二卷"岚婆"条，碛砂藏条末多"案岚，力含反。诸字书无此字，唯应璩诗云'岚风寒折骨'作岚也"句。

"婆岚"又作"毗岚"，《玄应音义》卷一《大方广佛华严经》第六卷"毗岚"条记载"毗蓝婆风、鞞岚婆、吠蓝婆、随蓝、旋蓝"，梵语音译，为"迅猛风"之义。"岚风"在佛典中又写作"旋岚风""随岚风""毗岚婆风""毗岚风""吠岚婆风"等，"岚风"唐代始见。

应璩是建安七子之一应玚之弟，其诗作唐代以后基本亡佚。⑤ 据唐虞世南《北堂书钞》卷一五六《岁时部》引应璩诗为"岚山寒折骨，面目尽生疮"，虞世南与玄应皆唐人，所引相合。宋李昉《太平御览》卷三十四《时序部》所引亦同，且"岚山"二字后注："岚山，羌中山名也。"唐李吉甫《元和郡县图志·河东道三·岚州》："宜芳县，本汉汾阳县地，属太原郡。后魏于此置岢岚县。岢岚山，在县北九十八里。高二千余

---

① 《大般涅槃经》卷二九："餧养牛犊，肥已转卖。"
② 余赒遽儿钟（楚余义钟、儿钟）铭文有"饮飤诃（歌）遴（舞）"句，中山王譻方壶"氏（是）以游夕饮飤"句。参见中国社会科学院考古研究所编：《殷周金文集成》，中华书局 2007 年版，第 5140、194 页。
③ 《龙龛手镜·食部》："飰，俗。飤，今。饲，正。音寺，食也，与饮也。"
④ "饮"与"饭"并举，亦有"给人、畜吃或喝"义。《诗·小雅·绵蛮》："饮之食之，教之诲之。"《汉书·朱买臣传》："故妻与夫家俱上冢，见置里饥寒，呼饭饮之。"然《音义》所释《涅槃经》经文"饮餧"，"餧"显非"饮"义，今传《广雅》亦不释作"饮"，不可强为作解。
⑤ 杨和为、卫佳：《应璩及其〈百一诗〉》，《史志杂刊》2015 年第 2 期。

丈,西北与雪山相接。"正与"寒折骨"诗意相合,应璩诗中所指当是"岢岚山"。"岚"音译 Vairambhaka(毗岚婆)而有大风义。[1] 从《玄应音义》"案诸字部无如此字"的按语,至《慧琳音义》卷三八"岚飔"条引《韵诠》"岚,山风也",可知唐人逐渐接受此义。

从各本异文来看,"岚风"当为高丽藏或高丽藏所据之本误改,碛砂藏《玄应音义》卷十四引"岚风寒折骨",盖不明"岚山"为"岢岚山",又呼应词目"婆岚""岚婆"之谓风,又诗中"寒折骨"自然联想到风,唐后"岚"之风义为人熟知,则后人凭意改也。

三、日写本与各本间的传承关系

徐时仪总结《玄应音义》写本主要有两个体系,一为简本(高丽藏),一为详本(碛砂藏)。[2] 相较于刻本以高丽藏、碛砂藏为代表的二源体系,日本写卷间的关系更显错综复杂,且各卷次异文所反映的情况各不相同。潘牧天认为《玄应音义》存在详本、简本与略本,略本是在简本基础上进一步节略的本子。就《玄应音义》卷一来看,日本写卷皆属于简本体系,其中大治本、金刚寺本与西方寺本关系较密切,与碛砂藏本相同部分较多,而七寺本与高丽藏本相同处较多,大治本与金刚寺本有直接的渊源关系,且属于略本体系。[3] 卷六诸本中,石山寺本又属于较繁本保存内容更丰富的一系。[4] 通过《玄应音义》卷二诸本的比勘,各本源流关系与卷一有一致性,但又有区别。以下就卷二的文献比对情况略作探讨:

(一) 大治本、金刚寺本偏向详本,七寺本为简本

碛砂藏本较高丽藏本等保存了更多内容。如:

蝮蝎 匹六反。《三苍》:蝮蛇色如绶文,文间有猪鬣,鼻上有针。大者长七八尺,有牙,最毒。《史记》"蝮螫手即断"是也。蝎音歇,毒虫尾有刺也。(《玄应音义》卷二《大般涅槃经》第一卷)

漂疾 芳妙反,又抚招反。漂犹流急也。[5] (《玄应音义》卷二《大般涅槃

---

[1] 参见徐时仪:《玄应〈众经音义〉研究》,中华书局 2005 年版,第 509 页。徐时仪根据《慧琳音义》"北狄语呼猛风为可岚",认为"慧琳所说北狄语可岚也可能是当时北狄语岚 *g·rm 的记音词"。

[2] 徐时仪:《玄应〈一切经音义〉写卷考》,《文献》2009 年第 1 期。

[3] 潘牧天:《日本古写玄应〈一切经音义〉卷一略探》,《辞书研究》2023 年第 2 期。

[4] 潘牧天:《日本古写玄应〈一切经音义〉卷六略探》,《佛经音义研究——第三届佛经音义国际学术研讨会论文集》,上海辞书出版社 2015 年版,第 140—151 页。

[5] "芳妙反""流急",大治本、金刚寺本、七寺本同,碛砂藏本为"匹妙反""急流"。此条恐碛砂藏作过订正。

经》第一卷)

以上条目中着重号部分皆为碛砂藏独有,包括日写本在内的诸本皆无。此外,又如:

乐香　五孝反。乐,欲也。言此香王爱乐于香也。犹乐歌干闼婆等是也。(《玄应音义》卷二《大般涅槃经》第一卷)

芬馥　敷云反。《方言》:芬,和也,郭璞曰:芬香和调也。① 下扶福反。《字林》:馥,香气也。(《玄应音义》卷二《大般涅槃经》第一卷)

沙卤　力古反。谓确薄之地也。《说文》:卤,西方咸地也。故字从西省,下象盐形也。天生曰卤,人生曰盐。盐在东方,卤在西方也。确音苦角反。(《玄应音义》卷二《大般涅槃经》第二卷)

规欲　又作頍,同。九吹反。规,计也。规亦求,谓以法取之也。② 字从夫、见,言大(丈)夫之见必合规矩。(《玄应音义》卷二《大般涅槃经》第三卷)

鼟鼛　徒登、丁邓二反。《韵集》云:失卧极也。经文作瞪,借为徒登反。鼛,亡登、武邓二反。鼛,乱闹也,谓闹乱也。(《玄应音义》卷二《大般涅槃经》第三卷)

怡怿　音以之反。《尔雅》:怡、怿,乐也。郭璞曰:怡,心之乐也。怿,意解之乐也。(《玄应音义》卷二《大般涅槃经》第二十四卷)

以上划线内容,碛砂藏、大治本、金刚寺本大致相同,然高丽藏、七寺本皆无。可见卷二大治本、金刚寺本偏向以碛砂藏为代表的详本系统,而七寺本偏向以高丽藏为代表的简本系统。③

(二) 大治本、金刚寺本近碛砂藏,七寺本近高丽藏

从上文《玄应音义》卷二内容的多寡可以看出,大治本、金刚寺本近碛砂藏,七寺

---

① "《方言》:芬,和也,郭璞曰:芬香和调也",大治本、金刚寺本为"《方言》:芬,和调也。郭璞曰:芬香和也",乱。

② 谓以法取之也,碛砂藏为"谓以法也"。

③ 大治本、金刚寺本似还保存了些许略本的特征。如《玄应音义》卷二《大般涅槃经》第十二卷:"欬逆:枯戴反。《说文》:欬,逆气也。《字林》:欬,瘶也。经文多作咳,胡来反。咳谓婴儿也。咳非今用。"伯三〇九五号、七寺本、碛砂藏本皆同,大治本、金刚寺本仅作:"欬逆:又咳,谓婴儿也。咳非今用。"亦存在日写本抄脱的可能。

本近高丽藏，后者在异文上亦有所反映。如：

娑罗 《泥洹经》作固林。案《西域记》云：此树在呾刺拏河西岸，不远有娑罗林。其树形类槲而皮青白，叶甚光润。四树特高，是如来涅槃之所也。（《玄应音义》卷二《大般涅槃经》第一卷）

"固林"，七寺本同，碛砂藏本、大治本、金刚寺本作"坚固林"。

蒭摩 古文㲉，同。测俱反。正言菆摩。菆音叉拘反。此译云麻衣，旧云草衣。案其麻形似荆芥，花青也。（《玄应音义》卷二《大般涅槃经》第一卷）

"花青也"，七寺本同，碛砂藏本、大治本、金刚寺本作"华青紫色"。

星宿 思育反。《释名》云：宿，宿也。言星各止任其所也。（《玄应音义》卷二《大般涅槃经》第四卷）

"任"，七寺本同，碛砂藏本、大治本、金刚寺本作"住"。

角力 古文斠，同。古卓反。《礼记》：习射御角力。《广雅》：角，量也。高诱注《吕氏春秋》云：角，试心。……《周礼》注音亦粗，捔非此用。（《玄应音义》卷二《大般涅槃经》第四卷）

"试心"，七寺本同，碛砂藏本、大治本、金刚寺本作"试也"。

篡居 叉患反。《说文》：强而夺取曰篡。……算音苏卵反。（《玄应音义》卷二《大般涅槃经》第六卷）

"强而夺取"，七寺本同，碛砂藏本、大治本、金刚寺本作"逆（迸）而夺取"。

什物 时立反。……今人言家产器物犹云什物，物即器也。江南名什物，此土名五行。《史记》"舜作什器于寿丘"、《汉书》"贫民赐田宅什器"并是也。（《玄应音义》卷二《大般涅槃经》第六卷）

"此"，七寺本同，碛砂藏本、大治本、金刚寺本作"北"。

木筩 徒东反。《三苍》：筩，竹管也。《说文》：筩，断竹也。《方言》：箸，筩也。郭璞曰：谓盛匕箸也。经文作筒。《说文》徒栋反。谓无底萧也。今亦为筩字。（《玄应音义》卷二《大般涅槃经》第七卷）

"箸"，七寺本同，碛砂藏本、大治本、金刚寺本作"箸"。"箸"俗写或作"著"。

以上诸例，皆高丽藏误，当据碛砂藏、大治本等正之，而七寺本同误，足可证明七寺本与高丽藏同出一系。[1]

（三）日写本音切皆同高丽藏，碛砂藏对音切作过修订

碛砂藏或碛砂藏所据之本对《玄应音义》作过一些修订，前人已有论述，尤其在

---

[1] 有日写诸本皆同高丽藏或碛砂藏者，则多为刻本讹误或订改，将另文撰述。

反切改字上,碛砂藏可谓用力颇多。据比勘,凡高丽藏与碛砂藏音切不同者,日写本皆从高丽藏,亦可证明高丽藏之音切为玄应所作原貌,而碛砂藏改字所据多与《慧琳音义》相合。兹罗列如下:

表1　反切重订一览表

条目	所注字	高丽藏本	碛砂藏本	大治本	金刚寺本	七寺本
怛埵他踔	踔	丑白反	丑兑反	丑白反	丑白反	丑白反
漂疾	漂	芳妙反	匹妙反	芳妙反	芳妙反	芳妙反
雕文	雕	都尧反	都神反	都尧反	都尧反	都尧反
蝮蝎	蝮	匹六反	芳六反	匹六反	匹六反	疋云反
羁锁	羁	居猗反	猗奇反	居猗反	居猗反	居猗反
屏隈	屏	蒲定反	补定反	蒲定反	蒲定反	蒲定反
乳养	乳	而注反	而主、而注二反	而注反	而注反	而注反
毁訾	訾	子尔反	子尔、子雅二反	子尔反	子尔反	子尔反
怡悦	怡	弋之反	与之反	弋之反	弋之反	也之反
趍走	趍	且榆反	七榆反	且榆反	且榆反	且榆反
敦喻	敦	都肫反	顿温反	都肫反	都肫反	都肫反
觉寤	觉	居效反	交孝反	居效反	居效反	居效反
船筏	筏	父佳反匹于反	蒲佳反方于反	父佳反匹于反	父佳反匹于反	父佳反匹于反
刞足	刞	扶忍反	莆忍反	扶忍反	扶忍反	扶忍反
魍魉	魍、魉	上亡强反,下力掌反	文纺反、力掌反	亡强、力掌反	亡强、力掌反	上强、力掌反(脱字)
脑胲	胲	音胡卖反	音户卖反	音胡卖反	音胡卖反	音胡卖反
顾昒	昒	亡见反	忙见反	亡见反	亡见反	亡见反
麒麟	麟	理真反	里真反	理真反	理真反	理真反
拍毱	毱	巨六反	居六反	巨六反	巨六反	巨六反

(四) 日写本承敦煌写本,各写本又互有参差

《玄应音义》卷二现存四件敦煌写卷,斯三四六九号仅存《大般涅槃经》第一卷"为作"至"震动"12 条;敦研三五七号仅存八行,有《大般涅槃经》第十、十一卷三条音义;伯三〇九五号正面题为"佛经答问",背面存《大般涅槃经》第八卷"月蚀"条至第十四卷"船舫"条;俄弗二三〇号由两部分黏合组成,前一部分存《大般涅槃经》第十卷"轻躁"条至十九卷"间间"条,后一部分存《大般涅槃经》第二十卷"奎星"条至第四十卷尾。日写本字形与敦煌写本一脉相承,如"腦"作"脳"、"爾"作"尔"、"胝"作"胝"、"吊"作"弔"、"禮"作"礼"、"蝕"作"蝕"、"職"作"軄"、"聰"作"聡"、"戲"作"叡"、"虧"作"𧇾"、"鬱"作"欝"、"闞"作"㘉"、"眄"作"盱"、"博"作"簿"、"褥"作"蓐"、"癰"作"癕"、"痢"作"利"等。

就文本而言,伯三〇九五号与俄弗二三〇号介于碛砂藏系统与高丽藏系统之间,其内容显较碛本、丽本少为后人所润改,与日写本多有可互证者。日写本承唐写本而来,与敦煌写本皆更近于玄应稿本。

通过《玄应音义》卷二诸本的校勘,可以看出大治本、金刚寺本、七寺本皆为《玄应音义》早期转抄本。七寺本存早期简本系统的原貌,与高丽藏本相合处较多,而高丽藏本又新增错讹;大治本、金刚寺本属同一系统,此卷属详本系统,多有与碛砂藏相合处,这与其他卷次的面貌是大致相当的。然大治本一系卷一大量删略的情况在卷二中却没有体现,相反卷二与碛砂藏同有许多不见于高丽藏的内容。

日本古写本《一切经音义》是研究佛经音义的重要材料,全面整理日写本对于《一切经音义》研究具有重要意义,日写本中丰富的佚文与异文对于音义的研究具有推动作用。日写本不同卷次之间异文所呈现出的版本系统不尽相同,甚至迥然相反,这也体现了日写本体系的复杂性。唯有将《玄应音义》各写本、刻本进行全面的逐字比对,将其中的异同进行详细的计量统计,才能真正摸清《玄应音义》"稿本—抄本—刻本"间的渊源嬗递关系。日本写卷作为直接传承自唐写本的域外写本,展现了《玄应音义》大规模刊刻前的写本系统概貌,与敦煌、吐鲁番写本相互印证,存玄应稿本之古,是研究《玄应音义》版本源流与文本原貌的关键环节。

A Study of the Volume 2 of the Ancient Japanese Manuscript *Yiqiejing Yinyi*(《一切经音义》) by Xuanying

Pan　Mutian　Zhang　Deyu

Abstract：*Xuanying Yinyi* Volume 2 explains the Great Nirvana Sutras. In addition to the block-printed editions and Dunhuang Turpan manuscripts, there are also various types of ancient Japanese manuscripts. By comparing these versions, it can be concluded that the Dazhi version and King Kong Temple version in the Volume 2 of the Japanese manuscript share the same origin and have many similarities with The Koryeo Tripitaka version, belonging to the detailed version system. The Gichsa version and The Koryeo Tripitaka version also have similarities and belong to the simplified version system. Japanese manuscripts and Dunhuang manuscripts both preserve the original features of *Xuanying Yinyi*. There are numerous variant texts between Japanese manuscripts and other versions, which provide valuable insights for supplementing and revising the ancient Tripitaka.

Keywords：Xuanying; *Yiqiejing Yinyi*; Japanese Manuscripts; variant text

近代汉语俗语词考释五则*

汪燕洁**

摘要： 近代汉语中俗语词众多，现有大型辞书对这类词的注释存在释义不确或理据不明的情况，有待辩正。本文选取含有"脚"的俗语词"接脚夫人""白脚猫""毛脚女婿/毛脚新娘子""贴脚诡寄/铁脚诡寄""好脚迹门生"共五则，考定词义，辨析词形，追溯语源，补正现有辞书。

关键词： 近代汉语　俗语词　词义　理据

"脚"是汉语核心词，使用频率高，字面普通，词义丰富，在近代汉语中构成了数量众多的俗语词。现有辞书对这类俗语词的注释或释义不确，或理据不明，有待辩正。文章选取"接脚夫人""白脚猫""毛脚女婿/毛脚新娘子""贴脚诡寄/铁脚诡寄""好脚迹门生"五则词条进行考释，力求考定词义，辨析词形，追溯语源。

一、接脚夫人

北宋李昉《太平广记》卷 184《氏族·白敏中》引《玉泉子》："敏中始婚也，已朱紫矣，尝戏其妻为接脚夫人。又妻出辄导之以马，妻既憾其言，每出必命撤其马，曰：'吾接脚夫人，安用马也？'"接脚夫人，各家解释不一，目前大致有三种观点：

（1）何九盈、王宁、董琨主编《辞源》释作"旧指人显贵后所娶之妻"①，字面意思理解不差，只是没有说明"戏"在何处。

＊ 本文为兰州大学中央高校基本科研业务费专项资金项目"'脚'的形音义通史考"（2023lzujbkydx020）的阶段性成果。
＊＊ 汪燕洁，1990 年生，兰州大学文学院讲师，主要从事古代汉语词汇与训诂学研究。
① 何九盈、王宁、董琨主编：《辞源》（第 3 版），商务印书馆 2015 年版，第 1670 页。

（2）江蓝生、曹广顺《唐五代语言词典》释作"续娶之妻"①，白维国主编《近代汉语词典》将其中"接脚"释作"续娶或再嫁"②，与后世"接脚夫""接脚婿"等观。此说从者甚多，如彭立荣主编《婚姻家庭大辞典》："至唐，曾以'接脚夫人'称继室。"③邢铁说："接脚夫在唐代以前确实很少，笔者没有见到直接的记载，唐人白敏中戏称其妻为'接脚夫人'，想必是由接脚夫演绎而来的。"④既无"接脚夫"的直接记载，又何谈先出的"接脚夫人"由前者演绎而来？根据文意，白敏中明明是"始婚"，何来续娶之说？就算是续娶，也不必"憾其言"。且唐时"接脚"指续娶或再嫁义未见他例，以今释古，不符合训诂学共时性原则。

（3）刘瑞明认为这里的"脚"不是手脚的脚，而是隐指男阴而言性事。⑤纯属想象，不足取信。

上述各家释义均有未安，且都未揭示文中"接脚夫人"一称的戏谑之处，因此有必要论证。我们认为"接脚夫人"之所以成为戏称，源自"接脚"的一词多义。根据文意可知，白敏中是在做官以后才婚配，因此"接脚夫人"表层意思是指继显贵之后娶的妻。"接脚"本指跟脚，与"接踵""接迹""接武"结构、意义相同。戏谑在于"接脚"在唐时常表接替、顶替义，由跟脚引申而来。如唐杜佑《通典》卷18《选举·杂议论下》："况其书判，多是假手。或他人替入，或旁坐代为，或临事解衣，或宿期定估，才优者一兼四五，自制者十不二三。况造伪作奸、冒名接脚，又在其外。"五代刘昫《旧唐书》卷92《韦安石列传》："（韦陟）后为吏部侍郎，常病选人冒名接脚，阙员既少，取士良难，正调者被挤，伪集者冒进。"《全唐文》卷78武宗《加尊号赦文》："其茶盐商，仍定觔石多少，以为限约。其有冒名接脚，短贩零少者，不在此限。"卷964阙名《澄清选例奏》："人多罔冒，吏或诈欺。混见官者谓之擘名，承已死者谓之接脚。""冒名接脚"即冒名顶替，"接脚"特指顶替已死之人。

被丈夫戏称顶替者，心里自然不舒服，因此"憾其言"，抱怨道："我一个冒牌夫人，哪有资格用马引路呢？"如此理解文从字顺。

"接脚"表接替、顶替义，后世仍见，如明陆人龙《型世言》第三十回："向来吏书中有几个因他入院，在这厢接脚过龙，门子有几个接脚得宠。"清范希哲《鱼篮记》第三出："通不灯的儿子今年一十八岁了，岂非接脚有人？"今长沙、娄底"接脚"指接班、继

---

① 江蓝生、曹广顺：《唐五代语言词典》，上海教育出版社1997年版，第189页。
② 白维国主编：《近代汉语词典》，上海教育出版社2015年版，第958页。
③ 彭立荣主编：《婚姻家庭大辞典》，上海社会科学院出版社1988年版，第526页。
④ 邢铁：《家产继承史论》（修订本），云南大学出版社2012年版，第88页。
⑤ 刘瑞明：《刘瑞明文史述林》，甘肃人民出版社2012年版，第225页。

承,绩溪"接脚"指续弦,成都"接脚杆的"指填房①,后世文献中"接脚""接脚夫""接脚婿"指妇女续招的丈夫等,都由此义引申而来。

综上,"接脚夫人"是移就式的词汇生动化表达。杨琳师指出:"同词移就指一个词同时具有抽象和具象两个义位,造词者借用具象义位去表达抽象义位。"②"接脚夫人"正是利用"接脚"的多义性达到戏谑的效果。

二、白脚猫

清钱德苍《缀白裘》三集卷2《水浒记·后诱》:"〔丑上〕阿呀!弗好!宋相公特地叫我来寻哩,撞着子到放子哩去;况且哩是个白脚狸狸猫。……宋相公特地叫我来寻,撞见子吼,到放子去;况且吼一去弗知要去几时乱。"清落魄道人《常言道》第六回:"青肚皮猕猻那有灵性,白脚花狸猫何处去寻?"白脚狸狸猫③、白脚花狸猫,指坐不住、成天在外跑的人。应是方言词,例句所出文献均有吴方言特征。今吴地仍见使用,如胡祖德《沪谚外编》:"坐不定,立不定者……又曰白脚猫。"④俗语有:"白脚花狸猫,喫仔就要跑。"⑤《申报》1928 年 11 月 23 日第 2 版《三猫牌香烟》广告:"白脚花狸猫,家家走得到。三猫香烟好,处处有人要。"

许宝华、宫田一郎主编《汉语方言大词典》(修订本)收"白脚花狸猫"两个义项:1. 比喻坐不住、喜欢往外面乱跑的人。吴语。上海、苏州。2. 比喻无能耐的人。吴语。上海松江。⑥ 李荣主编《现代汉语方言大词典》也收两个义项:1. 上海,比喻整天在外面游荡不归的人。2. 杭州,比喻浮而不实的人,也作拔脚花狸猫。⑦《张江镇志》:"白脚猫:无能,什么本领都没有;(喻)坐不住,喜欢到处串门乱跑的人。"⑧《浦东老闲话》:"白脚猫,喻坐不住,喜欢朝外跑,而又无能耐之人。"⑨根据方言词典的解释,吴地"白脚(花狸)猫"有两个义项:1. 坐不住,喜欢往外跑的人;2. 浮而不实,没本事的人。关于该词的构词理据,词典均未说明,论者寥寥,尚无定论。

刘瑞明认为"白脚猫"是"掰脚冒"的谐音,后繁饰为"白脚花狸猫",理据是"掰

---

① 李荣主编:《现代汉语方言大词典》,江苏教育出版社 2002 年版,第 3581 页。
② 杨琳:《汉语俗语词词源研究》,商务印书馆 2020 年版,第 48 页。
③ 杨琳师指出"白脚狸狸猫"是记录口语中的结巴,本作"白脚狸猫"。
④ 胡祖德:《沪谚外编》,上海古籍出版社 1989 年版,第 109 页。
⑤ 李荣主编:《现代汉语方言大词典》,江苏教育出版社 2002 年版,第 1014 页。
⑥ 许宝华、〔日〕宫田一郎主编:《汉语方言大词典》(修订本),中华书局 2020 年版,第 1245 页。
⑦ 李荣主编:《现代汉语方言大词典》,江苏教育出版社 2002 年版,第 1014 页。
⑧《张江镇志》编纂委员会:《张江镇志》,汉语大词典出版社 2006 年版,第 553 页。
⑨《浦东老闲话》编委会:《浦东老闲话》,上海古籍出版社 2004 年版,第 55 页。

脚化(家)里而冒"①。詹鏞安认为"白脚猫"是"白脚跑"的转音②。谐音说不足信。首先,未见有"掰脚冒""白脚跑"的说法。其次,除了"白脚猫",还有"白脚狗""白脚猪"的说法。如绍兴话"白脚猫"比喻坐不住,喜欢往外跑的人,又可说成"白脚狗"。③ 清青莲室主人《后水浒传》第十八回:"(织锦)遂顺口儿扯谎道:'只因织锦胆小,在黑暗中走出。不期恰遇着家中这只打不死、喂不饱、走千家、惯咬人的白脚花斑狗儿睡在拦路,不曾防范,一脚踹着它的尾巴,使我吃了一惊,不觉失声。'""白脚花斑狗儿走千家"跟吴谚"白脚猫,走千家"④同出一辙。@清匄:"小学时,某天放学一路小跑回家,想给奶奶炫耀我那打满红勾勾的卷子。跑到家门口却发现门怎么也打不开,看来奶奶串门去了。这时又下起了倾盆大雨,我气坏了,一边用脚狠狠地踹门,一边说:'这个老太婆,不知道这个时间我已经到家啦,就算忘了时间也总该听得见雨声吧? 真像"白脚狗"!'"⑤胡石予《白脚猪》:"余前月自乡出,舟过南溪,见溪中抛有初生猪。行里许,共见八九头。……舟人曰:'不观猪皆白脚乎? 产此者主其家不祥。'"⑥这跟不喜养白脚猫一个道理,根源都在"白脚"上。安徽《金寨县志》认为"白脚猫"指爱闲游浪荡者是因为白爪的猫爱串门⑦,恰是本末倒置。词典或记作"拔脚花狸猫",吴语"白""拔"语音近似,如上海都读作"bɐʔ²³",杭州都读作"bɐʔ¹²",苏州都读作"bʌʔ²³"。⑧ "拔脚"恰是人们不解"白脚"理据而想当然之俗词源,不可信。

　　我们认为"白脚"即赤脚。文献中常用"赤脚"来描述奴仆、山野劳作或云游之人。唐韩愈《昌黎先生集》卷5《寄卢仝》:"一奴长须不裹头,一婢赤脚老无齿。"婢女赤脚侍奉,后世常用"赤脚"来指称婢女。如北宋苏轼《东坡集》卷8《答任师中家汉公》:"常呼赤脚婢,雨中撷园蔬。"南宋陆游《剑南诗稿》卷43《幽居初夏四首》其二:"赤脚挑残笋,苍头摘晚茶。"南宋刘克庄《后村长短句》卷2《摸鱼儿》其三:"筛样饼,瓮样茧,长须赤脚供樵饪。""赤脚"分别跟"苍头""长须"对文同义,都指奴仆。

　　山野之人耕作也常赤脚。唐杜荀鹤《唐风集》卷中《雪》:"拥袍公子休言冷,中有樵夫跣足行。"南宋陈起《江湖小集》卷39叶茵《潇湘八景图》其三《山市晴岚》:"赪

① 刘瑞明:《刘瑞明文史述林》,甘肃人民出版社2012年版,第1200页。
② 詹鏞安:《萧山方言》,杭州出版社2010年版,第453、930页。
③ 吴子慧:《吴越文化视野中的绍兴方言研究》,浙江大学出版社2007年版,第104页。
④ 中国民间文学集成全国编辑委员会,中国民间文学集成上海卷编辑委员会:《中国谚语集成　上海卷》,中国ISBN中心1999年版,第615页。
⑤ 许淑瑶、史申、顾奕俊:《关于爷爷奶奶、外公外婆,我也想说说……》,《中学生天地》(A版)2016年第10期。
⑥ 胡石予:《三余录·白脚猪》,《游戏世界》1921年第6期。
⑦ 安徽省金寨县地方志编纂委员会:《金寨县志》,上海人民出版社1992年版,第696页。
⑧ 钱乃荣:《当代吴语研究》,上海教育出版社1992年版,第371、376页。

肩赤脚分途归,野唱樵歌动幽听。"清陆心源《宋诗纪事补遗》卷 19 北宋邹极《赤松寺书事》:"插稻农夫晨赤脚,缫丝蚕妇昼蓬头。"南宋周紫芝《太仓稊米集》卷 1《野妇行》:"青襜两幅不掩骭,赤脚一双深染泥。"卷 19《舟次句茨(时寓白湖)》:"移居来近玉湖中,渔户新添白脚翁。"明冯梦龙《新列国志》第十八回:"约行三十余里,至猇山,见一野夫短褐,单衣,破笠,赤脚,放牛于山下。"清汪学金《静厓诗稿》卷 4《积霖叹》:"一年籽本逐流水,赤脚老农瞪目看。"松江旧称农民为"赤脚人"。①

修行云游之人也常赤脚,文献中常见"赤脚僧""赤脚头陀""赤脚道人""赤脚仙"。南宋普济《五灯会元》卷 15《香林远禅师法嗣》:"僧问:'如何是佛?'师曰:'踏破草鞋赤脚走。'"元自悟等《希叟和尚语录》:"入京归上堂,赤脚走红尘。"明隐元《黄檗山寺志》卷 7 姚翼明《寄呈隐老和尚》:"浙西衲子日明心,三十年来出虎林。赤脚陆行几万里,空身浪掷百千金。"南宋何梦桂《潜斋集》卷 11《修章岭路疏》:"半生赤脚,行遍江南道五十四州;老去白头,怕说章岭路三十二折。"又有"赤脚商人""赤脚医生""赤脚讼师"等都得名于四处游走。

"赤脚"常用于形容奔走、劳作、云游四方之人。"白脚"也有赤脚义,如元陶宗仪《说郛》卷 46 引唐苏鹗《杜阳杂编》卷下:"又令小儿玉带金额,白脚呵唱于其间,恣为嬉戏。"因此"白脚猫"可喻在家呆不住、喜欢在外乱跑之人,由此引申指浮而不实、没本事的人。刘瑞明说"白脚花狸猫"是"白脚猫"的繁饰形式,可取,但理据有误。"狸猫"即猫,"花"有不专一义,故娄底又有"花脚猫儿"的说法,比喻坐不住、到处乱跑的人。② "白脚花狸猫"应是"白脚猫""花狸猫"的同义连文形式。

三、毛脚女婿/毛脚新娘子

清沈赤然《五研斋诗文钞》卷 17《寄愁集》十二:"前马无期已入门,频来岂是为盘飧。不知廉底窥堂上,何似屏间觊后轩?"原文注:"缔姻后,婿即登门谒舅姑,恬然饮噉,月或数至,俗谓之猫脚女婿。""猫脚女婿"本字当作"毛脚女婿",指未正式成婚而上门的女婿。民国网蛛生《人海潮》第九回:"醒狮那时,挤着一双粗眉大眼,向璧如白了几白,接着道:'婚姻大事,也没这样便当。你校里住不惯,等我回去办好交涉,你住下我家,也不妨事。'璧如道:'毛脚女婿,那是我不做的,非要合卺洞房,才觉得有味。'"同理,毛脚新娘子,指未正式成婚而上夫家门的女子,如清梁学昌《庭立记闻》卷 4:"毛

---

① 许宝华、[日]宫田一郎主编:《汉语方言大词典》(修订本),中华书局 2020 年版,第 2181 页。
② 李荣主编:《现代汉语方言大词典》,江苏教育出版社 2002 年版,第 1699 页。

脚新娘子、狗脸亲家公。"以上三例所述均为吴地物事,"毛脚女婿""毛脚新娘子"应是吴语词。胡祖德《沪谚外编》:"毛脚女婿,尚未结婚,而上岳家之门者。"[①]今苏州、杭州、宁波等地仍见,上海"毛脚新妇"指订了婚尚未结婚的儿媳妇[②]。

　　"毛"指毛躁,古作"氉氉"[③]。文献中常用"毛手毛脚"形容做事毛躁、不仔细。如清佚名《梼杌闲评》第十三回:"你去买些酒肴来,进去同他谈谈,随机应变,取他件表记过来,使他不能反悔,若可上手,就看你造化何如。切不可毛手毛脚的,就要弄裂了,那时不干我事。"清韩邦庆《海上花列传》第十八回:"素芬道:'倪是毛手毛脚,勿比得屠明珠会装嘎。'"清曹雪芹《红楼梦》第二十五回:"只见宝玉满脸是油,王夫人又气又急,一面命人替宝玉擦洗,一面骂贾环。凤姐三步两步上炕去替宝玉收拾着,一面说道:'老三还是这样毛脚鸡似的,我说你上不得台盘,赵姨娘平时也该教导教导他。'"

　　"毛脚女婿""毛脚新娘子"正得名于做事毛躁、不稳重。根据第1例可知,人们对完婚前频繁去女方家的男士持批评态度。例2璧如的反应亦可证。上海"毛脚女婿""毛脚新娘子"又可省作"毛脚"[④]。"毛脚女婿"或省作"毛婿",如程乃珊《女儿经》一:"窗下响起一阵摩托声,不用猜,是毛脚女婿小唐驾到了。……用这八瓦的小日光灯在毛婿前,实在太坍台了。"[⑤]

四、贴脚诡寄/铁脚诡寄

　　明王圻《续文献通考》卷3《田赋考》:"初太祖既定天下,遂覆实天下土田,造成册籍,既而两浙及苏州等府富民畏避差役,往往以田产零星花附于亲邻佃仆之户,名为贴脚诡寄。"明黄光昇《昭代典则》卷10《太祖高皇帝》:"先是上命户部核实天下土田,而两浙富民畏避徭役,往往以田产诡托亲邻佃仆,谓之铁脚诡寄。""贴脚诡寄""铁脚诡寄"词义全同,必有一误。《汉语大词典》兼收"铁脚诡寄"和"贴脚",分别释作"明代浙江富民为逃避徭役而将田产假托在亲邻、佃仆名下的一种手段""封建时代为逃避赋役而以田产伪托他人名下"[⑥],释义相当。《辞海》(第六版)收"诡寄",释义"亦称'铁(贴)脚诡寄'。明代粮户诡称田地属于别人,以逃避赋役的方法"[⑦]。白

---

① 胡祖德:《沪谚外编》,上海古籍出版社1989年版,第68页。
② 李荣主编:《现代汉语方言大词典》,江苏教育出版社2002年版,第649页。
③ 杨琳:《汉语俗语词词源研究》,商务印书馆2020年版,第333页。
④ 许宝华、[日]宫田一郎主编:《汉语方言大词典》(修订本),中华书局2020年版,第736页。
⑤ 程乃珊:《女儿经》,花城出版社1988年版,第12—13页。
⑥ 汉语大词典编纂处:《汉语大词典》,上海辞书出版社2011年版,第144、1409页。
⑦ 夏征农、陈至立主编:《辞海》(第六版),上海辞书出版社2009年版,第788页。

维国主编《近代汉语词典》在"贴脚"下引"贴脚诡寄"例,释作"指以田产伪托他人名下"①。已有释义存在三个问题:1. 诡寄现象宋时已见,明代说与史不符。如南宋黄榦《勉斋集》卷35《知果州李兵部墓志铭》:"江东豪民诡籍寄产以避差役,某王府物力四千缗,莫非诡寄。"南宋曹彦约《昌谷集》卷19《朝议大夫直焕章阁范季克墓志铭》:"(范季克)主临江军新喻县簿,邑大事繁,吏缘为奸,版籍改更,不可稽据。强者诡寄,规避赋役;弱者受楚,无所控告。"明杨士奇等《历代名臣奏议》卷67《治道》元郑介夫《上奏一纲二十目》:"愚民多以财产托名诡寄,或全舍入常住,以求隐蔽差役。"2. 文献未见"贴脚"单用表将田产诡寄的用例,辞书亦未举出实例,以"贴脚"作为此义主词条有待商榷。3. 各辞书均未说明"铁脚""贴脚"的关系和理据。

文献中"贴脚诡寄""铁脚诡寄"使用频率相当,前者如明田艺蘅《留青日札》(明万历三十七年刻本)、陈建《皇明通纪法传全录》(明崇祯九年刻本)、沈国元《皇明从信录》(明末刻本),后者如明李默《孤树裒谈》(明刻本)、余继登《典故纪闻》(明万历王象干刻本)、吕毖《明朝小史》(旧钞本)、朱国祯《皇明史概》(明崇祯刻本)。我们认为本字当作"贴脚"。根据文意可知"贴脚诡寄"是指把田产托附于他人名下,而"铁脚"常用来形容脚力强健有力,善于行走,文献中有"铁脚道人""铁脚仙人""铁脚僧"等称呼可证,这跟"贴脚诡寄"词义毫无关联。反观"贴脚","贴"有贴附义,"脚"可指某一类人。明祁彪佳《宜焚全稿》卷6:"是皆计田受役,按役贴田。"是说徭役跟田产的依附关系。明周希哲、张时彻《嘉靖宁波府志》卷24《田赋书》:"何言乎诡寄?多田之家,或诡入于乡宦、举监,或诡入于生员、吏承,或诡入于坊长、里长,或诡入于灶户、贫甲。"田产所贴附的正是乡宦、举监、生员、吏承、坊长、里长、灶户、贫甲等人。明毕自严《度支奏议·山东司》卷6《覆戈户科条议大造清理赋役疏》:"隐漏者亏课在国,而寄籍诡户者苦累在民。""贴脚"跟"寄籍""诡户"同构近义,指寄附或冒充他人户籍。

综上,我们认为词典应设主词条"贴脚诡寄",释文作:将田产伪附他人名下。或音讹作"铁脚诡寄"。

五、好脚迹门生

唐赵璘《因话录》卷2《商部》:"李太师逢吉知贡举,榜成未放而入相,礼部王尚书播代放榜。及第人就中书见座主,时谓'好脚迹门生',前世未有。"好脚迹,字面意思指走到哪就碰到好事,喻时运好。"好脚迹门生"指时运好的门生。此处"脚迹"白

---

① 白维国主编:《近代汉语词典》,上海教育出版社2015年版,第3891页。

维国主编《近代汉语词典》释作"时运。犹言踩在点儿上"①，可取。上例是说及第进士在皇榜未放时即赶上原知贡举入相的好事。又如南宋李曾伯《可斋杂稿》卷11《谢潼漕请举》："举善推贤，益广鱼跃鸢飞之化；黜浮崇雅，方新虫鸣蠡跃之机。遂令好脚迹之门生放出一头地于前辈，某敢不益自勉励，谨所操修？"此例是说作者幸遇贵人举荐，立志加倍努力。南宋姚勉《雪坡文集》卷23《及第谢郑憩堂启》："文章小技，岂尽所长。节义大闲，愿与之立。必作硬脊梁之人物，庶为好脚迹之门生。有此遭逢，何敢背负？"此例是说希望赶上好的际遇。南宋魏了翁《鹤山全集》卷66《通谢尚书》："帝曰：'汝往哉！吾今召君矣。'某耸观蚊鹤之诏，倍增燕雀之私。……鬓毛尚青，脚迹正好，誓以行己之地，托于私我之天。"此例"脚迹"白维国主编《近代汉语词典》释作"脚力"②，不确。根据文意可知，"脚迹正好"是说当前机遇难得，即上文被朝廷召用之机。南宋王明清《挥麈后录》卷7："值王在园中蹴鞠，俅（高俅）候报之际，睥睨不已。王呼来前询曰：'汝亦解此技邪？'俅曰：'能之。'漫令对蹴，遂惬王之意。……逾月，王登宝位。上优宠之，眷渥甚厚，不次迁拜。其侪类援以祈恩，上云：'汝曹争如彼好脚迹邪？'"此例"脚迹"白维国主编《近代汉语词典》释作"脚技"③，王齐洲④、蒋建平⑤等都理解为球艺，不确。"侪类"指跟高俅一样球艺高超之人，后者并未受到同等待遇，可知高俅受宠并非球技好而已。我们认为"好脚迹"是说高俅与宋徽宗相识仅一月有余徽宗即登上皇位这样的好际遇。

综上可知，"脚迹"指伴随某人而来的时运。又如元佚名《风雨像生货郎旦》第一折："〔李彦和云〕这是甚么说话？大嫂亡逝已过，便须高原选地，破木造棺，埋殡他入土。大嫂，只被你痛杀我也。〔下〕〔外旦云〕这也是我脚迹儿好处，一入门先妨杀了他大老婆，何等自在！何等快活！"此处"脚迹儿好"是说小姜一入门即遇上大老婆亡逝此等对其有利之事。"脚迹"此类用法在今闽语中仍见使用。林礼明《扶桑多棱镜》："'好了。你说，要不要收留他为养子？'……'你现在又有孕了，如果生男的，你还疼不疼他？''那就更疼他，因为他带来好脚迹（文内注：福清话，好运气。笔者按：福清市在福建省东部沿海，闽语区），要拜天拜地感谢他呢。'"⑥《海峡两岸领潮人——记福建惠安县崇武镇党委书记陈新兴》："龙西等村跃变为省级'明星村'后，那里的群众高兴地说：'我们新兴书记名字好，脚迹也好，他走到哪里，哪里就出现新

---

① 白维国主编：《近代汉语词典》，上海教育出版社2015年版，第944页。
② 白维国主编：《近代汉语词典》，上海教育出版社2015年版，第944页。
③ 白维国主编：《近代汉语词典》，上海教育出版社2015年版，第944页。
④ 王齐洲：《图说"四大奇书"》，南方出版社2011年版，第154页。
⑤ 蒋建平：《唐诗宋词中的风雅与时尚》，文汇出版社2010年版，第80页。
⑥ 林礼明：《扶桑多棱镜》，海峡文艺出版社1991年版，第27页。

面貌,就兴旺发达.'"①厦门②、台湾、翔安话③"好脚迹位"喻指一个人能为家庭或他人带来好运气,翔安话"歹脚迹位"指所到之处给他人带来不顺或不幸,如"伊真歹脚迹位,嫁到途赤到途"④。

　　跟"脚迹"相似的词例还有"脚""脚气""脚头"。如明兰陵笑笑生《金瓶梅词话》第三十七回:"你如今这等抱怨,到明日你家姐姐到府里,脚硬生下一男半女,你两口子受用,就不说我老身了。""脚硬"指命好。清坐花散人《风流悟》第五回:"张同人将宝簪一丢,道:'难道不值四十千?'拈头的收了,道:'先打二十千。'去他一库,斗得高兴,副副双超十千码子,一卷而光。他见完了,道:'今日牌脚不好,我们掷骰子罢。'""牌脚"指牌运。《风流悟》第六回:"陶氏哭道:'刚讨得媳妇进门,就无病急死,莫不媳妇的脚气不好。'那桃花在房里听得,接口道:'既是脚气不好,为甚你们讨我? 好笑!'"清崔市道人《醒风流》第十五回:"(程公子)瞬息间扬扬得意,骄傲起来了,走进房中对待月道:'你虽是一个使女,却喜你脚气好,一进门来我今科就要中举人。'"清黄小配《廿载繁华梦》第十五回:"因马氏常常夸口,说是自己进得门里,周庸祐就发达起来,所以相士说他是银精。偏后来听得香屏进门时,也携有三十来万银子,故此在香屏跟前,也不说便宜话,生怕香屏闹出这宗来历出来,一来损了周家门风,二来又于自己所说好脚头的话不甚方便。"上面各例"脚""脚气""脚头"都指时运、命运。英语中也有类似表达,如"He has good looks and charm, and always falls on his feet",是说他长得很帅,也有魅力,总是走好运。

Five Annotations on Popular Idiomatic Expressions in Modern Chinese

Wang　Yanjie

Abstract：In modern Chinese, there are numerous popular idiomatic expressions, and the

---

① 国安:《海峡两岸领潮人——记福建惠安县崇武镇党委书记陈新兴》,《中国当代改革者》第 11 辑,光明日报出版社 1997 年版。
② 王予霞:《文化传承》,海风出版社 2004 年版,第 37 页。
③ 洪水乾主编:《翔安民俗》,厦门大学出版社 2013 年版,第 268 页。
④ 蒋大营:《翔安话本》,厦门大学出版社 2013 年版,第 79 页。

annotations of these words in existing large dictionaries are often inaccurate or lacking clear explanations, requiring further clarification. This article selects five idiomatic expressions containing the word "foot": "jie jiao fu ren", "bai jiao mao", "mao jiao nu xu/mao jiao xin niang zi", "tie jiao gui ji", and "hao jiao ji men sheng", and provides a comprehensive examination of their meanings, word forms, etymological origins, and corrections to existing dictionary entries.

Keywords: modern Chinese; idiomatic expressions; meaning; rationale

闽方言天文时令类词语书证溯源[*]

张 莹^{**}

摘要：《新刻增校切用正音乡谈杂字大全》是一部"乡谈"与"正音"相对照的词语类编，成书时代为明洪武末永乐初，"乡谈"和少部分"正音"是明代闽方言词语，可为部分现代闽方言词语提供最早书证。本文考释了其中的 14 个天文时令类词语。

关键词：闽方言 书证溯源 《新刻增校切用正音乡谈杂字大全》

一、《新刻增校切用正音乡谈杂字大全》简介

《新刻增校切用正音乡谈杂字大全》（以下简称《乡谈》）是一部"乡谈"与"正音"相对照的词语类编，国内没有传本，古代典籍也未见记录。美国哈佛大学哈佛燕京图书馆藏有刻本一部，收入《美国哈佛大学哈佛燕京图书馆藏中文善本汇刊》（商务印书馆、广西师范大学出版社 2003 年影印）第 32 册。

《汇刊》书前提要介绍说，《乡谈》共二卷一册，明末刻本，所录为某地之口语词汇。全书按意义分为十七门，包括天文、时令、地理、人物、身体、鸟兽、鱼虫、草木、宫室、器用、饮馔、衣服、珍宝、文史、人事、数目、通用等。各门下将"乡谈"与"正音"相对照，正音下多以直音法标注词语读音。"乡谈（乡）"指方言词语，"正音（正）"指某一方言区通语中与"乡谈"对应的词语。

《乡谈》除刻本外，还有多种日本人手抄本，大多藏于日本。其中藏于日本早稻田大学的有两种，一种是两卷一册本，一种是两卷两册本，我们把两卷一册本称为早

* 本文为教育部人文社会科学研究青年项目《〈新刻增校切用正音乡谈杂字大全〉整理与研究》（22YJC740103）、国家社科基金后期资助项目《〈新刻增校切用正音乡谈杂字大全〉若干门研究》（22FYYB062）阶段性成果。
** 张莹，1988 年生，江汉大学人文学院讲师，主要从事古汉语词汇、训诂等方面的研究。

稻田甲本。藏于日本内阁文库的也有两种,一种是两卷一册本,一种是两卷两册本,我们把两卷两册本称为内阁文库甲本。早稻田甲本和内阁文库甲本"正音"部分词条旁有红笔所作日语训释,可为《乡谈》词语训释提供线索。本文涉及的版本主要是哈佛刻本、早稻田甲本和内阁文库甲本。

关于《乡谈》的作者和成书时代,古代典籍未见记录。杨琳认为《乡谈》编写者是中国人,可能是今浙江省苍南县钱库镇项家桥村项氏一族先祖项存道,编写时间应该在明洪武末至永乐年间。①

关于"乡谈"的方言归属,吴守礼认为可能是闽南方言②,黄沚青③、杨琳④也赞同这一判断。我们认为,"乡谈"主体是闽南方言,另有部分闽东方言。据《瀛桥项氏宗谱》卷一记载,作者项存道原为"闽之长溪赤岸人",即今霞浦县赤岸,是闽东地区,大部分地区说闽东方言。然而据陈章太、李如龙介绍:在乡间,不少地方还有方言岛,例如闽东的福鼎、霞浦、宁德,闽中的永安和闽西北的顺昌都有闽南方言岛。⑤ 今霞浦存在闽南方言岛(三沙、延亭、后山等沿海乡村),说明霞浦地区在更早之前或许有更为广阔的地区使用闽南方言,项氏先祖很可能是居于闽东地区的说闽南方言的人。作者身份与"乡谈"方言特征可相互印证。

"乡谈"词汇具体是闽南方言还是闽东方言,可看下表:

表1 "乡谈"词汇对照表

普通话	闽南	闽东	乡谈
银河	河溪	天河、河溪、银河	河溪
脑袋	头壳	头、头子	头
头发	头毛	头发	毛
眼泪	目屎	目滓、目汁、目珠汁	目滓
稠	洘	洞	洘(落潮)
湿	淡	滥、淡	淡
小孩儿	囝仔	儿囝哥、傀儡囝、傀儡	囝仔
灰尘	涂粉(大部分)、阳尘	墉尘、墉埃	土粉

① 杨琳:《〈新刻增校切用正音乡谈杂字大全〉考述》,载杨琳:《语文学论集》,人民出版社2019年版,第536页。
② 吴守礼:《〈什音全书〉中的闽南语资料研究》,从宜工作室1977年版,第10页。
③ 黄沚青:《明清闽南方言文献语言研究》,浙江大学博士学位论文,2014年,第20页。
④ 杨琳:《〈新刻增校切用正音乡谈杂字大全〉考述》,载杨琳:《语文学论集》,人民出版社2019年版,第534页。
⑤ 陈章太、李如龙:《闽语研究》,语文出版社1991年版,第135页。

（续表）

普通话	闽南	闽东	乡谈
上午	早起(大部分)、上昼、昼前	上昼、天光头、早起	早起
涉水	潦(大部分)、漉	漉	蹽
暖	烧热(大部分)、烧暖	暖、热	燋(烧)热
我们	阮、我农、我伙	侬家、我各农、我农	阮
公公	大官(大部分)、阿公	老官、爹官、阿爹	大官
婆婆	大家(大部分)、阿妈	大家(福鼎)、爹妈、爹姐、阿妈	大家
谁	是谁(厦门)、啥农、底农、谁个、谁农	底农、哪农	是谁
道路	路	埕	路

　　表中现代闽南、闽东方言均出自陈章太、李如龙《闽语研究》。我们选取了《乡谈》中记录的(目前只有天文门至身体门)且在闽南、闽东有区别的词语。可以看出，"乡谈"主体是闽南方言，同时也有部分闽东方言词语。

　　从本书刊刻及传播情况来看，项存道编好《乡谈》后即交付福建的书坊刊刻，一来因为就近便利，二来因为福建在明代是刻书业中心，私家书坊遍布全省。这一刊刻信息可从抄本上得到印证，藏于日本阳明文库的抄本扉页上抄录了"乙卯岁澄邑书林郭柳之重梓"的版本信息，"乙卯岁"是万历四十三年(1615)，"澄邑"是指福建漳州府海澄县①。"重梓"表明不是第一次印刷，该版本距离初版应该有大约两百年时间，这也与沈津判断刻本时代为明末相吻合。

　　《乡谈》编写目的是学习官话通语，这对明清时的日本贵族、知识分子也颇具吸引力，他们有学习中国官话的需求；同时，闽语在江户时代的日本比较流行。②《乡谈》正好是闽语与通语对照的词汇类编，十分符合日本人的学习需求，因此传播到日本，且出现了许多手抄本，某些手抄本"正音"词条旁还有红笔所作日文训释，可见其受欢迎程度。

　　从作者、词汇特征、刊刻和传播情况综合来看，可以说"乡谈"主体是闽南方言，兼有部分闽东方言。

　　"正音"的性质目前还不能确定，据我们的研究，"正音"也夹杂了闽南方言色彩。如：

---

① 杨琳：《〈新刻增校切用正音乡谈杂字大全〉考述》，载杨琳：《语文学论集》，人民出版社2019年版，第534页。
② 杨琳：《〈新刻增校切用正音乡谈杂字大全〉考述》，载杨琳：《语文学论集》，人民出版社2019年版，第534页。

乡:搅土(小儿贱也)　正:乱墇泥(地理门·地)

乡:赤土糡　正:黄胶泥(地理门·地)

黄沚青认为"糡"是个自造的方言形声字,本字当为"浆"。"章""浆"在今厦门、泉州中文白读分别是[tsioŋ¹],[tsiũ¹];[tsiaŋ¹],[tsiɔ̃¹]。读音相同。《汇集雅俗通十五音》中二者同为姜韵上平声曾母字。所以方言俗写中,用"章"作为声符。"赤土糡"即"赤土浆",也就是红土泥浆。① 莹按:"墇"也即"浆",正音"墇"也需以闽南语读之才能解释得通,可证"正音"也有可能是闽方言词语。

"乡谈"以及少部分"正音"词语是明洪武末永乐初的闽方言词语,因此《乡谈》可为部分现代闽方言词语提供最早书证;此外,由于闽、粤、客三家方言存在词语互相借用的情况,因此"乡谈""正音"中的某些词语也留存于今客、粤方言中,具体见下文论述。限于篇幅,本文只梳理了天文时令类14个词语,包括"燋(烧)热""倒照""日影下""乌阴""炙日""缠目""河溪""雨仔毛""虹尿""风台""卷螺风""年冥""透冥""好年冬"等。

二、天文时令类词语书证溯源

燋(烧)热

乡:燋热(烧)　正:气暖燠(郁)(天文门·天)

"正音"词条旁日语注释②为"アタタカナヒヨリ"。"アタタカナ"是"アタタカ"的连体形,义为温暖的,"ヒヨリ"义为晴天,合起来意思是温暖的晴天。"燠"字不见字书,应为"燠"字。粤、奥字形相似,有相互通用之例。清顾炎武《音学五书·唐韵正》卷十四"澳"字条下言:"今广东南澳之澳,俗书作湾。""气暖燠"即天气暖和。

"燋热"一般见于佛教典籍,义为炎热、燥热。或表示八大地狱之一的燋热地狱。隋吉藏《法华义疏》卷六:"《经》云:'须弥山下有一百三十六地狱,大地狱有八:一、等活,二、黑绳,三、合会,四、叫唤,五、大叫唤,六、燋热,七、大燋热,八、阿鼻。'"或表示身体燥热。唐释道世《法苑珠林》卷一一四《病苦篇第九十五·述意部》:"若火大增,则举体烦燠,燋热如烧。"或表示内心焦躁。后秦昙摩耶舍、昙摩崛多等译《舍利弗阿毗昙论》卷二十六:"若内燋热忧悴此法因是名忧因。"另外医古籍中有一例,表示物体发热、发烫。《医方书·牙疼方》:"取杏人二七枚,烧,使燋热,熨即差。""燋

---

① 黄沚青:《明清闽南方言文献语言研究》,浙江大学博士学位论文,2014年,第221—222页。
② 若早稻田甲本和内阁文库甲本日语注释相同,则不指明版本;若不同,则指明版本。

热"表示天气炎热或暖和最早见于《乡谈》,现代闽方言中仍在使用。"燋"下直音烧,现代闽方言也以"烧热"记录该词。许宝华、宫田一郎:"烧热:㊂热;炎热。闽语。福建厦门。㉔暖和。闽语。福建厦门。"①炎热与温暖界限不明,往往相通,"燋(烧)热"既可以表示天气炎热,也可以表示天气温暖。

倒照

乡:日斜　正:日斜了(扯)又倒照(天文门·日)

日语注释为"バンカタ",义为傍晚、黄昏。

"倒照"在典籍中多用来表示倒影。唐韩愈《和崔舍人咏月二十韵》:"池边临倒照,檐际送横经。"在《乡谈》中表示阳光从西反射到东,也就是日西斜。该义最早见于《乡谈》,明代典籍也有记载。明方以智《通雅》卷十一:"西落曰反照。"现代闽方言及胶辽官话中用来表示反照。许宝华、宫田一郎:"倒照:阳光反射;返照。㊀胶辽官话。山东莱阳。㊁闽语。福建厦门。"②

日影下

乡:日影下　正:凉阴下(因)(天文门·日)

日语注释为"ヒガイリタ",义为太阳隐没。隐没则有阴影。

"日影下"是指太阳被遮住的阴影地。该词最早见于《乡谈》,民国文献中也有记载。《申报》1918年6月1日"自由谈·家庭常识专栏"乘英《晒青竹布衣》:"吾人所穿之青竹布长衫,洗后再穿,每有白色之圆斑,殊碍观瞻。若将洗净之衣,阴干于日影下,可免此患。"现代客方言中仍在使用,只是词义范围缩小了。李荣:"日影下:梅县。阳光被高大建筑物遮蔽的地方。"③"日影下"一词为何不见于现代闽方言中却保留于现代客方言?一种可能是客方言在明初后的某一时期从闽方言中借入"日影下",并一直保留到现代,而闽方言中反而消失;一种可能是《乡谈》编撰以前闽方言从客方言中借入"日影下",后在闽方言中消失,而客方言至少从明初起一直保留至今。

乌阴

乡:乌阴　正:阴翳(因意)又暧曃(天文门·日)

日语注释为"クモリソラ",义为阴天。

"乌阴"即阴天。该词最早见于《乡谈》,现在闽方言、客方言仍在使用。许宝华、宫田一郎:"乌阴:阴天;阴雨天。闽语。广东潮州。""做乌阴:天阴。客话。广东梅县。"④

---

① 许宝华、[日]宫田一郎主编:《汉语方言大词典》,中华书局1999年版,第5059页。
② 许宝华、[日]宫田一郎主编:《汉语方言大词典》,中华书局1999年版,第4927—4928页。
③ 李荣主编:《现代汉语方言大词典》,江苏教育出版社2002年版,第559页。
④ 许宝华、[日]宫田一郎主编:《汉语方言大词典》,中华书局1999年版,第760、5541页。

炙日

乡:炙日(熻也)　正:向日(天文门·日)

日语注释为"ヒナタニマカフ"。"ヒナタ"义为向阳处,"ニ"是格助词,表示事物的方向,"ムカフ"义为面向。合起来意思是向着向阳处。

"炙"有曝晒义。三国魏嵇康《与山巨源绝交书》:"野人有快炙背而美芹子者,欲献之至尊。""炙日"意思是晒太阳,最早见于《乡谈》,明代其他文献也有记载。明董斯张《静啸斋存草》卷八《寒竿草·续漫兴十七首》之十七:"匡庐丹灶尽荒唐,背苦春寒炙日光。"现代客方言中仍在使用。许宝华、宫田一郎:"炙日头:晒太阳。客话。江西瑞金、上犹社溪。"[1]李荣:"炙日头:晒太阳。梅县。"[2]"炙日头"一词闽方言不见而见于客方言的原因,同"日影下"条。

"向日"指对着太阳,即晒太阳。"向"因此引申出"晒"义,在方言中保留。许宝华、宫田一郎:"向:晒。西南官话。云南腾冲。"[3]"向日"表示晒太阳最早见于《乡谈》,在西南官话与晋语中保留。许宝华、宫田一郎:"向太阳:晒太阳。西南官话。云南昆明、思茅、玉溪、新平、澄江。贵州黎平。""向阳阳:晒太阳。晋语。山西离石。""向阳坡:晒太阳。晋语。山西沂州。""向热头:晒太阳。西南官话。云南江川。""向老阳儿:晒太阳。晋语。山西长治。"[4]

缠目

乡:缠目　正:晃眼(放研)(天文门·日)

日语注释为"マバユイ",义为晃眼。"缠目"即晃眼,"缠"取烦扰、干扰义。与"缠"义近的"绕""扰"也能表刺眼、耀眼义。许宝华、宫田一郎:"绕:耀眼。中原官话。河南原阳[ʐau²]太阳光太~的慌。江苏徐州。""扰:耀(眼)。㊀中原官话。新疆吐鲁番。㊁兰银官话。新疆乌鲁木齐。"[5]该词最早出现在《乡谈》中,现代闽方言、客方言中仍然保留。周长楫:"thi³⁵(或 tshi³⁵):眼睛因受较强光线的刺激,难于睁开;有时指勉力睁开,但难受。""thi³⁵⁻¹¹(或 tshi³⁵⁻¹¹)光:眼睛经受不住强烈光线的照射。""thi³⁵⁻¹¹(或 tshi³⁵⁻¹¹)目:光线强烈照射眼睛,使眼睛难受,睁开有困难。"[6]陈泽平、彭怡玢:"热头缠目睭唔清(nie²¹ thɯ²⁴ tʃhaŋ²⁴⁻³³ mu²⁴ niaŋ⁵⁴ ŋ²⁴⁻⁵⁴ tsheŋ³³),唔晓老妹是何

---

① 许宝华、[日]宫田一郎主编:《汉语方言大词典》,中华书局 1999 年版,第 3539 页。
② 李荣主编:《现代汉语方言大词典》,江苏教育出版社 2002 年版,第 2333 页。
③ 许宝华、[日]宫田一郎主编:《汉语方言大词典》,中华书局 1999 年版,第 2066 页。
④ 许宝华、[日]宫田一郎主编:《汉语方言大词典》,中华书局 1999 年版,第 2068、2069 页。
⑤ 许宝华、[日]宫田一郎主编:《汉语方言大词典》,中华书局 1999 年版,第 4544、2524 页。
⑥ 周长楫编:《厦门方言词典》,江苏教育出版社 2002 年版,第 296 页。

人。"①意思是日头照射着眼睛看不清楚,不晓得妹妹是什么人。

河溪

乡:河溪　正:天河(天文门·天)

日语注释为"アマノガハ",义为银河。"河溪"表示银河,最早见于《乡谈》,现代闽、客、粤语中仍然保留。许宝华、宫田一郎:"河溪:银河。㊀客话。㊁粤语。㊂闽语。"②

雨仔毛

乡:雨仔毛　正:鬆鬆雨(天文门·雨)

日语注释为"キリサメ",义为毛毛雨、蒙蒙细雨。

"雨仔毛"义为毛毛雨、小雨。"仔""毛"都有细小义。"雨仔毛"应是"雨仔""雨毛"的合称。"雨毛"古籍中不鲜见。宋苏轼《东坡八首》之四"毛空暗春泽"自注:"蜀人以细雨为雨毛。""雨仔毛"最早见于《乡谈》,今多种方言中仍然保留,如福建浦城、建瓯方言"雨子",广东揭阳、海康、中山石岐、花县花山、东莞莞城,澳门,福建顺昌埔上、顺昌、仙游、建阳、福州、莆田,浙江南部方言"雨仔",广东新会会城、斗门上横水上方言"雨仔尾",客方言"微雨子",四川、浙江象山镇海、福建福安方言"雨毛",福建浦城、武平武东、连城庙前、政和、厦门、大田前路,广东海康方言"雨毛子",湖南长沙、衡阳,江西新余、赣州蟠龙,湖南临武方言"毛雨子"等词,都表示小雨、细雨。③

虹尿

乡:虹尿吃人疢　正:虹水吃人瘅(引)(天文门·虹)

"虹尿""虹水"指出虹后下的雨。"虹尿"一词最早出现在《乡谈》中,现代闽方言仍然保留。许宝华、宫田一郎:"虹尿:出虹之后下的小雨。闽语。福建厦门。广东潮阳、海康。"④"疢"同"眩",义为头晕。宋李昉等编《太平广记》卷四十八引牛僧孺《玄怪录》:"(李绅)适有头疢之疾,不往。""瘅"本指痴呆的样子。《广韵·平韵》:"瘅,痴貌。"义与"吃人瘅"不合。应是"晕"的换旁字,指头发昏。"吃"是医治义,最早见于《乡谈》,现代江淮官话中仍然保留。许宝华、宫田一郎:"吃:医治。江淮官话。江苏盐城:这药是~胃炎的。"⑤合起来意思是出虹后下的小雨可以医治头晕。

① 陈泽平、彭怡玢编著:《长汀客家方言熟语歌谣新编》,福建人民出版社 2007 年版,第 145 页。
② 许宝华、[日]宫田一郎主编:《汉语方言大词典》,中华书局 1999 年版,第 3626 页。
③ 这些方言词语都采自许宝华、宫田一郎主编《汉语方言大词典》。
④ 许宝华、[日]宫田一郎主编:《汉语方言大词典》,中华书局 1999 年版,第 4146 页。
⑤ 许宝华、[日]宫田一郎主编:《汉语方言大词典》,中华书局 1999 年版,第 1909 页。

风飑

乡：风飑　　正：飑风（报）　又突风（天文门·风）

日语注释为"シハウカゼ"，"カゼ"义为风，但"シハウ"则意义不明。

"风飑"即台风，最早见于《乡谈》，清代典籍中也有记载。清王士祯《香祖笔记》卷二："台湾风信与他海殊异，风大而烈者为飓，又甚者为飑。飓常连日夜不止。正、二、三、四月发者为飓，五、六、七、八月发者为飑。"现代闽、客、粤方言中仍在使用。周长楫："风飑：飑风。"①许宝华、宫田一郎："风台：台风。㊀客话。㊁闽语。""风胎：台风。粤语。广东中山石岐。"②"风胎"应即"风飑"。

"突"含有急速义，"突风"亦指疾风、大风。该词最早见于《乡谈》，近代文献也有记录。《申报》1933年4月《春秋·小常识·空气与风（冰玉）》："以上所说的十二种风，是照风的速度而分别的，其他还有各种名称，就是（一）恒信风，（二）贸易风，（三）季节风，（四）夕风，（五）晨风，（六）海陆风，（七）山风，（八）突风，（九）龙卷，（十）台风等。"

卷螺风

乡：卷螺风　　正：羊角风（谷）（天文门·风）

日语注释为"マバへ"，不明其义。

"卷螺风"指龙卷风，因田螺外形或纹路如龙卷风一般卷曲盘旋向上而得名。"卷螺风"最早见于《乡谈》。因田螺外形与龙卷风相似，于是人们渐渐将田螺和大风雨联系在一起，认为田螺能带来风雨。宋祝穆《方舆胜览》卷二十《吉州》："螺子山，在郡城北下，有潭图经。昔渔人游此，忽遇风雨，见神螺光彩五色，因名。""卷螺风"一词及造词理据与其相似的词语在现代闽语中仍在使用。许宝华、宫田一郎："卷螺风：龙卷风。闽语。福建闽侯洋里。""卷螺仔风：旋风。闽语。台湾。""田螺风：旋风。闽语。福建福清。""纠螺风：旋风。客话。福建武平。""趄螺风：旋风。闽语。福建福安、永泰、顺昌埔上方言。""螺旋风：旋风。闽语。福建古田。"③周长楫："卷螺仔风：旋风。"④

年冥

乡：年冥　　正：除夕（时令门）

内阁文库甲本日语注释为"大トシノ夜"，义为大年之夜。

"冥"是"冥"的异体。《四声篇海·冖部》："冥，莫瓶切。幽也。"《说文·冥部》：

---

① 周长楫编：《厦门方言词典》，江苏教育出版社2002年版，第286页。

② 许宝华、[日]宫田一郎主编：《汉语方言大词典》，中华书局1999年版，第747、750页。

③ 许宝华、[日]宫田一郎主编：《汉语方言大词典》，中华书局1999年版，第3708、1262、1517、6807、7339页。

④ 周长楫编：《厦门方言词典》，江苏教育出版社2002年版，第250页。

"冥,幽也。从日,从六,冖声。日数十,十六日而月始亏,幽也。"除夕为农历十二月三十日的夜晚,是一月最后一天,这一晚没有月亮,天色晦暗,因此被称为"年冥"。正如"晦"为昏暗义,一月的最后一天也被称为"晦日"。今山西运城方言有"月尽"①一词,既表示农历每月最后一天,也表示农历除夕。"年冥"最早见于《乡谈》,现代闽方言中仍在使用。许宝华、宫田一郎:"年冥:㊀年底。闽语。福建建瓯。㊁除夕。闽语。福建仙游。""年暝:年底;除夕。闽语。福建顺昌、三明。""年冥壁:年底。闽语。福建建阳。""年暝边:年底。闽语。福建建瓯。""年冥兜下:年尾;年底。闽语。福建闽侯洋里。""二九冥:除夕。闽语。福建东山、福鼎澳腰。也作'二九暝':福建厦门。""三十冥:(农历)除夕。闽语。福建仙游、光泽。广东潮阳。也作'三十明':客话。福建明溪。""三十日冥:(农历)除夕。闽语。福建将乐。也作'三十日暝':闽语。福建古田。也作'三十日昏':闽语。福建寿宁。"②

透冥

乡:透宾　正:连星夜(时令门)

日语注释为"ヨヲヒニツグ"。"ヨ"义为夜晚,"ヲ"是格助词,"ヒ"义为白天,"ニ"是格助词,"ツグ"义为连上、接上,合起来意思是夜晚被白天接上,即整夜、通宵。

"透冥"的"透"有穿过义,"冥"指夜晚,"透晚"就是穿过一个夜晚,即整夜、通宵。"透夜"也表示通宵。王汶石《风雪之夜》:"行么,怎不行! 走社会(主义)去呀,不熬几十个透夜还能走到么?"③许宝华、宫田一郎:"透夜:通宵。闽语。福建福州。"④"透冥"最早见于《乡谈》,现代闽方言中仍在使用。许宝华、宫田一郎:"透冥:通宵;整夜。闽语。福建莆田、仙游、永春、漳平。台湾。""透暝:通宵;整夜。闽语。福建厦门、宁德、寿宁、古田。""透冥光:通宵;整夜。闽语。福建闽侯洋里。""透冥雨:通宵雨。闽语。福建漳平。"⑤与"透冥"理据相同的还有"彻夜"以及方言中的"穿夜""通明""通冥"等。⑥

好年冬

乡:好年冬　正:大丰熟(时令门)

日语注释为"ヨキフユ"。"ヨキ"义为好的,"フユ"义为冬天,合起来意思是好

---

① 许宝华、[日]宫田一郎主编:《汉语方言大词典》,中华书局1999年版,第882页。
② 许宝华、[日]宫田一郎主编:《汉语方言大词典》,中华书局1999年版,第2018、2019、2021、2022、2023、85、161、168页。
③ 王汶石:《风雪之夜》,中国青年出版社1958年版,第11页。
④ 许宝华、[日]宫田一郎主编:《汉语方言大词典》,中华书局1999年版,第4907页。
⑤ 许宝华、[日]宫田一郎主编:《汉语方言大词典》,中华书局1999年版,第4907、4908页。
⑥ 以上方言词语均来自许宝华、[日]宫田一郎主编:《汉语方言大词典》,中华书局1999年版,第4450、5237、5238页。其中"通明"义为通宵;整夜。晋语。按"明[mi³¹]"本字应为"冥"。

冬天,这应该是对语素义的机械对译。

"好年冬"义为好收成。该词最早见于《乡谈》,清代典籍中也有记载。清黄叔璥《台海使槎录》卷五《萧垄社种稻歌》"符加量其斗逸"下注:"保佑好年冬。"现代闽方言中仍在使用。许宝华、宫田一郎:"年冬:年成;年景。闽语。福建厦门、潮州。《潮州农村歌谣》:'刺竹花,开一枝,细妹携饭到田边,祝福阿兄年冬好,金花重重打一枝。'广东海康。台湾。"①为何年成称为年冬,黄沚青认为:历史上,福建地区的粮食作物以水稻为主,其种植方式主要有单季稻和双季稻。单季稻以大冬稻为主。这种稻谷春种冬收,故曰"大冬稻"。双季稻中的一种重要耕种方式是连作稻,即早稻收割后,经过整地,再插晚稻。早稻春种夏熟,晚稻秋种冬熟。由于单季稻"大冬稻"及双季稻中的"晚稻"都在冬季成熟,因此闽南方言中将谷物成熟称为"冬,"将年成称为"年冬",收获稻谷称为"收冬""收大冬"(特指冬季收获的单季稻)。② 其说可从。

Tracing the Origins of Astronomical and Seasonal Terminology in Min Dialect

Zhang　Ying

Abstract: *The New Edition of Comprehensive Dictionary of Local Dialect and Standard Pronunciation for Qu and Yong Based on Phonetic Annotations* is a lexicon that compares and contrasts words and phrases between local dialects and standard pronunciation. It was compiled during the late Hongwu period and early Yongle period of the Ming Dynasty. The "local dialect" and some of the "standard pronunciation" words in this book are Ming Dynasty Min dialect words, providing the earliest written evidence for some modern Min dialect words. This article provides annotations for 14 astronomical and seasonal terminology from this lexicon.

Keywords: Min dialect; source tracing based on documentary evidence; *The New Edition of Comprehensive Dictionary of Local Dialect and Standard Pronunciation for Qu and Yong Based on Phonetic Annotations*

---

① 许宝华、[日]宫田一郎主编:《汉语方言大词典》,中华书局 1999 年版,第 2016 页。
② 黄沚青:《明清闽南方言文献语言研究》,浙江大学博士学位论文,2014 年,第 123—126 页。

【重大课题专栏】

汉文佛典疑难字词札考（续）*

郑贤章**

摘要：学界常用的"国学大师网"收录了一批音义未详的字，论文从中选取 27 个可见于汉文佛典的字进行考辨，为其补充读音、意义与用例，以期为今后网站的完善及《汉语大字典》等大型辞书的编纂修订提供有益的参考。

关键词：国学大师网　音义　疑难字

"国学大师网"是目前网络上公开的巨型中文文献查询网站①，内容极为丰富，基本囊括了中国常见的古籍。在语文辞书方面，更是海纳百川，不断更新，目前收录了近 60 种工具书，包括《说文解字》《玉篇》《龙龛手鉴》《宋本广韵》《集韵》《类篇》《字汇》《正字通》《康熙字典》《汉语大字典》《汉语大词典》《现代汉语词典》《古汉语字典》《故训汇纂》《古文字诂林》《说文解字诂林》《中文大辞典》《字形演变》《经籍籑诂》《书法字典》《甲骨文字典》《新甲骨文编》《甲金篆隶大字典》《古文字通假字典》《汉语辞海》《汉字字源》《金文编》《金文续编》《书法大字典》《草书大字典》《隶书大字典》等，利用部件查字可查 20 万个汉字，极大地方便了读者、研究者。不过，这 20 万个汉字中，有不少只是提供了形体图片，没有读音、释义与用例，难以满足读者的需要。在此，我们选取了 27 个可见于汉文佛典但音义未详的字进行考辨，补充其读音、意义与用例，以期为今后网站的完善及《汉语大字典》②等大型辞书的编纂修订提供

---

* 本文为国家社科基金重大招标项目"汉文佛典文字汇编、考释及研究"（16ZDA171）结题成果之一。

** 郑贤章，1972 年生，文学博士，湖南师范大学教授、博士生导师，主要从事近代汉字、古代语文辞书、汉语词汇研究。

① 国学大师网 http://www.guoxuedashi.net/。

② 汉语大字典编辑委员会：《汉语大字典》第二版（珍藏本），四川辞书出版社/崇文书局 2010 年版。

有益的参考。①

[癵]

按:"癵",国学大师网收录,无出处,音义不详。此字可见于佛典,乃"残"字之俗。《贤愚经》卷10:"不鼓自鸣,盲视聋听,哑语偻申,癵癵拘癖,皆得具足。"(T04,p421b)"癵",元、明本《贤愚经》作"残","癵癵"即"癵残","癵"即"残"字。《菩萨本行经》卷2:"癵残百病,皆悉除愈。"(T03,p117c)《普曜经》卷2:"境内孕妇,产者悉男,聋盲瘖痖,癵残百疾,皆悉除愈。"(T03,p493b)《大般涅盘经》卷22:"若得人身,聋盲瘖哑,癵残背偻,诸根不具,不能受法。"(T12,p751c)《四十二章经疏钞》卷5:"虽得男身,癵残百疾,盲聋瘖痖,挛躄背伛,则诸根具足,五体端严,非为易也。"(X37,p729c)经文中,"残"与"癵"连用,指病,俗增"疒"旁作"癵"。《新集藏经音义随函录》②卷5:"瘟癵,上力中反,下自丹反。"(ZD59—685b)郑贤章曾考"癵"为"残"字③。从形体上看,"癵"可能是"癵"换声旁所致,当然也有可能"癵"是"癵"之讹。构件"残"与"浅"文献中可相混。《大乘义章》卷4:"彼初地上,虽复有之,但于应化人天身中,微有浅气。"(T44,p551c)"浅",延宝二年刊大谷大学藏本作"残","浅"为"残"之讹。《律二十二明了论》卷1:"一提舍那,二浅薄羯磨,三坏一切罪方法。"(T24,p667c)"浅",宋、元、明、宫本作"残"。"残"为"浅"之讹。"残"草写可作"拣""拣"④,"浅"草写可作"浇""浇"⑤。"拣""拣"与"浇""浇"形体近似。

[瘜]

按:"瘜",国学大师网收录,无出处,音义不详。此字可见于佛典,乃"恼"字之俗。《放光般若经》卷4:"若行若寂,常念世间从痴有瘜。"(T08,p24c)"瘜",宋、元、明、宫本《放光般若经》作"恼"。"痴瘜"即"痴恼","瘜"即"恼"字。《大宝积经》卷48:"将欲灭一众生贪瞋痴恼。"(T11,p281a)《大方等大集经菩萨念佛三昧分》卷7:"智人所知智具足,远离诸业及痴恼。"(T13,p856b)《大乘阿毘达磨集论》卷4:"恼有三种,谓贪恼、瞋恼、痴恼。"(T31,p678a)《龙龛手镜·疒部》:"瘜,俗,音恼。"郑贤章以"瘜"为"恼"。"瘜"与"瘜"近似,亦"恼"字⑥。"恼",《龙龛手镜·心部》俗可作

---

① 本文所引原始文献,主要见于大正藏刊行会:《大正新修大藏经》,台北新文丰出版公司1996年版;《高丽大藏经》编委会:《高丽大藏经》,线装书局2004年版;《中华大藏经》编辑组:《中华大藏经》,中华书局1984—1996年版。又,拙撰:《汉文佛典疑难字词札考》,《汉语史学报》2022年总第27辑。
② 可洪:《新集藏经音义随函录》,收入《中华大藏经》第59—60册,中华书局1984—1996年版。相关研究可参郑贤章:《新集藏经音义随函录研究》,湖南师范大学出版社2007年版。
③ 郑贤章:《龙龛手镜研究》,湖南师范大学出版社2004年版,第345页。
④ 欧阳中石:《章草字典》,华夏出版社2004年版,第477页。
⑤ 书学会:《行草大字典》,北京出版社1992年版,第896页。
⑥ 郑贤章:《龙龛手镜研究》,湖南师范大学出版社2004年版,第347页。

"惚",《佛教难字字典·心部》俗可作"惚"①。"瘛""瘛"则为"惚""惚"换旁所致。烦恼是一种心病,构件"心"与"疒"意义相关。

[臧]

按:"臧",国学大师网收录,无出处,音义不详。此字可见于佛典,乃"厌"字之俗。《道行般若经》卷1:"检其所出,事本终始,犹令折伤玷缺臧然无际。"(T08,p425b)"臧",元、明作"戢"。《如来香》卷2:"安不量末学,庶几斯心,载咏载玩,未坠于地。检其所出,事本终始,犹令折伤玷缺戢然无际。"(D52,p133b)《出三藏记集》卷7:"安不量末学,庶几斯心,载咏载玩,未坠于地,捡其所出,事本终始,犹令析伤玷缺厌然无际。"(T55,p47b)"厌",宋、元、明本作"戢"。据此,"臧",有版本作"戢",有版本作"厌",那"臧"到底是"戢"还是"厌"?从文意看,似乎作"厌"为是。"厌然",安然也。《荀子·儒效》:"天下厌然犹一也。""厌然无际"就是安然没有缝隙。从形体看,"厌"或作"臧"(《偏类碑别字·厂部·厌字》引《唐杜师廓墓志》),"臧"与"臧"近似。"厌"或作"猒","戢"盖为"猒"之讹。文献中,"戢"与"厌"常相混。《佛说如幻三昧经》卷2:"五百菩萨欣然大悦,善心生焉,心戢静思,踊在虚空,去地四丈九尺。"(T12,p151a)"戢",宋、元、明、圣本作"厌"。《尊婆须蜜菩萨所集论》卷3:"过去不善心意,有处所秽恶,厌不用,心常避,如是彼心则有摄持。"(CT28,p738a)"厌",宫本作"戢"。

[毻]

按:"毻",国学大师网收录,无出处,音义不详。此字可见于佛典,乃"毻"字之俗。《胜天王般若波罗蜜经》卷7:"江洲刺史仪同黄法毻,驱传本洲,锡珪分陕,护持正法,渴仰大乘。"(T08,p726a)《续高僧传》卷1:"江州刺史黄法毻为檀越,僧正释惠恭等监掌。"(T50,p431a)《历代三宝纪》卷9:"江州刺史仪同黄法氍为檀越。"(T49,p88b)《开元释教录》卷7:"江州刺史仪同黄法氍,渴仰大乘,护持正法。"(T55,p547a)"黄法毻"即"黄法毻""黄法氍"。"毻"即"毻"之讹,"毻"与"氍"同。

[囉]

按:"囉",国学大师网收录,无出处,音义不详。此字可见于佛典,乃"日啰(囉)"之合。《佛说帝释般若波罗蜜多心经》卷1:"曳(引)怛俪也(二合)他唵(引)嚧囉(二合)未隶(引)。"(T08,p847b)"囉",宋、元、明本作"啰"。《西方陀罗尼藏中金刚族阿蜜哩多军咤利法》卷1:"跋折罗驮努嚧囉输罗,跋折罗摩罗,如是等跋折罗,甚大可畏。"(T21,p51a)《佛说最上根本大乐金刚不空三昧大教王经》卷5:"嚧日啰(二合)

---

① 李琳华:《佛教难字字典》,台北常春树书坊1988年版。

钵讷摩(二合)鑁(引)(一句)。"(T08,p808b)《大日如来剑印》卷1:"oṃ 唵 va 嚩 jra 日啰(二合)mu 谟 kṣa 乞叉(二合)muḥ 穆。"(T18,p196a)《金刚峰楼阁一切瑜伽瑜祇经》卷2:"va 嚩 jra 日啰(啰)(二合)sa 萨。"(T18,p260b)"囉"是"日啰"之合,乃"jra"的译音。"jra"这个音节无法用一个汉字对音,于是人们用"日""啰"两字合音相对。宋、元、明本《佛说帝释般若波罗蜜多心经》将"囉"当作"啰",误。

[逓]

按:"逓",国学大师网收录,无出处,音义不详。此字可见于佛典,乃"递"之俗。《唐梵翻对字音般若波罗蜜多心经》卷1:"为法忘体,甚为稀有,然则五天迢逓十万余逞,道涉流沙,波深弱水。"(T08,p851a)《苏婆呼童子请问经》卷1:"路遥迢递,饥渴所逼,其人当食子肉。"(T18,p721b)《国清百录》卷4:"沧溟浩瀚,峰崖迢递。"(T46,p819a)《明觉禅师语录》卷1:"既已跋涉数州,迢递千里,投诚苦逼,一至于斯。"(T47,p674b)"迢逓"即"迢递"。"逓"即"递"。《龙龛手镜·辵部》:"逓,俗;遰,通;递,正。""逓"与"逓""遰"形体近似。

[闗]

按:"闗",国学大师网收录,无出处,音义不详。此字可见于佛典,乃"阙"之俗。《唐梵翻对字音般若波罗蜜多心经》卷1:"三藏结束囊装,渐离唐境。或途经厄难,或时有闗斋馐,忆而念之四十九遍。"(T08,p851a)《菩萨总持法》卷1:"阙有何义?第一阙床座,有废礼拜赞叹;第二阙斋食,废读诵思惟。"(ZW03,p50a)《佛说造像量度经解》卷1:"以黄绢裹之,始终要洁净,持八阙斋为妙(书藏及装藏日),或当时忌荤酒,禁气恼等,一切不祥之事,发喜悦良善心,口诵十二因缘咒。"(T21,p952b)《龙龛手镜·门部》:"䦧、闕,二俗,去月反。""䦧""闕"即"阙"。"闗"与"闕"形体近似。

[蘖]

按:"蘖",国学大师网收录,无出处,音义不详。此字可见于佛典,乃"蘗"之俗。《唐梵翻对字音般若波罗蜜多心经》卷1:"曩(引)(不)比嘌(二合)他(异)蘖噜(二合)畔(色)(十二)。"(T08,p851c)《西方陀罗尼藏中金刚族阿蜜哩多军咤利法》卷1:"莎嚩诃,蘗噜荼南,莎嚩诃。"(T21,p57c)《佛说最上秘密那拏天经》卷1:"蘗噜咄噜瑟哥(二合五)萨讫哩(二合)。"(T21,p359a)《佛说大乘菩萨藏正法经》卷31:"阿修罗声,蘖噜拏声。"(T11,p863c)《大宝积经》卷33:"多啰蘖多部名(上)(二十一)。"(T11,p182c)"蘖",宫本作"孽"。"蘖"应为"蘗"字之讹。"蘗"与"孽"同。构件"薛"与"萨(薩)"文献中常相混。《贞元新定释教目录》卷13:"敕令礼部尚书晋国公薛稷、右常侍高平侯徐彦伯等详定入目施行。"(T55,p867b)"薛",圣本作"萨"。"萨"为"薛"之讹。

[瞖]

按:"瞖",国学大师网收录,无出处,音义不详。此字可见于佛典,乃"医"之俗。《大乘理趣六波罗蜜多经》卷2:"怛地(儞也反)他(一),瞖黎(二),怒米黎(三),怒闭奶(平声)(四),怒瞖黎(五),闭黎(平声)(六),闭奶(平声)(七)莎诃。"(T08,p873b)"瞖",明本作"医(醫)"。《大乘理趣六波罗蜜多经》卷2:"怛地(儞也反)他(一),瞖黎(二),怒米黎(三)。"(T08,p873b)"瞖",明本作"医"。"瞖"既有可能是"医(醫)",也有可能是"瞖",但从形体看,宜以"瞖"为"医(醫)"。构件"酉"与"耳"草写近似。

[䵣]

按:"䵣",国学大师网收录,无出处,音义不详。此字可见于佛典,乃"䴢"之俗。《正法华经》卷3:"缠滞他乡,亦怀悒慼,志性褊促,荆棘䵣身,辗转周旋,行不休息,渐渐自致,到父所居。"(T09,p81c)"䵣",宋、元、宫本作"劙",明本作"剺"。玄应《一切经音义》卷7:"劙身,又作剺,同,力咨反,《三苍》劙,划也。经文作䴢身,非字体。"(C056,p923a)慧琳《一切经音义》卷28:"劙身,又作𠛹,同,力咨反。《三苍》劙,划也,经文作厘(䴢)身,非字体也。"(T54,p494c)《新集藏经音义随函录》卷5:"䴢身,上力之反,画也,正作剺(剺),上方经作劙。"(K34,p787b)从形体看,"䵣"即"䴢",经文中通"劙"。"劙"或作"劙""𠛹""𠚏""剺""剺"等形,划也,割也。《说文·刀部》:"剺,划也,剥也。"

[遾]

按:"遾",国学大师网收录,无出处,音义不详。此字可见于佛典,乃"囉"之俗,用作译音字。《添品妙法莲华经》卷6:"穤便(扶延)哆遾儞(奴弃)鼻瑟鬵(都皆)(二十四),頞(乌割)颠跢波唎秚(鼠出)啼(二十五)。"(T09,p186c)《添品妙法莲华经》卷6:"钵遾第(二十九),恕(鼠注)迦欯(三十),頞糁磨糁迷(三十一)。"(T09,p187a)《添品妙法莲华经》卷6:"钵啰祇(都夜)鞞刹(駈察)腻(二十二)。"(T09,p186c)"啰",可洪作"遾"。《新集藏经音义随函录》卷5:"遾祇,上郎个反,下丁夜反。"(K34,p792a)可见"遾"与"啰"用同,用作译音字,不过,此时的"啰"应去声读之,音"luò",所以俗又作"遾""囉",从口,逻声。《绍兴重雕大藏音》卷3:"囉,郎贺反。"(C059,p535b)《不空胃索咒经》卷1:"何囉又何囉又莫摩(姓去甲)写(九十)。"(T20,p400c)《佛本行集经》卷11:"净饭王妹,名阿弥多质多囉(隋言甘露味),生于一子,名为底沙。"(T03,p701c)"囉",圣本作"啰"。《大乘修行菩萨行门诸经要集》卷3:"娑低(低耶反)囉(去)咩(五)扫咩(六)。"(T17,p961b)"囉"字后经中标明"去",即指以去声读之。

［陦、隔］

按："陦",国学大师网收录,音义不详。《大宝积经》卷 101:"誓曳杜野筏低(七),部多筏低伽米丽(八),陦低(九),苏普低(十)。"(T11,p569a)"陦",宋、元、明、宫本作"隔"。《新集藏经音义随函录》卷 3:"隔砥,上音扇,下音底。"(K34,p702b)《新集藏经音义随函录》卷 2:"隔佰,上尸战反。"(K34,p683a)"陦"即"隔"字之讹,而"隔"在上述经文中乃译音字。构件"扇"与"肩"草写近似。"肩"草写可作"*房*"(邓文原)[①]、"*房*"(赵孟頫)[②],"扇"草写可作"*扇*"(怀素)[③]、"*扇*"(王羲之)[④],"*房*""*房*"与"*扇*""*扇*"极其近似。

［獷］

按："獷",国学大师网收录,无出处,音义不详。此字可见于佛典,乃"犷"之俗。《佛说如来不思议秘密大乘经》卷 14:"世尊!旷野大城中有多夜叉、罗刹、鸠盘茶、必舍左、干闼婆、摩睺罗伽等异类众生悉住于彼,令彼等众得见佛已,于长夜中利益安乐,息除獷戾恚恶之心。"(T11,p737a)"獷",明本《佛说如来不思议秘密大乘经》作"犷"。《大方广佛华严经》卷 35:"菩提心者,如调慧象,其心善顺不犷戾故。"(T10,p825b)《大方等大集经》卷 47:"波旬犷戾儞不如,令汝魔界悉空无。"(T13,p303c)《根本说一切有部毗奈耶药事》卷 3:"其国人等,甚怀恶毒,凶粗犷戾。"(T24,p12b)慧琳《一切经音义》卷 48:"犷戾,古猛反,《汉书》孟康注云:犷,强也。戾,很也。字从犬。"(T54,p630c)"獷戾"即"犷戾","獷"乃"犷(獷)"之讹。构件"犬"与"彳"草写混同。

［遷］

按："遷",国学大师网收录,无出处,音义不详。此字可见于佛典,乃"逻"之俗,用作译音字。《大方等大集经》卷 21:"伽泞(二十一),伽耶婆遷泯(二十二),希利(二十三),希提(二十四)。"(T13,p153b)《大方等大集经》卷 21:"破罗婆泯(二十),伽泞(二十一),伽那婆逻泯(二十二),希利(二十三),希提(二十四),希逻(二十五)。"(T13,p145a)很显然,"伽耶婆遷泯"即"伽那婆逻泯",其中"遷"疑即"逻"字之讹,用作译音字。

［壜］

按："壜",国学大师网收录,无出处,音义不详。此字可见于佛典,乃"坛"之俗。

---

① 洪钧陶:《草字篇》(四卷本),文物出版社 1983 年版,第 2572 页。
② 洪钧陶:《草字篇》(简编),文物出版社 1989 年版,第 641 页。
③ 洪钧陶:《草字篇》(简编),文物出版社 1989 年版,第 642 页。
④ 洪钧陶:《草字篇》(简编),文物出版社 1989 年版,第 642 页。

《佛说佛名经》卷 1："尔时宝达,一念之顷,往诣东方铁围山间,其山崦嶫,幽冥高峻,其山四方了无草木,日月威光都不能照。"(T14,p190b)《圆觉经道场修证仪》卷 6："尔时宝达,一念之顷,往诣东方铁围山间,其山崦嶫,几其高峻,四方上下,了无草木。"(X74,p416c)《依楞严究竟事忏》卷 2："东方铁围山间,其山崦嶫,幽冥高峻,了无草木,名曰地狱。"(X74,p531a)《依楞严究竟事忏》卷 2："崦坛,弇昙。"(X74,p538c)据此可知,"嶫"同"坛",音"昙"。"崦嶫"即"崦坛",根据经文,盖指山高峻多石貌。

[鑵]

按:"鑵",国学大师网收录,无出处,音义不详。此字可见于佛典,用于"鏃鑵"一词中。《佛说佛名经》卷 1："火象地狱,咩声叫唤地狱,铁鏃鑵地狱,崩埋地狱,然手脚地狱。"(T14,p190c)《佛说佛名经》卷 2："其地狱中有铁鏃鑵,翌如锋鉒,铁锵撩乱,遍布其地,其锵火然,猛炽于前。"(T14,p195a)《佛说佛名经》卷 3："其地狱中有铁鏃鑵,翌如锋鉒,遍布其地。"(T14,p198c)《普曜经》卷 5："魔众所住处,沟坑布鏃鏷。"(T03,p518c)《地藏菩萨本愿经》卷 1："或有地狱,纯飞鏃鏷。或有地狱,多攒火枪。"(T13,p782b)《法华传记》卷 6："又次到一城中,地有铁鏃鏷,翌如锋铓,遍布其地。"(T51,p74b)"鏃鑵"即"鏃鏷",其中"鑵"即"鏷"字。"鏃鏷"又作"蒺藜""蒺蔾""鏃鏷"。《五灯全书》卷 37："手把铁蒺藜,打破龙虎穴。"(X82,p37c)慧琳《一切经音义》卷 28："蒺蔾,上自栗反,下力尸反。《尔雅》資,蒺蔾,即布地蔓生子有三角者,经文作鏃鏕,未见所出。"(T54,p493b)慧琳《一切经音义》卷 49："蒺蔾,论文从金作鏃鏷二形,非也。"(T54,p634c)"蒺蔾"本为一种带刺的植物,后有兵器如之,故换旁作"鏃鏷""鏃鑵"等。

[嘈]

按:"嘈",国学大师网收录,无出处,音义不详。此字可见于佛典,乃"调"之俗。《佛说佛名经》卷 22："或通人妻妾,夺他妇女,侵陵贞洁,污比丘尼,破他梵行,逼迫不道,浊心邪视,言语嘲嘈。"(T14,p276a)《绍兴重雕大藏音》卷 3："嘈,铫、调二音。"(C059,p536b)《佛说佛名经》卷 7："或通人妻妾,夺他妇女,侵陵贞洁,污比丘尼,破他梵行,逼迫不道,浊心邪视,言语嘲调。"(T14,p215c)《佛本行集经》卷 57："尔时,难陀为己同行诸亲友等,恒常唤作佛客作人,被笑被呵,嘲调戏弄。"(T03,p916b)"嘲嘈"即"嘲调",其中"嘈"即"调"字。"调"盖受上字"嘲"的影响类化增"口"旁而作"嘈"。《新集藏经音义随函录》卷 2："嘲调,上竹交反,下徒吊反,嘲弄也。"(K34,p697a)

[煑]

按:"煑",国学大师网收录,无出处,音义不详。此字可见于佛典,乃"煮"之俗。

《佛说佛名经》卷 30:"复有八万四千禼子地狱,以为眷属,此中罪苦,炮鬻楚痛,剥皮箂肉,削骨打髓,抽肠杖胏,无量诸苦,不可闻,不可说。"(T14,p306c)《佛说佛名经》卷 26:"复有八万四千隔子地狱,以为眷属,此中罪苦,炮煮楚痛,剥皮呙肉,削骨打髓,抽肠拔肺,无量诸苦,不可闻,不可说。"(T14,p288a)《佛说佛名经》卷 11:"复有八万四千隔子地狱,以为眷属,此中罪苦,炮煮楚痛,剥皮呙肉,削骨打髓,抽肠拔肺,无量诸苦,不可闻,不可说。"(T14,p229b)《圆觉经道场修证仪》卷 5:"此中罪苦,炮煮焚痛,剥皮折肉,削骨打髓,抽肠拔肺。"(X74,p411b)"炮鬻"即"炮煮""炮煮",其中"鬻"即"煮"字,乃换声旁所致。构件"暑"与"者"文献中可相通。《阿毘达磨大毘婆沙论》卷 82:"多舍城邑,来此避暑。"(T27,p424a)"暑",宋、元本作"者"。"者"通"暑",皆古鱼部字。

[箂]

按:"箂",国学大师网收录,无出处,音义不详。此字可见于佛典,疑乃"刷"之俗。《佛说佛名经》卷 30:"复有八万四千禼子地狱,以为眷属,此中罪苦,炮鬻(煮)楚痛,剥皮箂肉,削骨打髓,抽肠杖胏,无量诸苦,不可闻,不可说。"(T14,p306c)《佛说佛名经》卷 26:"复有八万四千隔子地狱,以为眷属,此中罪苦,炮煮楚痛,剥皮呙肉,削骨打髓,抽肠拔肺,无量诸苦,不可闻,不可说。"(T14,p288a)《佛说佛名经》卷 11:"复有八万四千隔子地狱,以为眷属,此中罪苦,炮煮楚痛,剥皮呙肉,削骨打髓,抽肠拔肺,无量诸苦,不可闻,不可说。"(T14,p229b)《圆觉经道场修证仪》卷 5:"此中罪苦,炮煮焚痛,剥皮折肉,削骨打髓,抽肠拔肺。"(X74,p411b)《慈悲道场水忏法科注》卷 3:"此中罪苦,炮煮楚痛,剥皮刷肉,削骨打髓,抽肠拔肺,无量诸苦,不可闻,不可说。"(X74,p779a)"箂肉",不同文本或作"呙肉""折肉""刷肉"。"箂"到底是哪个字的异体呢?《慈悲道场水忏法科注》卷 3:"刷者,刮也,扫也。削者,刮削,皆刷剔之意。"(X74,p779a)据此,"箂"疑为"刷"字。

[瓡]

按:"瓡",国学大师网收录,无出处,音义不详。此字可见于佛典,疑乃"辩"之俗。《十方千五百佛名经》卷 1:"日月灯明佛,名闻光佛,火炎肩佛,须弥灯佛,无量精进佛,虚空住佛,常灭佛,宝瓡佛,不舍精进佛。"(T14,p312b)《一切佛菩萨名集》卷 3:"南无无量宝辩佛,南无宝炎佛。"(F28,p287a)"宝瓡佛"疑即"宝辩佛",其中"瓡"为"辩"字。《十方千五百佛名经》卷 1:"一切世界佛,无垢力佛,一切众生不断瓡才佛。"(T14,p314c)《佛说华手经》卷 5:"光照佛,一切世界一切众生不断辩才佛,无垢力佛。"(T16,p164b)"一切众生不断瓡才佛"疑即"一切众生不断辩才佛",其中"瓡"为"辩"字。《十方千五百佛名经》卷 1:"转一切生死佛,无边瓡财佛,持炬佛。"(T14, p313a）《一切佛菩萨名集》卷3:"南无转一切生死佛,南无无边辩才佛,南无释迦牟尼佛。"(F28,p290a)"无边乖财佛"疑即"无边辩才佛",其中"乖"为"辩"字。《十方千五百佛名经》卷1:"三乘行佛,无净佛,缘一切乖佛,宝事佛,宝积佛。"(T14,p316a)《佛说华手经》卷5:"无惊怖佛,缘一切辩才(宫本无)佛。"(T16,p163c)"缘一切乖佛"疑即"缘一切辩才佛",其中"乖"为"辩"字。《十方千五百佛名经》卷1:"德王明佛,贤王佛,月乖佛,善目佛。"(T14,p316a)《一切佛菩萨名集》卷2:"南无月辩佛,南无善目佛,南无普世佛。"(F28,p274a)"月乖佛"疑即"月辩佛",其中"乖"为"辩"字。"辩"或作"乖""弄""辬"(见郑贤章《汉文佛典文字汇编》未刊稿),"乖"与之近似。

［𠹉］

按:"𠹉",国学大师网收录,无出处,音义不详。此字可见于佛典,疑乃"哪"之俗。《五千五百佛名神咒除障灭罪经》卷3:"僧𠹉(余歌反)涕婆(去)斫刍(钗卢反,下同)(一)。"(T14,p329a)"𠹉",宫本作"哪"。《大方等大集经》卷35:"坒(父一反)绖哪(余歌反)毗夜也(二十一)。"(T13,p244a)"𠹉""哪"即"哪"字,用作译音字。《新集藏经音义随函录》卷2:"唎哪,余歌反,去声呼。"(K34,p683a)构件"耶"俗作"耶"[①](《敦煌俗字典》)。构件"耶"又与"邪"同。《广韵·麻韵》:"邪,琅邪,郡名,俗作耶、琊,亦语助,以遮切。"

［踏］

按:"踏",国学大师网收录,无出处,音义不详。此字可见于佛典,疑乃"踏(蹋)"之俗。《五千五百佛名神咒除障灭罪经》卷7:"南无除幢如来,南无蹙踏圣如来,南无等示现如来。"(T14,p349b)"踏",宋、元、明本《五千五百佛名神咒除障灭罪经》作"蹋"。《一切佛菩萨名集》卷8:"南无蹙踏圣佛,南无等示现佛,南无难胜佛。"(F28,p349a)"南无蹙踏圣如来"即"南无蹙踏圣佛",其中"踏"即"踏(蹋)"字。《三慧经》卷1:"其人瞋恚,取虫蹙踏,自致疲极。"(T17,p704a)"踏(蹋)"或作"踏"(《行草大字典》[②]),"踏"与"踏"形体近似。

［饗］

按:"饗",国学大师网收录,无出处,音义不详。此字可见于佛典,乃"餮"之俗。《修行地道经》卷1:"刚弊喜谮人,远戒不顺法,犯禁秽浊事,贪饗而独食。"(T15,p186c)"饗",宋、元本《修行地道经》作"飻",明、圣本《修行地道经》作"餮"。《出曜经》卷6:"复次,行人受他信施,贪餮无厌,亦不讽诵坐禅定意,不修念道德。"(T04,

① 黄征:《敦煌俗字典》,上海教育出版社出版2005年版,第487页。
② 书学会:《行草大字典》,北京出版社1992年版,第1405页。

p639a)《三曼陀跋陀罗菩萨经》卷 1："为悭嫉所牵,为贪餍所牵,为谀谄所牵。"(T14,p667a)"饕"即"餮""餍"。形体上,构件"珍"草写作"𫝹"(《行草大字典》①),"歺"与"弓"相混,"㐱"与"尔"相混,"尔"又可与"尔"同,故此,"餮"讹作了"饕"。

[澍]

按:"澍",国学大师网收录,无出处,音义不详。此字可见于佛典,乃"淘"之俗。《佛说身毛喜竖经》卷 3："彼取米已,或碎其末,或澍其水,或以多种治事而食,为其资养。"(T17,p598c)"澍",元、明本《佛说身毛喜竖经》作"淘"。《佛说身毛喜竖经》卷 3："彼取麻已,或碎其末,或澍其水,或以多种治事而食,为其资养。"(T17,p598c)《佛说身毛喜竖经》卷 3："彼取麦已,或碎其末,或澍其水,或以多种治事而食,为其资养。"(T17,p598a)"澍"即"淘"的声旁繁化俗字。

[穽]

按:"穽",国学大师网收录,无出处,音义不详。此字可见于佛典,乃"庌"之俗。《佛说安宅神咒经》卷 1："不得前却某甲之家,或作东厢西厢南穽北堂。"(T21,p912a)"穽",宋、元、明本《佛说安宅神咒经》作"庌"。《陀罗尼杂集》卷 5："东厢西厢,南雅北堂。"(T21,p609c)《法句譬喻经》卷 2："更作好舍,前庌后堂,凉台暖室。"(T04,p586a)《出曜经》卷 3："更作好室,前庌后堂。"(T04,p623c)《佛说安宅神咒经》卷 1："建立南庌北堂、东西之厢。"(T21,p911c)"南穽"即"南庌",其中"穽"即"庌"。

[稝]

按:"稝",国学大师网收录,无出处,音义不详。此字可见于佛典,疑乃"补"之俗。《陀罗尼杂集》卷 5："稝祇呼,应祇稝祇浮,泜吟呼,摩泜吟呼泜罗摩,泜吟呼,莎呵。"(T21,p608b)"稝",宋、元、明本《陀罗尼杂集》作"蒲"。《新集藏经音义随函录》卷 23："禣祇呼,上音蒲,下音浮,正作呼。"(K35,p409c)《新集藏经音义随函录》卷 23："禣祇浮,同上,《川音》作禣,说文云今作补。"(K35,p409c)"稝""禣",有异文作"蒲",可洪音"蒲",《川音》则以为"补"。从形体看,"稝""禣"应为"补(補)"之讹。《一切经音义》卷 20："补祇,卜古反,经文作禣。"(C057,p52c)玄应亦以"禣"为"补"。

[逾]

按:"逾",国学大师网收录,无出处,音义不详。此字可见于佛典,疑乃"途"之俗。《陀罗尼杂集》卷 4："夜咩波男菩阇男,跋悉耽奚嚙逾,修波利男达,男陀逾遮挓,大写咩。"(T21,p604c)"逾",宋、元、明本《陀罗尼杂集》作"途"。《新集藏经音义随

① 书学会:《行草大字典》,北京出版社 1992 年版,第 604 页。

函录》卷 23:"吠途,上蒲末反,下达胡反,上又扶废反,误,又《西川音》作哎逾,上音坳,下乃玷反,并非也。"(K35,p408b)《陀罗尼杂集》卷 4:"哎逾婆兜沙夜咩萨婆羯摩。"(T21,p604c)《西川音》"哎逾",经文作"哎逾"。据此,"逾"疑即"途"字之讹,《西川音》音"乃玷反",乃望形生音。《龙龛手镜·辵部》:"途"俗作"逾"。"逾"即"途"。

以上 27 个字,皆可通过部件查字在国学大师网查到,国学大师网在收录时给了编码,但"音义未详",没有提供字形的来源,致使读者无从认读、考释这些字。网站失去了答疑解惑的功能,留有遗憾。通过研究,我们从汉文佛典中找到了这些字,并加以考辨,可补其之憾,对今后《汉语大字典》等大型字典的修订具有直接功效。

A Study on Difficult Characters and Words in
Chinese Buddhist Texts (Continued)

Zheng   Xianzhang

Abstract: The "Guoxue Dashi Wang" (国学大师网) website commonly collects a number of characters with unclear pronunciations and meanings. This paper selects 27 characters from these collections that are found in Chinese Buddhist texts for study, aiming to supplement their pronunciations, meanings, and usage examples, and provide useful references for the improvement of the website and the compilation and revision of large-scale dictionaries such as *Chinese Dictionary of Characters* (《汉语大字典》).
Keywords: Guoxue Dashi Wang; pronunciations and meanings; difficult characters

《事林广记》俗字的特点、合理性及其成因探析[*]

《事林广记》俗字的特点、合理性及其成因探析 [*]

祝昊冉 [**]

摘要：《事林广记》是最初由南宋末年陈元靓编撰、元人不断增补的一部日用百科全书式的中国古代民间类书。书中包含大量俗字，代表了元代用字状况，其中不少俗字就是现在的简化字。然而学界目前对此书俗字关注度不高。本文首先考察了《事林广记》俗字的特点，认为其主要有任意性、浅俗性、类推性、趋简性等特点，并对某些俗字的合理性进行分析，从社会历史、文字演变及雕版印刷等方面解释《事林广记》俗字成因。

关键词：《事林广记》 俗字 特点 合理性 成因

《事林广记》是最初由南宋末年陈元靓编撰，元人不断增补的一部日用百科全书式的中国古代民间类书。《事林广记》的宋代刻本早已亡佚，现存中国元、明两代及日本刻本、抄本多部。本文选择其中有代表性的两种版本：和刻本与至顺本。和刻本即日本东京汲古书院影印日本元禄十二年（1699）翻刻的元泰定二年（1325）本，至顺本即元至顺年间（1330—1333）建安椿庄书院刊本。《事林广记》包含大量俗字，代表了元代俗字的使用状况，其中不少俗字就是现在的简化字。然而学界目前对此书俗字关注度不高。本文主要考察了《事林广记》俗字特点，分析了某些俗字的合理性，并探寻俗字成因。

---

* 本文为国家社科基金重大项目"中国古代通俗类书的文献整理及语言文学研究"（19ZDA248）阶段性成果。

** 祝昊冉，1987年生，文学博士，南京中医药大学讲师，研究方向为文献语言学、古代汉语词汇学、训诂学。

一、《事林广记》俗字特点

(一) 任意性

《事林广记》中俗字的任意性主要表现为异形同字与正俗并用。

1. 异形同字

所谓异形同字,即一个字有两个或两个以上的不同的俗写形式。《事林广记》中有不少异形同字,如帰埽踈;錢銭;蜜蛮;无旡;處処处;冦寇;厚厚;卪卪;实实;辝辞;炁炁;庻庶;凡几;躰体。

2. 正俗并用

正俗字交错使用的现象在《事林广记》中比较常见,此处用正字,彼处则用俗字,没有规律可言。或者同一正字的不同俗写形式交错使用,亦无规律可循。较为明显的如和刻本癸集卷十三"花判公案","判夫出改嫁状","状上论夫去不歸,夫若帰任便稼,夫埽若时我不知"[1]。此句"归"使用了三种俗体。

正俗并用的用例还有:究、究;盡、尽;備、俻;解、觧;禮、礼;靣、面;雖、雖;盖、蓋;冝、宜;指、指;卋、世;眞、真;九、几、凡;鬼、鬼;辛、翠;畧、略;群、羣。

上述可见:当时民间实际使用的俗字正在与已经取得规范化地位的正字争夺"生存权",哪种书写形式取得胜利尚未明确,毕竟文字的使用遵从社会的约定俗成,文字符号的替换需要一个长期的过程。但从中可以窥见当时民间实际使用汉字的情况以及汉字的演变过程。

(二) 浅俗性

文字是大众传播工具,其书写与应用受使用者文化程度的制约。文化修养低的使用者,对文字音形义的理解必然相对低一些。《事林广记》中某些俗字的写法,与正字相比字体浅近通俗,明白易懂。

1. 俻、備

和刻本己集卷九"禅门规范门","结夏","预俻香花法事"[2],至顺本此条"俻"作"備"。[3]

---

[1] [日]长泽规矩也:《和刻本类书集成之事林广记》,上海古籍出版社 1990 年版,第 465 页。

[2] [日]长泽规矩也:《和刻本类书集成之事林广记》,上海古籍出版社 1990 年版,第 335 页。

[3] [南宋]陈元靓:《新编纂图增类群书类要事林广记》,上海古籍出版社 2002 年版,第 228 页。

《玉篇·人部》："伖，同上（備），俗。"①《广韵·至韵》："伖，俗。"②敦研 135《金光明经》："伖具四兵，发向是国。"③《宋元以来俗字谱》："備，《古今杂剧》《太平乐府》《三国志平话》等作伖。"④

2. **関、關**

至顺本续集卷二"道教类"，"修炼要诀"，"五藏之气散入……関节"。⑤

《玉篇·门部》："関，同上（關），俗。"⑥S. 76《食疗本草》："利関节拥塞不通之气。"⑦

上述"伖"与"備"、"関"与"關"相比，书写显然更加浅近。

3. **迯、逃**

和刻本辛集卷十"词状新式"，"申迯户状"，"逃"作"迯"。⑧ 此门"逃"均作"迯"。

《字汇·辵部》："迯，俗逃字。"⑨《说文·辵部》："逃，亡也。从辵，兆声。"⑩"逃"为形声字，从辵，兆表声。"迯"为会意字，从辵，从外，明白易懂。

（三）类推性

类推是由此及彼的一种思维推理形式。《事林广记》俗字类推性主要表现在相同部件的类推，即相同部件的俗写形式在不同的构字环境中写法相同。

如"卯"俗作"夘"，"柳"作"栁"。

和刻本庚集卷三"农桑门"，"九谷生日"，"忌于卯午"，"卯"作"夘"。⑪

《古今韵会举要·巧韵》："卯，俗作夘。"⑫《汉语大字典》："夘，同卯。"⑬

和刻本庚集卷三"农桑门"，"栽插木法"，"迁杨栁，先于迁下錯一窍，用沙木削

---

① ［南朝梁］顾野王：《大广益会玉篇》，中华书局 1987 年版，第 13 页。

② ［北宋］陈彭年等：《宋本广韵·永禄本韵镜》，江苏教育出版社 2005 年版，第 101 页。

③ 黄征：《敦煌俗字典》，上海教育出版社 2005 年版，第 13 页。

④ 刘复、李家瑞：《宋元以来俗字谱》，中央研究院历史语言研究所 1930 年版，第 3 页。

⑤ ［南宋］陈元靓：《新编纂图增类群书类要事林广记》，上海古籍出版社 2002 年版，第 396 页。

⑥ ［南朝梁］顾野王：《大广益会玉篇》，中华书局 1987 年版，第 55 页。

⑦ 黄征：《敦煌俗字典》，上海教育出版社 2005 年版，第 137 页。

⑧ ［日］长泽规矩也：《和刻本类书集成之事林广记》，上海古籍出版社 1990 年版，第 397 页。

⑨ ［明］梅膺祚：《字汇》，万历乙卯刊本，酉集七画辵部五画倒数第二字。

⑩ 许惟贤整理：《说文解字注》，凤凰出版社 2007 年版，第 131 页。

⑪ ［日］长泽规矩也：《和刻本类书集成之事林广记》，上海古籍出版社 1990 年版，第 346 页。

⑫ ［元］黄公绍、熊忠：《古今韵会举要》，中华书局 2000 年版，第 267 页。

⑬ 汉语大字典编辑委员会：《汉语大字典》（第 2 卷），四川辞书出版社、湖北辞书出版社 1990 年版，第861 页。

钉，钉窍中，而后栽，永不生毛虫。"①

再如"亡"作"凶"，又有"荒"作"忨"，"妄"作"妛"。

和刻本癸集卷十三"花判公案"，"判妓执照状"，"国已凶"。②

和刻本癸集卷十三"摘奇故事"，"金刚经报应"，"逊走失道窜伏忨林"。③

和刻本癸集卷十三"花判公案"，"断人冒鬃进士"，"妛生事节"。④

按：《宋元以来俗字谱》：《目连记》《岭南逸事》作"妛"。⑤《目连记》《岭南逸事》为清代作品，宋元作品中未收录"妄"的任何俗写形式。事实上，"妛"在《事林广记》中已经出现，可见这一写法起码在宋元时期已经产生。

又如"鬼"作"鬼"，类似的还有"魏"作"魏"，"槐"作"槐"，"愧"作"愧"，"块"作"块"。

和刻本己集卷十"禳镇门"，"辟百鬼法"。⑥

和刻本己集卷四"道教洪绪"，"天使宗系""第四女芝，适魏公第二子"。⑦

和刻本庚集卷三"农桑门"，"栽插木法"，"种槐法"。⑧

至顺本别集卷七"茶菓类"，"香糖渴水"，"甘松一块"。⑨

至顺本前集卷九"人事类下"，"莅官政要"，"居官自当尽心"，"公事如家事……如不然，岂不有愧古人"。⑩

正因为有此类推性，俗字才会举一反三，无限生成。这也是《事林广记》中俗字众多的原因之一。

（四）趋简性

文字本身就是一种记录语言、交流思想的工具。作为交际工具，总是越便利越好。"人们总是要求文字简单、方便，驾驭容易，使用效率高的。我们把文字的这种注定的发展趋向叫作文字的'简易律'——趋向构造简单学习使用容易的规律。"⑪俗字能够产生发展并被广泛应用，很大程度上因其构造简单，便于学习使用。

---

① ［日］长泽规矩也：《和刻本类书集成之事林广记》，上海古籍出版社 1990 年版，第 347 页。
② ［日］长泽规矩也：《和刻本类书集成之事林广记》，上海古籍出版社 1990 年版，第 467 页。
③ ［日］长泽规矩也：《和刻本类书集成之事林广记》，上海古籍出版社 1990 年版，第 467 页。
④ ［日］长泽规矩也：《和刻本类书集成之事林广记》，上海古籍出版社 1990 年版，第 465 页。
⑤ 刘复、李家瑞：《宋元以来俗字谱》，中央研究院历史语言研究所 1930 年版，第 14 页。
⑥ ［日］长泽规矩也：《和刻本类书集成之事林广记》，上海古籍出版社 1990 年版，第 336 页。
⑦ ［日］长泽规矩也：《和刻本类书集成之事林广记》，上海古籍出版社 1990 年版，第 321 页。
⑧ ［日］长泽规矩也：《和刻本类书集成之事林广记》，上海古籍出版社 1990 年版，第 347 页。
⑨ ［南宋］陈元靓：《新编纂图增类群书类要事林广记》，上海古籍出版社 2002 年版，第 473 页。
⑩ ［南宋］陈元靓：《新编纂图增类群书类要事林广记》，上海古籍出版社 2002 年版，第 276 页。
⑪ 王凤阳：《汉字学》，吉林文史出版社 1992 年版，第 817 页。

和刻本与至顺本《事林广记》中的许多俗字都比正字书写方便,某些俗字就是如今使用的简化字,如:

1. 执

至顺本前集卷八"人事类上","待婢妾当宽恕","奴仆小人执役于人","执"。①

2. 实

至顺本别集卷八"酒麹类","饼子酒法","将饼末……以手压实","实"。②

3. 厉

至顺本前集卷八"人事类上","言语切忌暴厉","厉"。③

4. 变

至顺本后集卷一二"武艺类","军阵奇正","凡八变,因敌变化循环无穷焉","变"。④

5. 虽

和刻本庚集卷五"治家规训","虽窃盗之巧者……俄顷可下","虽"。⑤

二、《事林广记》部分俗字合理性分析

汉字是表意文字,字形与语义关系密切。有些俗字的写法使构形理据变得隐晦,或者破坏了造字理据。有些俗字与正字相比,却更能因形见义。下文分析《事林广记》中部分俗字字形,探讨其与正字相比哪种写法更为合理,何以会有这种写法。

1. 禽、禽

至顺本前集卷一"天文类","风说","飞廉神禽能致风气"。⑥

"禽"与"禽"相比,整个字的下半部分构件由"禸"改为"内"。虽然书写更便捷,但弱化了原本的构字理据。《说文·禸部》:"禽,走兽总名。从厹,象形,今声。"⑦《字汇·禸部》:"禸,与厹同。"⑧《说文·禸部》:"禸,兽足蹂地也。"⑨"厹"是表示兽

① [南宋]陈元靓:《新编纂图增类群书类要事林广记》,上海古籍出版社 2002 年版,第 273 页。
② [南宋]陈元靓:《新编纂图增类群书类要事林广记》,上海古籍出版社 2002 年版,第 479 页。
③ [南宋]陈元靓:《新编纂图增类群书类要事林广记》,上海古籍出版社 2002 年版,第 270 页。
④ [南宋]陈元靓:《新编纂图增类群书类要事林广记》,上海古籍出版社 2002 年版,第 386 页。
⑤ [日]长泽规矩也:《和刻本类书集成之事林广记》,上海古籍出版社 1990 年版,第 350 页。
⑥ [南宋]陈元靓:《新编纂图增类群书类要事林广记》,上海古籍出版社 2002 年版,第 220 页。
⑦ 许惟贤整理:《说文解字注》,凤凰出版社 2007 年版,第 1283 页。
⑧ [明]梅膺祚:《字汇》,万历乙卯刊本,午集五画内部第一字。
⑨ 许惟贤整理:《说文解字注》,凤凰出版社 2007 年版,第 1283 页。

类足迹的共同符号,如"禽",《说文·内部》:"禽,山神兽也。"① "萬",《说文·内部》:"萬,虫也。"② "禹",《说文·内部》:"禹,虫也。"③ "禽"从"厹"(内),表明与走兽有关。禽将"厹"写为"内",虽然相对书写简便,但造成了构形理据度下降。

2. 卧、卧

和刻本庚集卷五"治家规训","盗贼不可不防","于空舍"。④

《说文·卧部》:"卧,伏也。从人、臣,取其伏也。"⑤《说文·臣部》:"臣,牵也,事君也。象屈服之形。"⑥许慎认为臣见君常常屈服在地,"卧"从臣,取伏义。但实则有误。郭沫若指出,"臣"在甲骨文金文中"均象一竖目之形"。⑦ 杨树达:"余谓古文臣与目同形,臣当从人从目。盖人当寝卧,身体官骸与觉时皆无别异,所异者独目尔。觉时目张,卧时则目合也。"⑧杨琳也认为卧字从臣,其本义应该是瞑眠,闭目睡觉,着重强调眼的闭合,而不在乎身体的倒伏。并举例:《山海经·北山经》:"又北二百里,曰边春之山……有兽焉……见人则卧。"郭璞注:"卧,言佯眠也。"又《南山经》:"(基山)有鸟焉,其状如鸡……食之无卧。"郭璞注:"使人少眠。"⑨可见"卧"为瞑眠之义。既然"卧"本义为"瞑眠",主要表现的是眼睛的闭合,从人、目,比从人、臣更能因形见义,故"卧"与"卧"相比,字形与语义的连接更加直观紧密。

3. 监、监

至顺本别集卷一"官制类","御史台","监察御史"。⑩

"监",甲骨文作𥄶(合集 27742),𠃊表容器,即"皿",右边上半部分是人眼,表示用眼睛看,整个字像一个人睁大眼睛低头对着水盆照的样子。唐兰:"象一人立于盆侧,有自监其容之意。"⑪故俗字监将"臣"写作"目",可以更明显地表现在水盆中照见容貌之义,提高了该字的构形理据度。

先民们最初以水镜照容,后来金属冶炼盛行,开始使用铜镜,所以"监"加"金",表金属制品,故有"鉴"。和刻本己集卷六"圣真降会","四月圣降日初八日","尹灵

---

① 许惟贤整理:《说文解字注》,凤凰出版社 2007 年版,第 1283 页。
② 许惟贤整理:《说文解字注》,凤凰出版社 2007 年版,第 1284 页。
③ 许惟贤整理:《说文解字注》,凤凰出版社 2007 年版,第 1284 页。
④ [日]长泽规矩也:《和刻本类书集成之事林广记》,上海古籍出版社 1990 年版,第 350 页。
⑤ 许惟贤整理:《说文解字注》,凤凰出版社 2007 年版,第 679 页。
⑥ 许惟贤整理:《说文解字注》,凤凰出版社 2007 年版,第 211 页。
⑦ 郭沫若:《郭沫若全集》,科学出版社 1982 年版,第 70 页。
⑧ 杨树达:《积微居小学述林全编 上》,上海古籍出版社 2013 年版,第 143 页。
⑨ 杨琳:《训诂方法新探》,商务印书馆 2011 年版,第 34 页。
⑩ [南宋]陈元靓:《新编纂图增类群书类要事林广记》,上海古籍出版社 2002 年版,第 448 页。
⑪ 唐兰:《殷墟文字记》,中华书局 1981 年版,第 101 页。

監真人昇仙日"。①

4. 帰、埽、歸、歸

至顺本续集卷一"道教类","圣真降会","八月圣降日廿八日","天河帰元日"。②

和刻本己集卷五"道教洪绪","第三十二代","埽山"。③

至顺本后集卷一〇"闺妆类","惜发神梳散","土当歸"。④

《尔雅·释训》:"归,鬼之为言归也。"郝懿行疏:"人死为鬼。《周礼》曰:'享大鬼'谓之鬼者,鬼犹归也,若归去然。故《尸子》曰:'古者谓死人为归人。'"⑤先民们认为死亡是一种回归。《诗·唐风·葛生》:"百岁之后,归于其室!"郑玄笺:"室犹冢圹。"⑥"归",甲骨文作𦥑(合集 5193 正),由"帚""𠂤"构成。张素凤认为"帚"代表与扫帚形状相似的托魂树,象征精魂,𠂤代表山阜,象征灵魂归处。"归"字形本身表义"精魂回到归处",金文"归"(𦥑　菡簋西周中期)增加了"止"或"辵",突出"归"的动作特点。⑦

《说文·止部》:"归,女嫁也。从止,妇省,𠂤声。"⑧许慎对"归"的解释与"精魂回归"这一含义相去甚远。"由于'子不语怪力乱神'和人治观念的增强,在许慎生活的东汉时代,祭祀和鬼神在社会生活中的地位已经下降,'帚'使人想到的典型形象已经不再是具有神力的托魂树,而是世俗的'扫帚',而'扫帚'与'归'的任何义项都没有关系,因此许慎将'归'字中的'帚'构件解说为'从妇省',将'归'字解说为'女嫁也。从止,从妇省,𠂤声'。这样,将小篆与另一义项'女嫁'结合起来。"⑨上述可见"归"字中"𠂤"占有重要地位,既表音又示义,代表灵魂归处。帰、埽虽简省了笔划,但有碍归字语义在字形上的表现。"歸"保留了归字的绝大部分,尤其是主要的部分,既简省了笔画又不妨碍字义的表现。

5. 寇、寇;致、致

和刻本庚集卷五"治家规训","恤邻里防缓急","当置池井,以防寇盗火烛"。⑩

---

① [日]长泽规矩也:《和刻本类书集成之事林广记》,上海古籍出版社 1990 年版,第 328 页。
② [南宋]陈元靓:《新编纂图增类群书类要事林广记》,上海古籍出版社 2002 年版,第 393 页。
③ [日]长泽规矩也:《和刻本类书集成之事林广记》,上海古籍出版社 1990 年版,第 323 页。
④ [南宋]陈元靓:《新编纂图增类群书类要事林广记》,上海古籍出版社 2002 年版,第 375 页。
⑤ 李学勤:《十三经注疏·尔雅注疏》,北京大学出版社 1999 年版,第 116 页。
⑥ 李学勤:《十三经注疏·毛诗正义》,北京大学出版社 1999 年版,第 402 页。
⑦ 张素凤、张学鹏:《甲骨文中从"帚"之字考释》,《中原文物》2007 年第 6 期,第 75—77 页。
⑧ 许惟贤整理:《说文解字注》,凤凰出版社 2007 年版,第 119 页。
⑨ 张素凤:《古汉字结构变化研究》,中华书局 2008 年版,第 232 页。
⑩ [日]长泽规矩也:《和刻本类书集成之事林广记》,上海古籍出版社 1990 年版,第 350 页。

和刻本庚集卷四"训戒嘉言"门,"致富五事"。①

"寇"作"寇"。《玉篇·攴部》:"攵,同上(攴)。"②《广韵·屋韵》:"攴,凡从攴者作攵。"③《九经字样·攴部》:"攵,音扑。《说文》作攴,隶省作攵。"④"寇"比"寇"书写稍简洁。

"致"作"致"。"攵"同"攴","攴""支"相近,"攵"同"攴","攴""支"相近,"支"易误作"支"。"致"是"致"的异体字。"致"或误刻或漫漶作"致"。俗字"致"与"致"相比,表意性未降低,表音更明显,对文化程度不高的读者来说使用起来更便利。

俗字在书写时常有笔画或长或短的现象。如戟、戟。和刻本己集卷一"黄庭要旨"门,"修养胆法","执戟在手"。⑤《隶辨·入声》:"(戟)俗从卓,作戟。"⑥又如舍、舍。和刻本己集卷五"空门清派","四祖","建舍利塔"。⑦《俗书刊误》卷三:"舍,俗作舍。"⑧

三、《事林广记》俗字成因

(一) 社会历史原因

《事林广记》最初成书于南宋末年。宋代文化高度繁荣,并且呈现出世俗化的倾向,在通俗文学作品中,如记录民间讲史说唱的文本,其用字在文字书写或印板刻写方面就有很大的随意性,字形缺乏规范,各种俗写、错讹屡见不鲜。《事林广记》虽然不是通俗文学作品,但收录了许多与当时民间生活有关的资料,是日用百科全书式的通俗读物,其受众多数是社会下层文化水平普遍较低的平民百姓,为使这些人能够读懂,迎合他们的需要,书中文字的书写与正字相比不那么规范,比较浅近易懂是合情合理的。

另外,本文研究所使用的是《事林广记》和刻本与至顺本,底本均为元代版本,未

---

① [日]长泽规矩也:《和刻本类书集成之事林广记》,上海古籍出版社 1990 年版,第 349 页。
② [南朝梁]顾野王:《大广益会玉篇》,中华书局 1987 年版,第 85 页。
③ [北宋]陈彭年等:《宋本广韵·永禄本韵镜》,江苏教育出版社 2005 年版,第 132 页。
④ 王云五主编:《丛书集成初编·新加九经字样》,商务印书馆 1936 年版,第 35 页。
⑤ [日]长泽规矩也:《和刻本类书集成之事林广记》,上海古籍出版社 1990 年版,第 315 页。
⑥ [清]顾南原:《隶辨隶书字典下》,中国书店 1982 年版,第 718 页。
⑦ [日]长泽规矩也:《和刻本类书集成之事林广记》,上海古籍出版社 1990 年版,第 324 页。
⑧ [明]焦竑:《四库全书珍本初集·经部·小学类·俗书刊误》,商务印书馆 1935 年版,第 71 页。

必是《事林广记》在宋代刊刻的原版本。而元代整体文字管理的宏观环境比较宽松。这主要源于上层贵族的推动。元代皇帝多不习汉文。清赵翼《廿二史札记·元诸帝多不习汉文》："元起朔方，本有语无字。太祖以来，但借用畏吾字以通文檄。世祖始用西僧八思巴造蒙古字。然于汉文，则未习也。"①元代有自己的官方文字——八思巴文，正式称谓为"蒙古新字"或"蒙古字"。"至元六年二月乙丑，颁新制蒙古字于天下，诏曰：'朕惟字以书言，言以纪事，此古今之通制也。我国家创业朔方，俗尚简古，未遑制作，凡文书皆用汉字及畏兀字，以达本朝之言。今文治寖兴，而字书方阙，其于一代制度，实为未备。特命国师八思巴创为蒙古新字，译写一切文字，期于顺事达言而已。自今以后，凡玺书颁发，并用蒙古新字，仍以汉字副之。其余公式文书，咸仍其旧。'"②蒙语书写的诏令或文书，先用八思巴文书写，再用汉语直译，蒙汉并行。八思巴文音译汉语时，类似于注音字母，以原用于拼写蒙语的字母注出与汉字相近的读音，无声调区分。既然上层统治者多不习汉文，且有明文规定的通用国字，所以元代对汉字的书写与刻印要求也就不甚在意。

此外，俗字在元典章的诏令中俯拾皆是，文字在社会上的使用必然受到官方对语言文字态度的影响，政府文件中俗字尚且如此普遍，民间百姓的通俗读物中出现大量俗字就可以理解了。

（二）文字本身演变

汉字从甲骨文算起，距今已有三四千年，在这漫长的历史时期内，"汉字的发展演变，就其形体来说，有简化也有繁化，但主导趋势还是简化"③。"由图绘变为线条，由象形变为不象形，由较为繁复的符号变为较为简单的符号。"④简化是汉字发展的主要趋向，而"俗字最主要的特色在于它总是趋于简便的。我们可以说俗字的简便性是造成它的通行的主要原因。因为它的易记易写，所以才会受到一般使用者的欢迎"⑤。

俗字趋于简便，主要表现在两个方面：一是字形求简。为达到书写上的便利，就在字形上追求简便，有的局部简省，如職作耺，处作处，圖作畣，有的省略点画，如怨作㤪，厚作厚，拗作㧖。有的俗字就是如今使用的简化字，前文已有用例，兹不赘述。二是字义强化。汉字是表意文字，根据其所记录的语素的意义来构造字形，简言之汉字

①　吕思勉：《史学与史籍七种》，凤凰出版社 2016 年版，第 475 页。
②　柯劭忞著，余大钧标点：《新元史 1 卷 1—29》，吉林人民出版社 1995 年版，第 71 页。
③　张书岩、王铁昆、李青梅、安宁：《简化字溯源》，语文出版社 1997 年版，第 2 页。
④　董琨：《中国汉字源流》，商务印书馆 1998 年版，第 105 页。
⑤　蔡忠霖：《敦煌汉文写卷俗字及其现象》，文津出版社 2002 年版，第 52 页。

因义构形。同时文字又是记录语言的符号,就认读而言,人们希望文字符号便于识别;就书写而言,又希望个体字符简单易写。为调和认读与书写的矛盾,就要调节文字形体,在书写方便的同时使字义更加明显。《事林广记》中某些俗字既书写便捷又使字义相比正字而言表现得更加贴切明显。如"迖",更好地表达了"向外奔走"之义;"国",表现了以口比喻国土,王统治该区域之义;"孝"表现学人即是文子之义。这些俗字的写法很好地调和认读与书写之间的矛盾,使文字更加易记易写。《事林广记》中这样的俗字很多。

(三)雕版印刷的原因

《事林广记》中大量出现简体字,可能与当时雕版印刷有关。《事林广记》的作者陈元靓的里贯,胡道静推断为福建崇安五夫里,[①]王珂推断为福建建阳县崇政下乡北洛里[②]。崇安与建阳毗邻,不论陈氏为崇安人还是建阳人,均处闽地,而《事林广记》必是在当地刊刻之后进而才流传天下。福建刻书之所多聚集于建阳的麻沙镇以及崇化坊。南宋祝穆《方舆胜览》:"麻沙、崇化两坊产书,号为图书之府。"[③]建刻书籍内容广泛,不仅刊刻经史名著、诗文时文,亦有字书、韵书、类书、杂书等民间日用之书,尤其是类书,内容广博,是生产生活所需的必备工具书,为普通百姓喜闻乐见,因而在民间有广泛的市场。《事林广记》这样一部与人们生活息息相关、实用性极强的通俗读物,必定会大量刊印。此外,建阳刻书以坊刻为主,坊刻之书,目的在于营利。为节约工本,多印成狭行细字,如至顺本《事林广记》就是如此,行间距极小,字形瘦长。并且坊刻往往用料不精,纸墨粗糙,雕版版面易模糊不清,许多字容易造成误读,有的甚至漫漶不清难以辨认。坊刻为方便速成,书写用字追求方便快捷,常常使用简写字,这恐怕也是《事林广记》中大量使用简写字的一个原因。

另外,书籍在流传刻印过程中,文字的形体可以反映出当时社会上文字使用习惯,《事林广记》中出现大量简体字,可以看出人们对汉字简化的强烈要求以及汉字简化的必然趋势。

---

① 胡道静:《元至顺刊本〈事林广记〉解题》,载《中国古代典籍十讲》,复旦大学出版社 2004 年版,第160 页。
② 王珂:《宋元日用类书〈事林广记〉研究》,上海师范大学博士学位论文,2010 年,第 12 页。
③ [南宋]祝穆:《方舆胜览》,中华书局 2003 年版,第 181 页。

An Analysis of the Characteristics, Rationality, and Causes of Common Characters in *Shi Lin Guang Ji*(《事林广记》)

Zhu　Haoran

Abstract: *Shi Lin Guang Ji* is an ancient Chinese folk encyclopedia compiled by Chen Yuanjing in the late Southern Song Dynasty and continuously supplemented by scholars in the Yuan Dynasty. It contains a large number of common characters that represent the usage of characters during the Yuan Dynasty, many of which are simplified characters used today. However, the academic attention to the common characters in this book is currently limited. This paper first examines the characteristics of common characters in *Shi Lin Guang Ji*, including arbitrariness, superficiality, analogy, and simplification, and analyzes the rationality of some of these characters. Furthermore, the paper explains the causes of common characters in *Shi Lin Guang Ji* from the perspectives of social history, character evolution, and woodblock printing.

Keywords: *Shi Lin Guang Ji*; common characters; characteristics; rationality; causes

【青年学者专栏】

《毛诗传笺》"犹"类训语的形式、作用与辞书义项设立[*]

刘　芳[**]

摘要：《毛诗传笺》中的"犹"类训语，按形式分，可以分为"某，犹某也"类和"某，犹某"两类；按作用分，可以分为释词和释句两类。当训释对象是语词时，既有文意训释，也有词义训释，要注意区分。辞书据"犹"类训语立项，需要注意：文意训释不当立项、通假义不当立为一般义项。在面对一些比较难以区分的情况时，要充分了解被释词与训释词的本义、核心义、词义系统与时代用例，以此来鉴别是否能列为辞书义项。

关键词：训诂术语"犹"　《毛诗传笺》　义项设立

引言

对于训诂术语"犹"，清代学者已多有关注。段玉裁在《说文解字注》中说："凡汉人作注云犹者，皆义隔而通之。"[①]孙诒让在《周礼正义》中指出："凡杜郑训义之言犹者，并本训不同，而引申假借，以通其义。"[②]今人也曾对术语"犹"加以分析，如黄侃在

---

* 本文为教育部哲学社会科学研究重大课题"古汉语英译大词典编纂与数据库建设研究"（21JZD049）的阶段性成果。

** 刘芳，1994年生，文学博士，现为浙江大学助理研究员，研究方向为训诂学、词汇学。

① 段玉裁在《说文解字注》中多次阐述训诂术语"犹"，综合来看，"义隔而通"具体指三种情况：一、古今用语不同而意义相通，如"旻"字条"毛以今语释古语，故曰犹"。二、本义不同而引申义相通，如"寴"字条"凡汉人训诂，本异义而通之曰犹"。这里的"引申"所指的范围很广，只要辗转可通都属于"引申"，较少考虑实际用例，与现在词汇学中所说的引申义有所不同。三、本义不同而假借可通，如"伴"字条《大学》注'胖犹大也'，胖不训大，云'犹'者，正谓'胖'即'伴'之假借也"。程俊英、梁永昌《应用训诂学》（华东师范大学出版社2008年版，第184页）也曾对段玉裁"义隔而通"进行归纳，可参看。

② ［清］孙诒让：《孙诒让全集·周礼正义》，汪少华整理，中华书局2015年版，第17页。

《文字声韵训诂笔记》中说："汉人说经,凡云'某犹某'之说,皆其引申后起之义。"①
殷孟伦等《古汉语简论》②、郭在贻《训诂学》③、周大璞《训诂学初稿》④等书中均有概
述。具体到《毛诗传笺》中的训诂术语"犹",华敏《〈诗经〉毛传、郑笺比较研究》、张
艳《〈毛传〉〈郑笺〉对〈诗经〉训诂之比较》、陈炳哲《〈毛传〉〈郑笺〉训诂术语比较研
究》都曾对毛传与郑笺中训诂术语"犹"的用法进行比较分析。⑤

　　以上观点在面对个别或者部分"犹"类训语时,都有一定道理。但具体到《毛诗
传笺》中的"犹"类术语来看,以往的研究对它的训释形式、类型与特点认识得还不够
全面,也较少论及对"犹"类训语的辨别与使用。下面拟通过对《毛诗传笺》"犹"类
训语的分析来看辞书立项时需要注意的问题。

一、"犹"类训语的形式

　　"某犹某"是"犹"类训语的概括用法,《毛诗传笺》中"犹"类训语的训释形式比
较丰富,大致可以分为"某,犹某也"类和"某,犹某"类,前者的对象是语词,后者的对
象是语句。⑥ 下面对"犹"类训语的形式进行说明。⑦

---

① 黄侃述,黄焯编:《武汉大学百年名典 文字声韵训诂笔记》,武汉大学出版社 2013 年版,第 190 页。
② 殷孟伦等:《古汉语简论》(山东人民出版社 1979 年版,第 416 页):"它所表达的意思,像现代汉语的'如
　同'那样,如同只是相类,而不是完全相同。因此,在解释词和被释词之间用上'犹'字作为两者词义的
　关联,它所起的作用,是把两者词义,本来不很关联的地方加以关联。"
③ 郭在贻:《训诂学》(中华书局 2005 年版,第 49 页):"使用犹时,释者与被释者往往是同义词或近义词的
　关系。"
④ 周大璞:《训诂学初稿》(武汉大学出版社 2015 年版,第 211 页)概括了"犹"的四种用法:(1)说明被释
　词和解释词不是同一含义,只是某一方面词义相当,或引申可同,即段玉裁所说的"义隔而通之",用现
　代汉语翻译,就是"某跟某差不多","某相当于某","某有某的意思"。(2)用本字释借字。(3)以今语
　释古语。(4)也有用作解释同义词、近义词的。
⑤ 华敏《〈诗经〉毛传、郑笺比较研究》(南京师范大学硕士学位论文,2005 年,第 14—15 页)认为毛传中
　训诂术语"犹"承上下章或者根据上下文意来解释字词,也用同义词或近义词来解释被解释词,"在
　《郑笺》中,术语'犹'使用的范围扩大了。一方面,术语'犹'可以承上下章或者上下文意来解释字
　词,也可以用同义词或近义词来做解释","另一方面,术语'犹'在《郑笺》中还可用于解释'兴'意和
　说明假借"。张艳《〈毛传〉〈郑笺〉对〈诗经〉训诂之比较》(兰州大学硕士学位论文,2007 年,第 22
　页)指出《毛传》中的术语"犹"有蒙上为训、同义或近义为训、解释兴体等作用。《郑笺》中的"犹"承
　担的作用更广,还有说明假借的作用。陈炳哲《〈毛传〉〈郑笺〉训诂术语比较研究》(首都师范大学硕
　士学位论文,2005 年,第 33—39 页)对毛传与郑笺中的训诂术语"犹"的使用情况进行了比较细致的
　分析,并且指出"(《郑笺》)无论从使用形式还是功能上,术语'犹'运用的范围都比《毛传》时有所
　扩大"。
⑥ 绝大多数训语都符合这样的规律,但也有特殊情况存在。如《郑风·出其东门》:"虽则如荼,匪我思
　且。"笺云:"匪我思且,犹非我思存也。"这里的训释对象是语句,但属于"某,犹某也"类。
⑦ 华敏、张艳、陈炳哲等都注意到训诂术语"犹"既可以用于注解语词,又可以用来串讲文义。但整体来
　看,以前研究所概括的形式还不够全面。另有一些与"犹"类似的训诂术语,较少有人注意到。

(一)"某,犹某也"类

"某,犹某也"类共有如下三种形式:

1. **某,犹某也**。这一类是"犹"类训语中最常见的形式,既见于毛传,也见于郑笺。郑笺中,既可用于注释《诗经》原文,也可用于注释毛传,还可用于注释郑笺。训释词与被释词的字数不一定相同。用例如:

(1) 皇皇者华,于彼原隰。(《小雅·皇皇者华》)毛传:"皇皇,犹煌煌也。"①

(2) 中冓之言,不可读也。(《鄘风·墙有茨》)毛传:"读,抽也。"郑笺:"抽,犹出也。"

(3) 谗人罔极,构我二人。(《小雅·青蝇》)郑笺:"构,合也。合,犹交乱也。"

2. **某,犹某也,某也**。这种用法既见于毛传,也见于郑笺。用例较少。用例如:

(4) 《噫嘻》,春夏祈谷于上帝也。(《周颂·噫嘻》小序)毛传:"祈,犹祷也,求也。"

3. **某,犹言某也**。这种用法仅见于郑笺。训释词与被释词的字数不一定相同。用例如:

(5) 于以采蘩?于沼于沚。(《召南·采蘩》)郑笺:"于以,犹言往以也。"

(6) 夜未央,庭燎之光。(《小雅·庭燎》)郑笺:"夜未央,犹言夜未渠央也。"

除了"犹",《毛诗传笺》中"亦"也有类似的用法②,用例如:

(7) 嘅其叹矣,遇人之艰难矣。(《王风·中谷有蓷》)毛传:"艰,亦难也。"

(8) 叔善射忌,又良御忌。(《郑风·大叔于田》)郑笺:"良,亦善也。"

(二)"某,犹某"类

"某,犹某"的训释对象是语句,共有两种形式:

1. **某,犹某**。这种用法既见于毛传,也见于郑笺。用例如:

(9) 济盈不濡轨,雉鸣求其牡。(《邶风·匏有苦叶》)毛传:"违礼义不由其

---

① 本文所引《毛诗传笺》皆本自[汉]毛亨传,[汉]郑玄笺,[唐]陆德明音义:《毛诗传笺》,孔祥军点校,中华书局 2018 年版。

② 陈炳哲:《〈毛传〉〈郑笺〉训诂术语比较研究》(首都师范大学硕士学位论文,2005 年,第 39 页)已注意到"犹"与"亦"的相似性。

道,犹雉鸣而求其牡矣。"

（10）招招舟子,人涉卬否。（《邶风·匏有苦叶》）郑笺:"舟人之子,号召当渡者,犹媒人之会男女无夫家者,使之为妃匹。"

2.　某,譬犹某。这类用法仅见于郑笺,仅见一例:

（11）倬彼云汉,为章于天。（《大雅·棫朴》）郑笺:"云汉之在天,其为文章,譬犹天子为法度于天下。"

除了"犹",《毛诗传笺》中的训诂术语"喻""似""如""若"都有类似的用法,如:

（12）葛之覃兮,施于中谷,维叶萋萋。（《周南·葛覃》）毛传:"兴也。"郑笺:"葛者,妇人之所有事也,此因葛之性以兴焉。兴者,葛延蔓于谷中,喻女在父母之家,形体浸浸日长大也。"

（13）椒聊且,远条且。（《唐风·椒聊》）郑笺:"椒之气日益远长,似桓叔之德弥广博。"

（14）终风且暴,顾我则笑。（《邶风·终风》）毛传:"兴也。"郑笺:"兴者,喻州吁之为不善,如终风之无休止。"

（15）关关雎鸠,在河之洲。（《周南·关雎》）毛传:"兴也。……后妃说乐君子之德,无不和谐,又不淫其色,慎固幽深,若雎鸠之有别焉,然后可以风化天下。"

"犹"在先秦文献中就可以表示"如同"义,如《仪礼·士冠礼》:"天子之元子,犹士也。"与"犹"类似的术语——"亦""喻""似""如""若"等,都可以用来比拟。"犹"可以翻译为"如同,相当于,类似于","犹"类训语主要是以类比的方式来阐述词义与文意。《毛诗传笺》中"犹"类训语共有305例,其中263例是"某,犹某也"类,对象是语词;42例是"某,犹某"类,对象是语句。其形式与数量可以总结如下表:

表1　《毛诗传笺》"犹"类训语形式统计

形式	总计	具体形式	数量	类似用法
某,犹某也	263	某,犹某也	250	某,亦某也
		某,犹某也,某也	7	
		某,犹言某也	6	
某,犹某	42	某,犹某	41	某,喻某;某,似某;某,如某;某,若某
		某,譬犹某	1	

二、"犹"类训语的作用

"犹"类训语的训释对象,有语词和文句两种。根据训语起到的不同作用,可以将"犹"类训语分为释词与释句两类。在这两个大类之下,根据训释词(句)与被训释词(句)之间的关系,又有更为具体的作用分类。详述如下。

(一) 释词类

1. 类比同义/近义词

这一类中,训释词与被训释词是同义或近义的关系,"犹"用来类比同义或近义词。这一类关系在郑笺中所占比重较大。下面以两组例子进行说明。

(16) 女子善怀,亦各有行。(《国风·鄘风·载驰》)郑笺:"善,犹多也。"

(17) 凉曰不可,覆背善詈。(《大雅·桑柔》)郑笺:"善,犹大也。"

(18) 哿矣能言,巧言如流,俾躬处休。(《小雅·雨无正》)郑笺:"巧,犹善也。"

(19) 作此好歌,以极反侧。(《小雅·何人斯》)郑笺:"好,犹善也。"

"善""多""大""巧""好"等词的本义与侧重点都是不同的,但这几个词都可以表示"美好的",从这个意义上来说是同义词的关系。

(20) 投我以桃,报之以李。(《大雅·抑》)郑笺:"投,犹掷也。"

《说文·手部》:"投,擿也。"《说文·手部》:"擿,一曰投也。"《史记·荆轲列传》"乃引其匕首以擿秦王",《索隐》:"擿与掷同,古字耳。"《说文》"投""擿"互训,"擿"是"掷"的古字。投、掷在表示把东西扔出的意思上是近义的。

2. 类比今语

这一类中,被释词与训释词是古今语关系,"犹"用来类比"今语"(毛亨或郑玄时期的用语)。训释词与被训释词可视为同一个词在不同时代的不同写法。下面以几组例子进行说明。

(21) 帝谓文王,无然畔援,无然歆羡,诞先登于岸。(《大雅·皇矣》)郑笺:"畔援,犹跋扈也。"

畔援、跋扈是联绵词,也写作畔换、畔涣、畔嗳等,表示骄横貌。"畔援"的写法最早见于《诗经》。而从目前的语料来看,"跋扈"的写法除了郑注,也见于其他中古文献,如《史记·司马相如列传》"扈从横行,出乎四校之中",《集解》:"郭璞曰:'言跋扈纵恣,不安卤簿矣。'"《索隐》:"张揖曰:'跋扈纵横,不案卤簿也。'"《后汉书·朱浮传》："往年赤眉跋扈长安,吾策其无谷必东,果来归降。""跋扈"当是中古早期的写法,"畔援"与"跋扈"是古今语的关系。

（22）皇皇者华,于彼原隰。（《小雅·皇皇者华》）毛传："皇皇,犹煌煌也。"

（23）其泣喤喤,朱芾斯皇,室家君王。（《小雅·斯干》）郑笺："皇,犹煌煌也。"

《说文·王部》："皇,大也。从自王。"①《说文·火部》："煌煌,煇也。"②"皇"的金文字形不从自,上作ᵂ形,或说像冠冕之形,或说像羽饰形,或说像火炬光焰上腾之形。③ 不论本义为何,都用来表示鲜亮、灿烂。后来"皇"被专用作帝王的意思,鲜亮、灿烂义便由"煌"来表示。"煌"是"皇"的后起分化字,"皇皇"与"煌煌"是古今语的关系。

3. 说明通假

训诂术语"犹"也用来说明通假,如：

（24）戎虽小子,而式弘大。（《大雅·民劳》）郑笺："戎,犹女也。"

（25）王命仲山甫,式是百辟,缵戎祖考,王躬是保。（《大雅·烝民》）郑笺："戎,犹女也。"

《说文·戈部》："戎,兵也。"段注："郑诗笺云:'戎,犹女也。'犹之云者,以戎汝双声而通之也。"戎的本义是兵器,词义与第二人称代词无涉。戎属日纽冬部,汝属日纽鱼部,戎、汝一声之转,《诗经》中假"戎"为"汝",郑笺起到揭示通假的作用。

需要说明的是,有时训语中没有直接出现所通假的词,不容易看出是在说明通假。具体例子见后文。

4. 类比前文

这一类中,训释词与被释词是前后文的关系,"犹"用来类比前文的语词。毛传使用"犹"训释语词共有78例,其中有32例训释词与被释词是前后文的关系,占将近一半的比例。郑笺继承了这种用法,但整体占比不如毛传。用例如：

（26）百岁之后,归于其居。……百岁之后,归于其室。（《唐风·葛生》）毛传："室,犹居也。"

（27）之子于归,宜其室家。……之子于归,宜其家室。（《周南·桃夭》）毛传："家室,犹室家也。"

（28）蔼蔼王多吉士,维君子使,媚于天子。……蔼蔼王多吉人,维君子命,

---

① 大徐本作："皇,大也。从自。"文中为段注本。
② 大徐本作："煌,煇也。"文中为段注本。
③ 参见金世超等：《金文形义通解》,中文出版社1996年版,第49页；李学勤主编：《字源》,天津古籍出版社/辽宁人民出版社2012年版,第14页。

媚于庶人。(《大雅·卷阿》)郑笺:"命,犹使也。"

5. 说明语境指称

这一类中,"犹"主要用来说明语境中词语的具体所指。可以是特指,也可以是泛指,也有一些是特征指代,都是语境指称。

(29) 凯风自南,吹彼棘心。(《邶风·凯风》)郑笺:"棘,犹七子也。"

《诗序》中说:"《凯风》,美孝子也。卫之淫风流行,虽有七子之母,犹不能安其室,故美七子能尽其孝道,以慰其母心,而成其志尔。"因此诗中"凯风"喻七子之母,"棘"喻七子。很明显,"七子"不是"棘"的词义,而是诗中的比喻用法,"七子"是"棘"的具体指代。

(30) 百岁之后,归于其室。(《唐风·葛生》)郑笺:"室,犹冢圹。"

(31) 鸱鸮鸱鸮,既取我子,无毁我室。(《豳风·鸱鸮》)郑笺:"室,犹巢也。"

上两例中"室"在诗中分别指"冢圹"及"巢穴",《说文·宀部》:"室,实也。"段注:"人物实满其中也,引伸之则凡所居皆曰室。""冢圹""巢穴"都是"室"的一种。"室"包含了"冢圹""巢穴",在诗中,第一个"室"指代的是"冢圹",第二个"室"指代的是"巢穴","犹"在这里用来说明特指。

也有说明泛指的情况,释词的本义所指范围较小,通过训释词来说明此处是泛指,表示词义的扩大,说明语境中的指称。如:

(32) 揉此万邦,闻于四国。(《大雅·崧高》)郑笺:"四国,犹言四方也。"

"四国"从本义上指四方邻国,词义扩大,可代指天下所有国家。此处以"犹"来说明诗中是泛指义。

(二)释句类

1. 申发大义

当"犹"用于释句时,"犹"往往用来申发大义,阐明"兴"的手法。① 句式是"(兴也。)……某,犹某",通常前者是诗歌中已出现的事物,而后者是注释者认为实际表达的事物(也有少量用例所处位置相反)。有时候会点明"兴"的用法,有时候没有点明。这一类是释句类中占比最大的部分。如:

---

① "赋比兴"是《诗经》中常用的三种表现手法。郑玄认为:"赋之言铺,直铺陈今之政教善恶。比,见今之失,不敢斥言,取比类以言之。兴,见今之美,嫌于媚谀,取善事以喻劝之。""兴"的重点在于"喻劝",在使用"兴"的用法时,诗文中是不直说的,是以诗中之事喻另一事,二者具有很大的共同点或相通性。因此在进行传笺时,毛亨与郑玄都使用训诂术语"犹"对"兴"的用法进行阐述。

（33）维鹊有巢，维鸠居之。（《召南·鹊巢》）毛传："兴也。"郑笺："鹊之作巢，冬至架之，至春乃成，犹国君积行累功，故以兴焉。兴者，鸤鸠因鹊成巢而居有之，而有均一之德，犹国君夫人来嫁，居君子之室，德亦然。"

（34）济盈不濡轨，雉鸣求其牡。（《邶风·匏有苦叶》）毛传："违礼义不由其道，犹雉鸣而求其牡矣。"

（35）招招舟子，人涉卬否。（《邶风·匏有苦叶》）郑笺："舟人之子，号召当渡者，犹媒人之会男女无夫家者，使之为妃匹。"

2. 类比今语

当"犹"用于释句时，也可以用来类比今语，如：

（36）有兔斯首，燔之炮之。君子有酒，酌言酬之。（《小雅·瓠叶》）郑笺："主人既卒酢爵，又酌自饮，卒爵，复酌进宾，犹今俗之劝酒。"

诗中所描述的场景"卒酢爵，又酌自饮，卒爵，复酌进宾"与当时劝酒的风俗接近，这里的"犹"并没有申发大义，而是在做简单的古今类比。

3. 类比同类语

（37）韩侯取妻，汾王之甥，蹶父之子。（《大雅·韩奕》）笺云："汾王，厉王也。厉王流于彘，彘在汾水之上，故时人因以号之，犹言莒郊公、黎比公也。"

厉王在彘地流亡，彘在汾水之上，时人因称之为"汾王"。而莒郊公、黎比公也是因属地而得名，与汾王的得名之由类似。这是在通过类比同类语增进理解。

4. 类比前文

释句的"犹"类训语也有类比前文的情况，如：

（38）虽则如荼，匪我思且。（《郑风·出其东门》）笺云："匪我思且，犹非我思存也。"

（39）委蛇委蛇，自公退食。（《召南·羔羊》）笺云："自公退食，犹退食自公。"

"非我思存"与"退食自公"都是《羔羊》和《出其东门》的前文，这里"犹"用来类比前文。

三、辞书据"犹"类训语立项需注意的问题

传注类训诂材料是宝贵的历史财富，是现代训诂学、词汇学的渊薮。从它产生的渊源来看，主要是为了解经而作。而我们现在利用传注类训诂材料，主要是为了解释词义。这两者之间不是等同的。黄侃看到了这种不同，他曾从训诂材料本身出发，将其分为"本有之训诂与后起之训诂""独立之训诂与隶属之训诂"与"说字之训诂与解

文之训诂"三类。① 王宁《论词义训释》②对这个问题进行了进一步的说明,并提出了"词义训释"和"文意训释"的概念。文章指出,词典训释的目的是"贮存",而古注训释的目的是"沟通"。以沟通为目的的训释又可以分为三类:确定义项的训释、明确指向的训释和陈述具体义值的训释。其中,第一类与词典训释一样,属于"词义训释",而后两类则属于"文意训释"。

在"犹"类训语中,如果被释对象是语句,该条训语一定属于文意训释;但被释对象是词语,并不代表该条训语属于"词义训释"。在释词类的训语中,类比同义/近义词、类比今语与说明通假这三类,都属于词义训释,而类比前文、说明语境指称这两类属于文意训释。这是辞书据"犹"类训语立项时需要仔细分辨的。黄侃说:"小学之训诂贵圆,而经学之训诂贵专。"③从理论上说,辞书的义项应当是固定的、普遍的,辞书立项应当参考词义训释类的训语;而文意训释类的训语随文而立,一般不当列为辞书义项。④ 辞书能否据"犹"类训语立项的情况可以总结如下表:

表 2　辞书能否据"犹"类训语立项情况一览表

分类	数量	训释对象	具体作用	辞书能否立项
词义训释	177	语词	类比同义、近义词	可立为一般义项
			类比今语	可立为一般义项
			说明通假	可立为通假项
文意训释	128	语词	类比前文	需要辨别
			说明语境指称	需要辨别
		语句	类比今语	不可立项
			类比同类语	不可立项
			类比前文	不可立项
			申发大义	不可立项

---

① 黄侃述,黄焯编:《武汉大学百年名典 文字声韵训诂笔记》,武汉大学出版社 2013 年版,第 188、189、192 页。
② 王宁:《论词义训释》,载《训诂学原理》,中国国际广播出版社 1996 年版,第 88—95 页。
③ 黄侃述,黄焯编:《武汉大学百年名典 文字声韵训诂笔记》,武汉大学出版社 2013 年版,第 219 页。
④ 文意训释中"类比前文"与"说明语境指称"两类存在特殊情况。
　　《诗经》中多用赋的手法,对同一事物反复进行描摹,所选用的语词多是同义或近义的关系,有些"犹"类训语虽然属于"类比前文"一类,但通过词义分析,结合用例,确定被释词与训释词是同义或近义的关系,也可据此立项。如前文所举"命,犹使也"。
　　《毛诗传笺》影响深远,诗中许多临时的用法,传、笺所述只是在说明语境指称,但因为《诗经》的影响,在后世有所保留,用例较多,渐渐成为一个固定的用法,这种情况下,"说明语境指称"一类的训语也可以被列为义项。对于这一类训语应当仔细判断分析,如前文所举"棘,犹七子也""室,犹冢圹""室,犹集也"三例,从后世的用例来看,第一例不当立项,而后两者可以立项。

　　《汉语大词典》中共有 53 处据《毛诗传笺》"犹"类术语而立项的情况,这些义项中,大多数义项的设立是合理的,如《诗·大雅·桑柔》:"民之未戾,职盗为寇。凉曰不可,覆背善詈。"郑玄笺:"善,犹大也。"《大词典》据郑笺立"善"有"大;高;丰"义。又如《诗·大雅·瞻卬》:"鞫人忮忒,谮始竟背。"郑玄笺:"竟,犹终也。"《大词典》据郑笺及其他语例立"竟"有"终"义。这两例中"犹"类训语都用来类比同义/近义词,属于词义训释,可以据此立项。但辞书也有处理不当的情况。据"犹"类术语立项需要注意两类问题:一是文意训释不当立项,二是通假义不当列为一般义项。辞书容易在这两类上处理不当,下面以具体的例子进行说明。

(一) 文意训释不当立项

　　《邶风·凯风》:"凯风自南,吹彼棘心。"郑笺:"棘,犹七子也。"这里很明显是文意训释,"七子"不当立为"棘"的义项。又如《小雅·黄鸟》:"复我诸父。"毛传:"诸父,犹诸兄也。"这里是在类比前文,"兄"不当立为"父"的义项。辞书在立项时已经关注到了这个问题,并没有据这两条训语立项。但有一些文意训释,辞书将其当作词义训释而立项。

1. 正

　　《汉语大词典》:止,制止。《诗·邶风·终风序》:"见侮慢而不能正也。"郑玄注:"正,犹止也。"

　　《说文·正部》:"正,是也。"《广韵》:"当也。""正"与"邪"相对,"作为动词,它表示对不合于标准的事物、行为的纠正、校正"①。"见侮慢而不能正也",意思是不能去纠正侮慢的行为,而纠正的手段是制止。郑玄说"正,犹止也","止"是"正"的语境义,不当将"止,制止"列为"正"的义项。

2. 瘣

　　《汉语大词典》:病,内伤之病。特指树木有病瘿肿,枝叶不荣。《说文·疒部》:"瘣,病也……《诗》曰:'譬彼瘣木。'"按,今本《诗·小雅·小弁》作"譬彼坏木,疾用无枝"。毛传:"坏,瘣也。谓伤病也。"郑玄笺:"犹内伤病之木,内有疾,故无枝也。"

　　《说文·疒部》:"瘣,病也。……一曰肿旁出也。"当是指内有肿瘤,影响健康的疾病。《诗·小雅·小弁》:"譬彼坏木,疾用无枝。"毛传:"坏,瘣也,谓伤病也。"郑笺:"大子放逐而不得生子,犹内伤病之木,内有疾,故无枝也。"郑笺是将"内伤病之

<hr>

① 王凤阳:《古辞辨》,中华书局 2011 年版,第 936 页。

木"与"大子放逐而不得生子"进行类比,这是文意训释,并没有说"瘣"特指有病的树木。《尔雅·释木》:"瘣木符娄。"郭璞注:"谓木病,尫伛瘿肿无枝条。"瘣指的是内伤之病,"瘣木"指的是臃肿却无枝条的树木,并不是"瘣"可以表示枝叶不荣的树木。因此无需在义项中说瘣"特指树木有病瘿肿,枝叶不荣"。

3. **漂**

> 《汉语大词典》:犹飘。吹;使飘荡。《诗·郑风·萚兮》:"萚兮萚兮,风其漂女。叔兮伯兮,倡予要女。"毛传:"漂,犹吹也。"

《萚兮》的首章作"萚兮萚兮,风其吹女",毛传这里是在类比前文。段玉裁提出"凡汉人作注云犹者,皆义隔而通之"的观点时也使用了这个例证。《说文》:"漂,浮也。""吹,出气也。""漂"义为浮于水中,是一种由于自身性质决定的不由自主的行为。而"吹"是出气的动作,会形成飘浮在空中的结果,它是主动发起的行为,二者并不相同。段注认为"漂本训浮,因吹而浮,故同首章之吹",这样将二字建立了联系,二者词义虽然可以由此辗转相通,但不能因此将"吹"视作"漂"的义项。[①] 毛传中的"漂犹吹",是从文义理解的角度讲的。此义项可以不立。

(二)通假义不当立为一般义项

辞书立项的第二类错误是将通假的情况立为一般义项,这是由于不明术语体例造成的。"犹"类训语可以用来说明通假,如《诗·小雅·无将大车》:"无将大车,维尘雍兮。"郑玄笺:"雍,犹蔽也。"陆德明释文:"字又作壅。"《汉语大词典》"雍"字条:"通'壅'。堵塞。"这种处理是恰当的。但有些训语在说明通假时有时并不是如此直接,在训语中没有直接出现通假字,容易被视为一般释义。如《汉语大词典》收录"僾"有"气咽。谓不能顺畅呼吸"的义项。所引语例为《诗·大雅·桑柔》:"如彼溯风,亦孔之僾。"毛传:"溯,乡。僾,唈。"《说文·人部》:"僾,仿佛也。从人爱声。《诗》曰:'僾而不见。'"据《说文》,"僾"的本义是"仿佛",与"气咽"义相隔甚远。段玉裁认为"亦孔之僾"的"僾",本字当为"兂","僾"字条与"兂"条都有说明。[②] "僾"的"气咽"义当列为通假义。

[①] "漂"强调因水而漂浮,"飘"强调因风而飘荡。《王力古汉语字典》(中华书局2015版,第264页)中认为"漂"通"飘","风其飘女"与"风其吹女"同义,这也是一种理解。

[②] 《说文·人部》"僾"字段注:"若《大雅》'亦孔之僾',《释言》及传云:'僾,唈也。'此谓僾为兂之假借字,兂饮食逆气,不得息也。"《说文·兂部》"兂"字段注:"僾之训仿佛见也。毛、郑何从知其训唈然不能息? 则以有兂字在也。僾从爱声,爱从旡声,旡从兂声,可得其同音假借之理矣。凡古文字之可考者如此。或问《释言》、毛《诗》传'唈'字当作何字? 曰此即'兂'字也。"

辞书据《毛诗传笺》"犹"类训语所立的部分义项也存在将通假义立为一般义项的情况,这种情况则需要通过词义系统去判断义项设立的合理性。下面通过举例来说明。

1. 拨

> 《汉语大词典》:灭绝;断绝。《诗·大雅·荡》:"枝叶未有害,本实先拨。"郑玄笺:"拨,犹绝也。"

郑笺:"拨犹绝也。言大木揭然将蹶,枝叶未有折伤,其根本实先绝,乃相随俱颠拨。喻纣之官职虽俱存,纣诛亦皆死。"诗中的意思是枝叶还未有伤害,但根部已经坏掉了。《说文·手部》:"拨,治也。"拨作动词,多表示拨动、拨弄等义,与"灭绝、断绝"义相隔甚远。而《诗三家义集疏》卷二十三《荡》载《烈女传·齐东郭姜传》引诗作"本实先败",马瑞辰认为:"拨、败同声,拨即败之假借。"这种说法有一定道理。

《说文·手部》:"拔,擢也。"王凤阳《古辞辨》中说:"'拔'和'擢'最初是不同的方言,《方言·三》'擢,拔也。自关而西,或曰拔,或曰擢'。不过在使用中间它们发生了一些变化,这就是:'擢'只表示用手向外抻、向上薅,所以《说文》说'擢,引也';'拔'除向外薅之外还表示拔出,使所拔之物与所附之物两相分离,所以《广雅·释诂》说'拔,出也',《释诂三》说'拔,除也'。"[1]拔与拨在文献中也有通假的情况。如《郭店楚墓竹简·性自命出》:"凡圣(声),其出于情也信,肰(然)句(后)其内拨(拔)人之心也敀(厚)。"拔会造成物体脱离,生机断绝。这里"拨"也有可能通"拔"。无论是哪种情况,"灭绝、断绝"都不当列为"拨"的一般义项。

2. 度

> 《汉语大词典》:投,装填。《诗·大雅·緜》:"度之薨薨,筑之登登。"郑玄笺:"度,犹投也。"

《大雅·緜》:"捄之陾陾,度之薨薨。筑之登登,削屡冯冯。"毛传:"度,居也。言百姓之劝勉也。"笺云:"捄,捊也。度,犹投也。筑墙者捊聚壤土,盛之以虆而投诸版中。"《汉语大词典》据郑笺将"投,装填"列为"度"的义项。《释文》:"度,韩《诗》云:填也。"诗歌用捄、度、筑、削四个动词来描述筑墙的景象,分别指的是装土、填土、捣土和削墙四个步骤。"度"在这里应当是"投,装填"义。但"度"的本义是测量长短。《孟子·梁惠王上》:"度,然后知长短。"多用来表示测量、揣度等含义,与"投,装填"义相距甚远。李宗棠《学诗堂经解》认为"度"通"宅":"'度'

---

① 王凤阳:《古辞辨》,中华书局 2011 年版,第 689 页。

与'宅'同。《周礼释文》谓'宅',古文作'厇',与'度'相似,因此而误。《汉书》注《韦玄成传》则云:'古文宅、度同。'此传以'度'为'宅'之假借。"①《说文·宀部》:"宅,人所托居也。"与"投、装填"义亦有差距。马瑞辰《毛诗传笺通释》认为"度"通"塓":"笺云投诸版中,与韩《诗》训填义近。既取土而后填之,既填而后筑之,正见诗言有序。度与塓通,《广雅》:'塓,塞也。'塞与填义亦相近。传训度为居,失之。"②《玉篇》:"塓,填也,塞也,或作敱。"《说文·攴部》:"敱,闭也。"敱、塓的词义与"装填"义正合适。因此这里"度"的装填义应当是假借而来,不当列为"度"的一般义项。

3. 防

《汉语大词典》:比并;相当。《诗·秦风·黄鸟》:"维此仲行,百夫之防。"郑玄笺:"防,犹当也。言此一人当百夫。"

《说文·𨸏部》"防,隄也","防"的核心义是"屏障"③,在双方对抗中,起到防止对方越过的作用。对抗的双方大多都不是相同的事物。这种屏障可以是实质的堤岸、田界、防御工事④,其作用是防止水、土、军队穿过。也可以是虚拟的禁令,防止不希望发生的事情发生。《左传·文公六年》"教之防利",杜预注"防者,防使勿然"。用作动词,义为防止某事发生。引申为遮蔽、使不被接触。如汉东方朔《七谏·初放》:"上葳蕤而防露兮,下泠泠而来风。""相当"这一义项与其核心义的关系并不十分密切。考察诸辞书⑤,"相当"的义项都来自郑笺"防,犹当也",未见其他用例。"当",《说文》释为"田相值也"。段注:"值者,持也。田与田相持也。引申之,凡相持相抵皆曰当。""当"的核心义为"相当",双方是相同的、相等的部分。"当价"即"等价"。"相当"无法包含在"防"的核心义范围内。此条义项存在疑惑。

郑笺"防,犹当也"如何理解呢?其实郑笺是顺应毛传来说的。《秦风·黄鸟》:"维此仲行,百夫之防。"毛传:"防,比也。"郑笺:"防,犹当也,言此一人当百夫。"马瑞辰《毛诗传笺通释》:"此读防如比方之方。笺:'防,犹当也。言此一人当百夫。'正是

---

① 〔清〕李宗棠:《学诗堂经解》,郭全芝点校,黄山书社 2017 年版,第 576 页。
② 〔清〕马瑞辰:《毛诗传笺通释》,陈金生点校,中华书局 1989 年版,第 821 页。
③ 词汇核心义相关观点参见王云路师、王诚《汉语词汇核心义研究》,北京大学出版社 2014 年版。
④ 《汉语大词典》中"防"还有一义项为"小曲屏风",仅见《尔雅》。《尔雅·释宫》:"容谓之防",郭璞注:"防,形如今床头小曲屏风,唱射者所以自防隐。"邢昺疏:"容者射礼唱获者蔽身之物也,一名防,言所以容身防矢也。"即"防矢"的屏障。
⑤ 罗竹风主编:《汉语大词典》(第 2 版),汉语大词典出版社 2001 年版,第 916 页;《汉语大字典》,湖北辞书出版社 2001 年版,第 4430 页;王力主编:《王力古汉语字典》,中华书局 2015 年版,第 1579 页;谷衍奎编:《汉字源流字典》,语文出版社 2008 年版,第 346 页。

申明传义。"①此言得之。这里的"防"应当读为"方","方"有比并、相当之义,与毛传、郑笺正洽。因此"比并、相当"不当列为"防"的一般义项。

结语

《毛诗传笺》中训诂术语"犹"既用于释词,也用于释文句。当它用于释文句时,大多数情况都是在申发大义,也有少数类比今语、类比同类语、类比前文的情况。当它释词时,可用于类比同义/近义词、类比今语、说明通假、类比前文和说明语境指称。前三类都属于词义训释,可以列为辞书义项。而后两类属于文意训释,一般不当列为辞书义项,但因为《诗经》文本的复杂性与影响力,对于这两类在辞书编纂时也不能轻易否定。

在利用故训材料时,不能仅从形式上区分是词义训释还是文意训释。辞书编纂过程中,文意训释不当立项,通假义不当立为一般义项。我们应当系统把握训语的形式与作用,以此来确定哪些情况可以"古为今用"。在面对一些比较难以区分的情况时,要充分了解被释词与训释词的本义、核心义、词义系统与时代用例,以此来鉴别是否能列为辞书义项。

Form, Function, and Lexical Entry of "You" (犹) Type Commentary Phrases in *Mao Shi Zhuan Jian* (《毛诗传笺》)

Liu   Fang

Abstract: The "you" type commentary phrases in *Mao Shi Zhuan Jian* can be categorized into two forms: "某,犹某也" (similar to) type and "某,犹某" (like) type. In terms of function, they can be classified into word-level interpretations and sentence-level interpretations. When interpreting words, both semantic interpretations and lexical interpretations should be distinguished. When establishing lexical entries for "you" type commentary

---

① [清]马瑞辰:《毛诗传笺通释》,陈金生点校,中华书局 1989 年版,第 390 页。

phrases in dictionaries, caution should be exercised to avoid improper entries for contextual interpretations and generic sense entries for polysemous words. In dealing with ambiguous cases, a thorough understanding of the original meanings, core meanings, lexical systems, and historical usage examples of the words being explained and the commentary phrases are necessary for determining their inclusion as dictionary entries.

Keywords: "you" type commentary phrases; *Mao Shi Zhuan Jian*; lexical entry; lexicographical terms; interpretation

中古史书校读杂俎

陆海燕*

摘要：今传中古史书中尚有不少校勘问题有待进一步归纳探讨。唐宋以来大型类书保留了丰富的中古史书异文，对《册府元龟》所引中古史书异文的举例辨析呈现了类书的重要价值；日藏古写本文献对于中古史书的校读大有裨益，镰仓抄本《群书治要》即为我们提供了校订今本《晋书》的有益线索；避讳等语言外部因素推动着中古史书中部分异文的产生，校读过程中需要对此类问题给予更多的重视。

关键词：类书　古写本　避讳　异文

中古史书主要指记载两晋南北朝史事的《晋书》《宋书》《南齐书》《梁书》《陈书》《魏书》《北齐书》《周书》及《南史》《北史》10部正史。这10部正史的文本在漫长的流传过程中产生了不少"鲁鱼亥豕"之处，古今学人多曾致力于相应的考辨校订工作，并留下了丰赡的校读成果。然而校书如扫落叶，时至今日，其间有讹误未予揭示、词义未获辨明者仍所在多有，亟待进一步的决疑补正。下面就读史所及，结合具体文例，探讨中古史书校读中的几个问题，缀成杂俎数则，以就教于方家。

一、类书与中古史书校读

类书是古代文献学史上的一大创造，其编纂过程为从前人撰写的文献中选录具有代表性的、有价值的部分，分门别类地加以汇集整理。唐宋以来，卷帙浩繁的类书保留了大量的中古史书异文，为中古史书的校读提供了丰富的异文信息，如《初学记》《太平御览》《册府元龟》等。其中载录史书规模又以《册府元龟》为最，试举例述之如下。

* 陆海燕，1996年生，浙江大学古籍研究所博士研究生，研究方向为汉语词汇史、训诂学。

《册府元龟》1000卷,是宋代王钦若等人采择上古以至隋唐五代史料编纂而成的大型类书。是书保存了大量的中古史书引文,与今传本面貌多有歧互,具有极为重要的校勘价值,故学者往往赖以校正。然而在早期的校读工作中,由于条件所限,学者使用最为广泛的是时代较晚的明末黄国琦刻本。1988年,中华书局将《册府元龟》"新刊监本"和南宋中期眉山刻本两种现存蜀刻本合为一体影印出版,共计581卷,一般称作残宋本。通过残宋本与明本的比较,不少学者发现残宋本的质量明显优于明本,由此对既有校读中的许多结论进行了重新审视。如真大成谓明本"一方面有钞刻之误,另一方面由于明人'好增删古书,逞臆私改',出现了许多妄改臆改以致失真之处"①,并指出以往校勘中出现的某些《册府元龟》异文实则是由明本妄改而成的虚假异文,并不见于残宋本中,因而在其专著《中古史书校证》中充分重视了残宋本的使用,得出了许多创见。

关于明本的误钞妄改,这里不妨再举《陈书·后主纪》"推""耕"一例加以说明:

躬推为劝,义显前经,力农见赏,事诏往诰。②

"推"字,明本《册府元龟》卷一九八引《陈书》作"耕"。按,"推"字不误。"躬推"典出《礼记·月令》:"乃择元辰,天子亲载耒耜,措之于参保介之御间,帅三公、九卿、诸侯、大夫躬耕帝藉,天子三推,三公五推,卿、诸侯九推。"③此谓古代天子于每年正月亲临藉田,亲自扶耒耜往返三回,以示劝农。后则"躬""三推"连用常见于古籍之中:

《文选》卷三张衡《东京赋》:"躬三推于天田,修帝藉之千亩。"④

《文馆词林》卷六七〇南朝宋孝武帝刘骏《大赦诏》:"朕式应协风,躬藉三推,仰供粢盛。"⑤

《诗经·生民之什·生民》"以兴嗣岁"条孔颖达疏:"言春,不过如天子躬耕三推而已。"⑥

又有似本文而径作"躬推"者:

《乐府诗集》卷七七顾况《乐府》:"亲祀先崇典,躬推示劝耕。"⑦

《文选》卷二四陆机《答张士然诗》"踯躅千亩田"句吕延济注:"时晋有春王

---

① 真大成:《中古史书校证》,中华书局2013年版,"导论",第35页。
② [唐]姚思廉:《陈书》,中华书局2021年版,第118页。
③ [唐]孔颖达:《礼记正义》,中华书局2009年版,第2936页。
④ [南朝梁]萧统:《文选》,人民文学出版社2009年版影印日本足利学校藏南宋明州刻六家注本,第62页。
⑤ [唐]许敬宗:《文馆词林》,日本古典研究会1969年版,第382页。
⑥ [唐]孔颖达:《毛诗正义》,中华书局2009年版,第1145页。
⑦ [宋]郭茂倩:《乐府诗集》,中华书局1979年版,第1089页。

囿,天子游焉。逍遥,闲乐貌。踯躅,渐进行貌。时天子籍田躬推千亩。"①

《宋大诏令集》卷一三四《雍熙五年耕籍改端拱元年赦天下制》:"载陟青坛,肃事接神之礼;躬推黛耜,用恢敦本之风。"②

以上"躬推"或见于诏书,或用于与天子相关的语境当中,皆为"躬三推"之省。而"推"字《册府元龟》作"耕",盖由后人在转引或抄写时据直接见于《礼记·月令》且文献中使用更为广泛的"躬耕"窜改原文。

不过,明本《册府元龟》尽管存在大量错讹,但其毕竟利用了多种传抄本参校,故文本仍自有优长之处。诚如点校本《册府元龟》前言所叙:"明本毕竟经过众多文士的反覆雠校,博寻子、史、经、传中文字,辨析疑难,因而对于宋本中的错简脱误之处,也有改正。由此可知,后人若用《册府元龟》,最好能够汲取宋、明二本之长。"③因此在校读工作中,对于明本《册府元龟》中的某些异文也应当审慎辨析,不可轻易否定。以下《晋书》"鱼捕""鱼蒲"之例即是如此。

《晋书·束皙传》载束皙上议:

> 又如汲郡之吴泽,良田数千顷,泞水停涝,人不垦植。闻其国人,皆谓通泄之功不足为难,舄卤成原,其利甚重。而豪强大族,惜其鱼捕之饶,构说官长,终于不破。④

其中"鱼捕"二字,明本《册府元龟》卷五〇三、武英殿本《晋书》作"蒲",中华书局点校本《晋书》未出校勘记。《二十四史全译·晋书全译》则将"惜其鱼捕之饶"译为"不放弃湖中捕鱼的厚利"⑤,是据"鱼捕"直译而已。

真大成《中古史书校证》则提出一种新的看法:

> "捕"疑当作"浦"。"鱼浦"即水边捕鱼之地;此谓吴泽颇有鱼浦之利。《南齐书》卷四四《沈文季传》:"(唐)寓之向富阳,抄略人民,县令何洵告鱼浦子罗主从系公,发鱼浦村男丁防县。"《文选》卷二七载丘迟《旦发鱼浦潭》诗,"鱼浦村"、"鱼浦潭"当即因左近有"鱼浦"而得名。殿本作"鱼蒲","蒲"亦应为"浦"之误。⑥

真说以"捕"为"浦"之讹,将"鱼浦"释为水边捕鱼之地,并认为异文"蒲"亦非。

① [南朝梁]萧统:《文选》,人民文学出版社 2009 年版影印日本足利学校藏南宋明州刻六家注本,第374 页。
② [北宋]《宋大诏令集》,中华书局 1962 年版,第 471 页。
③ 《册府元龟·前言》,[北宋]王钦若:《册府元龟》,凤凰出版社 2006 年版,第 10 页。
④ [唐]房玄龄等:《晋书》,中华书局 1974 年版,第 1432 页。
⑤ 许嘉璐:《二十四史全译·晋书全译》,汉语大词典出版社 2004 年版,第 1174 页。
⑥ 真大成:《中古史书校证》,中华书局 2013 年版,第 35 页。

按,其说可商。"鱼浦"一词在先唐文献中只出现过两次,即其所引《南史·沈文季传》、《文选》所载丘迟《旦发鱼浦潭》中的"鱼浦村"和"鱼浦潭"。实则"鱼浦村""鱼浦潭"所指的是同一处具体的地名。《沈文季传》前文有"寓之向富阳",可见"鱼浦村"当位于吴郡富阳县。《文选》卷二六谢灵运《富春渚》:"宵济渔浦潭,旦及富春郭。"①"渔浦潭"即丘迟诗中的"鱼浦潭"。李善注引《吴郡记》曰:"富春东三十里,有渔浦。"按富春即富阳。又李周翰注:"渔浦,浦名。富阳,郡名。"②然则文献中的"鱼浦"均为今位于浙江富阳一带的浦名,字更常写作"渔浦"。

先唐文献中"渔浦"则颇多用例:

《越绝书·越绝外传记吴地传》:"吴古故水道,出平门,上郭池,入渎;出巢湖,上历地,过梅亭,入杨湖;出渔浦,入大江,奏广陵。"③

《后汉书·李宪传》:"四年秋,光武幸寿春,遣扬武将军马成等击宪,围舒。至六年正月,拔之。宪亡走,其军士帛意追斩宪而降,宪妻子皆伏诛。封帛意渔浦侯。"④

《宋书·孔觊传》:"自定山进向渔浦,戍主孔叡率千余人据垒拒战。佃夫使队主阚法炬射杀楼上弩手,叡众惊骇,思仁纵兵攻之,斩其军主孔奴,于是败散。其月十九日,吴喜使刘亮由盐官海渡,直指同浦,寿寂之济自渔浦,邪趣永兴,喜自柳浦渡,趣西陵。"⑤

《水经注·浙江水》:"江水东径上虞县南,王莽之会稽也。……县之东郭外有渔浦,湖中有大独、小独二山。又有覆舟山,覆舟山下有渔浦王庙,庙今移入里山。"⑥

汉代《越绝书》此例为"渔浦"的首见书证,其与《宋书·孔觊传》《水经注·浙江水》中的"渔浦"显系位于富阳的同一处浦名,《宋书·孔觊传》中更出现"同浦""柳浦",可见"浦"常作为地名用字。唯《后汉书·李宪传》中"渔浦"尚难凿实所在,然其为具体之地名亦无疑问。因此先唐文献中"鱼浦""渔浦"未有泛指"水边捕鱼之地"的用例,改"捕"为"浦"并不恰当。

窃以为明本《册府元龟》卷五〇三、武英殿本《晋书》所作"蒲"当为正字。"蒲"

① [南朝梁]萧统:《文选》,人民文学出版社 2009 年版影印日本足利学校藏南宋明州刻六家注本,第408 页。

② [南朝梁]萧统:《文选》,人民文学出版社 2009 年版影印日本足利学校藏南宋明州刻六家注本,第408 页。

③ [东汉]袁康、吴平:《越绝书》,浙江古籍出版社 2013 年版,第 9 页。

④ [南朝宋]范晔:《后汉书》,中华书局 1965 年版,第 501 页。

⑤ [南朝梁]沈约:《宋书》,中华书局 1974 年版,第 2161 页。

⑥ [北魏]郦道元:《水经注》,陈桥驿校证,中华书局 2007 年版,第 946 页。

即香蒲,生长在水边。《说文·艸部》:"蒲,水艸也,可以作席。"①《诗经·大雅·韩奕》:"其蔌维何?维笋及蒲。"毛传:"蒲,蒲蒻也。"②"鱼""蒲"皆为水中物产,具有重要的经济价值,因而在文献中常被同时议及:

> 《周礼·夏官·职方氏》:"正东曰青州,其山镇曰沂山,其泽薮曰望诸,其川淮泗,其浸沂沭,其利蒲鱼,其民二男二女,其畜宜鸡狗,其谷宜稻麦。"③

> 《史记·滑稽列传》:"已又曰:'某所有公田鱼池蒲苇数顷,陛下以赐臣,臣朔乃言。'"④

> 《汉书·货殖传》:"于是辩其土地、川泽、丘陵、衍沃、原隰之宜,教民种树畜养;五谷六畜及至鱼鳖、鸟兽、雚蒲、材干、器械之资,所以养生送终之具,靡不皆育。"⑤

> 《晋书·石季龙载记》:"季龙下书曰:'朕在位六载,不能上和干象,下济黎元,以致星虹之变。其令百僚各上封事,解西山之禁,蒲苇鱼盐除岁供之外,皆无所固。公侯卿牧不得规占山泽,夺百姓之利。'"⑥

"鱼""蒲"并举《周礼》已见,可见二者的价值早已为人们所认识。《晋书·石季龙载记》更是反映出"蒲""鱼"在古代被用于朝廷纳贡。因此《晋书·束皙传》中的"鱼蒲",也应与上述用法相同。在朝廷想要扩大农业生产的背景下,束皙上书建言,分析当下土地使用中的弊病,在议及吴泽良田广袤时指出其地以往多用于注水而导致无法垦殖,乃是由于当地豪强不顾地利,吝惜湖泽中"鱼蒲"之丰足所致。

再者,古籍中在描写某地物产富饶时常有相似表述:

> 《三国志·吴志·虞翻传》裴松之注引《会稽典录》:"夫会稽上应牵牛之宿,下当少阳之位……山有金木鸟兽之殷,水有鱼盐珠蚌之饶,海岳精液,善生俊异,是以忠臣系踵,孝子连闾,下及贤女,靡不育焉。"⑦

> 《后汉书·邓晨列传》:"晨兴鸿郤陂数千顷田,汝土以殷,鱼稻之饶,流衍它郡。"⑧

> 《太平寰宇记·河东道六·潞州·屯留县》引晋程玑《上党记》:"屯留有鱼

① [清]段玉裁:《说文解字注》,上海古籍出版社1981年版,第28页。
② [唐]孔颖达:《毛诗正义》,中华书局2009年版,第1231页。
③ [清]孙诒让:《周礼正义》,中华书局2013年版,第1862页。
④ [西汉]司马迁:《史记》,中华书局1982年版,第3207页。
⑤ [东汉]班固:《汉书》,中华书局1962年版,第3679页。
⑥ [唐]房玄龄等:《晋书》,中华书局1974年版,第2770页。
⑦ [西晋]陈寿:《三国志》,中华书局1982年版,第1325页。
⑧ [南朝宋]范晔:《后汉书》,中华书局1965年版,第584页。

子陵,多鱼蒲之饶。"①

《尔雅·释地》"中有岱岳,与其五谷鱼盐生焉"郭璞注:"言泰山有鱼盐之饶。"②

《魏书·焉耆列传》:"南去海十余里,有鱼盐蒲苇之饶。东去高昌九百里;西去龟兹九百里,皆沙碛;东南去瓜州二千二百里。"③

《太平寰宇记》"鱼蒲之饶",正与本文相同。实际上,"之饶"前的"鱼盐珠蚌""鱼稻""鱼盐""鱼盐蒲苇"皆为"鱼"与其他物产并列的结构,这些名词的顺序可以任意调换,"鱼蒲"的组合方式也是其中一种。

二、日藏古写本文献与中古史书校读

近年来,越来越多的日藏古写本文献得到公布,其中也包括了与中古史书相关的写卷。这些写卷抄写时代大多在中国宋元以前,且抄写质量颇高,可以为中古史书校读提供丰富的异文信息,如中华书局新修订本"二十四史"中的《陈书》《周书》就各自使用了日本宫内厅书陵部藏的《陈书》残卷以及日本奈良县大神神社藏《周书》残卷进行校勘。

今试取日藏镰仓钞本《群书治要》异文,为展现古写本文献对于中古史书的校读价值再添一例。《群书治要》是由初唐魏徵等人奉敕杂采群书而成的一部资治类编,中土久佚,唯在日本尚有接近完整的镰仓抄本流传至今。据日本学者尾崎康教授研究,此本渊源自唐高宗时代的写本,上有日本建长五年(1253,宋宝祐元年)至文应元年(1260,宋景定元年)间清原教隆等人的圈点,当抄成于此前不久④。《群书治要》卷二九、卷三〇载有臧荣绪《晋书》,与今本《晋书》多有互见。其卷二九《晋书》载阎缵上书:

昔戾太子无状,称兵拒命,而壶关三老上书,犹曰'子弄父兵,罪应笞'。汉武感悟,筑思子之台。今遹无状,言语逆悖,受罪之日,不敢失道,犹为轻于戾太子。尚可禁持检著,目下重选师傅,为置文学,皆选以学行自立者,及取服勤更事、名行素闻者,使共与处;使严御史监护其家,绝贵戚子弟,轻薄宾客。如此左

---

① [北宋]乐史:《太平寰宇记》,中华书局 2007 年版,第 941 页。
② [清]邵晋涵:《尔雅正义》,中华书局 2017 年版,第 3374 页。
③ [北齐]魏收:《魏书》,中华书局 1974 年版,第 2265 页。
④ 尾崎康、小林芳规:《群书治要题解》,转引自吴金华《略谈日本古写本〈群书治要〉的文献学价值》,《文献》2003 年第 3 期。

右前后,莫非正人,使共论议于前,但道古今孝子慈亲,忠臣事君,及思愆改过之比,日闻善道,庶几可全。①

晋惠帝太子司马遹蒙冤被废,阎缵上书申理。阎缵陈述汉武帝太子刘据谋反而壶关三老为之辩护、汉武帝感悟而筑造思子之台,认为司马遹罪"犹为轻于戾太子",因此"尚可禁持检著",遂提出了针对司马遹的具体改过之策。其文亦见于唐修《晋书》,而末句作:

敕使但道古今孝子慈亲,忠臣事君,及思愆改过之义,皆闻善道,庶几可全。②

比勘可知,《群书治要》"及思愆改过之比,日闻善道"一语在唐修《晋书》中作"及思愆改过之义,皆闻善道",又残宋本《册府元龟》卷五四〇、八七四以及《通志》卷一二三所引俱与今本《晋书》同。二者所述既为一事而文字小异,则必择一为是。

真大成《中古史书校证》针对《晋书》文本提出:

按,《群书治要》卷二九所载《晋书》、《通纪》卷四均录此书,与唐修《晋书》相较,文字互有异同。"皆",上举二书并作"比日"。今本作"皆",当因"比日"二字连属误作一字。"比",及也,待也。此句谓待其日闻善道,庶几可全君臣父子之义也。《晋书》宋本及《册府》卷五四〇、八七四、《通志》卷一二三均作"皆",则宋时梓刻已误;而上举《群书治要》等唐代文献仍存原文。③

其以"皆"当为"比日"二字连属造成的讹误之观点甚碻,作"皆"则上下句意衔接不畅。然而认为原文当作"及思愆改过之义,比日闻善道",则恐不确然。窃谓《群书治要》所引方为阎缵上书之原貌,今本《晋书》所引当是出自文献传抄中"比日"二字误合为"皆"字,后人又增补"义"字以顺文意的结果。

"比"较之"义"更适配于上下文语境,亦更符合其时用语习惯。《说文·比部》"比"字段玉裁注:"其本义谓相亲密也。余义俌也、及也、次也、校也、例也、类也、频也,择善而从之也、阿党也,皆其所引伸。"④然则"比"者谓相亲密,故又有同类、类似之义,《广雅·释诂》:"比,辈也。"⑤辈即同类。《大广益会玉篇·比部》:"比,类也。"⑥用作名词时可随具体语境而直译作类似之人、事。此句断句亦宜修改成"但道古今孝子慈亲、忠臣事君及思愆改过之比",译为阎缵希望皇帝敕选忠信仁义的文学

① [唐]魏徵等:《群书治要》,日本镰仓时代钞本。
② [唐]房玄龄等:《晋书》,中华书局 1974 年版,第 1351 页。
③ 真大成:《中古史书校证》,中华书局 2013 年版,第 12 页。
④ [清]段玉裁:《说文解字注》,上海古籍出版社 1981 年版,第 386 页。
⑤ [清]王念孙:《广雅疏证》,中华书局 2019 年版,第 52 页。
⑥ [北宋]陈彭年等:《大广益会玉篇》,中华书局 2019 年版,第 983 页。

保傅,为太子讲述古今孝子爱亲、忠臣事君以及反省罪愆、改正过失的类似故事,使太子由此得到借鉴,每天听闻善道,庶几可以保全其身。"日闻"连用亦见于:

> 《汉书·爰盎传》:"欲以致天下贤英士大夫,日闻所不闻,以益圣。"颜师古曰:"日日得闻异言也。"①

> 《晋书·陆云传》:"中尉该、大农诞皆清廉淑慎,恪居所司,其下众官,悉州闾一介,疏暗之咎,虽可日闻,至于处义用情,庶无大戾。"②

君王虚心纳谏,欲以日日听闻异言;众官之浅陋之过错虽可日日听闻,但庶无大错。以上"日闻"皆谓颜师古所注"日日得闻"。

此段下文紧承:

> 昔太甲有罪,放之三年,思庸克复,为殷明王。又魏文帝惧于见废,夙夜自祗,竟能自全。及至明帝,因母得罪,废为平原侯,为置家臣庶子,师友文学,皆取正人,共相匡矫。兢兢慎罚,事父以孝,父没,事母以谨,闻于天下,于今称之。汉高皇帝数置酒于庭,欲废太子,后四皓为师,子房为傅,竟复成就。前事不忘,后事之戒。③

太甲流放后"思庸克复";魏文帝"惧于见废"而"夙夜自祗";魏明帝被废后与师友僚属"共相匡矫",又"兢兢慎罚""事父以孝""事母以谨",汉惠帝临废之时以商山四皓为师,以张良为傅,皆所谓"思愆改过之比"。

"比"的这一用法在《晋书》中也十分常见,如:

> 《阎缵传》:"每见选师傅下至群吏,率取膏粱击钟鼎食之家,希有寒门儒素如卫绾、周文、石奋、疏广,洗马、舍人亦无汲黯、郑庄之比,遂使不见事父事君之道。"④

> 《阎缵传》:"故河南尹向雄,昔能犯难葬故将钟会,文帝嘉之,始拔显用,至于先帝,以为右率。如间之事,若得向雄之比,则岂可触哉!"⑤

> 《刑法志》:"盗律有贼伤之例,贼律有盗章之文,兴律有上狱之法,厩律有逮捕之事,若此之比,错糅无常。"⑥

> 《刑法志》:"夫律者,当慎其变,审其理。……过失似贼,戏似斗,斗而杀伤傍人,又似误,盗伤缚守似强盗,呵人取财似受赇,囚辞所连似告劾,诸勿听理似

① [东汉]班固:《汉书》,中华书局1962年版,第2272页。
② [唐]房玄龄等:《晋书》,中华书局1974年版,第1483页。
③ [唐]房玄龄等:《晋书》,中华书局1974年版,第1351页。
④ [唐]房玄龄等:《晋书》,中华书局1974年版,第1350页。
⑤ [唐]房玄龄等:《晋书》,中华书局1974年版,第1356页。
⑥ [唐]房玄龄等:《晋书》,中华书局1974年版,第923页。

故纵,持质似恐猲。如此之比,皆为无常之格也。"①

《礼志下》:"孟絷、穆子是方应为君,非陈留之比。"②

以上"比"虽在具体语境中有指人、指事之别,但用法与《阎缵传》"思愆改过之比"实无二致;又《阎缵传》中另有两例相同用法的"比",其中"洗马、舍人亦无汲黯、郑庄之比"一例与"思愆改过之比"尤见于同一篇上书,亦足证明以"比"表"类"符合其用语习惯。

其他文献用例亦非鲜见,如:

《春秋繁露·玉杯》:"是故论春秋者,合而通之,缘而求之,五其比,偶其类,览其绪,屠其赘,是以人道浃而王法立。"③

《汉书·食货志》:"汤奏当异九卿见令不便,不入言而腹非,论死。自是后有腹非之法比,而公卿大夫多谄谀取容。"④

《汉书·叙传》:"后上朝东官,太后泣曰:'帝间颜色瘦黑,班侍中本大将军所举,宜宠异之,益求其比,以辅圣德。'"⑤

《春秋繁露》"比""类"对文,其义可彰。《汉书》两例,《食货志》谓自此以后有腹非法类,成为常例;《叙传》谓更求其同类,以增圣德。

再者,后世文献《通纪》《长短经》并引阎缵上书,亦为文献传抄讹衍的过程提供了线索:

唐马总《通纪》卷四:"但道古今孝子养亲,忠臣事君,及思愆过,比日闻善,庶几可全。"⑥

唐赵蕤《长短经·君德》:"但通古今孝子慈亲、忠臣事君,及思愆改过,皆闻善道,庶几可全。"⑦

唐代马总在编撰《通纪》时,利用了《晋书》所载阎缵上书而多有删改,此处则以四字格形式改写原文,虽然由于不解上下文意而误省文为"及思愆过,比日闻道",但仍可看出其所见《晋书》尚且不赘"义"字。《长短经·君德》今存宋本,其文亦未见"义"字,而"比日"已误作"皆"字,或许反映的正是上文所说的讹误已成而"义"字尚未增补时的文献面貌。

---

① [唐]房玄龄等:《晋书》,中华书局1974年版,第929页。
② [唐]房玄龄等:《晋书》,中华书局1974年版,第660页。
③ [西汉]董仲舒:《春秋繁露》,上海书店出版社2012年版,第122页。
④ [东汉]班固:《汉书》,中华书局1962年版,第1168页。
⑤ [东汉]班固:《汉书》,中华书局1962年版,第4202页。
⑥ [唐]马总:《通纪》,清嘉庆《宛委别藏》本。
⑦ [唐]赵蕤:《长短经》,中华书局2017年版,第86页。

三、避讳与中古史书校读

在中古史书校勘的过程中,不惟要深入分析形音义、系统观照前后文,还须考虑一些语言外部的文化因素,如避讳。陈垣《史讳举例·序》曰:"避讳为中古特有之风俗,其俗起于周,成于秦,盛于唐宋,其历史垂二千年。其流弊足以淆乱古文书,然反而利用之,则可以解释古文书之疑滞,辨别古文书之真伪及时代,识者便焉。"①史书整理过程中,亦常涉及对避讳的处理,尤其是采用改字形式的避讳。以中华书局新修订本《陈书》凡例为例,其曰:"当世或前朝讳字,原则上不回改,人名、地名酌情出校。"②新修订本对人名、地名酌情出校,自然是考虑到这一部分避讳会导致对人名、地名的误判,进而影响史实。实际上,对人名、地名以外词语的避讳同样会影响对文意的理解,在校勘整理中亦需引起关注。

吴金华、季忠平《古写本〈文馆词林〉文字问题三议》曾提及《尚书·大诰》成语"若涉渊水"在古写本《文馆词林》卷六六八《东晋元帝改元大赦诏》中作"若涉川水",《晋书·元帝纪》作"若涉大川"③。改"渊"为"川"乃避唐高祖李渊之讳。今覆检传本中古史书,发现其间避讳《尚书》语典不惟吴氏所举《晋书》一例,值得进一步考察。

《尚书·大诰》:

> 予惟小子,若涉渊水,予惟往求朕攸济。④

《大诰》为周公因三监与淮夷之乱兴师东征,劝勉各路诸侯同心协力,顺从天意以平定叛乱而作。此句周公谓自己如将要渡过深渊之人,必须寻求所以渡过的方法。其中"若涉渊水""求朕攸济"后典故化,表示战战兢兢,惶恐不安之情,尤多出现在统治者的诏书之中,较早的用例有:

> 《汉书·武帝纪》元光元年五月诏:"今朕获奉宗庙,夙兴以求,夜寐以思,若涉渊水,未知所济。"⑤

魏晋以降史书中频频可见:

> 《三国志·魏书·武帝纪》载汉献帝诏:"朕以眇眇之身,托于兆民之上,永

---

① 陈垣:《史讳举例》,中华书局 2004 年版,第 1 页。
② 《陈书·点校本修订凡例》,[唐]姚思廉:《陈书》,中华书局 2021 年版,第 3 页。
③ 吴金华、季忠平:《古写本〈文馆词林〉文字问题三议》,《中国文字研究》2006 年总第七辑。
④ [唐]孔颖达:《尚书正义》,中华书局 2009 年版,第 420 页。
⑤ [东汉]班固:《汉书》,中华书局 1962 年版,第 161 页。

思厥艰,若涉渊冰,非君攸济,朕无任焉。"①

《三国志·吴书·吴主传》裴松之注引《江表传》载孙权诏:"朕受历数,君临万国,夙夜战战,念在弭难,若涉渊水,罔知攸济。"②

《宋书·武帝纪》载诏:"朕以寡昧,仰赞洪基,夷羿乘衅,荡覆王室,越在南鄙,迁于九江。宗祀绝缪,人神无位,提挈群凶,寄命江浒。则我祖宗之业,奄坠于地,七百之祚,翦焉既倾,若涉渊海,罔知攸济。"③

《南齐书·高帝纪》载诏:"猥以寡德,光宅四海,纂革代之踪,托王公之上,若涉渊水,罔知所济。"④

《魏书·孝庄帝纪》载诏:"德谢少康,道愧前绪,猥以眇身,君临万国,如涉渊海,罔知所济。"⑤

魏晋以后史书皆承此用法。其中"渊水"一词亦或改作"渊海",以极言所涉之艰难。而到了初唐所修南北朝史书中,"渊"字往往因唐高祖李渊之讳而改,除吴氏所举之例外,又如:

《晋书·贺循传》载元帝诏:"孤以寡德,忝当大位,若涉巨川,罔知所凭。"⑥

《晋书·简文帝记》载诏:"吾承祖宗洪基,而昧于政道,惧不能允厘天工,克隆先业,夕惕惟忧,若涉泉水。"⑦

《梁书·武帝纪》载诏:"顾惟菲德,辞不获命,寅畏上灵,用膺景业。执桎柴之礼,当与能之祚,继迹百王,君临四海,若涉大川,罔知攸济。"⑧

《陈书·高祖纪》载诏:"顾惟菲德,辞不获亮,式从天眷,俯协民心,受终文祖,升禋上帝,继迹百王,君临万宇,若涉川水,罔知攸济。"⑨

《陈书·后主纪》载诏:"朕以哀茕,嗣膺宝历,若涉巨川,罔知攸济,方赖群公,用匡寡薄。"⑩

《周书·苏绰传》载绰代作太祖大诰:"惟台一人,缵戎下武,夙夜祇畏,若涉大川,罔识攸济。"⑪

① [西晋]陈寿:《三国志》,中华书局1982年版,第38页。
② [西晋]陈寿:《三国志》,中华书局1982年版,第1138页。
③ [南朝梁]沈约:《宋书》,中华书局1974年版,第38页。
④ [南朝梁]萧子显:《南齐书》,中华书局1972年版,第32页。
⑤ [北齐]魏收:《魏书》,中华书局1974年版,第256页。
⑥ [唐]房玄龄等:《晋书》,中华书局1974年版,第1828页。
⑦ [唐]房玄龄等:《晋书》,中华书局1974年版,第222页。
⑧ [唐]姚思廉:《梁书》,中华书局1973年版,第34页。
⑨ [唐]姚思廉:《梁书》,中华书局2021年版,第36页。
⑩ [唐]姚思廉:《梁书》,中华书局2021年版,第117页。
⑪ [唐]令狐德棻:《周书》,中华书局1971年版,第391页。

《隋书·恭帝纪》载诏:"时逢多难,委当尊极,辞不获免,恭己临朝,若涉大川,罔知所济,抚躬永叹,忧心孔棘。"①

《南史·武帝纪》载诏:"宗祀绝飨,人神无位,提挈群凶,寄命江浦,则我祖宗之烈,奄坠于地,七百之祚,翦焉既倾,若涉巨海,罔知攸济。"②

按唐修史书在对前代诏书进行处理时,少数例子径将"渊水"改为"川水""泉水",是为近义词间的替换;而多数例子又在此基础之上改作"大川""巨川",盖因"川""渊"词义有别,"川"字表河流时往往泛指,不如"渊"字有深广之义,故涉"川水"不如涉"渊水"来得艰难,诸书遂又增形容词"大""巨"以足其义。前引《宋书·武帝纪》"渊海",至《南史》中改作"巨海",则全然不见"渊"的踪影。

一些前代典籍也有改作,似亦当出唐人所改,如:

《后汉纪·孝献皇帝纪》:"朕以眇眇之身,托于兆民之上,永思厥艰,若涉泉水,非君攸济,朕无任焉。"③

《抱朴子内篇·遐览》:"又有损于精思,无益于年命,二毛告暮,素志衰颓,正欲反迷,以寻生道,仓卒罔极,无所趋向,若涉大川,不知攸济。"④

《后汉纪·孝献皇帝纪》所载诏书又见前引《三国志·魏书·武帝纪》,"若涉泉水"作"若涉渊冰",中华书局 2002 年点校本《后汉纪》遂据此改"泉水"为"渊冰"。按改"泉"为"渊"自无可议,然改"水"为"冰"则未必然。"渊冰"虽有《三国志》异文可征,且"涉""冰"组合在典籍中亦有用例,如《文选》卷二八陆机《乐府十七首·饮马长城窟行》:"仰凭积雪岩,俯涉坚冰川。"⑤然"渊水"一则更合《尚书》原典,二则其组合在典籍中亦更为常见,毋庸赘举,故此处尚难判断是非,固宜保留各自原貌而已。

由此看来,中古史书流传过程中避讳的情况十分复杂,既有史书编纂者依据当时避讳要求对史料的处理,又有后世抄写、板刻者对前代史书的改动。由于词义表达的需要,在避讳处理中既有同义、近义替换等较小的改动,又可能涉及对整个词句的改动。凡此种种,皆当在史书校勘和整理中有所体现,以便还原文献原貌。

---

① [唐]魏徵等:《隋书》,中华书局 1973 年版,第 100 页。
② [唐]李延寿:《南史》,中华书局 1975 年版,第 16 页。
③ [东晋]袁宏:《后汉纪》,中华书局 2002 年版,第 584 页。
④ [东晋]葛洪:《抱朴子·内篇》,王明校释,中华书局 1985 年版,第 331 页。
⑤ [南朝梁]萧统:《文选》,人民文学出版社 2009 年版影印日本足利学校藏南宋明州刻六家注本,第 429 页。

Notes on the Emendations of Medieval
Chinese Historical Books

Lu　Haiyan

Abstract：There are still many collations and textual issues in ancient Chinese historical books that require further summarization and exploration. Large-scale reference books since the Tang and Song dynasties have preserved rich variants in ancient Chinese historical texts, and examples and analysis of variants in texts cited in *Cefu Yuangui*(《册府元龟》) demonstrate the significant value of Leishu. Ancient manuscripts preserved in Japan provide valuable clues for collating and editing modern editions of ancient Chinese historical books, and the Kamakura copy of *Qunshu Zhiyao*(《群书治要》) offers helpful insights for collating and editing the modern edition of *Jinshu*(《晋书》). Linguistic and other external factors, such as taboo language, have promoted the emergence of variants in ancient Chinese historical texts, and such issues should be given more attention in the process of collation and reading.

Keywords：reference books；ancient manuscripts；taboo language；variants

中华书局本《大唐新语》《曲洧旧闻》点校补正九则

曹子男*

摘要：《大唐新语》为唐人刘肃所撰，《曲洧旧闻》为宋人朱弁所撰，两部文人笔记所载国史旧闻、地理掌故及士大夫轶事，可补正史之不足，故为史家所重。1984年中华书局出版了《大唐新语》点校本，2002年中华书局出版了《曲洧旧闻》点校本，两部点校本为今人的学习与利用提供了极大的便利。然两部点校本还有些许不足，笔者不揣谫陋，择取九则敷衍成文，以就教于注家及博雅通人。

关键词：《大唐新语》 《曲洧旧闻》 点校 匡补

一、《大唐新语》点校补正四则

《大唐新语》十三卷，为唐人刘肃（元和中江都主簿）所撰，书中所载唐代国史旧闻，可补两《唐书》之不足。《大唐新语》传世本众多，1984年中华书局出版了许德楠、李鼎霞二位先生的点校本①（以下简称点校本），为读者提供了诸多便利。然该点校本还有些许不足，李南晖已有所补正②，但仍有可待补苴处。本文择取四则敷衍成文，以就教于注家及博雅君子。

1. 冯履谦，七岁读书数万言，九岁能属文。自管城尉丁艰，补河北尉。有部人张怀道任河阳尉，与谦畴旧，饷一镜焉，谦集县吏遍示之，咸曰："维扬之美者，甚嘉也。"谦谓县吏曰："此张公所致也。吾与之有旧，虽亲故不坐，著之章程。

---

* 曹子男，1993年生，文学博士，常州工学院人文学院讲师，研究方向为文献语言学、校勘学。
① ［唐］刘肃：《大唐新语》，许德楠、李鼎霞点校，中华书局1984年版（2004年重印）。
② 参见李南晖：《〈大唐新语〉校札》，《古籍整理研究学刊》2000年第5期。

吾效官,但以俸禄自守,岂私受遗哉!"昌言曰:"清水见底,明镜照心,余之效官,必同于此。"复书于使者,乃归之。闻者莫不钦尚。(第51页)

按:点校本将"昌言曰"以下四句文字施加引号,使之与冯履谦之语并列为文,此为一误;将"余之效官,必同于此"作为"昌言"的组成部分,此为二误。

细绎文意可知,冯履谦清廉自守,他将旧友张怀道馈赠的一面铜镜示众,以此申明自己为官之准则:"但以俸禄自守,岂私受遗哉!"而"昌言"之语正是自己为官清廉的内心独白,故而引用之,句中"余之效官"之"余",是自称代词,用于自指,是其证。

《大唐新语》此处"昌言"是用典,它出自《尚书》,犹今语之"正言""善语""良言""至当之言",例如《尚书·大禹谟》:"禹拜昌言曰:'俞!'"孔传:"昌,当也。以益言为当,故拜受而然之。"孔疏:"'昌,当也',《释诂》文。禹以益言为当。""昌言"之"昌",意即"至当""正确"。"昌言"意即"正确之言"。又《尚书·皋陶谟》:"禹拜昌言曰:'俞。'"孔传:"以皋陶言为当,故拜受而然之。"孔疏:"禹乃拜受其当理之言,曰:'然。'"又《尚书·益稷》:"帝曰:'来,禹,汝亦昌言。'……皋陶曰:'俞! 师汝昌言。'"亦是其例。末例中的"师汝昌言",意即"师法你(禹)所说的至当之言"。

"昌言"是先哲智慧的体现,上引《尚书》中"昌言"分别指"益""皋陶""禹"所说的话。"昌言"一般蕴含哲理,富有教育意义。冯履谦所引"昌言"也深含哲理,"清水见底,明镜照心",意即"水清才能见底,明镜能正衣冠也能正人心",此言既是生活经验的总结,也是廉洁从政方可安身立命的警示,更是个人洁身自律的箴言。所以冯履谦以此"昌言"与诸属吏共勉。据此分析可知,"昌言曰"以下文字为冯履谦所引用,故而不能将其与冯履谦之言并列。

又,"余之效官,必同于此",此语直白好懂,意即"我要做个好官,一定要像清水明镜这样",这是冯履谦自己的表白。"余"是自称代词,此处只能是冯履谦自称。又,"必同于此"之"此"是近指代词,此处代称清水、明镜,故而"余之效官,必同于此"八字断然不是"昌言"的组成部分,而是冯履谦之所言。

据上文分析可知,此处断句标点当作:

谦谓县吏曰:"此张公所致也。吾与之有旧,虽亲故不坐,著之章程。吾效官,但以俸禄自守,岂私受遗哉! 昌言曰:'清水见底,明镜照心。'余之效官,必同于此。"

冯履谦典故又见明彭大翼撰《山堂肆考卷七十九·臣职》"清水明镜"条:

唐河北尉冯履谦,有部人张怀道任河阳尉,与谦有旧,饷一镜焉。谦谓诸吏

曰："清水见底，明镜照心。余之效官，必同于此。"复书于使者，乃归之。①（原文无标点，新式标点为笔者所加）

彭大翼《山堂肆考》引用此典故，直接将"清水见底，明镜照心"当作冯履谦说的话，亦可证明我们将"昌言曰……"诸文字作为冯履谦的引用语是正确的。

冯履谦故事又见宋王钦若等撰《册府元龟》卷七百四《廉俭》，周勋初等将此处文字断句标点作：

> 冯履谦为河北尉，有部人张怀道任江阳尉，与谦畴旧，馈镜一面。谦集寮吏遍示之，曰："此张公所致也，吾与之有旧。吾效官以俸禄自守，岂私受遗哉！昌言曰：清水见底，明镜炤（照）心。余之效官，必至于此。"复书于使者，乃归之。②

周勋初等也将"昌言曰"作为冯履谦的引用语，又在"明镜炤（照）心"后施加句号，说明"余之效官，必至于此"八字非"昌言"的一部分，如此断句标点与我们的理解完全一致。

冯履谦故事亦见宋李昉等撰《太平御览》卷四百二十六《清廉下》，河北教育出版社校点本作：

> 冯履谦补河北尉，有部人张怀道任江阳尉，与谦畴旧，饷镜一面。谦集僚属遍示之，曰："此张公所致也，吾与之有旧。吾效官以俸禄自守，岂私受遗哉！"昌言曰："清水见底，明镜照心，余之效官必至于此。"复书于使者，乃归之。③

校点本《太平御览》此处文字将"昌言曰"与冯履谦语并列，且将"余之效官必至于此"作为"昌言"的组成部分，断句标点同中华书局点校本《大唐新语》，亦误。

2. 太宗时，刑部奏贼盗律反逆缘坐，兄弟没官为轻，请改从死。（第58页）

按：据点校本引文所示，则"刑部奏贼盗律反逆缘坐，兄弟没官为轻，请改从死"中的"贼盗律反逆缘坐"句意不明。细绎文意可知，刑部认为原来的律条所规定的"兄弟没官"处罚太轻，故而奏请改律条为"从死"（即实行死刑）。是什么样的罪行当如此改判？只能是前文的"贼盗律反逆缘坐"之"反逆缘坐"之罪。"反逆缘坐"之罪的判处根据是什么，只能是依据《贼盗律》。

据此分析可知，此句当施加标点作："太宗时，刑部奏《贼盗律》'反逆缘坐，兄弟没官'为轻，请改从死。"

《贼盗律》是一部法律，故而需要施加书名号④。点校本把"贼盗律"当成了普通

---

① 《影印文渊阁四库全书》第975册，台湾商务印书馆1983年版，第491页。
② ［北宋］王钦若等：《册府元龟》第8册，周勋初等校订，凤凰出版社2006年版，第8130页。
③ ［北宋］李昉等：《太平御览》第4卷，夏剑钦、张意民校点，河北教育出版社1994年版，第542页。
④ 《大唐新语》点校本有施加书名号的通例，如："苏安恒博学，尤明《周礼》、《左氏》。"（第25页）

名词看待,非是。《唐律疏议》卷第十七《贼盗》疏议曰:

> 《贼盗律》者,魏文侯时,李悝首制《法经》,有《盗法》、《贼法》,以为法之篇
> 目。自秦汉逮至后魏,皆名《贼律》、《盗律》。北齐合为《贼盗律》。后周为《劫
> 盗律》,复有《贼叛律》。隋开皇合为《贼盗律》,至今不改。①

据《唐律疏议》可知,《大唐新语》所谓《贼盗律》,即战国时的《盗法》《贼法》,秦
汉时称之为《贼律》《盗律》。《贼盗律》之名起于北齐,隋唐人沿袭之。

又,"反逆缘坐"是《贼盗律》中的处罚条款,其意谓"受到反、逆二罪牵连
(的人)",《唐律疏议》卷第二云:"反逆缘坐者,谓缘谋反及大逆人得流罪以
上者。"②

"兄弟没官"是《贼盗律》规定"反逆缘坐"的处罚结果,《唐律疏议》卷第二"反逆
缘坐流"疏议曰:"谓缘坐反、逆得流罪者。其妇人,有官者比徒四年,依官当之法,亦
除名;无官者,依留住法,加杖、配役。"③

《大唐新语》此文又见《旧唐书》,中华书局点校本④、二十四史全译本⑤《旧唐书》
标点作:"刑部奏《贼盗律》反逆缘坐兄弟没官为轻,请改从死。"两部《旧唐书》给《贼
盗律》均施加书名号,甚是。然"反逆缘坐兄弟没官"八字未施加引号,未能显示出它
是出自《贼盗律》中的内容,不便于初学者理解文意,也是其不足。

3. 卢藏用始隐于终南山中,……藏用博学工文章,善草隶,投壶弹琴;莫不
尽妙。(第158页)

按:点校本在"投壶弹琴"后施加分号";"不确,因为分号表示其前后的句子是并
列关系。细绎文意可知,分号";"前的"投壶弹琴"是指称性成分,充当主语,分号
";"后句子"莫不尽妙"是说明性成分,充当谓语,二者之间是主谓关系,故而不能用
分号。

又,细绎文意可知,引文"藏用博学工文章,善草隶,投壶弹琴,莫不尽妙"讲述了
二层意思,前一层陈述卢藏用的学识如何,即卢藏用之学"博"、文章"工"、书法(草
隶)"善"等。后一层陈述卢藏用的"技艺"如何,即"投壶、弹琴"如何。后一层中"投
壶、弹琴"是指称,"莫不尽妙"是陈述评介,二者之间构成了主谓关系。又,"莫不尽
妙"之"妙"字,汉语中常用来评价"技艺"精巧,"投壶、弹琴"二事即属于"技艺"类,
它与"学识"语义不搭配,即它不可能是"博学工文章,善草隶"的谓语。据此分析可

① [唐]长孙无忌等:《唐律疏议》,刘俊文点校,中华书局1983年版,第321页。
② [唐]长孙无忌等:《唐律疏议》,刘俊文点校,中华书局1983年版,第48页。
③ [唐]长孙无忌等:《唐律疏议》,刘俊文点校,中华书局1983年版,第35页。
④ [后晋]刘昫等:《旧唐书》第8册,中华书局1975年版,第2621页。
⑤ 《二十四史全译·旧唐书》第3册,汉语大词典出版社2004年版,第2117页。

知,《大唐新语》此处引文当作:

> 卢藏用始隐于终南山中,……藏用博学,工文章,善草隶;投壶、弹琴,莫不尽妙。

4. 右补阙毋煚,博学有著述才,上表请修古史,先撰目录以进。玄宗称善,赐绢百匹。性不饮茶,制代茶余序,其略曰:"释滞销壅,一日之利暂佳;瘠气侵精,终身之累斯大。获益则归功茶力,贻患则不为茶灾。岂非福近易知,祸远难见。"煚直集贤,无何,以热疾暴终。(第166页)

按:细绎文意可知,毋煚博学工文,深得玄宗喜欢,曾作《代茶余序》一文成为士大夫们的美谈,"其略曰"后的文字即是《代茶余序》的内容。点校本将"代茶余序"当成普通名词看待而未施加书名号,不确。《全唐文》卷三七三收毋煚《代茶余序略》①,文同《大唐新语》,也可证我们将"代茶余序"施加书名号为是。

又,"岂非福近易知,祸远难见"是对前文的总结和人生的感悟,故而是反问句或感叹句,当施加问号或感叹号。据此分析可知,《大唐新语》此处引文当标点作:

> 右补阙毋煚,博学有著述才,……制《代茶余序》,其略曰:"释滞销壅,……岂非福近易知,祸远难见?"煚直集贤,无何,以热疾暴终。

二、《曲洧旧闻》点校补正五则

《曲洧旧闻》十卷,为宋人朱弁(1085—1144,字少章,江西婺源人)奉使金国被羁期间所撰,书中记载朝廷政事、士大夫轶事、历史掌故、地理遗闻等,多为他书罕见,是研究宋金历史不可多得的资料。自南宋以来,《曲洧旧闻》传本甚多,2002年中华书局出版了孔凡礼的点校本②,为后学带来了很大方便。然点校本还有可待商榷处,本文择取五则,略陈管见,以就教于注家及博雅君子。

1. 范汎知开封府日,有富民自陈为子取妇,已三日矣,禁中有指挥,令入见,今半月无消息。讽曰:"汝不妄乎?如实有兹事,可只在此等候也。"讽即乞对,具以民言闻奏。(第91页)

按:引文句首"范汎"之"汎"字误,点校本失校,抑或手民误植。"范汎",当作"范讽",时任开封府之知府。后文中"讽曰""讽即乞对"之"讽"字,即是其名。又,

---

① [清]董诰等:《全唐文》,中华书局1983年版,第3792页。

② [南宋]朱弁:《曲洧旧闻》,《唐宋史料笔记丛刊·师友谈记　曲洧旧闻　西塘集耆旧续闻》,中华书局2002年版。

查江苏广陵刻印社本①、大象出版社本②《曲洧旧闻》此处正作"范讽知开封府日",亦可证中华书局本"范沨"之"沨"字当是"讽"字之形误。

> 2. 欧公作《花品》,目所经见者才二十四种。……予在南平城,作谢范祖平朝散惠花诗云:"平生所爱曾莫倦,天遣花王慰吾愿。姚黄三月开洛阳,曾观一尺春风面。"盖记此事也。(第137页)

按:据引文可知,朱弁在南平城时,曾得到好友范祖平所赠牡丹花,于是作诗一首以记其事,文中"平生所爱"以下四句即诗的内容,可见"作……诗云"中省略号处的文字就是朱弁所作诗的篇名,故当于此处文字标识书名号,此句标点当作"作《谢范祖平朝散惠花》诗云",或标点作"作《谢范祖平朝散惠花诗》云",一如孔先生于本则引文开头标识"《花品》"二字所施加的书名号(中华书局本竖排,书名号用波浪线)。大象出版社《曲洧旧闻》此处断句标点正作"作《谢范祖平朝散惠花》诗云"③,洵是。

校点本《曲洧旧闻》涉及文章、诗歌篇名未施加书名号的还有卷四《供备库使李某历瘴雾体力强健》条:"宣和间,其族人云尚无恙。乃信元微之至商山赋《思归乐》言赵卿事不诬。而东坡答参廖报平安书云:'虽居炎瘴,幸无所苦,京师国医手里,死汉甚多。'此虽宽参廖之语,与元微之至商山所赋,盖谓不独炎瘴能死人,其理之常然者,非过论也。"④文中"答参廖报平安书"是苏轼回寄参廖书信的题名,故而需要施加书名号,此句标点当作"而东坡《答参廖报平安书》云"。

> 3.《笔谈》载淡竹叶,谓淡竹对苦竹,凡苦竹之外,皆淡竹也。新安郡界中,自有一种竹,叶稍大于常竹枝,茎细高者尺许,土人以作熟,水极香美可喜,方药所须,悉用之有效,岂存中未之见耶。(第139页)

按:据点校本断句标点所示,则引文"自有一种竹,叶稍大于常竹枝,茎细高者尺许"句意不通。因为从句法结构上看,"一种竹叶"既是动词"有"的宾语,又是"稍大于常竹枝,茎细高者尺许"的主语,即所谓的兼语。而兼语"一种竹叶"与其后的谓语"稍大于常竹枝,茎细高者尺许"之间语义不洽。"一种竹叶"不能与谓语"常竹枝"构成比较,因为同类事物才能构成比较,或不同类事物之间有相似点才能构成比较。而"竹叶"与"竹枝"不同类,且在"大小""形状"上没有相似点可言。又,"一种竹叶"也不能与谓语"茎细高者尺许"构成说明句,因为兼语说明的对象"竹叶",而谓语陈

---

① [南宋]朱弁:《曲洧旧闻》,《笔记小说大观》第8册,江苏广陵刻印社1983年版,第122页。
② [南宋]朱弁:《曲洧旧闻》,朱易安、傅璇琮等主编:《全宋笔记》第三编第7册,大象出版社2008年版,第10页。
③ 朱易安、傅璇琮等:《全宋笔记》第三编第7册,大象出版社2008年版,第37页。
④ [南宋]朱弁:《曲洧旧闻》卷4《供备库使李某历瘴雾体力强健》,孔凡礼点校,中华书局2002年版,第138页。

述的却是"茎细高者",谓语答非所问。由此可见,点校本此处断句标点误。

细绎文意可知,朱弁告诉大家,他在新安郡见到一种"竹",其叶有特殊功效,故而标题作"新安郡竹叶"("新安郡"是修饰语,"竹叶"是中心词)。朱弁还将此竹与通常所见的"苦竹""淡竹"相比较,并认为新安郡此竹是"苦竹""淡竹"之外的别一种竹,这可以从文中"新安郡界中,自有一种竹叶""岂存中①未之见耶"之语得证。

众所周知,物体由部分组成,描画物体通常是由部分到整体,朱弁介绍此竹也是如此。朱弁先描写竹叶,再描写竹枝,最后介绍此竹的大小高低及竹叶的药用奇效。可见朱弁文"新安郡界中,自有一种竹叶,稍大于常竹枝,茎细高者尺许"一句,正确的标点当作"新安郡界中,自有一种竹叶,稍大于常竹,枝茎细,高者尺许"。将"枝茎细,高者尺许"中间断开,正体现了新安郡竹有别于"苦竹""淡竹"之外的另一种竹的外部显性特征。如此断句标点,由竹叶到茎枝到竹高,可谓文从字顺,表意清楚,新安郡竹跃然纸上,如在眼前。

又,点校本将"土人以作熟,水极香美可喜"之"水"字下属,亦误。据点校本断句标点,则此句的主语是"竹叶",句意谓当地人将此"竹叶"煮熟,其药用的东西是"竹叶"。其实"竹叶"是不能食用的,朱弁所记的"新安郡竹叶"是用来熬水喝的,其水"香美可喜",确实与众不同。据此可知,此处标点当作"土人以作熟水,极香美可喜,方药所须,悉用之有效"。句中"水"字当上属,"熟水"连文才是。

"熟水"是古人专有名词,不可分开,本义指开水。如六朝北魏贾思勰《齐民要术》卷七:"作桑落酒法:曲末一斗,熟米二斗。其米令精细,净淘,水清为度。用熟水一斗。限三酘便止。渍曲,候曲向发使酘,不得失时。勿令小儿人狗食黍。作春酒,以冷水渍曲,余各同冬酒。"②贾思勰文所载制"桑洛酒"法和"春酒"法,前者有"用熟水一斗"之语,后者有"以冷水渍曲"之言,且二酒制作的差异仅此而已,据此可知,前后句中的"熟水"与"冷水"构成了一对反义词,由此可知,古人的"熟水"犹今言之"开水"义。又如宋无名氏《道山清话》:"真宗不豫,荆王因问疾留宿禁中,宰执亦以祈禳内宿。时御药李从吉因对荆王叱小黄门,荆王怒曰:'皇帝服药,尔辈敢近木围子高声?'以手中熟水泼之。"③荆王泼"熟水"以呵斥御药李从吉,由此可见,此"熟水"必是滚烫的开水。

"熟水"也可能是"温热"之开水。如宋罗大经《鹤林玉露》乙编卷之六《临事之智》:"一日五更,探报寇且至。(黄)炳亟遣巡尉引兵迎敌,众皆曰:'枵腹奈何?'炳

① 存中,即北宋著名学者沈括(1031—1095)的字。

② [北魏]贾思勰:《齐民要术》,缪启愉校释,缪桂龙参校,农业出版社1982年版,第409页。

③ 朱易安、傅璇琮等主编:《全宋笔记》第二编第1册,大象出版社2006年版,第95页。

曰:'第速行,饭且至矣。'炳乃率吏辈,携竹笤木桶沿市民之门曰:'知县买饭!'时人家晨炊方熟,皆有热饭熟水,厚酬其直,负之以行。于是士卒皆饱餐,一战破寇。"①句中"热饭"与"熟水"相对,则知"熟"与"热"义近,当是温热的开水。又如宋司马光《涑水记闻》卷八:"上召入宫,命坐,赐茶。允初顾左右曰:'不用茶,得熟水可也。'左右皆笑。"②燕王子赵允初被诏进宫,不喝"茶"而喝"熟水",则知此处"熟水"为温热的开水矣。又宋魏泰《东轩笔录》:"仁宗尝春日步苑中,屡回顾,皆莫测圣意。及还宫中,顾嫔御曰:'渴甚,可速进熟水。'嫔御进水,且曰:'大家何不外面取水而致久渴耶?'"③仁宗渴甚,急需"熟水"解渴。据人情事理可知,文中"熟水"当是温热之水,否则不便于仁宗即刻饮用。

"熟水"在煮沸之前加入植物等配料则可以制成饮品,如南宋李清照《摊破浣溪沙》词:"病起萧萧两鬓华。卧看残月上窗纱。豆蔻连梢煎熟水,莫分茶。"④豆蔻,《现代汉语词典》释云:"多年生常绿草本植物,外形像芭蕉,叶子细长,花淡黄色,果实扁球形,种子像石榴,有香气。"⑤"豆蔻连梢煎熟水",意即将豆蔻的果实及其小茎一起煮沸成为"熟水"而作为饮品使用。又如元陶宗仪《南村辍耕录》卷之六《句曲山房熟水》:"句曲山房熟水法:削沉香钉数个,插入林檎中,置瓶内,沃以沸汤,密封瓶口,久之乃饮,其妙莫量。"⑥林檎,一名沙果、花红,落叶小乔木,花粉红色。果实球形,像苹果而小,黄绿色带微红,是常见的水果。⑦ 句曲山房制造的"熟水"将沉香、林檎作为配料,饮之"其妙莫量",故而被陶宗仪所记载。又南宋陈元靓编《事林广记》别集《诸品熟水》记载宋元以前有"造熟水法""香花熟水""沉香熟水""紫苏熟水""豆蔻熟水"⑧等多种饮品。朱弁《曲洧旧闻》所记《新安郡竹叶》之"熟水",即是此类饮品也。

顺便说一句,有学者在校释《齐民要术·作桑落酒法》"熟水一斗"时,"怀疑这个'熟'字应是'热'字"⑨。通过上文我们的分析可知,《齐民要术》此处"熟水"不误,盖校释者因不知"熟水"为古人专有名词而故有此疑惑也。

大象出版社本《曲洧旧闻》此处断句标点作:

① [南宋]罗大经:《鹤林玉露》,王瑞来点校,中华书局1983年版,第221页。
② [北宋]司马光:《涑水记闻》,邓广铭、张希清点校,中华书局1989年版,第163页。
③ [北宋]魏泰撰:《东轩笔录》,李裕民点校,中华书局1983年版,第125页。
④ 唐圭璋主编:《全宋词》,中华书局1965年版,第933页。
⑤ 中国社会科学院语言研究所词典编辑室编:《现代汉语词典》,商务印书馆2016年第7版,第318页。
⑥ [元]陶宗仪:《南村辍耕录》,中华书局1959年版,第71页。
⑦ 中国社会科学院语言研究所词典编辑室编:《现代汉语词典》,商务印书馆2016年第7版,第556页。
⑧ [南宋]陈元靓:《事林广记》,日本政府图书藏元至顺西园精舍刻本,《别集》卷七,第6页。
⑨ [北魏]贾思勰:《齐民要术》,石声汉译注,石定枎、谭光万补注,中华书局2005年版,第893页。

《笔谈》载淡竹叶，谓淡竹对苦竹，凡苦竹之外皆淡竹也。新安郡界中自有一种竹叶，稍大于常竹，枝茎细，高者尺许，土人以作熟水，极香美可喜，方药所须，悉用之有效，岂存中未之见耶。①

与中华书局本不同，大象出版社本将"水"字上属，在"土人以作熟水"处断句，又将"枝茎细"断为一句，洵是。

4. 王元之在黄日，作竹楼与无愠斋记，其略云："后人公退之余，召高僧道士，烹茶炼药，则可矣；若易吾斋为厕库厨传，则非吾徒也。"信可始至，访其斋，则已为马厩矣。求其记，则庖人亦取其石压羊肉。信可叹曰："元之岂前知耶？抑其言为谶耶？"于是楼、斋皆如旧，而命以其记龛之于壁。②

按：王元之，即北宋著名文学家王禹偁，"元之"是其字。中华书局本于"王元之在黄日，作竹楼与无愠斋记"之"无愠斋"三字下施加直线，按照该本点校体例，标识直线的文字是地名、人名、年号或朝代名。然后仔细揣摩文意可知，"无愠斋"三字非地名、人名、年号、朝代名，可见"无愠斋"三字下标识直线错误。

细绎文意可知，王元之在黄州时造了一个竹楼，并为此竹楼作了一篇文章以示纪念，这可以从文中"其略云……"得证。此文即朱弁文中所载的《记》，文章全名即《无愠斋记》。

又，据后文"求其记，则庖人亦取其石压羊肉"一句可知，此《记》文刻在石块上。世事难料，此石块后来竟被人作为厨具用来压羊肉。后文"命以其《记》龛之于壁"，是说毛信可有感沧海桑田，悯人怜物，命人把刻有王禹偁《无愠斋记》的石块重新镶嵌在竹楼的墙壁中，以供后人参详凭吊。据此再证，朱弁《曲洧旧闻》"无愠斋记"四字当施加书名号作"《无愠斋记》"。按照中华书局本的标点体例，当于此四字下标识波浪线，以示其是文章篇名。王禹偁《无愠斋记》当如同时代的范仲淹《岳阳楼记》、欧阳修《醉翁亭记》一类的文章也。

据《王禹偁事迹著作编年》可知，宋咸平二年（999）王禹偁贬谪黄州任知府，"夏秋间，王禹偁在黄州子城筑小竹楼二间，八月十五日，撰成《竹楼记》"③。《编年》所谓王禹偁"《竹楼记》"，即朱弁《曲洧旧闻》所载《无愠斋记》也。大象出版社本《曲洧旧闻》此处正作"王元之在黄日，作竹楼与《无愠斋记》，其略云……"④，此本正将"无愠斋记"四字施加书名号，洵是。

---

① 朱易安、傅璇琮等：《全宋笔记》第三编第 7 册，大象出版社 2008 年版，第 37 页。
② ［南宋］朱弁：《曲洧旧闻》卷八《毛信可修黄州竹楼与无愠斋》，孔凡礼点校，中华书局 2002 年版，第 205 页。
③ 徐规：《王禹偁事迹著作编年》，中国社会科学出版社 1982 年版，第 157 页。
④ 朱易安、傅璇琮等：《全宋笔记》第三编第 7 册，大象出版社 2008 年版，第 75 页。

5.唐以身言书判设科,故一时之士,无不习书,犹有晋、宋余风。今间有唐人遗迹,虽非知名之人,亦往往有可观。本朝此科废,书遂无用于世,非性自好之者不习,故工者益少,亦势使之然也。①

按:据校点本此处标点,则对于不熟悉唐宋科举制度的人来说,"唐以身言书判设科"一句殊难理解,"唐以身"是人名耶?"言"是动词耶?"书判设科"是其宾语耶?此句仓促间难以让人明白其意。

查《宋史》卷一五八《选举志四·铨法上》:"自真宗朝,试身、言、书、判者第推恩,乃特诏曰:'国家详核吏治,念其或淹常选,而以四事程其能。朕承统绪,循用旧典,爰命从臣,精加详考。其令翰林学士李谘与吏部流内铨以成资阙为差拟。'于是咸得迁官,率以为常。后议者以身、言、书、判为无益,乃罢。"②

据《宋史》可知,宋人科举取士,"循用旧典",即沿袭唐朝科举之法,"试身、言、书、判者第推恩",即以"身、言、书、判"四科取士,可见《曲洧旧闻》"唐以身言书判设科"处文字当标点作"唐以身、言、书、判设科",其中的"书"即"书法"之"书"。随着宋代"书"科废弃,则南宋末士子之书法"工者益少,亦势使之然也"。

大象出版社本《曲洧旧闻》此处标点正作"唐以身、言、书、判设科"③,将"身""言""书""判"以顿号断开,洵是。

Nine Collation and Correction Examples in *Da Tang Xin Yu*(《大唐新语》) and *Qu Wei Jiu Wen*(《曲洧旧闻》) Published by Zhonghua Book Company

Cao　Zinan

Abstract: *Da Tang Xin Yu* was written by Liu Su, a scholar of the Tang Dynasty, and *Qu Wei Jiu Wen* was written by Zhu Bian, a scholar of the Song Dynasty. These two collections

---

① [南宋]朱弁:《曲洧旧闻》卷九《唐以身言书判设科故书可观》,孔凡礼点校,中华书局2002年版,第217页。

② [元]脱脱等:《宋史》第11册,中华书局1977年版,第3703页。

③ 朱易安、傅璇琮等:《全宋笔记》第三编第7册,大象出版社2008年版,第82页。

of literary notes contain historical anecdotes, geographical knowledge, and anecdotes of literati, which supplement the deficiencies of official historical records and are highly valued by historians. In 1984, Zhonghua Book Company published a collated edition of *Da Tang Xin Yu*, and in 2002, Zhonghua Book Company published a collated edition of *Qu Wei Jiu Wen*, providing great convenience for modern scholars in studying and utilizing these works. However, there are still some shortcomings in these collated editions. In this article, the author selects nine examples to discuss.

Keywords: *Da Tang Xin Yu*; *Qu Wei Jiu Wen*; collation; supplementation

约稿函

《中国训诂学报》是中国训诂学研究会主办的学术刊物,刊载海内外有关训诂、训诂学与语言学研究的学术论文,以及相关领域的学术评论、相关重要史料文献研究等。

一、来稿注意事项

1. 本刊对于投稿稿件拥有首刊权。来稿若不属本刊范畴,或不合学术规范,或经查证一稿多投,将径予退稿。

2. 稿件字数以 10 000 字左右为宜,遇有特别厚重的文稿,字数可以放宽。

3. 来稿请径寄本刊电子邮箱 zgxgxb2021@163.com,电子本 word 和 pdf 格式各一份。投稿时请确认稿件已符合本刊规定格式。

4. 来稿请另页注明作者信息,包括姓名、出生年份、工作单位、研究方向、联系方式等。

5. 本刊专设重大项目研究专栏,欢迎国家社会科学基金重大项目首席专家组织团队成员投稿。

6. 本刊专设青年学者论坛,欢迎青年学者(1972 年 1 月 1 日以后出生)投稿。

二、稿件格式要求

1. 稿件内容

来稿请按如下顺序撰写:论文标题,作者姓名,摘要,关键词,正文,论文标题(英文),作者姓名(英文),摘要(英文),关键词(英文),通信地址,邮编,E-mail。作者介绍及其他个人信息另附文档。

2. 题目、摘要、关键词

来稿题目限 20 个字以内,副标题不超过 18 个字;摘要字数在 300 字以内;关键词一般为 3 至 5 个,中文以空格隔开,英文以分号隔开。

英文标题需注意大小写问题,英文关键词统一小写(本当大写的单词除外)。

3. 题注

来稿所关涉的课题及需要向有关人员表示致谢等,应以题注的形式标在稿件正文首页下方,同时注明课题的名称及项目批准号。

4. 正文格式

正文中所有标题均占一行,题号用汉字(从"一"开始),标题编排格式为:一级标题用"一"(依次类推),二级标题用"(一)"(依次类推)。

正文中例句排列采用(1)(2)(3)……的形式,如果例句下有多个句子,则采用 a、b……的形式。序号后空半格,起行空四格,回行空两格。全文例句连续编号。

正文中涉及公历世纪、年代、年、月、日、时刻和计数、计量等,均使用阿拉伯数字。引用敦煌文献,用缩略标号加阿拉伯数字形式。其他特殊文献,依学界惯例。

正文文字请用宋体 5 号,独立引文请用仿宋 5 号。

正文中所使用的图片(包括以图片形式出现的自造字)应当准确清晰,大小适宜。

5. 注释

行文中的注释一律使用脚注,每页连续编号,脚注符号用①②……。注释应是对正文的附加解释或者补充说明,仅是参考或引用的文献等内容一般不作为注释出现。

脚注请用宋体小 5 号。

6. 征引文献资料

凡正文引及的古籍与相关文献,都作为注释,不列征引书目、参考文献。列举格式是:作者时代、作者、书(篇)名、出版社、出版时间,示例如下:

[南朝宋]范晔:《后汉书》,中华书局 1965 年版,第 356 页。

若古籍的今人整理本带有"校注""校释"之类字样者,则在书名后标出整理者姓名,示例如下:

[东汉]应劭:《风俗通义》,王利器校注,中华书局 1981 年版,第 356 页。

若古籍的今人整理本有修订、增订者,应在书名后标明"修订本""增订本",示例如下:

[北齐]颜之推:《颜氏家训》(增补本),王利器集解,中华书局 1993 年版,第 356 页。

作者时代在汉代者,应标明"西汉"或"东汉";在晋代者,应标明"西晋"或"东晋";在南北朝者,则标"南朝宋""南朝齐""南朝梁""南朝陈"或"北魏""北齐""北周"；在宋代者，应标明"北宋"或"南宋"。

7. 图表

图片随文外，还应单独提供高清图片。图题与表题也应一并提供，并按顺序编号。

三、稿件处理

1. 本刊实行同行专家匿名审稿制度。编辑部一般在收到来稿后 3 个月内将审稿结果通过邮件告知作者。由于收稿量大、审稿专家未及时返回意见等因素，编辑部未能如期处理稿件，作者在 3 个月内未收到通知，可以来信咨询。如需撤稿，请及时告知编辑部。

2. 本刊不向作者收取版面费、审稿费等任何费用。稿件一经刊用，即寄赠样刊、稿酬。本刊享有已刊文稿的著作财产权和材料加工、电子发行、网络传播权，本刊一次性支付的稿酬中已包含上述授权的使用费。本刊已许可中国知网以数字化方式复制、汇编、发行、信息网络传播本刊全文。如仅同意以纸本形式发表，请在来稿中特别注明。

3. 编辑部地址：江苏省南京市江宁区东南大学路 2 号东南大学人文学院《中国训诂学报》编辑部（邮编 211189）。E-mail：zgxgxb2021@163.com。